AF196987

ullstein

SVENJA DIEL, Jahrgang 1985, ist in Aschaffenburg aufgewachsen. In ihren Thrillern erschafft sie komplexe Charaktere, die einem so nahe kommen, dass man sie nicht mehr loslassen will. Sie lebt und arbeitet in Köln, wo sie u.a. für eine bekannte deutsche TV-Serie schreibt.

SVENJA DIEL

DER MENTOR

Thriller

Ullstein

Besuchen Sie uns im Internet:

www.ullstein.de

Wir verpflichten uns zu Nachhaltigkeit

- Klimaneutrales Produkt
- Papiere aus nachhaltiger
  Waldwirtschaft und anderen
  kontrollierten Quellen
- ullstein.de/nachhaltigkeit

Originalausgabe im Ullstein Taschenbuch

1. Auflage November 2023

© Ullstein Buchverlage GmbH, Berlin 2023

Wir behalten uns die Nutzung unserer Inhalte für Text und Data Mining
im Sinne von § 44b UrhG ausdrücklich vor.

Umschlaggestaltung: Cornelia Niere, München

Titelabbildung: Arcangel Images / © David Cheshire

Gesetzt aus der Quadraat powered by pepyrus

Druck und Bindearbeiten: ScandBook, Litauen

ISBN 978-3-548-06763-6

Kapitel 1

Der Geruch war bereits aus der Wohnung in den Hausflur gekrochen und so intensiv, dass Friederike Meyland sich Nase und Mund mit dem Pulloverärmel zuhalten musste, um nicht zu würgen. Stumm ermahnte sie sich, sich nicht so anzustellen. Empfindlichkeit hatte in ihrem Beruf nichts verloren.

Als die Polizei die Tür aufbrach, schlug ihnen der Gestank ungebremst entgegen. Es roch sauer nach Erbrochenem und Urin, nach verschwitzter Kleidung und Wänden, die seit Jahren täglich Zigarettenrauch einatmeten. Friederike trat mit klopfendem Herzen ins Wohnzimmer, wo sie sofort wieder stehen blieb. Da war noch etwas anderes. Ein seltsamer Geruch, den sie nicht einordnen konnte. Er schlängelte sich langsam in den Vordergrund und brachte die feinen Härchen in ihrem Nacken zum Zittern.

Friederike drückte den Ärmel noch fester auf die Nase und sah sich um. Im Wohnzimmer herrschte Chaos. Klamotten bedeckten den Boden, türmten sich auf dem durchgesessenen Sofa. Auf dem Couchtisch schimmelte ein Laib Brot neben einer offenen Dose Katzenfutter. Leere Wein- und Wodkaflaschen überall: am Boden, auf der Couch neben der Wäsche. Ein halb voller Aschenbecher balancierte auf der Sofalehne.

Friederikes Schultern verkrampften sich. Sie hatte die Stelle beim Jugendamt Darmstadt erst seit drei Monaten, aber in diesem

Sozialwohnungsblock hier war sie schon mehrfach gewesen. Und es war nie schön ausgegangen.

Diesmal hatte eine Nachbarin das Jugendamt verständigt, weil der Briefkasten von Zeitungen und Werbung überquoll und sie den kleinen Jungen, der hier angeblich wohnte, seit Ewigkeiten nicht mehr gesehen hatte. Von seiner Mutter ebenfalls keine Spur. Wie der Junge hieß, hatte sie nicht sagen können. Die junge Mutter hätte jeglichen Kontakt zu den Nachbarn gemieden.

Unter Friederikes Schuhen knirschte es, als sie in die Scherben einer zerbrochenen Weinflasche trat. Sie streifte die Sohle am Teppichboden ab, und bei dem Gedanken, dass hier ein kleiner Junge lebte, schnürte sich ihr Herz zusammen.

Im Flur hinten rechts gegenüber dem Bad lag das Schlafzimmer. Und dort wurde es jetzt hektisch. Plötzlich rauschten Funkgeräte, die Polizisten sprachen laut und in Codes.

Friederike folgte ihnen ins Schlafzimmer – und sah die Frau. Wahrscheinlich die Mutter des Jungen. Sie lag auf dem Rücken, den Kopf unter dem Bett, die Beine ausgestreckt auf dem Teppichboden. Ein verdrecktes weißes T-Shirt war ihr bis zum Bauchnabel hochgerutscht, darunter trug sie nichts als einen rosafarbenen Slip. Friederike erkannte sofort die dunklen punktförmigen Einstichstellen zwischen den Zehen und an den Fußgelenken. Im Bereich der Leiste wuchsen grünliche Flecken. Fäulnis, schoss es ihr durch den Kopf. Das war der Geruch. Tod. Leiche. Es war ihre erste. Während einer der Polizisten das Fenster aufriss und den Kopf hinausstreckte, spürte auch Friederike, wie ihr flau im Magen wurde. Schwarze Punkte taumelten in ihr Blickfeld.

Sie wankte einen Schritt zurück, als sie plötzlich die Bewegung unter der Bettdecke sah. Im Bruchteil einer Sekunde war ihr Geist wieder klar und ihr Blick scharf. Sie lief um das Bett herum, zog die Decke vorsichtig hoch. Darunter lag der Junge. Er hatte sich zu einem Päckchen eingerollt und hielt sich mit seinen kleinen Händen die Ohren zu. Seine Haare waren völlig verklebt, er trug nur eine dreckige Unterhose, und sein Gesicht war verschmiert von Nasenschleim. Als er sie sah, löste er die Hände von den Ohren und atmete einmal tief ein, als hätte er in seinem Versteck die Luft angehalten. Friederike beugte sich zu ihm runter. Er war höchstens zwei Jahre alt. Sie musste ihn so schnell wie möglich hier rausbringen. Wie lange hatte er hier neben seiner toten Mutter ausgeharrt? Zwei Tage? Länger?

»Hallo, du«, sagte sie vorsichtig und half ihm, sich aufzusetzen. Für einen Moment rührte er sich nicht, dann reckte er das Kinn zu ihr empor. Friederike hielt inne. In seinem Gesicht lag weder Angst noch Verwirrung. Er erwiderte ihren Blick selbstbewusst und sah sie mit seinen hellblauen Augen durchdringend an.

Kapitel 2

Dienstag, 18. Oktober 2022

Tag 1 der Ermittlungen

Jakob Krohn würde niemals den Tag vergessen, an dem er Tim hatte sagen müssen, dass seine Mutter gestorben war.

Sie hatten nebeneinander im Auto gesessen. Tims große grüne Augen hatten sich geweitet und den Fokus verloren. Für einige Sekunden war er erstarrt, dann hatte er ein paarmal geblinzelt, ehe er Jakob flehend und ungläubig angesehen hatte.

»Das kann nicht sein, du verarschst mich. Sie war doch nur im Kino, wie kann denn ...? Ich habe sie doch gestern noch gesehen, wir haben zusammen gegessen und ...«

Dass sie nur Stunden später tot sein sollte, ging nicht in Tims Kopf.

Genauso wenig wie in Jakobs.

Das war jetzt sechs Monate her.

Ein halbes Jahr, und Lindas Tod war immer noch so unwirklich. An manchen Tagen weigerte sich sein Gehirn sogar komplett, den Gedanken zuzulassen, und gaukelte ihm vor, sie sei noch da. Dann hörte er im Hintergrund die Dusche rauschen, obwohl er allein zu Hause war, oder spürte nachts im Halbschlaf, wie sie sich an ihn schmiegte und ihre Wange an seinen Rücken legte.

Jakob trank seinen Kaffee an die Spüle gelehnt. Noch 15 Minuten, bis sie das Haus verlassen mussten, und Tims Frühstück stand immer noch unangetastet auf dem kleinen Tisch vor dem Küchenfenster: die Müslischale, ein großer Esslöffel rechts daneben. Die Packung Knusperflakes in der Mitte des Tisches, daneben die Hafermilch. In der bauchigen VfB-Stuttgart-Tasse dampfte Pfefferminztee.

Alles war haargenau so, wie Linda es all die Jahre arrangiert hatte. Er hatte nie bewusst darauf geachtet, und erst als sie nicht mehr da war, hatte er gemerkt, dass sich sein Verstand alles detailgenau eingeprägt hatte.

Wenigstens hier machte er also keine Fehler.

Er schenkte sich Kaffee nach und trat mit der Tasse in den Flur.

»Tim? Dein Frühstück! Leg mal einen Zahn zu!« Oben wurde eine Zimmertür zugeworfen. Zumindest lag er nicht mehr im Bett.

Zurück in der Küche fiel Jakobs Blick durch das Fenster in den Garten mit den alten Buchen und Birken. Das Unwetter der letzten Nacht hatte Zweige und dünne Äste abgerissen, die jetzt im nassen Gras lagen. Nichts im Vergleich zu der Katastrophe im Keller ... Jakob schob die unangenehme Erinnerung weg. Um den Garten würde er sich am Wochenende kümmern. Noch für einen Augenblick betrachtete er die jüngste der Birken, die sie vor fünf Jahren zu Lindas Geburtstag gepflanzt hatten, weil sie fand, dass man nie genug Bäume im Garten haben konnte. Dann fegte eine Böe hindurch und ließ buntes Herbstlaub zu Boden rieseln wie Schnee.

War es wirklich schon sechs Monate her, dass Linda nicht nach Hause gekommen war? Jakob wollte die Gedanken wegdrücken, aber heute schaffte er es nicht. An besagtem Abend war

Linda mit ihren Freundinnen unterwegs gewesen. Erst Kino, dann Kneipe, so wie an jedem ersten Dienstag im Monat.

»Bleib nicht auf«, hatte sie zu ihm gesagt, als sie sich mit einem flüchtigen Kuss von ihm verabschiedet hatte. »Es wird sicher spät …«

»Nicht so schnell!«, hatte er protestiert und sie in eine feste Umarmung gezogen. Ihre letzte.

Er war gegen Mitternacht ins Bett gegangen und in tiefen Schlaf gefallen. Normalerweise wachte er mindestens einmal in der Nacht auf. Aber diesmal nicht. Und so hatte er nicht gemerkt, wie die Stunden der Nacht verstrichen waren, ohne dass Linda nach Hause gekommen war. Am nächsten Morgen war ihre Seite des Betts unbenutzt gewesen.

Jakob hatte sofort ein ungutes Gefühl, ließ sich das vor Tim aber nicht anmerken. Der Junge ging in die Schule, und er fing an, Lindas Freundinnen abzutelefonieren. Die Runde hatte sich kurz nach eins aufgelöst, und Linda war in ihr Auto gestiegen, das sie im Parkhaus der Unibibliothek abgestellt hatte. Sie hatte nichts getrunken.

Er rief seine Kollegen bei der Polizei an, und drei Stunden später standen zwei Beamte in Uniform vor seiner Tür.

Verkehrte Welt.

Normalerweise war er es, der an Türen klingelte und traurige Nachrichten überbrachte. Was nicht einfacher wurde, egal, wie oft man es tat oder wie viele Trainings man absolvierte.

An diesem Morgen stand er auf der anderen Seite – und hätte alles darum gegeben, zu tauschen.

In der Nacht hatte es geregnet.

Linda war mit ihrem Auto auf dem Heimweg von der Spur abgekommen und auf der Landstraße gegen einen Brückenpfeiler geknallt. Wahrscheinlich Sekundenschlaf. Sie war sofort tot.

Jakob war zu Tims Schule gefahren und hatte ihn aus dem Unterricht holen lassen. Er wollte mit ihm nach Hause fahren und ihm dort in Ruhe alles erzählen.

Aber Tim war nicht blöd. Der Vierzehnjährige wusste in dem Moment, als er aus dem Schulgebäude trat, dass etwas Schlimmes passiert war.

Im Auto sah er ihn voller Sorge an.

»Was ist los?«

Jakob hatte seine Hände zu Fäusten geballt, damit sie aufhörten zu zittern.

Er hatte in seiner Ausbildung gelernt, solche Nachrichten zu überbringen. Aber in diesem Moment fühlte er sich völlig unvorbereitet und auch – unzulänglich.

Wie sollte er diesem Jungen, der seine Mutter so sehr liebte, in dieser Situation gerecht werden?

Tim war nicht sein leiblicher Sohn, und sie hatten eine Zeit gebraucht, um sich aneinander zu gewöhnen. Jakob hatte Linda ein halbes Jahr nach der Scheidung von Tims Vater kennengelernt. Tim war damals sechs Jahre alt gewesen und nicht begeistert vom neuen Partner seiner Mutter. Aber dann hatten sie sich doch angefreundet, und als sein leiblicher Vater in die USA ausgewandert war, hatte er ihn sogar adoptiert. Seither war er Tims zweiter Papa.

Seit Lindas Tod gab Jakob sein Bestes, um für Tim so da zu sein, wie er es brauchte. Was nicht besonders gut lief, wenn er ehrlich war.

Vor allem wenn sie stritten, machte Tim keinen Hehl daraus, wie sehr er seine Mutter vermisste und wie viel lieber er sie an seiner Seite hätte – statt ihm.

Jakob sah auf die Uhr. Wenn Tim sich nicht in zehn Minuten

auf sei Fahrrad schwang, würde er zu spät zur Schule kommen. Er trat erneut in den Flur und rief die Treppe hinauf.

»Tim?«

Keine Antwort. Stattdessen drang jetzt ein leises Summen an sein Ohr.

Jakob folgte dem immer lauter werdenden Geräusch die Treppe hinauf, bis er vor Tims Zimmertür stand.

Er klopfte an, und als sich nichts rührte, trat er ein.

Tim saß mit einem Fön in der Hand im Schneidersitz auf dem Boden. Um ihn herum verteilt wellige Zettel und Papiere. Zu seiner Rechten türmte sich ein Bücherstapel auf. Dicke Lexika, aus denen Papierecken und -kanten herauslugten.

Tim strich mit der linken Hand konzentriert ein Blatt Papier glatt und richtete mit der rechten den warmen Luftstrom darauf. Als er Jakob bemerkte, warf er ihm einen scharfen Blick zu.

»Kannst du nicht anklopfen?« Er schaltete den Fön aus und strich sich mit der anderen Hand eine schwarze, vom Duschen noch feuchte Haarsträhne aus der Stirn.

»Hab ich. Was machst du da, sind das ...?«

»Ja, das sind Mamas Unterlagen. Ein paar sind total im Eimer, aber die meisten kann ich retten.«

Jakob spürte seine Schultern sinken.

Gestern Abend hatte es gegen 20 Uhr angefangen, wie aus Eimern zu gießen. Und es hatte nicht mehr aufgehört. Jakob konnte sich nicht erinnern, wann er in Heidelberg schon einmal so einen gewaltigen Sturzregen erlebt hatte. Die Straßen waren innerhalb einer Stunde überschwemmt, er konnte von seinem Küchenfenster aus nicht mal mehr die Garage sehen, und der Garten verwandelte sich in eine Sumpflandschaft. Unvorstellbare Mengen Wasser waren vom Himmel über sie hereingebrochen und konnten nirgendwohin abfließen.

Der Keller lief voll. Wasser drang in den Abstellraum, in dem die Kartons und Kisten mit Lindas Habseligkeiten standen. Jakob hatte es nicht mehr ertragen, dass ihm jedes Mal, wenn er den Schrank öffnete, ihr Parfum entgegenwehte, und hatte ihre Kleidung im Keller verstaut. Ebenso ihre Notizbücher und Arbeitsunterlagen.

Tim war von Anfang an dagegen gewesen, aber Jakob hatte sich durchgesetzt.

Gestern Nacht hatten sie zusammen im knöcheltiefen Wasser gestanden, hatten Lindas Besitztümer in Sicherheit gebracht und Wasser geschippt, als es endlich aufgehört hatte zu regnen.

Tim hatte kein Wort mit ihm gesprochen.

Jetzt steckte er das getrocknete Blatt Papier in eines der Lexika und beschwerte es mit anderen Büchern.

»Du hast noch nicht gefrühstückt und solltest gleich los zur Schule«, sagte Jakob und erwartete einen schnippischen Einwand à la »Klar, dass dir Mamas Sachen egal sind«, aber so kam es nicht.

»Ich brauche noch zehn Minuten. Kannst du mich vielleicht fahren?«

Jakob war überrascht. Er nickte Tim zu und wollte ihm gerade seine Hilfe anbieten, da rauschte der Fön schon wieder.

Als er Tim eine halbe Stunde später ins Schulgebäude verschwinden sah, spürte er eine leise Hoffnung für sich und den Jungen. Vielleicht würde ja doch bald wieder so etwas wie Normalität zwischen ihnen einkehren. Blutsverwandt oder nicht, Tim war sein Sohn. Und er wollte ihn nicht mehr missen.

Das Klingeln seines Handys riss Jakob aus den Gedanken. Es war seine Kollegin Yeliz Demir. Sie sprach ruhig, aber er hörte die Anspannung in ihrer Stimme.

»Jakob, wir haben die Leiche von Fiona Keller gefunden.« Sie machte eine kurze Pause. »Und sie ist nicht die einzige ...«

Kapitel 3

Als Jakob eine halbe Stunde später aus dem Auto stieg, sanken seine Gummistiefel zwei Finger breit in den Boden ein. Auch hier, am Westrand des Odenwalds, hatte das Unwetter seine Spuren hinterlassen und den Waldweg in einen schlammigen Trampelpfad verwandelt.

Seine Stiefel lösten sich mit einem lauten Schmatzen vom Untergrund, als Jakob auf Yeliz zuging, die an ihr Auto gelehnt auf ihn wartete. Sie war ganz in ihr Handy vertieft, die schwarzen Locken fielen ihr in die Stirn und verdeckten ihre Augen, der Daumen wischte wie ein Scheibenwischer in regelmäßigen Abständen über das Display. Yeliz war 36, fand sich auf Instagram und TikTok aber zurecht wie eine Sechzehnjährige. Sie war immer auf dem neuesten Stand und der Überzeugung, dass sie durch die sozialen Medien schwimmen musste wie ein Fisch im Wasser, wenn sie die Welt und Denkweise der jüngeren Generationen verstehen wollte.

Yeliz blickte auf und zog ihre kurz geschnittene Lederjacke zurecht. Sie war mindestens einen Kopf kleiner als er.

»Na endlich«, sagte sie und ließ ihr Handy in ihrer Tasche verschwinden, nur um mit demselben Handgriff etwas herauszuholen, das in Butterbrotpapier gewickelt war. Sie reichte es ihm.

»Hier, von Elli. Ich hab sie eben noch zur Schule gebracht. Sie ist ab heute Mittag wieder bei ihrem Vater. Als sie beim Frühstück gehört hat, dass ich dich heute sehe, hat sie darauf bestanden, dass du auch ein Pausenbrot bekommst.«

Jakob sah Yeliz von der Seite an. Sie wusste, dass es heute sechs Monate her war.

»Du musst mir keine Brote schmieren, Yeliz«, sagte er, aber die hob abwehrend die Hände.

»Wie gesagt – nicht meine Idee.« Sie machte eine Pause. »Ich kann Elli natürlich sagen, dass du ihr Käsebrot nicht wolltest ...«

Jakob schnappte Yeliz das Brot aus der Hand. »Auf keinen Fall. Deine Tochter als Feindin kann ich mir nicht leisten. Sag ihr Danke von mir.«

Yeliz konnte sich ein zufriedenes Lächeln nicht verkneifen. »Richte ich aus.«

Sie liefen in den Wald hinein, den Weg entlang auf das rot-weiße Absperrband zu. Als sie darunter hindurchschlüpften, wechselten sie in den Job-Modus.

»Fiona Keller also«, begann Jakob. »Dass sie verschwunden ist, ist jetzt etwa sechs Monate her.«

»Sieben«, korrigierte Yeliz. »Ich habe gerade noch einmal die Details nachgesehen. Sie ist am 11. März, einem Freitag, nach ihrer Schicht im *Saphirblau* nicht nach Hause gekommen. Die Studentenkneipe in der Altstadt, du weißt ...«

Jakob erinnerte sich noch gut daran. Sie hatten mit einem Großaufgebot nach Fiona gesucht, hatten Hundertschaften mit Spürhunden losgeschickt, die die Umgebung Heidelbergs unermüdlich durchkämmt hatten. Daneben hatten sich in der Bevölkerung eigene Suchtrupps gebildet. Eine Gruppe Studierender war immer und immer wieder losgezogen, hatte Flugblätter verteilt. Fionas Vermisstenfoto klebte noch heute an jedem zweiten Laternenpfahl in der Stadt.

Vor Jakob verließ Yeliz den Weg und trat ins Unterholz.

Links fiel der Wald steil ab. Auf dieser Seite standen nur noch vereinzelt Bäume. Viele davon tote Fichten, die zum Großteil schon abgeholzt waren.

Etwa zwanzig Meter weiter unten suchten die Kollegen der Spurensicherung ein Areal so groß wie ein Fußballfeld ab.

»Durch den starken Regen sind ganze Erdteile abgerutscht«, fuhr Yeliz fort. »Der Förster war heute Morgen hier, um sich ein Bild von der Lage zu machen, und hat Fiona gefunden. Ein Bein hat aus der Erde herausgeschaut. Und jetzt ist eine zweite Leiche aufgetaucht. Noch eine junge Frau. Sieht aus, als hätte das Unwetter ihre Gräber freigelegt.«

Während Jakob konzentriert einen Fuß vor den anderen setzte, um beim Abstieg nicht abzurutschen, ging Yeliz mit großen Schritten voraus.

»Die Spurensicherung ist schon durch mit den Leichen. Professor Henning untersucht sie gerade.«

Yeliz war einige Meter weiter stehen geblieben und wartete auf ihn. Er kletterte die letzten Meter hinunter und hob dann den Blick, den er beim Abstieg an den Boden geheftet hatte.

Als er die Leichen aus der Nähe sah, musste er ein paarmal durchatmen, um das flaue Gefühl im Magen zu betäuben. In seinen nunmehr zehn Jahren im Dezernat für Kapitalverbrechen der Heidelberger Kriminaldirektion hatte er Dutzende Mordfälle untersucht. Er hatte Frauen gesehen, die von ihren Männern zu Tode geprügelt worden waren, mit eingeschlagenen Schädeln und bis zur Unkenntlichkeit zerschundenen Gesichtern. Er hatte den Mord an einer siebzehnjährigen Prostituierten untersucht, die in einem Hotelzimmer sexuell missbraucht und danach mit einem Kopfschuss hingerichtet worden war. Trotzdem – und das hatte er erst im Laufe der Jahre verstanden: Egal, wie viel er sah – nichts konnte ihn auf den nächsten Fall vorbereiten.

Die toten Mädchen lagen nackt nebeneinander auf einer großen dunkelblauen Plane. Die Haut war blass und zeigte keine Anzeichen von Verwesung, keine Fäulnis, nichts. Wie zwei ausgemusterte Wachsfiguren, die Körper mit Erde und Laub beschmutzt.

Links musste Fiona sein. Ihr klebten die hellbraunen Haarsträhnen wirr an Stirn und Wange. Halb geöffnete Augen starrten trüb in den grauen Himmel.

Das andere Mädchen hatte dunklere kurze Haare. Sie trug ein Nasenpiercing, und ihr Kopf war zur Seite geneigt, als wolle sie ihn auf Fionas Schulter ablegen.

Jakob betrachtete noch einen Moment die Gesichter der beiden, ehe er tiefer blickte.

Brustkörbe und Bäuche waren von Einstichen übersät, zum Teil waren Haut und Fleisch herausgerissen. Der Anblick zog ihm die Kehle zusammen. Diese Mädchen waren regelrecht abgeschlachtet worden. Er schloss zu Yeliz auf. Wie gewöhnlich schien sie derartige Anblicke besser wegzustecken als er.

»Hier, sie ist es wirklich.«

Yeliz hielt Jakob das Display ihres Handys hin. Ein Instagram-Post, mit dem nach Fiona gesucht worden war. Das Foto zeigte eine junge Frau mit schulterlangen hellbraunen Locken und Sommersprossen auf den Wangen. Sie trug ein schwarzes Tanktop und eine enge Halskette mit einem Anhänger – dem Buchstaben F. Sie lehnte hinter einem Tresen und lächelte breit. Jakob sah von dem Foto zu der toten jungen Frau. Es bestand kein Zweifel.

Neben ihm wandte sich Yeliz an Professor Henning. »Zwei Fettwachsleichen also.«

Die Rechtsmedizinerin, die eben noch vor der Dunkelhaarigen gehockt hatte, drehte den Kopf und blitzte sie mit ihren hellen wachen Augen an. Sie trug eine große Brille mit dickem weinrotem

Rahmen, die silbergrauen Haare hatte sie zu einem strengen Pferdeschwanz gebunden. »Sie sind gut, Frau Demir, Sie sollten sich auf meinen Job bewerben.«

Sie gab sich keine Mühe, den Sarkasmus in ihrer Stimme zu verbergen, stand langsam auf und nickte Jakob kurz zu. Was nichts zu bedeuten hatte. Von ihm hielt sie genauso wenig wie von Yeliz. Nicht, weil sie keine guten Ermittler waren. Aber sie befanden sich ganz klar außerhalb ihrer Blase.

Der Blase der Wissenschaft.

Prof. Dr. Greta Henning war seit zwölf Jahren Chefin der Heidelberger Rechtsmedizin. Unter ihren Mitarbeitern galt sie als äußerst streng, und Jakob wusste, dass sie nicht nur einen Anwärter auf ihren Stuhl vorzeitig abgesägt hatte. Sie war die Beste. Und würde sich so schnell nicht vom Thron stoßen lassen.

Mit spitzen Fingern zog sie ihren Mund-Nasen-Schutz herunter und atmete einmal tief durch. »Aber der Reihe nach: Wir haben hier zwei Frauen, ungefähr im gleichen Alter, schätzungsweise zwischen achtzehn und Mitte zwanzig. Beide weisen zahlreiche Stich- und Schnittverletzungen am Torso auf.«

Jakob betrachtete erneut Bäuche und Brustkörbe der Leichen. Auf Anhieb zählte er jeweils mindestens zwanzig Stiche. An manchen Stellen waren die Wundränder aufgerissen und ausgefranst. Ganze Hautlappen und Fleischstücke fehlten.

»Wir haben Stiche in unterschiedlichen Größen«, fuhr Professor Henning sachlich fort. »Vermutlich wurde mit dem Stichwerkzeug, wahrscheinlich einem Messer, unterschiedlich tief gestochen.«

Sie ging in die Hocke und drehte Fionas Hände um. Schnittverletzungen in den Handflächen. Eine besonders tiefe zwischen Daumen und Zeigefinger.

»Abwehrverletzung«, kommentierte sie. »Sie hat versucht, sich gegen das Messer zu wehren ...«

Jakob hörte konzentriert zu, sah vor seinem geistigen Auge, wie Fiona die Arme vors Gesicht schlang, wie sie versuchte, sich zu schützen und den Angreifer von sich wegzutreiben. Dabei erwischt sie das Messer. Die Klinge fährt durch ihre Handfläche. Ratsch. Blut quillt aus dem Schnitt hervor.

»Und jetzt zu Ihrer Vermutung, Frau Demir. In der Tat handelt es sich hier um zwei Fettwachsleichen. Der feuchte und lehmige Waldboden hat dafür gesorgt, dass sie nicht verwest sind. Normalerweise sorgen körpereigene Enzyme dafür, dass sich ein Leichnam zersetzt. Das geht aber nicht ohne Sauerstoff. Kälte und Sauerstoffmangel stoppen die Aktivität der Enzyme und verhindern, dass die körpereigenen Fettsäuren abgebaut werden. Nach etwa einem Monat verseift das Fett unter der Haut und um die Organe herum, und im Zuge einer chemischen Reaktion entstehen freie Fettsäuren und Glycerin. Im Klartext: Es bildet sich ein Fettpanzer, der sich kaum noch verändert.«

»Das heißt, sie lagen mindestens einen Monat hier vergraben«, folgerte Jakob.

Professor Henning schüttelte den Kopf.

»Die liegen schon länger. Es kann Monate bis Jahre dauern, bis die Umwandlung der Fette komplett abgeschlossen ist.«

Jakob deutete auf Fiona. »Sie ist vor sieben Monaten verschwunden.«

»Ja, das könnte hinkommen. Bei der anderen ist der Prozess noch nicht so weit fortgeschritten, würde ich sagen. Ist aber schwierig zu beurteilen.«

In Jakobs Kopf rasten die Gedanken.

»Wurden die beiden eigentlich nebeneinander gefunden?«

Professor Henning deutete auf eine tote Fichte etwa vier Meter entfernt. »Nicht direkt nebeneinander. Die Kurzhaarige lag dort drüben.«

Jakob sah sich um. Die Frauen wurden womöglich zu unterschiedlichen Zeiten getötet, wiesen aber die gleichen Verletzungen auf. Wie hoch war die Wahrscheinlichkeit, dass hier noch weitere Frauen begraben lagen?

Yeliz fing seinen Blick auf. Sie dachte dasselbe wie er. Im nächsten Moment hatte sie das Handy am Ohr und forderte Leichenspürhunde an.

»Und es wurden keine persönlichen Gegenstände bei den Leichen gefunden?«, fragte Jakob unterdessen.

Professor Henning schüttelte den Kopf. Sie hatte sich wieder der Schwarzhaarigen zugewandt und machte sich Notizen auf ihrem Tablet. »Sie waren beide nackt, und soweit ich weiß, haben die Kollegen bisher nichts Weiteres gefunden.«

Jakob wandte sich an Yeliz, die noch immer telefonierte. »Die sollen außerdem schon mal die Vermisstenmeldungen der letzten Wochen und Monate durchgehen«, sagte er. »Ich erinnere mich, dass kurz nach Fiona noch ein zweites Mädchen verschwunden ist. Anna Menden.« Er warf einen kurzen Blick zurück zu der Dunkelhaarigen. »Das ist sie meines Erachtens nicht, aber ...«

Yeliz nickte ihm zu, und während sie sich ein paar Schritte entfernte, betrachtete Jakob die dreckigen, geschundenen Körper der jungen Frauen, die zwischen den Bäumen lagen wie erlegtes Wild.

Jemand hatte sie abgeschlachtet und dann hier verscharrt. Tief genug, damit die Wildschweine, Dachse und Füchse sie nicht ausbuddelten und fraßen. Der Anblick machte Jakob fertig. Aber er zwang sich, weiter hinzusehen, und in ihm fing die Wut an zu brodeln.

Kapitel 4

Sieben Monate zuvor

Zuerst spürte er den kühlen Luftzug im Nacken, dann sah er die Bewegung im Augenwinkel. Der Jäger drehte sich um, und da war sie: die weiße Füchsin. Sie schlüpfte durch den Eingang und blickte sich zögernd um. Für ein, zwei Atemzüge froren ihre Bewegungen ein. Dann neigte sie den Kopf. Sie ließ die Atmosphäre auf sich wirken, nahm sie in sich auf, ehe sie sich wieder in Bewegung setzte und mit leisen, vorsichtigen Schritten den Raum durchquerte.

Im nächsten Moment hielt sie ein Glas Champagner in der Hand.

Der Jäger näherte sich ihr langsam und unauffällig. Er wollte sie sich ganz genau ansehen, sie dabei aber nicht verschrecken. Also blieb er in einigem Abstand stehen und senkte den Blick.

Sie war ganz in Weiß gekleidet. Ihre Füße steckten in Stilettos mit hoher Schnürung um die schmalen Knöchel. Das Cocktailkleid reichte bis zur Mitte der Oberschenkel. Als sie ein paar Schritte ging, beinahe stolzierte, warf das Kerzenlicht flackernde Schatten auf ihre Haut. Seine Finger sehnten sich danach, sie zu berühren. Wie zart und warm sie sich anfühlen musste ...

Sein Blick wanderte höher, über ihre geschwungenen Hüften,

die Brust und in ihr Dekolleté, in dem eine filigrane silberne Kette lag. Ein Anhänger mit dem Buchstaben F.

Der Anfangsbuchstabe ihres Namens? Der Jäger ließ die Frage los. Ihr Name interessierte ihn nicht im Geringsten. Was ihn viel mehr interessierte, waren ihre nackten Schultern und ihre haselnussbraunen Haare, die in sanften Wellen darüber fielen.

Sein Blick streifte ihr Kinn, ihre Unterlippe. Der Rest ihres Gesichts, Nase, Augen, die Stirn, wurde von einer hellen Maske verdeckt.

Die Maske der weißen Füchsin war die schönste, die er bisher gesehen hatte. Vermutlich Handarbeit, gefertigt aus echten weißen Gänsefedern – und zwei prächtigen braun gefleckten Fasanenfedern für die Fuchsohren.

Sie erzitterten, als ein erneuter Windzug durch den Raum wehte. Eine Gänsehaut überzog die Unterarme der Füchsin und stellte die feinen Härchen auf, obwohl der Kamin die Temperatur konstant auf über 23 Grad hielt.

Als er an ihr vorbeiging, atmete er ihren Duft ein. Ihre Haare rochen nach Zitrone und Rosmarin, ihre Haut warm und salzig – nach Aufregung, nach Lust auf Gefahr.

Der Jäger entfernte sich noch zwei, drei Schritte, ehe er sich an die Wand lehnte und sie wieder aus der Ferne betrachtete. Ab jetzt würde er sie nicht mehr aus den Augen lassen. Die weiße Füchsin gehörte ihm.

Es dauerte nicht lang, da hatte sie ihn bemerkt und sah ihn durch die Augenöffnungen der Maske durchdringend an. Sie gab ihm recht. Sie wusste es auch.

Und sie war ein wildes Biest. Zwei Stunden später schlug sie ihre Krallen in seinen nackten Rücken. Er schrie auf vor Schmerz und Lust. Zog sie noch dichter an sich, spürte ihren heißen Atem an der Seite seines Halses und ihren rasenden Herzschlag an seiner Brust.

Er hielt einen Moment inne, ließ sie los und legte eine Hand um ihren Hals. Sie stöhnte auf, ihre Mundwinkel zuckten nach oben. Das gefiel ihr. Er drückte zu. Erst leicht, dann immer fester, bis er das Pochen ihrer Halsschlagader in der Handfläche spürte.

Ihre Augen wurden groß.

»Hey!«, der Protest kam gepresst aus ihrem Mund, in ihren Augen flammte Panik auf. Gleich würden die ersten feinen Äderchen in ihren Augen platzen.

Der Jäger erwiderte ihren Blick starr. Er konnte jetzt nicht mehr zurück.

Als er ihren Hals fester zudrückte, begann das Blut in seinen Ohren zu rauschen. Sein eigener Herzschlag wurde immer lauter, immer schneller, schlug kraftvoll bis in die Kehle hinein.

Die Füchsin wand sich unter seinem Griff, ruderte mit den Armen und strampelte, um sich zu befreien. Er beschloss, ihr diesen kurzen Moment der Hoffnung zu gönnen, und ließ von ihr ab, nur um sie im nächsten Augenblick vom Tisch zu schleudern. Auf dem Boden krümmte sie sich zusammen und japste nach Luft wie ein Fisch, den man an Land geworfen hatte.

Der Jäger kniete sich über sie, ein Knie in den Bauch, eins auf die Brust. Es knackte. Luft entwich. Sie keuchte. Dann drückte er ihre heißen Schultern in den Boden. Sie warf den Kopf hin und her. Ihre Lippen bewegten sich hektisch, aber er hörte nicht, was sie sagte. Oder schrie. Er hörte nur seinen eigenen immer schneller werdenden Atem – und packte wieder ihren Hals, knallte ihren Kopf auf den Boden. Nicht genug. Er wollte mehr, er musste …

Und sein Hunger brannte jetzt nicht mehr nur in ihm. Er spürte die Energie der anderen. Sie wollten dasselbe. Sein Verlangen schwappte wie eine Welle durch den Raum und erfasste ihn von außen erneut und mit voller Wucht, erfüllte ihn mit Hitze und Unruhe.

Das Messer lag in seiner Hand, als wäre es schon immer da gewesen. Er drehte das Handgelenk und stach zu.

Er rammte der Füchsin das Messer in den nackten Bauch. Mit einer schnellen Bewegung durchbrach die Spitze die Haut. Dann schob er die Klinge fast wie in Zeitlupe rein, durchbrach das Gewebe, die oberen Muskelschichten.

Langsam zog er es raus.

Sofort quoll Blut aus der Wunde, und eine Welle der Erfüllung übermannte ihn. Sein Herz wollte explodieren.

Die Füchsin wand sich unter ihm, versuchte sich aufzubäumen.

Er stach noch einmal zu. Und noch einmal. In den Bauch und in die Brust. Neben ihm zückte jemand ein zweites Messer und traf den Körper in die Seite und tief in den Oberschenkel. Der andere musste den Griff mit beiden Händen packen, um die Schneide wieder aus dem Muskel zu ziehen. Blut quoll aus dem Schnitt, und vor den Augen des Jägers verschwammen ihre Bewegungen.

Als er wieder zu sich kam, hörte die Füchsin auf zu zucken, und ihre Glieder entspannten sich. Das Blut floss strahlend rot über ihre zarte Haut und sammelte sich neben und unter ihr in einer glänzenden Pfütze.

Der Jäger ließ sich neben der Füchsin nieder und berührte ihren warmen, weichen Körper.

Als er den Blick hob, sah er in das Gesicht des Mannes, der ihn hergebracht hatte.

Er lächelte.

Kapitel 5

Die Frau duckte sich unter dem Absperrband hindurch und begann zu rennen, als Jakob mit Yeliz aus dem Unterholz auf den Waldweg trat.

»Passt da vorne denn keiner auf?«, ärgerte sich Jakob und ging ihr mit großen Schritten entgegen. Yeliz folgte ihm. Als die Frau nah genug war, sah er die Verzweiflung in ihrem Gesicht und die rot geweinten Augen. O nein. Wenn das eine Mutter …

»Ist meine Anna hier?«, rief sie ihnen entgegen und bestätigte Jakobs Vermutung. Ihre Stimme brach. »Meine Tochter. Haben Sie sie gefunden? Bitte, ich muss sie sehen!«

Es war die Mutter der verschwundenen Anna Menden.

Ohne seine Antwort abzuwarten, wollte sie sich an ihm vorbeidrängen. Aber Jakob hielt sie fest.

»Moment, Sie können hier nicht einfach so durch.«

Die Frau blieb stehen und hielt ihm ein Foto hin, das schon durch viele Hände gegangen war. »Das ist sie.«

Ihr Blick sprang nervös zwischen ihm und Yeliz hin und her.

Es war ein Porträtfoto, aufgenommen wahrscheinlich im Urlaub. Das Mädchen hatte grüne Augen, lange rote Haare und einen Pony. Ihre Wangen waren gerötet von der Sonne, ihre Unterlippe gepierct.

»Ich muss wissen, ob sie die junge Frau von dem Foto ist ... oder eine der anderen!«, riss die Mutter ihn aus seinen Gedanken.

»Welches Foto?«, sprach Yeliz Jakobs Gedanken aus.

Die Frau fummelte ein Handy aus ihrer Tasche und hielt ihnen das Display entgegen. Zu sehen war ein Foto der toten Fiona Keller. Ihr Gesicht war großflächig verpixelt, sonst konnte man sämtliche Einzelheiten erkennen. Die blasse Haut, die Stichwunden ...

Wie ...? Jakobs ganzer Körper spannte sich an, während sich die Frau aufgeregt weiter erklärte. »Das Foto wurde getwittert. Und Anna, meine Tochter, sie ist seit fast einem halben Jahr verschwunden, ich muss einfach wissen ...«

Jakob wurde heiß bei dem Gedanken, dass dieses Foto im Internet kursierte. Welche Konsequenzen das für ihre Ermittlungen haben könnte. Ab jetzt war der Täter gewarnt, wusste, dass sie die Opfer gefunden hatten ...

Neben ihm streckte Yeliz ihre Hand aus.

»Darf ich?«

Die Frau nickte ungeduldig und gab Yeliz ihr Handy, die sich nun konzentriert durch die App klickte.

»Das Foto wurde bereits über 300-mal gelikt und geteilt«, stellte sie beunruhigt fest und hatte Mühe, ihren Ärger zu verbergen. »Zusammen mit dem Text: ›Endlich Frieden für Fiona und Anna?‹ Der Tweet stammt, wie es aussieht, von einem gewissen Nils Brenner.«

Die Frau nickte.

»Nils hat einen True Crime Podcast, in dem es um Kriminalfälle in Süddeutschland geht. Er hat ein paar Beiträge über unsere Anna gemacht, uns auch interviewt.«

Sie zeigte ihnen noch mal Annas Foto.

»Bitte, in dem Beitrag steht, dass hier mehrere Leichen gefunden wurden. Junge Frauen. Ist sie dabei?«

Jakob schüttelte den Kopf.

»Nein, ist sie nicht.«

Die Frau stieß ein Seufzen aus. Erleichterung stand für einen Moment in ihrem Gesicht, ehe ihr die Tränen kamen.

»Anna ist jetzt schon so lange weg ...«

Die Worte sprudelten aus ihrem Mund, als hätte sie sie viel zu lange zurückgehalten. »Ich kann nicht mehr! Wieso findet sie denn niemand? Ich habe tatsächlich gehofft, dass sie hier ... Aber ich will doch, dass sie lebt. Ein junges Mädchen kann doch nicht einfach so verschwinden.«

Jakob wollte sich gar nicht ausmalen, wie es sein musste, sein Kind auf diese Weise zu verlieren. Dieser Zustand zwischen ständiger Hoffnung und Trauer. Und die Unmöglichkeit abzuschließen, solange es nicht gefunden wurde ... All das verstand er. Er konnte aber auch nicht verhindern, dass der Ärger über das veröffentlichte Foto immer weiterwuchs und sein Mitgefühl überlagerte.

»Sollten wir Anna finden, werden wir Sie sofort anrufen, okay?«, sagte er abgeklärter, als er wollte. »Aber jetzt müssen Sie bitte gehen. Und bitte verbreiten Sie dieses Foto nicht!«

Die Frau senkte den Blick und nickte.

»Ich danke Ihnen trotzdem«, sagte sie, bevor sie sich umdrehte und langsam davonging.

Jakob wartete, bis sie weit genug weg war, dann ließ er seinem Ärger freien Lauf.

»So eine verdammte Scheiße!«

Yeliz fuhr sich nervös durch die Haare. »Wer hat dieses Foto gemacht? Ich kann mir nicht vorstellen, dass einer der Kollegen ...«

Jakob überlegte fieberhaft. Sein Blick ging den Hang hinunter, wo über zwanzig Menschen arbeiteten. Hatte sich jemand in einen weißen Schutzanzug geworfen und unters Volk gemischt? Aber wie hatte er von dem Leichenfund erfahren? Den Polizeifunk hatten Journalisten vielleicht in den 90ern abgehört. Heutzutage funktionierte das nicht mehr so einfach.

Es gab noch eine andere Möglichkeit.

Jakob ging los, Yeliz folgte ihm.

»Was hast du vor?«

»Wir überprüfen die Leute, sehen uns jedes Handy an. Entweder es hat sich hier jemand eingeschleust, oder wir haben einen Maulwurf im Team.«

Jakob war die ersten Meter hinabgestiegen, als ihn aufgeregtes Bellen innehalten ließ. Er blickte den Hang hinab, sah aber nur einen der beiden Leichenspürhunde, und der lief konzentriert und ruhig an der Leine.

»Die sind da oben!«

Yeliz hatte recht. Das Bellen kam aus der anderen Richtung.

Sie machten kehrt und folgten dem Bellen rechts des Wegs in den Wald hinein.

Hier standen die Bäume dichter, und es war dunkler. Laub- und Nadelbäume wuchsen nebeneinander, hielten die Feuchtigkeit fest. Jakob sank mit jedem seiner Schritte tief in den aufgeweichten und mit Laub bedeckten Boden. Bald ging sein Atem schwer, und sein Herz schlug vor Anstrengung heftig in seiner Brust.

Das Bellen wurde lauter. Sie kamen näher.

Und dann sah Jakob den Hundeführer. Er stand in etwa zehn Metern Entfernung einfach nur da.

»Thomas?«, rief Jakob. Aber der Mann schien ihn nicht zu hören.

Er hatte den Kopf in den Nacken gelegt und starrte nach oben. Sein Hund sprang mit den Vorderpfoten immer wieder gegen den dicken Stamm einer Eiche und kläffte sich die Seele aus dem Leib.

Kapitel 6

Jakob war stehen geblieben. Das Bellen des Hunds drang nur noch leise zu ihm heran, so als hätte er plötzlich Wasser in den Ohren. Er spürte das kräftige Pochen seiner Halsschlagader, und seine Kehle war mit einem Mal so trocken, dass er nicht schluckten konnte.

Sein Verstand sagte ihm, dass er sich abwenden sollte, aber er konnte nicht.

Weit über ihren Köpfen auf mindestens vier Metern Höhe schwebte eine weitere Leiche, eine Frau. Sie war nackt und hatte die Arme ausgebreitet, als wollte sie jeden Moment zum Sturzflug ansetzen.

Jakob musste mehrfach blinzeln, um zu erkennen, dass sie nicht wirklich schwebte.

Ihre Füße waren zusammengeschnürt und am Baumstamm festgebunden. Zwei weitere Seile wickelten sich um ihre Handgelenke und rissen ihre Arme in die Höhe. Die Seile mussten irgendwo an Ästen befestigt sein. Trotz des starken Regens in der vergangenen Nacht saßen sie noch straff, und nur die Knie der Frau waren leicht eingeknickt.

Ihr Kopf war nach vorne gekippt. Ein Windstoß fuhr ihr durch die halblangen Haare, und ihr Bauch …

»Du meine Güte«, Jakob geriet ins Schwanken, als sein Blick an der Körpermitte der Frau hängen blieb.

Ihr Bauch war komplett aufgerissen. Und das, was dort heraushing ... Er wandte sich ab.

Neben sich hörte Jakob Yeliz schwer atmen. Sie fuhr sich nervös übers Gesicht und stemmte dann die Hände in die Hüften. Ihre Finger zitterten.

Plötzlich klickte es hinter ihnen. Kolja Liebold, Leiter der Kriminaltechnik, war ihnen gefolgt und richtete seine Kamera auf die Leiche. Als er sie sinken ließ, lag eine Mischung aus Faszination und Schock in seinen Augen.

»So was hab ich noch nie gesehen«, sagte er, ohne den Blick abzuwenden und mehr zu sich selbst als zu den anderen. »Wie zur Hölle ist sie denn da hochgekommen?«

Diese Frage stellte sich auch Jakob. Eine Leiche zu transportieren, war schon schwer genug, sie aber in vier Metern Höhe an einem Baum festzubinden, und das nicht irgendwie, sondern so ...

»Das hat der Täter auf keinen Fall allein geschafft«, sagte Jakob. »Er muss Hilfe gehabt haben.«

Kapitel 7

Eine halbe Stunde später bargen Feuerwehrleute die Leiche. Zunächst stieg Kolja mit zwei Männern hinauf, um Detailaufnahmen zu machen, danach wurde die Frau nach unten geholt.

Drei Männer und zwei Frauen waren nötig, um den Körper loszubinden, ihn auf einer Trage zu fixieren und somit möglichst unversehrt zu Boden zu befördern.

Inzwischen war auch Professor Henning zu ihnen gestoßen. Zu viert beobachteten sie, wie die Trage Zentimeter für Zentimeter nach unten gelassen wurde. Keiner sagte ein Wort.

Als die Trage auf dem Boden aufsetzte, hörte Jakob Professor Henning durchatmen und sah aus dem Augenwinkel, wie sie die Lippen zusammenpresste.

»Sieht aus, als hätten sich hier schon die Vögel bedient«, stellte sie trocken fest.

Die Vögel hatten der jungen Frau das Fleisch in Klumpen von den Knochen gerissen und nicht einmal vor dem Gesicht haltgemacht. Dort, wo einmal das rechte Auge gesessen hatte, war ein schwarzes Loch. Haut und Fleisch der rechten Gesichtshälfte waren beinahe komplett abgefressen, und so traten Wangen- und Kieferknochen nackt hervor.

Das, was mit der Körpermitte passiert war, hatten sie dagegen nicht den Vögeln zu verdanken. Das war das Werk eines Menschen. Auch auf dieses Opfer hatte jemand mit einem Messer eingestochen und – so, wie es aussah, den Bauch komplett aufgeschnitten. Die Bauchdecke war aufgerissen, lange Hautlappen hingen schlaff herab. Und dann war da noch der Teil der Eingeweide, den die Vögel übrig gelassen hatten.

Der Anblick war schwer zu ertragen.

»Auf den ersten Blick würde ich sagen, dass sie hier die frischeste Leiche ist«, sagte Professor Henning, die schon wieder in ihrem Element war. »Sie hat draußen im Regen gehangen, und trotzdem ist sie noch relativ gut erhalten. Ich schätze, sie ist erst ein paar Tage tot.«

Jakob trat näher heran, betrachtete das Gesicht der jungen Frau. Auch bei ihr handelte es sich nicht um Anna Menden. Sie hatte lange schwarze Haare und war insgesamt kräftiger gebaut als Anna.

Vor ihnen war Kolja in die Hocke gegangen und begann, die Leiche nach Spuren zu untersuchen. Als er ihren Kopf berührte, kippte er zur Seite.

»Moment«, Jakob trat näher heran. »Was ist das in ihrem Nacken?«

»Was meinst du?« Kolja hielt inne und betrachtete den Hals.

»Du hast recht. Da ist was.«

Er strich der jungen Frau vorsichtig die Haare aus dem Nacken und wandte sich seinem Kollegen zu.

»Dreh sie mal ein Stück, okay?«

Der Kollege griff nach der Schulter der Toten und drehte sie gerade so weit, dass sie ihren Nacken gut sehen konnten. Zum Vorschein kamen ein V. Eingeritzt mit einem feinen Gegenstand. Vielleicht einem Skalpell?

»Ein Haken oder ein V?«, fragte Kolja. »Nein, Moment, da ist noch ein Strich.« Jakob betrachtete den Nacken konzentriert, fuhr mit seinem Blick die Zeichnung nach.

Dann funkte er den Kollegen an, der unten bei den ersten beiden Leichen geblieben war.

»Schau bitte in ihren Nacken«, befahl er. »Ist da etwas in ihrem Nacken?«

Für einen Moment herrschte Stille in der Leitung. Jakob starrte gebannt auf das Gerät in seiner Hand.

»Drei Striche bei der Dunkelhaarigen«, meldete sich der Kollege zu Wort.

»Eine römische Drei«, schloss Jakob. »Wir haben hier oben Nummer IV. Und Fiona?«

»Ein Strich.«

»Danke dir.«

Neben Jakob ließ Yeliz den Blick beunruhigt durch den Wald wandern.

»Nummer II fehlt«, stellte sie fest, und Jakob nickte angespannt. Er rief den Hundeführer zu sich.

»Wir weiten den Radius aus. Wir gehen hier nicht weg, ehe wir Nummer II gefunden haben.«

»Warum hing sie im Baum und wurde nicht vergraben wie die anderen?«, fragte Yeliz, während sie kurze Zeit später zur Straße hinunterstiegen.

Jakob hatte keine Antwort darauf. Die Leichen mit den Markierungen I und III waren so gut versteckt gewesen, und diese hier wäre doch in den nächsten Tagen auf jeden Fall gefunden worden. Auch ohne das Unwetter und die anderen Funde.

Auf dem Waldweg blieb er stehen. Er sah, wie die Hunde unermüdlich den unteren Teil des Walds absuchten. Dass sie so lange nicht mehr angeschlagen hatten, wertete er als gutes Zeichen, denn auch wenn sie weiter nach Nummer II suchten, so hatten sie wenigstens keine Nummer V oder Nummer VI gefunden. Die Absurdität dieses Gedankens traf Jakob. Aber die Situation war auch außergewöhnlich und anders als alles, was er bisher erlebt hatte.

Ein Mord war immer eine Tragödie. Ein Doppelmord eine Katastrophe. Das hier war etwas völlig anderes. Und er fühlte sich absolut nicht bereit dafür.

Kapitel 8

Die Barista hatte ihm einen Schwan auf seinen Flat White gezaubert. Sie lächelte ihn an, während sie den Kaffee vor ihm abstellte, und da bemerkte er das winzige Croissant auf dem Unterteller. Es war gerade so groß wie eine Walnuss, und ein schneller Blick in die Runde verriet ihm, dass die anderen Gäste nichts dergleichen bekommen hatten.

Der Jäger sah der Barista hinterher, die im Gehen elegant leere Tassen einsammelte und den zwei Frauen am Nachbartisch zunickte. Sie hatte ein süßes Lächeln, das Grübchen in der rechten Wange machte sie jünger, als sie wahrscheinlich war. 20, 21? Geschmeidig wie eine Katze bahnte sie sich ihren Weg an den wartenden Gästen vorbei zurück zur Theke und stieg auf die Zehenspitzen, um eine Packung Bohnen von dem Regal zu holen. Sie war höchstens 1,60 Meter groß, und ihre rabenschwarzen Haare gefielen ihm besonders. Leider hatte sie sie zu einem hohen Pferdeschwanz gebunden, was ihnen nicht gerecht wurde. Wenn sie die Haare offen tragen würde ... Aber halt. Ihretwegen war er nicht hier.

Der Jäger wandte sich von ihr ab und sah zur Tür, dann entsperrte er sein Handy. Die junge Frau auf dem Foto blickte ihn mit rehbraunen Augen herausfordernd an, ihr platinblonder Bob schloss akkurat auf der Kinnlinie ab. Was ihn jedoch am meisten anzog, war das Tattoo. Eine Rosenranke, die filigran die Seite ihres Halses hinaufwuchs und hinter dem rechten Ohr in ihrem Nacken verschwand.

Sie musste jeden Moment hier auftauchen.

Durch das Fenster sah er auf die enge Gasse. Das Kopfsteinpflaster glänzte nass. Er hielt Ausschau nach dem blonden Bob und versuchte, das immer aufgeregter werdende Gespräch der Frauen am Nachbartisch auszublenden. Die beiden lästerten jetzt schon mindestens zehn Minuten über eine Kollegin, die offenbar zwei Kinder von zwei Männern hatte und gerade in einer Trennung steckte.

»Und jetzt werden die Kinder zur Tagesmutter abgeschoben«, sagte die eine. Sie wippte ein kleines Mädchen auf dem Schoß, das vielleicht zwei Jahre alt war.

»Wenn man die Typen nicht halten kann, sollte man sich vielleicht nicht jedes Mal ein Kind machen lassen«, spottete die andere. Sie trug einen praktischen Kurzhaarschnitt und stieß in ihrer Begeisterung über ihren eigenen garstigen Kommentar einen spitzen Schrei aus.

Die Mutter verschluckte sich vor Lachen fast an ihrem Cappuccino, und die Kurzhaarige zog die Mundwinkel zu einem zufriedenen Grinsen hinauf.

Schon allein für diesen Kommentar sollte er die dumme Gans abstechen, dachte er. Einen einfachen Schnitt durch die Kehle, um sie danach langsam ausbluten zu lassen. Aber so lief das Spiel nicht.

Er zwang sich, nicht mehr hinzuhören, und fixierte die Tür.

Dienstags trank sie ihren Kaffee immer hier, immer um dieselbe Uhrzeit. Wo blieb sie?

In zwei Tagen würden sie wieder zusammenkommen. Die Vorbereitungen liefen auf Hochtouren, und er hoffte, dass er mit ihr seine Nummer V gefunden hatte. Sie war ihm empfohlen worden, und er hatte recherchiert. Bisher sah es vielversprechend aus. Sie war 23 Jahre alt, vergnügungssüchtig, Medizinstudentin mit einem Faible für wohlhabende Männer und wechselnde Sexualpartner. Aber das reichte ihm noch nicht. Er musste sie selbst in Augenschein nehmen, sie in freier Wildbahn erleben, musste sehen, wie sie sich bewegte, ihre Mimik studieren. Und vor allem: sie riechen …

Als die Tür das nächste Mal aufschwang, trat sie ein. Alles um ihn herum verstummte. Von der ersten Sekunde an war ihm klar, dass ihr hier niemand das Wasser reichen konnte. Sie hielt einer älteren Dame die Tür zum Rausgehen auf und lächelte. Nicht aus Höflichkeit oder Gewohnheit, nein, sie war so. Sie hellte den Raum auf, nahm die Menschen um sich herum wahr. Auf dem Weg zum Tresen griff sie in ihre Handtasche, ein Designerstück, alt, aber gepflegt und nicht abgegriffen. Vielleicht secondhand. Der Jäger trank seinen Flat White aus und wollte sich gerade hinter sie in die Schlange stellen, als sie aus der Reihe trat und auf ihr Handy schaute. Kurz darauf hielt sie es ans Ohr und lauschte. Eine Sprachnachricht? Noch mit dem Handy am Ohr machte sie kehrt und verließ das Café.

Nein. Das war nicht der Plan. Kurz sah der Jäger ihr hinterher, dann lief er zur Tür. Sie hatte ihr Handy eingesteckt und eilte davon. Wenn er sie jetzt verlor … Er hasste es, improvisieren zu müssen, aber sie davonkommen zu lassen, war keine Option. Also zog er sich die Kapuze über den Kopf und folgte ihr in den Regen.

Kapitel 9

Von außen war die kleine Kaffeebude an der Königinstraße am Englischen Garten nicht viel mehr als ein notdürftig zusammengezimmerter Bretterverschlag, mintgrün gestrichen und vielleicht drei mal drei Meter breit. Aber drinnen wurden die besten Schokocroissants in ganz München gebacken, und genau so eins brauchte Nova jetzt.

Sie warf dem Barista einen flüchtigen Blick zu. Er war neu. Müde braune Augen, vielleicht zu viel Gin Tonic gestern, ein Höcker auf der schmalen Nase, darunter ein gelangweilter Oberlippenbart, Biscotti-Krümel im Mundwinkel, markantes Kinn. Klick.

Er reichte ihr die zwei Kaffee und die Tüte mit den Croissants, und nachdem sie bezahlt hatte, balancierte sie alles zu ihrem Auto. Drinnen wählte sie Ellens Nummer und fuhr los. Sie ging schon nach dem zweiten Klingeln ran.

»Ich bin noch in München«, platzte Nova heraus. »Wenn du es dir also anders überlegen willst, dann sag es. Dann komme ich sofort zurück.«

Ein Seufzen in der Leitung, und dann erklang Ellens warme Stimme. »Wirklich, Nova, du musst dir keine Sorgen machen. Wir haben es doch besprochen. Es ist alles gut. Mir geht es gut.«

Ihr ging es gut. Natürlich. War ja nicht so, als hätten sie Ellen vor zwei Wochen einen golfballgroßen Tumor aus dem Kopf geholt. Die OP war einwandfrei verlaufen, und nach jetzigem Stand brauchte sie noch nicht einmal eine Chemo, was fantastisch war. Aber dennoch ...

»Mir wäre es wirklich lieber, wenn ich regelmäßig nach dir sehen und checken könnte, dass alles okay ist.«

»Aber es ist alles okay. Und du weißt, dass Kathi jeden Tag vorbeikommt.«

Kathi war Ellens Nachbarin.

Nova spürte, wie ihr Kiefer verkrampfte. Sie konnte die Unruhe in ihrem Bauch kaum ertragen. Rational wusste sie, dass Ellen recht hatte. Trotzdem würde sie ihr Wohlbefinden am liebsten zweimal täglich kontrollieren und alles mit eigenen Augen sehen. Sie wollte sich kümmern. Das war sie Ellen doch auch schuldig. Sie hatte sich all die Jahre wie eine Mutter um sie gekümmert, während ihre eigene irgendwo in New Mexico ihren Karrieretraum lebte und sich nicht für ihre Tochter interessierte.

»Ruf mich an, wenn du gut in Heidelberg angekommen bist, ja?«, sagte Ellen, und damit war es beschlossene Sache. Sie würde fahren.

Fünf Minuten später hielt sie vor Magnus' Wohnung und stieg aus dem Auto. Von rechts kam ein Fußball angeflogen, Nova wich aus. Ein kleiner rothaariger Junge kam hinterhergeschossen.

»Entschuldigung!«

Sommersprossen, aufgeplusterte Backen, blaue Knopfaugen, eine kleine Narbe auf dem Kinn. Wahrscheinlich Windpocken. Klick.

»Hey, stehen geblieben!« Eine Frau kam in langen, wütenden Schritten hinter dem Jungen her und entschuldigte sich im Vorbeigehen bei Nova.

Sie war ebenfalls rothaarig. Große braune Augen, ausgeprägte

Lachfältchen an Augen und Mundwinkeln. Schmale, zusammengepresste Lippen. Der Junge konnte sich auf was gefasst machen. Klick.

»Kein Problem!«, rief Nova ihr hinterher. Sie sah noch, wie die Mutter ihrem Sohn den Fußball wegschnappte und ihn zum Auto bugsierte. Dann waren sie verschwunden.

Nova hatte den beiden vielleicht zwei Sekunden ins Gesicht gesehen. Genug Zeit für ihre innere Kamera, die Gesichter detailgenau aufzunehmen und für immer zu speichern.

Wenn ihr jemand in einem Jahr die Fotos von 100 Jungen und 100 Frauen im entsprechenden Alter vorlegen würde, würde sie die beiden erkennen, ohne eine Sekunde zu zögern.

Das war ihr Talent, manche würden es wohl Gabe nennen. Für Nova war es ihre innere Kamera, die Art, wie ihr Gehirn funktionierte. Das war oft praktisch, manchmal aber auch unangenehm. Vor allem, wenn man einen Menschen vergessen wollte, sein Gesicht aber auch im Laufe der Jahre nicht verblasste.

»Entschuldige, dass ich dich habe warten lassen ...«

Magnus war in einem eleganten schwarzen Wollmantel aus dem Hauseingang getreten. Die Hände steckten in Lederhandschuhen, was bei sieben Grad Außentemperatur ihrer Meinung nach nicht notwendig, sondern Geschmacksache war.

Sie stiegen ins Auto.

»Schwarz wie deine Lunge«, sagte sie zur Begrüßung und reichte ihrem Chef den Kaffee, nachdem er seine Handschuhe ausgezogen hatte.

Magnus zog eine buschige graue Augenbraue hoch.

»Sehr witzig, du weißt, dass ich aufgehört habe! Also mit dem Rauchen. Nicht mit dem Koffein.«

Er nahm einen Schluck und stutzte.

»Der ist wirklich gut!«

Nova trank ebenfalls einen Schluck, bevor sie sich an-schnallte. »Ich weiß!«

Sie wollte den Blinker setzen, hielt dann aber inne.

»Hast du die genaue Adresse?«

»Moment.« Magnus klemmte seinen Becher in die Haltevor-richtung. »Bevor wir fahren, will ich dir noch was zeigen.«

Er nestelte sein Handy aus dem Mantel, den er ordentlich auf seinem Schoß zusammengelegt hatte, entsperrte das Display und hielt ihr ein Foto hin. Es war der Screenshot eines Tweets. Zu se-hen war eine Leiche, nackt, mit Erde und Laub verklebte Arme und Brustkorb, das Gesicht verpixelt.

Magnus presste die Lippen aufeinander, was er immer tat, wenn er sich ärgerte.

»Der Tweet wurde mittlerweile entfernt. Aber ich habe einen Screenshot gemacht ... wie wahrscheinlich etliche andere Leute auch. Kein Wunder, dass die in Heidelberg am Rad drehen. Ich möchte nicht wissen, wie dieses Foto vom Fundort in die Hände dieses Reporters gekommen ist ...«

»Wer hat es denn gepostet?«

Nova sah sich das Foto genauer an.

»Verbrechen im Süden«, entfuhr es ihr. »Das ist doch dieser True Crime Podcast! Von diesem Typen, wie heißt er noch mal?«

Magnus verzog das Gesicht.

»Du hörst dir so was an?« Er warf ihr einen beinahe angewider-ten Blick zu, was sie amüsiert hätte, wenn die Aktion nicht so wi-derlich gewesen wäre. Magnus verachtete jegliche Berichterstat-tung, die ins Reißerische ging. Und für ihn waren True Crime Podcasts, die aktuelle Fälle begleiteten, genau das. Effekthasche-rei, die im schlimmsten Fall die Ermittlungen behindern konnte. Wer seine Meinung hier nicht teilte, war ihm suspekt.

Nova erwiderte Magnus' fordernden Blick und zuckte die Schultern ...

»Ja, ich hab mir den Podcast schon mal angehört. Ist nicht schlecht gemacht und ziemlich unterhaltsam ... Nils Brenner! So heißt er! Er war mal Radiomoderator ...«

»Meiner Meinung nach hat das nichts mit Journalismus zu tun.«

»Dass er dieses Foto gepostet hat, geht gar nicht. Keine Frage.«

Magnus nickte versöhnt. Er nannte ihr die Adresse, und Nova trat aufs Gas.

»Bisher haben sie drei Leichen gefunden«, nahm Magnus das Gespräch wieder auf, als sie auf die Autobahn fuhren. »Drei junge Frauen. Die Kollegen gehen davon aus, dass sie alle demselben Täter zum Opfer gefallen sind – aufgrund von Zeichnungen im Nacken. Die Leichen wurden nummeriert, und die letzte ist erst wenige Tage alt.«

Nova spürte das Kribbeln in Bauch und Nacken, das sie jedes Mal überkam, wenn sie zu einem neuen Fall aufbrachen. Jetzt, da sie sich von München entfernte und ihr schlechtes Gewissen Ellen gegenüber leichter wurde, juckte es ihr in den Fingern, und ihr Fuß wollte das Gaspedal am liebsten komplett durchtreten.

Sie war seit Anfang des Jahres Teil von Magnus' Sondereinheit beim LKA München, und es war alles, worauf sie jahrelang hingearbeitet hatte. Nach ihrem Studium beim BKA und ein paar Jahren als Ermittlerin bei der Kripo München hatte sie ihre Ausbildung zur Fallanalytikerin gemacht und dort Magnus kennengelernt, einen der Ausbilder.

Danach hatte er ein Pilotprojekt ins Leben gerufen und sie mit an Bord geholt. Zusammen mit Rami Fouad, einem klinischen

Psychologen, der viele Jahre lang mit Schwerverbrechern gearbeitet hatte, bildeten sie eine Sondereinheit, die Mordkommissionen in ganz Deutschland bei komplizierten Fällen aktiv bei den Ermittlungen unterstützte – eine Taskforce mit fallanalytischem Background.

Rami hing gerade noch in Bristol fest, wo er vor Psychologiestudierenden einen Vortrag gehalten hatte, und so waren sie und Magnus zunächst allein auf dem Weg nach Heidelberg. Das Morddezernat hatte ihre Unterstützung angefordert, da das LKA Baden-Württemberg heillos überlastet war.

»Was haben sie denn bisher?«, fragte Nova.

»Auffällig ist, dass eine der Leichen, die neueste, nicht wie die anderen beiden begraben wurde, sondern in einem Baum hing. Was sie ansonsten verbindet, ist ihr Alter. Alle waren etwa Anfang zwanzig. Von einer wissen wir bereits, dass sie Studentin an der Uni Heidelberg war. Alle haben heftige Stichverletzungen, über den ganzen Körper verteilt.«

»Sexuelle Komponente?«

»Wissen wir noch nicht.«

Nova nickte. Natürlich, sie waren gerade erst am Anfang. Dann hatte sie eine Idee.

»Wir sollten uns zumindest anhören, was er zu sagen hat.« Sie tippte auf dem Display des Boardcomputers herum, bis das Intro des True Crime Podcasts erklang. Dunkle, atmosphärische Klänge und dann die tiefe Stimme eines professionellen Sprechers: »Verbrechen im Süden – ein True Crime Podcast«. Magnus verdrehte die Augen.

»Weißt du, wenn es nicht um echte, aktuelle Fälle gehen würde, fände ich das ja alles halb so schlimm. Dann könnte der Typ von mir aus reden, so viel er will. Aber hier geht es um echte

Schicksale. Um echte Menschen. Und was die Morde in Heidelberg angeht – das ist ein nicht abgeschlossener Fall.«

»Ich weiß, was du meinst«, gab Nova zu. »Aber wir sollten zumindest wissen, was er verbreitet, oder nicht?«

Dem fügte Magnus nichts mehr hinzu.

Das Intro verklang, und Nils Brenner ergriff das Wort. »Ich melde mich heute mit einer Sonderfolge. Die Polizei hat am Morgen in einem Waldgebiet bei Heidelberg ein Massengrab ausgehoben. Mehrere Opfer, junge Frauen, zur Anzahl gibt es bisher widersprüchliche Angaben. Die Zahl liegt zwischen drei und sechs. Wenn ihr mir auf Twitter folgt, habt ihr es vielleicht schon mitbekommen. Ich habe dort das Foto eines Opfers gepostet. Das Foto ist mir anonym zugesandt worden, und ich habe wirklich lange überlegt, ob ich es veröffentlichen soll. Ich habe mich dafür entschieden.

Das Foto zeigt die vermisste Fiona. Ermordet.

Der Post hat Wellen geschlagen und viele Leute geschockt. Mittlerweile habe ich das Foto nach Aufforderung der Polizei entfernt.

Viele mögen die Aktion makaber finden, aber ich will euch erklären, wieso ich das gemacht habe: Fiona galt seit sieben Monaten als vermisst, und kurz nach ihr ist in Heidelberg eine weitere junge Frau verschwunden. Anna. Wer den Podcast hier regelmäßig verfolgt, weiß, dass die Ermittlungen der Polizei in beiden Fällen ins Nichts geführt haben. Besonders Annas Fall habe ich hier intensiv begleitet. Ich habe Gespräche geführt mit ihren Eltern, mit Journalisten, Ermittlern. Mit der Zeit hatte ich das Gefühl, dass es immer weniger Leute interessiert, was mit Anna passiert ist. Dass sich das Thema irgendwie abgenutzt hat und man sich daran gewöhnt hatte. Vor allem, was die Ermittlungen anging – klar, da kamen wohl wichtigere Fälle dazwischen. Die entscheidenden Hinweise blieben aus, und ja, Anna ist volljährig. Gut möglich, dass sie auf eigenen Wunsch untergetaucht ist. Aber glauben wir das wirklich? Auf Fiona trifft das jedenfalls nicht zu. Und deswegen habe ich das Foto gepostet. Um den Ermittlern Feuer unterm Arsch zu machen. Ich weiß nicht, ob Anna auch unter den Opfern ist, die heute gefunden wurden, und wie weit die Polizei mit der Aufklärung dieser Verbrechen ist. Aber Fakt ist: Es muss endlich was passieren!«

Kapitel 10

»Fakt ist, dass Informationen verbreitet wurden, die wir zum jetzigen Zeitpunkt niemals rausgegeben hätten! Die Verletzungen ...« Kriminalrat Hugo Kippinger zischte die Worte fast tonlos. Aber sein ganzer Kopf war rot angelaufen, vom Hals bis in die Ohrenspitzen und in seinen vollen Haaransatz hinein. Auf dem Monitor vor ihnen war die Startseite eines regionalen Online-Magazins geöffnet, das in roten Großbuchstaben vor dem »Heidelberger Schlächter« warnte. Sie hatten das Foto der Leiche aus dem Tweet verwendet und vergrößert.

Jakob presste vor Wut die Kiefer aufeinander, während sich Kippinger abwandte und ein paar rastlose Schritte machte. Das Briefing sollte in wenigen Minuten losgehen, es war bereits alles vorbereitet, und sie hatten keine Zeit zu verlieren. Schon jetzt liefen die Telefone der Pressestelle heiß. Die Leute wollten wissen, was los war. Verständlicherweise.

»Das ist eine Riesenscheiße, Krohn!«, spie Kippinger aus. »Das ist ein Jahrhundertfall! Und wir haben noch nicht mal angefangen, da haben wir schon den ersten Patzer. Der Innenminister hat bereits angerufen. Das hier wird eine Ermittlung unter dem Brennglas! Presse wird aus dem ganzen Land anreisen, wahrscheinlich auch aus dem Ausland. So einen Fall hat es hier noch nie gegeben. Und sie werden uns genau beobachten, wahrscheinlich selbst Nachforschungen anstellen und Interviews führen. Solche Fauxpas dürfen nicht passieren!«

»Das ist mir durchaus bewusst!«, hielt Jakob seinem Chef entgegen. Ihm war klar, dass sie bereits knöcheltief in der Scheiße standen.

Sie hatten sich noch nicht mal wirklich sortiert, und schon gab dieses Foto zahlreiche Details preis und beeinflusste die Ermittlungen in eine nicht voraussehbare Richtung. Natürlich wären die Leichenfunde in jedem Fall schnell publik geworden, aber dass es so unkontrolliert geschah ... Und dass vielleicht jemand aus ihren eigenen Reihen dafür verantwortlich war.

Jakob hatte noch vor Ort einen Teil des Teams überprüft, war aber nicht fündig geworden. Und wenn sich doch jemand eingeschleust hatte? Eine weitere Baustelle, die er nicht gebrauchen konnte.

Kippinger stemmte unterdessen die Hände in die Hüften und starrte auf die Schlagzeile. Es stieß Jakob ab, wie er dastand, in seinem maßgeschneiderten Anzug und den Designerschuhen, und das Foto der Leiche fixierte.

»Wir können es nicht rückgängig machen«, setzte Jakob pragmatisch nach. »Wir schauen jetzt nach vorne. Ein Opfer ist bereits identifiziert, bei den anderen beiden sind wir dran. Yeliz gleicht gerade alles mit den Vermisstenmeldungen der letzten Wochen ab.«

Kippinger musterte ihn prüfend. »Sie machen es sich zu leicht, Krohn, und ich habe mehr und mehr den Eindruck, dass Sie Ihr Team nicht im Griff haben. Sie haben zwei Wachsleichen, finden fucking Birdwoman aufgeknüpft und schaffen es nicht, die Situation unter Kontrolle zu halten!«

»Ich werde herausfinden, wer das Foto geleakt hat, da können Sie sich sicher sein«, versprach Jakob und war schon im Begriff, alle für ein erstes Briefing zusammenzutrommeln, als Kippinger ihn zurückhielt. Er sah auf die Uhr.

Dann ging sein Blick zur Tür, durch die in diesem Moment zwei ihm unbekannte Personen traten. Vorweg ging eine Frau Mitte dreißig. Sie trug Jeans und einen olivgrünen Parka. Hellblonde, schulterlange Haare. Sie blieb stehen und scannte mit einem schnellen Blick den Raum. Neben ihr löste ein elegant und komplett in Schwarz gekleideter Mann seinen Schal. Er war vielleicht Anfang fünfzig, und irgendwie kam er Jakob jetzt doch bekannt vor.

»Magnus!«, rief Kippinger, als er mit großem Hallo auf die beiden zuging. »Schön, Sie wiederzusehen, und vielen Dank, dass das alles so kurzfristig möglich war!«

Inzwischen war Yeliz neben Jakob getreten.

»Leider keine Treffer bei den Vermisstenanzeigen«, informierte sie ihn. Dann folgte sie seinem Blick zur Tür und erstarrte.

»Kennst du den Typen?«

»Das ist Magnus Herzberg vom LKA München«, antwortete Yeliz knapp, ohne den Blick abzuwenden, und jetzt bemerkte Jakob, dass sie nicht Herzberg, sondern die Frau fixierte. Und schluckte.

Er wollte nachhaken, doch dann fiel es ihm ein. Jakob hatte vor acht oder neun Jahren eine Vortragsreihe beim BKA in Wiesbaden besucht, und Herzberg hatte dort zum Thema Fallanalyse gesprochen.

Kippinger war inzwischen mit seiner Begrüßungsarie durch, steuerte mit Herzberg und seiner Kollegin auf sie zu und stellte alle einander vor.

»Magnus Herzberg und Nova Winter, beide Fallanalytiker beim LKA München. Sie werden uns mit sofortiger Wirkung bei der Arbeit an den Waldmorden unterstützen.«

Ein bitterer Geschmack legte sich auf Jakobs Zunge. Über die Anforderung einer Sondereinheit hätte Kippinger mit ihm sprechen müssen.

Jakob reichte Nova Winter die Hand und sah für eine Sekunde in ihre wachen Augen. Sie waren braun und reflektierten das Licht der Bürobeleuchtung in warmen gelben Funken. Sie stand unter Strom, alles an ihr wirkte konzentriert, angespannt, wie bei einer Raubkatze, die weiß, dass sie jeden Moment lossprinten wird.

Herzbergs Händedruck war fest. Er nickte Jakob zu, während er ihm mit tiefer, ruhiger Stimme versicherte, dass er sich vorstellen könne, unter welchem Druck er stand.

»Und nur zur Klarstellung: Wir sind nicht hier, um die Ermittlungen leitend zu übernehmen. Wir unterstützen Sie als objektiver Blick von außen und packen bei den Ermittlungen mit an, wo wir gebraucht werden. Normalerweise sind wir zu dritt, aber unser Psychologe hängt noch in England fest ...«

Jakob schluckte den Groll auf Kippinger runter. Schließlich konnten sie jede Hilfe gebrauchen.

Kapitel 11

Nova wandte den Blick von Krohns Kollegin Yeliz Demir ab und wehrte sich weiter standhaft gegen den Fluchtreflex, der sofort eingesetzt hatte, als sie Yeliz erblickt hatte.

Fuck.

Sie hatte keine Ahnung gehabt, dass sie Yeliz hier über den Weg laufen würde. Darauf hätte sie sich gern vorbereitet.

»Alles in Ordnung?«, fragte Magnus, während sie sich mit den anderen Polizisten vor einer Leinwand versammelten, die bereits von einem Beamer angestrahlt wurde. »Du wirkst angespannt.«

Natürlich hatte Magnus ihren Stimmungsumschwung sofort bemerkt. Sie musste sich jetzt zusammenreißen. An einen Rückzieher war nicht zu denken. Also winkte sie ab und log. »Ach, ich weiß auch nicht. Manchmal sieht man Leute und weiß einfach, es wird zäh.«

Magnus warf ihr einen skeptischen Blick zu, hakte aber nicht weiter nach, und Nova richtete den Blick auf Hauptkommissar Jakob Krohn, der sich gerade an ihnen vorbeischob und in Richtung Leinwand ging. Er überragte die meisten seiner Kollegen, war bestimmt 1,90 Meter groß und drahtig. Als er sich wieder zu ihnen umdrehte und in die Runde blickte, fiel ihr erst so richtig auf, wie müde er aussah. Als hätte er die Nacht nicht besonders gut geschlafen. Wobei, den Schatten unter seinen Augen nach zu urteilen, schlief er schon eine Weile nicht mehr gut. Er räusperte sich und strich sich einmal über die eingefallenen Wangen, wie um seinen Kiefer zu lockern. Die Wangenknochen traten deutlich hervor. Er hatte einen Fünf-, Sechs-, Siebentagebart, an der Oberlippe waren es vielleicht sogar neun. Trotz allem wirkte er nicht ungepflegt, eben nur: müde. Er trug keinen Ehering, und Nova konnte sich gut vorstellen, dass er einer von den Kommissaren war, die für ihren Job lebten, ihre Arbeit mit nach Hause nahmen. Höchstens mit den Kollegen mal einen trinken gingen. Sie konnte ihn sich gut als Undercoveragent ausmalen. Wie jemanden, der all in geht.

Nova fixierte ihn weiter, während sie aus dem Augenwinkel sah, dass Yeliz ihr einen flüchtigen Blick zuwarf. Dann wurde das Licht gedimmt, und das Foto der ersten Leiche erschien auf der Leinwand. Eine junge Frau mit braunen, schulterlangen Haaren. Ihr Torso war übersät von Stichwunden.

»Wir haben in einem Waldstück nördlich der Stadt heute Morgen die Leichen von drei jungen Frauen gefunden. Die starken Regenfälle in der Nacht haben dazu geführt, dass Erde abgerutscht ist und die Gräber von zwei der Leichen freigelegt wurden ... Bei einer der beiden Leichen handelt es sich um Fiona Keller, 21 Jahre alt und Studentin. Sie ist vor sieben Monaten verschwunden. Die andere Leiche wurde noch nicht identifiziert.«

Das Foto einer dunkelhaarigen jungen Frau mit Nasenpiercing erschien auf der Leinwand. Ähnliche Verletzungen, aber deutlich mehr Stichwunden.

»Die Bestimmung des Todeszeitpunkts ist schwierig, weil es sich hier um Fettwachsleichen handelt. Sicher ist nur, dass sie bereits mehrere Monate tot sind.«

Krohn machte eine kurze Pause.

»Die dritte Leiche hing mit ausgebreiteten Armen in etwa vier

Metern Höhe an einem Baum. Die Rechtsmedizinerin geht davon aus, dass sie erst wenige Tage tot ist. Auch sie ist noch nicht identifiziert.«

Beim Anblick der Leiche im Baum ging ein Ruck durch den Raum. Neben Nova schlug eine junge Beamtin eine Hand vor den Mund und sah weg.

»Aufgrund der Positionierung gehen wir davon aus, dass der Täter Hilfe hatte. Es muss also mindestens einen weiteren Beteiligten geben«, fuhr Krohn fort.

»Allen Opfern wurden Stichverletzungen am Torso zugefügt, an denen sie vermutlich auch gestorben sind. Interessant ist, was ihnen in den Nacken geritzt wurde ...«

Eine Nahaufnahme von Fionas Nacken zeigte eine fein säuberlich in die Haut geritzte römische I.

»Im Nacken der zweiten Leiche haben wir eine römische III gefunden, ich werde sie im Folgenden immer Nummer III nennen.«

Und Nummer II? Nova widerstand dem Drang, sofort nachzuhaken, mit Mühe.

Krohn ging weiter.

»Die Leiche im Baum trägt die römische IV im Nacken.«

Novas Augen weiteten sich, als weitere Detailaufnahmen der Verletzungen der jungen Frau erschienen. Bei ihr war es am deutlichsten. Die Stiche waren tiefer und ausgefranst. Der halbe Bauch aufgerissen. Er steigerte sich. Um sich herum hörte sie leises Stöhnen, weitere Kollegen wandten den Blick ab. Krohn sah hin.

»Drei Leichen, die letzte erst wenige Tage alt. Alle nummeriert. Der Täter wird weitermachen.«

»Und immer brutaler werden«, platzte es aus Nova heraus. Krohn sah sie das erste Mal richtig an. Er war nicht erfreut über den Einwurf. Aber er nickte.

»Vermutlich. Außerdem konnten wir in diesem Waldstück keine Leiche mit der Nummer II finden.«

Nova dachte sofort an den Podcast. An die verschwundene Anna Menden. Sie war rothaarig, hatte Sommersprossen und war ganz offensichtlich weder Nummer III noch IV … War sie Nummer II?

Neben ihr räusperte sich Magnus.

»Entschuldigung … Wenn ich kurz einhaken dürfte. Die Opfer wurden ziemlich heftig zugerichtet. Was können Sie schon über Spuren am Fundort sagen?«

Krohn erkannte, worauf Magnus anspielte. »Keine Blutspuren«, sagte er. »Außerdem konnte die Kriminaltechnik feststellen, dass alle drei Opfer gereinigt wurden.«

Also wurden sie nicht im Wald getötet, sondern an einem anderen Ort. Einem Ort mit …

»Wasseranschluss«, vervollständigte Krohn ihre Gedanken, der inzwischen weitergesprochen hatte.

»Wir suchen nach Hütten, frei stehenden Häusern oder Mehrfamilienhäusern mit Kellern.«

Weil sie geschrien haben und man sie nicht hören sollte!

»So wie es bis jetzt aussieht, hat der Täter die Opfer bei Bewusstsein getötet. Alle weisen Abwehrverletzungen an den Handflächen und Armen auf. Interessant ist, dass wir an den Leichen bisher keine Fessel- oder Knebelspuren gefunden haben.«

Also hat er sie an einen Ort gebracht, von dem sie nicht fliehen konnten, einen abgeschlossenen Kellerraum, eine Hütte, oder er hatte sie anderweitig gefügig gemacht. Mit Drogen oder einfach, indem er sich auf sie gesetzt hatte …

Als Nova aus ihren Gedanken auftauchte, sah Krohn Magnus herausfordernd an. »Und, was sagen Sie?«

Magnus schwieg einen Augenblick, dann schob er seine schmale Brille den Nasenrücken hoch.

»Nun, wir sammeln ja noch. Die Obduktion der Leichen hat noch nicht begonnen, und damit fehlen uns wichtige Informationen. Ich stimme Ihnen zu, dass wir davon ausgehen müssen, dass es mindestens einen weiteren Beteiligten gibt, der geholfen hat. Vielleicht sind es sogar mehrere Täter. Aber das ist an dieser Stelle noch Spekulation. Wahrscheinlich ist, dass wir es mit einem ortskundigen Täter zu tun haben, der einen wichtigen Ankerpunkt seines Lebens im Umkreis des Fundorts hat. Also seine Wohnung, eine gemietete Hütte, seine Arbeitsstelle ... Ich würde ihn als relativ stressresistent einschätzen und vor allem anhand des Umgangs mit der Beseitigung der Leichen im höheren Intelligenzsektor ansiedeln.

Nova hat es gerade schon angesprochen: Es ist deutlich zu sehen, wie sich die Brutalität von Opfer zu Opfer steigert. Gut möglich, dass der Täter mit der Zeit mutiger geworden ist und nicht mehr glaubt, die Leichen verstecken zu müssen. Er tötet nicht mehr nur für sich, wie bei den ersten beiden Opfern, sondern auch für die Augen anderer. Daher die Präsentation im Baum, für jedermann sichtbar, der den Blick hebt. Und dazu noch in so einer symbolträchtigen Pose wie ein Engel oder der gekreuzigte Jesus. Darüber sollten wir uns Gedanken machen. Genau wie über die Nummerierung im Nacken. Wieso römische Zahlen? Weil es schlicht einfacher zu ritzen ist, oder gibt es einen tieferen Grund?«

Magnus machte eine kurze Pause und verlagerte das Gewicht von einem Bein auf das andere.

»Aber wie gesagt: Wir sollten jetzt erst mal die Gruppe der möglichen Verdächtigen geografisch eingrenzen, die Ergebnisse der Obduktion abwarten und uns bis dahin die Opfer genauer ansehen und herausfinden, nach welchen Kriterien der Täter die Opfer ausgewählt hat. Haben sich Opfer und Täter vielleicht sogar gekannt?«

Kapitel 12

»Fiona wurde zuvor als vermisst gemeldet.«

Das war Nova Winter. Sie trat einen großen Schritt vor und hob das Kinn, während sie sprach. Dabei ließ sie ihn nicht aus den Augen. Jakob hatte schon die ganze Zeit das Gefühl, dass sie ihn äußerst penetrant anstarrte. Aber sie schien generell speziell zu sein. Sie hatte ja auch nur eine Minute gebraucht, um zu der Erkenntnis zu gelangen, dass sie es hier mit einem »zähen« Haufen zu tun hatte.

»Das ist richtig«, sagte er.

»Wir brauchen sofort Einsicht in diese Akten. Ich muss wissen, was die Ermittlungen im Detail ergeben haben, welche Personen befragt wurden.«

»Natürlich ...«

Jakob ging der herrische Ton gegen den Strich, aber noch konnte er sich zusammenreißen. Er wollte gerade ansetzen, da fiel sie ihm ins Wort.

»Und dann müssen wir uns um den Fall Anna Menden kümmern. Die Frage wurde ja bereits öffentlich aufgeworfen: Könnte sie die fehlende Nummer II sein?«

»Sie spielen auf den Podcast an.«

»Ja, genau ...«

»Das ist bisher reine Spekulation, und ich denke, wir sollten erst die Leichen identifizieren, die wir haben, ehe wir den Mutmaßungen eines Laien nachjagen.«

Nova Winter verzog das Gesicht.

»Das halte ich für einen Fehler! Wir stellen jemanden ab, der sich exklusiv um das Thema Anna Menden kümmert.«

Jetzt reichte es.

»Sie stellen hier niemanden ab!«, entfuhr es Jakob.

Nova Winter blieb unbeeindruckt.

»Aber das ist das einzig Logische. Wollen Sie sich gegen eine mögliche Spur verschließen, nur weil ein Laie die Frage aufgeworfen hat? Das ist doch Schwachsinn! Schlucken Sie Ihren Stolz runter, und lassen Sie uns mit der Arbeit beginnen. Ich schlage vor ...«

»Stopp!«

Jakob ging auf Nova Winter zu und sah ihr direkt in die Augen. Ihr Blick war angriffslustig, als würde es ihr Spaß machen, ihn zu reizen.

Hinter ihr machte Herzberg Anstalten, etwas zu sagen, entschied sich dann aber dagegen. Wenn ihm das Verhalten seiner Kollegin unangenehm war, zeigte er es zumindest nicht.

»Noch einmal zum Mitschreiben.«

Jakobs Ton war scharf und bestimmt. Das war sonst nicht seine Art, aber er hatte das Gefühl, hier etwas klarstellen zu müssen.

»Sie entscheiden hier gar nichts. Wir konzentrieren uns auf das Wesentliche. Wenn wir Pech haben und die plötzliche Öffentlichkeit den Täter anstachelt, werden womöglich weitere Menschen sterben. Unsere oberste Priorität ist, das zu verhindern.«

Er deutete auf die Leinwand, an der immer noch die Fotos der drei Leichen prangten.

»Und dafür werden wir all unsere Manpower in die Aufklärung dieser drei Morde stecken!«

Kapitel 13

Der Jäger war ihr bis in die Bar des *Europäischen Hofs* gefolgt. Sie hatte das Fünfsternehotel mit einer Selbstverständlichkeit betreten, die ihm verriet, dass sie nicht zum ersten Mal hier war. Das Kinn erhoben, steuerte sie zielstrebig die Theke an. Er setzte sich im vorderen Bereich der Bar in einen der tiefen Sessel und sah ihr nach. Wie die Wände war auch der Tresen mit dunklem Holz vertäfelt. Von der Decke hing ein prunkvoller Kronleuchter, der warmes Licht ausstrahlte.

An der Bar wurde sie bereits erwartet. Ein Anzugträger um die fünfzig lehnte sich ihr entgegen, gab ihr einen sanften Kuss auf die Wange und legte ihr dabei die Hände an die Hüften. An der linken trug er eine teure Uhr, an der rechten einen Ehering. Dass sie Luxus und Abenteuer liebte, wusste der Jäger bereits. Wenn er richtig sah, hatte sie gerade drei verschiedene Männer an der Angel, mit denen sie ihre Leidenschaft für Sex an ungewöhnlichen Orten auslebte. Das war dann wohl einer von ihnen.

Für sein Alter sah er gar nicht übel aus. Der Anzug saß wie angegossen, und das volle grau melierte Haar war ordentlich frisiert. Er wirkte charmant und gepflegt. Gut für sie. Aber etwas anderes hatte er von ihr auch nicht erwartet.

Der Barkeeper servierte zwei Gläser Champagner. Zehn Minuten später verschwanden die beiden miteinander im Aufzug auf direktem Weg in die Tiefgarage.

Der Jäger stieß die Tür zum Treppenhaus auf, nahm immer zwei Stufen auf einmal, und kam gerade rechtzeitig, um zu sehen, wie sie in einen schwarzen Porsche Cayenne stiegen. Kurzzeitig fürchtete er, sie nun hier zu verlieren, unsicher, ob ihm das, was er gesehen hatte, ausreichte.

Aber Moment – der Anzugträger war auf die Beifahrerseite gerutscht. Jetzt kippte er den Sitz ein Stück nach hinten und lehnte sich zurück.

Der Jäger bahnte sich seinen Weg durch die parkenden Autos und kam ihnen ganz langsam so nahe wie möglich, ohne dass sie ihn bemerkten. Bald trennten sie nur noch wenige Meter. Und er konnte alles mit ansehen.

Sie wandte sich ihrem Begleiter vom Fahrersitz aus zu. Eine Hand glitt in seinen Schoß, die andere legte sich eng um seinen Hals. Den Jäger durchfuhr ein warmes Gefühl. Er musste an Nummer I denken, die weiße Füchsin. Wie er die weiche Haut ihres Halses berührt und dann immer kräftiger zugedrückt hatte. Wie sie erst noch Lust empfunden und dann plötzlich erkannt hatte, dass es ernst wurde. Die Panik in ihren Augen …

Im Auto ließ seine potenzielle Nummer V vom Hals des Anzugträgers ab und stieg auf. Der Jäger näherte sich dem Porsche nun so weit, dass nur noch ein Auto zwischen ihnen stand. Durch die Fenster eines Mercedes hatte er direkte Sicht auf die Beifahrerseite. Die beiden waren bereits voll bei der Sache. Sie auf ihm, eine Hand krallte sich in die Kopfstütze. Mit der anderen fuhr sie sich durch die Haare und neigte den Hals, sodass er das Tattoo in seiner vollen Pracht bewundern konnte. Die Rosenranke begann hinter ihrem rechten Ohr und schlängelte sich über die Seite ihres Halses in ihr Dekolleté. Er brannte darauf, zu erfahren, wie es weiterging. Reichte es über die Flanke, schlang es sich um ihre Hüften?

Er ließ seine Gedanken abdriften und stellte sich vor, wie es mit ihr sein würde, in zwei Tagen. Er sah sich auf sie zugehen, wie sie ihn den Reißverschluss ihres Kleids öffnen ließ. Er hob die Träger über ihre Schultern und ließ den Stoff hinabgleiten.

Eine Tür schlug zu. Der Jäger brauchte eine Sekunde, um sich zu fangen. Das war es schon? Tatsächlich. Wie lange hatte er seinen Gedanken nachgehangen? Sie war ausgestiegen und richtete ihren Rock, ehe sie in Richtung Treppenhaus davonging, als sei nichts gewesen. Und ihr Begleiter?

Ein schneller Blick zum Auto. Ihr Liebhaber stieg nicht aus. Sekunden später sprang der Motor an.

Das war seine Chance. Der Jäger setzte sich in Bewegung. In etwa zwanzig Metern Entfernung rief sie bereits den Aufzug. Die Türen öffneten sich augenblicklich. Er war noch zu weit weg, rannte jetzt los.

»Moment!«, rief er. Und sie stellte doch tatsächlich einen Fuß in die Tür.

»Oh, vielen Dank!«

Erleichtert stieg er ein, versuchte, seinen Atem zu beruhigen.

Sie nickte lächelnd, ohne ihn anzusehen.

Ihre Haare glänzten frisch gewaschen, ihre Nägel schwarz lackiert.

Die Aktion aus dem Auto klebte noch an ihr, aber darunter konnte er Jasmin und Zimt riechen.

Ihre Beine waren nackt, sie musste die Strumpfhose in ihre Handtasche gestopft haben. Und unter dem Saum ihres Rocks sah er noch einen Teil ihres Tattoos, das letzte Blatt, das auf der Außenseite ihres Oberschenkels hervorlugte.

»Entschuldigung ...«

Sie waren im Erdgeschoss angekommen, und er blockierte den Ausgang. Der Jäger hob den Blick und sah ihr für zwei, drei Sekunden in die Augen. Die Zeit blieb stehen. Da war er, der Funke, auf den er gehofft hatte. Als würde er aus ihren Augen direkt auf ihn überspringen. Eine Gänsehaut legte sich in seinen Nacken.

»Ja, natürlich«, der Jäger trat einen Schritt zur Seite und ließ sie passieren.

Sie war es. Sie war seine Nummer V.

Kapitel 14

Fiona Kellers Leiche lag nackt auf kaltem Edelstahl. Weißes Licht strahlte ihren Körper an und lenkte Jakobs Blick auf die zahlreichen Stichverletzungen, die jetzt umso deutlicher hervortraten.

Dunkelrote Wunden auf weißer Haut.

Jede mindestens zwei Zentimeter lang und wenige Millimeter breit. Dazwischen klaffte dunkel das Fleisch.

Die Verletzungen begannen auf Höhe ihres Dekolletés und zogen sich über ihre Brust bis zu ihrem Bauch, wo sie zahlreicher und wütender wurden. Der Täter musste dort immer und immer wieder zugestochen haben.

Jakob ließ den Blick noch einen Moment auf Fionas Bauch ruhen. Dann betrachtete er ihr Gesicht.

Es sah verändert aus, als hätte ihm das grelle Licht des Sektionssaals alles Menschliche ausgesaugt. Die junge Kellnerin aus dem *Saphirblau*, die hinter der Theke lehnte und in die Kamera lächelte, war unwiederbringlich verschwunden.

Wie Linda, dachte Jakob. Die Erinnerung überfiel ihn aus dem Nichts wie ein Mückenschwarm.

Aber eigentlich war es nur logisch, denn er hatte sie, oder vielmehr ihren Körper, hier in der Rechtsmedizin zum letzten Mal gesehen. Sie hatte genau wie Fiona auf einem der glänzenden Edelstahltische gelegen. Mit beinahe weißer Haut und maskenhaften, zerflossenen Gesichtszügen, die nur einen Gedanken zugelassen hatten:

Das ist nicht mehr meine Frau.

»Entschuldigung ...«

Jakob trat einen Schritt zurück und machte einem Assistenzarzt Platz, der sich mit einer kleinen Trittleiter an ihm und Magnus Herzberg vorbeischob. Aus dem Augenwinkel sah Jakob, wie Herzberg seinen Schal enger zog. Seine Hände steckten in schwarzen Lederhandschuhen, die er auch während der Fahrt hierher nicht ausgezogen hatte. Jakob wusste noch nicht recht, was er von Herzberg halten sollte. Er war ein Mann, der nicht lange drum rumredete. Auf der Fahrt hierher hatten sie vielleicht dreißig Sekunden höflichen Small Talk gehalten, dann hatte Herzberg ihn mit Nachfragen zur Besprechung bombardiert und sich handschriftlich Notizen in ein kleines Büchlein gemacht. Auch dabei hatte er die Handschuhe nicht ausgezogen. Zwischendurch hatte er sich durch den dichten Vollbart gestrichen und aus dem Fenster gestarrt.

»Ganz schön voll hier«, bemerkte er jetzt lakonisch und ließ den Blick durch den Raum schweifen. Um sie herum herrschte geschäftiges Treiben. Alle drei Seziertische waren belegt.

Neben Fiona lagen die noch nicht identifizierten Nummern III und IV, Birdwoman, wie Kippinger sie getauft hatte.

Professor Henning befand sich gerade im Gespräch mit dem Arzt an Tisch drei. Sie führten zusammen mit zwei weiteren Ärzten und drei Präparationsassistenten die Obduktionen gleichzeitig durch.

Die Ärzte sprachen laut miteinander, zu laut, dachte Jakob, musste sich dann aber gedanklich korrigieren. Auf den Tischen lagen zwar Verstorbene, aber sie waren hier nicht bei einer Trauerfeier, sondern bei der Arbeit.

Der Blitz einer Kamera zuckte durch das kalte Licht des Saals, und es klickte. Der Assistenzarzt, dem sie eben Platz gemacht hatten, war auf die Trittleiter gestiegen und drückte von oben ab, um die Stichwunden auf Fiona Kellers Körper besser erfassen zu können.

Im nächsten Moment steuerte Professor Henning auf sie zu.

Sie zog schnalzend einen Gummihandschuh ab und gab Herzberg die Hand. Die Begrüßung fiel knapp aus, dann kam sie direkt zur Sache.

»Alle drei Leichen wurden mit Desinfektionsmittel abgerieben. Da ist jemand sehr gründlich vorgegangen. Auch unter den Fingernägeln – bisher nur Erde vom Fundort. Ich bin also leider nicht besonders optimistisch, dass wir Spuren des Täters an den Leichen finden werden.«

Sie zog ihren Handschuh wieder an und griff behutsam nach Fionas Hand.

»Die Abwehrverletzungen habe ich Ihnen schon vor Ort gezeigt. Die haben wir in mehr oder weniger starker Ausprägung bei allen Opfern. Hier bei dieser Leiche sehen wir aktive Abwehrverletzungen, Schnittverletzungen in den Handinnenflächen, sie muss also versucht haben, nach dem Messer zu greifen.«

Professor Henning drehte die Hand.

»Passive Abwehrverletzungen sehen Sie hier am Handrücken und der Außenseite des Unterarms.«

Jakob konnte nicht verhindern, dass die Bilder wiederkamen. Wie Fiona panisch versuchte, sich zu schützen, wie sie schrie, als die Klinge durch ihre Haut schnitt. Das Blut stieg ihm in den Kopf.

»Jetzt zu den Stichverletzungen«, riss Professor Henning Jakob aus seinen Gedanken.

»Was die Größe angeht, unterscheiden sie sich deutlich.«

Das war Herzberg. Er ließ einen kühlen, prüfenden Blick über die Leiche wandern, als betrachte er die Auslage der Fleischtheke.

»Genau. Aber bedenken Sie, dass das Opfer sich bewegt und gewehrt hat. Das sind keine sauberen Stiche, die Eintrittswunden können sich beim Herausziehen des Messers vergrößert haben. Die Wunden spiegeln nicht zwangsläufig die Klingenbreite oder auch die Länge wider.«

Sie deutete auf eine etwa zwei Zentimeter lange Stichwunde.

»Woraus wir sehr wohl etwas schließen können, sind die Wundwinkel. Hier rechts läuft er spitz zu, auf der anderen Seite eher stumpf. Die stumpfe Seite ist der Messerrücken, die spitze die Messerschneide. Heißt, hier wurde ein einschneidiges Messer benutzt. Das sieht man auch hier.«

Sie deutete auf eine weitere Stichverletzung unterhalb des Brustkorbs.

»Hier hat sich das Messer beim Rausziehen verdreht und einen sogenannten Schwalbenschwanz hinterlassen. Ebenfalls durch den Messerrücken verursacht.«

Professor Henning ging die weiteren Stichwunden durch. Und stutzte plötzlich. Während ihr linker Zeigefinger neben einer etwa drei Zentimeter langen Wunde liegen blieb, flog ihr Blick weiter. Und wurde fündig.

»Okay«, murmelte sie. Sie deutete auf eine Ansammlung mehrerer Stichwunden an der rechten Flanke und sah Jakob an. »Was sehen Sie? Die Wundwinkel ...?«

Jakob beugte sich vor. Erst wusste er nicht, worauf Professor Henning hinauswollte, aber dann fiel es ihm auf.

»Beide sind spitz.«

Professor Henning deutete auf weitere Stiche. »Genau wie hier ... hier ... und hier.«

»Das heißt, wir haben es mit zwei unterschiedlichen Messern zu tun.«

Professor Henning nickte.

»Und wenn der Täter nicht zwischendurch die Waffe gewechselt hat, dann hatte er nicht nur Hilfe bei der Beseitigung der Leichen. Dann wurde diese Frau von mehreren Menschen getötet.«

Kapitel 15

»Jetzt müsstest du Zugriff haben, Nova«, sagte die junge Polizeibeamtin mit dem herzförmigen Gesicht und dem Muttermal auf der Wange. Ihre graublauen Augen ruhten auf Nova, der es unangenehm war, dass sie den Namen der Kollegin schon wieder vergessen hatte.

Ironisch, dass sie ihr Gesicht nie wieder vergessen würde, Namen ihr aber häufig durchrutschten, als hätten sie keine Bedeutung.

Sie klickte den Ordner an, und die Akten zu den Ermittlungen in den Vermisstenfällen Fiona Keller und Anna Menden erschienen auf ihrem Monitor. Dass Krohn sein Revier hatte markieren müssen, hielt sie nicht davon ab, der Sache selbst nachzugehen.

»Perfekt«, sagte sie und bedankte sich bei der Beamtin, die sich daraufhin umdrehte und an ihren Platz zurückging.

Magnus war mit Krohn und Yeliz in die Rechtsmedizin gefahren, um bei der Obduktion der Leichen dabei zu sein. Was ihr nur recht war. Sie wollte sich ganz in die Akten vertiefen, nach Verbindungen zwischen den Fällen suchen.

Und die Leichen obduzierten sich auch ohne sie.

Sie öffnete die erste Akte.

Fiona Keller war am 11. März 2022 verschwunden, an einem Freitag. Sie hatte bis um 20 Uhr im *Saphirblau* gearbeitet, einer Studentenkneipe, die bereits mittags öffnete. Einem Kollegen hatte sie erzählt, dass sie noch weiterziehen wollte, ohne das weiter zu spezifizieren. Am nächsten Tag hatte ihre Mitbewohnerin sie als vermisst gemeldet. Die Polizei hatte groß angelegt gesucht. Hundertschaften waren angerückt, hatten Wälder durchkämmt und Hunde losgeschickt. Die Ermittler waren etlichen Hinweisen aus der Bevölkerung nachgegangen. Hatten Fionas Ex-Freund befragt, ihren Stiefvater. Alles ohne Ergebnis.

»Hey, kann ich dir helfen?«

Nova blickte auf und sah in Yeliz' braune Augen. Sie stellte ihre Handtasche auf dem Schreibtisch gegenüber ab und sah sie offen an.

Nova hatte für einen Herzschlag das Gefühl, ihre Sprache verloren zu haben, dann räusperte sie sich.

»Ich dachte, du bist in der Rechtsmedizin.«

»Nein, ich war bei Fiona Kellers Eltern.«

»Und?«

»Leider nichts Neues, das uns weiterhilft. Und die Eltern waren natürlich geschockt. Nach so vielen Monaten die traurige Nachricht zu erhalten, dass die Tochter ermordet wurde, ist hart.«

Nova wandte sich wieder ihrem Monitor zu.

Als Nächstes öffnete sie Anna Mendens Akte. Aus dem Augenwinkel sah sie, wie Yeliz die Jacke auszog, die sie damals in diesem Secondhandladen in Camden gefunden hatte. Dann trafen sich ihre Blicke, und Erinnerungen stürzten auf sie ein. Dieses Wochenende vor elf Jahren. In dem heruntergekommenen Ferien-Apartment, wo es nach kaltem Frittenfett gerochen hatte. Es hatte den halben Tag geregnet, sie hatten den Vormittag in einem kleinen Café abseits des Trubels verbracht, Tee getrunken und Rühreier gegessen und waren später durch das bunte Camden gestreunt.

Yeliz durchschaute Nova mit einem Wimpernschlag.

»Nova«, sagte sie, diesmal mit gedämpfter Stimme. »Sollten wir nicht vielleicht mal reden, unter vier Augen …«

Nova wollte etwas sagen, um die Spannung aufzubrechen. Aber es gab nichts, womit sie ihr Verhalten rechtfertigen konnte. Sie war vor zehn Jahren einfach ohne ein Wort abgehauen, und um das zu erklären, müsste sie Yeliz etwas gestehen, an das sie selbst nie wieder denken wollte. Und ein Gespräch, das nur annähernd in diese Richtung führte, konnte sie jetzt nicht gebrauchen.

»Lass einfach stecken, Yeliz, okay?«

Der schroffe Ton war ihr selbst unangenehm, aber er tat seinen Zweck.

»Wie du meinst.«

Yeliz sah sie verständnislos an, dann zog sie sich zurück.

Nova brauchte einen Moment, ehe sie ihre Konzentration wiedererlangte, und tauchte in Anna Mendens Akte ein.

Anna war am 22. April verschwunden, etwa anderthalb Monate nach Fiona, auch an einem Freitag. Sie war zu dem Zeitpunkt 22 und wohnte noch bei ihren Eltern. Am Abend ihres Verschwindens wollte sie mit einer Freundin ins Kino gehen und danach bei ihr übernachten. Ihre Eltern hatten sie vermisst gemeldet, als sie am nächsten Abend nicht nach Hause gekommen war. Später stellte sich heraus, dass sie sich nie mit ihrer Freundin getroffen hatte. Sie waren gar nicht erst verabredet gewesen. Wo sie hinwollte, konnten die Ermittler nicht herausfinden. Der Vater hatte sie in der Altstadt abgesetzt, wo sie angeblich verabredet gewesen war.

Auch in Annas Fall war groß angelegt gesucht worden. Zum Zeitpunkt ihres Verschwindens hatte Anna keinen festen Freund oder zumindest niemanden, von dem ihr Umfeld wusste. Neben den Eltern waren Freunde und Kommilitonen befragt worden.

Und, Moment ... Nova stutzte, als sie den Namen las. Nils Brenner. Der Podcaster. Sogar zweimal. Eine Freundin von Anna hatte der Polizei erzählt, dass Anna ein Auge auf Nils geworfen hatte. Und sie wusste, dass er sie einmal in seinem Auto nach Hause gefahren hatte.

Nova lehnte sich zurück und ließ die Information sacken.

Dann suchte sie das Protokoll von Nils Brenners Befragung heraus und öffnete es. Er war in die Kriminaldirektion bestellt worden und erklärte in dem Gespräch, dass seine Cousine lose mit Anna befreundet gewesen sei. Sie waren in derselben Handballmannschaft. Und ja, er hatte sie einmal nach Hause gefahren. Das war »irgendwann im Februar 2022« gewesen. Nils hatte lange gearbeitet und Anna auf dem Nachhauseweg an einer Bushaltestelle stehen sehen. Es war nach Mitternacht gewesen, und sie hatte den Bus verpasst. Da sie beide im Stadtteil Ziegelhausen wohnten, hatte er angehalten und sie nach Hause gefahren. Die Frage, ob sie sich nähergekommen waren, hatte er verneint.

»Weder an dem Abend im Auto noch sonst wann.«

Und dass Anna auf ihn stand, davon habe er nichts gewusst.

»Und selbst wenn. Ich bin 33, und sie ist so alt wie meine kleine Cousine. Das ist nichts für mich.«

Zum Zeitpunkt seiner Befragung war Anna bereits eine Woche verschwunden, und eine erste Podcastfolge zu Annas Verschwinden war erschienen.

Wieso er über sie berichtete?

»Na, weil ich helfen will. Anna ist wie gesagt mit meiner Cousine befreundet, und ich habe durch meinen Podcast eine gewisse Reichweite. Vielleicht hat ja doch jemand etwas gesehen und es bisher nur falsch gedeutet. Es ist doch schon sehr seltsam, dass innerhalb von wenigen Wochen zwei junge Frauen verschwinden – Fiona und Anna. Meine Cousine hat Angst, vor die Tür zu gehen, das ist doch alles mehr als abgefuckt ...«

Die Ermittler hatten daraufhin überprüft, wo sich Nils Brenner zur Zeit von Annas Verschwinden aufgehalten hatte. Seinen Angaben zufolge hatte er auch an diesem Abend bis spät in die Nacht in seinem Büro gearbeitet. Eine Überwachungskamera hatte aufgezeichnet, wie er um kurz vor Mitternacht das Gebäude verließ. Sein Mitbewohner hatte schon geschlafen, als er nach Hause gekommen war.

Das zweite Gespräch fand fünf Tage später statt. Nils Brenner war von sich aus in die Kriminaldirektion gekommen und berichtete den Beamten von seinen Recherchen über das *Saphirblau*, die Verbindung zwischen Fiona und Anna. Er wusste, dass Anna und seine Cousine ab und zu dort hingegangen waren, und hatte von Gerüchten erfahren, denen zufolge Mädchen dort K.-o.-Tropfen in die Drinks gemischt worden waren. Er hatte sogar mit zwei betroffenen jungen Frauen gesprochen.

Nova stutzte. Sie begann, sich durch die weiteren Protokolle zu klicken und wurde fündig. Die Ermittler hatten mit den Betreibern des *Saphirblau* gesprochen, waren aber nicht weiter in die Tiefe gegangen.

Nova sah auf. Yeliz sprach mit der jungen Kollegin, die ihr eine Auflistung der Waldhütten rund um den Fundort gebracht hatte. Sie fing Yeliz' Blick ein.

»Im Fall Anna Menden habt ihr mit Nils Brenner gesprochen«, sagte sie. »Er hat von Mädchen erzählt, die im *Saphirblau* womöglich K.-o.-Tropfen bekommen haben. Weißt du darüber was? Habt ihr mit diesen Mädchen gesprochen?«

Yeliz stand auf und kam zu Nova herüber, um einen Blick auf den Monitor zu werfen.

»Das müsste alles in der Akte vermerkt sein ...«

»Ich finde dazu nichts ...«

»Tut mir leid, dann wurden die wahrscheinlich nicht befragt. Ich kann dir auch nicht mehr sagen, ich war nicht in die Sache involviert. Aber wenn du mir ein paar Minuten gibst, finde ich den richtigen Ansprechpartner für dich ...«

Nova atmete angestrengt durch, das dauerte ihr zu lange. Sie öffnete den Browser und hatte im Nu die Handynummer von Nils Brenner herausgefunden.

Kapitel 16

Als Lena in das Kleid schlüpfte, musste sie daran denken, wie sehr sich ihr Leben verändert hatte. Noch vor einem Jahr hätte sie sich so nicht wiedererkannt.

Sie stand barfuß vor dem Spiegel und schloss den feinen Collierkragen des schwarzen, schulterfreien Kleides eng um ihren Hals. Das Oberteil floss in durchsichtigem Tüll über ihre Brust, florale Stickereien wuchsen vom Kragen bis hinunter zur eng geschnittenen Taille. Darunter fiel der Rockteil locker bis knapp über ihre Knie. Er war aus Chiffon mit Raffungen. Lena drehte sich, um mit Blick über ihre Schultern den tiefen Rückenausschnitt zu sehen.

Sie hatte schon immer Wert auf ihre Kleidung gelegt. Aber so ein Kleid? Vor einem Jahr noch hätte sie keine Gelegenheit gesehen, so etwas zu tragen – und sie hätte auch nicht den Mut dazu gehabt. Wer war sie denn schon, dass sie so etwas tragen könnte?

»Wow!«

Lena fuhr herum. Marius lehnte in der Tür zum Schlafzimmer.

Sie schlang die Arme reflexartig um ihre Brust und hüpfte hinter den buschigen Ficus benjamina.

»Mann! Ich hab dich gar nicht gehört! Du sollst das Kleid doch noch gar nicht sehen!«

Sie hörte sein herzliches Lachen, das von ganz unten aus dem Bauch kam.

»Aber wieso denn? Ist doch kein Brautkleid! Los, zeig noch mal!«

Jetzt kam sie sich selbst dämlich vor, wie sie hinter dem Bäumchen stand, und gab sich einen Ruck.

Marius musterte sie von oben bis unten. Dann schüttelte er den Kopf und lächelte sein breites Lächeln.

»Mann, Lena, du siehst wirklich toll aus!«

Ihr wurde warm.

»So ungeschminkt und mit den ungekämmten Haaren ...?«

»Gerade das macht es perfekt!« Er zog sie an sich und küsste sie. Er schmeckte warm und nach Tee, und sie wollte nicht aufhören, ihn zu küssen.

Seine Hand fuhr unter ihr Kleid. Über ihre Hüften und ihren Po ... und sie wollte wirklich nachgeben, aber dann schob sie ihn lachend weg.

»Ich kann nicht, ich muss gleich zur Uni.«

»Kannst du nicht schwänzen?«

Lena warf ihm einen gespielt ernsten Blick zu.

»Ich schwänze nie.«

Er spielte noch einen Moment den Enttäuschten, dann lächelte er wieder. »Okay, aber wir essen noch zusammen zu Mittag?«

»Na klar!«

Während er in die Küche ging, warf sie noch einen Blick in den Spiegel und lächelte sich zu. Dann probierte sie zwei unterschiedliche Paar Schuhe an und entschied sich für die schwarzen Stiefeletten, ehe sie sie wieder von sich kickte und Marius in die Küche folgte.

Auf dem Weg schnappte sie sich ihr Handy, um schnell ihre

Nachrichten zu checken. Abrupt blieb sie stehen. Ihr Instagram-Feed war voll von einem Thema. Dem »Schlächter von Heidelberg«.

Sie klickte auf den verlinkten Artikel.

»Abgeschlachtet und verscharrt: Nördlich von Heidelberg sind heute Morgen drei Leichen gefunden worden.«

Sie sah auf und lief in die Küche. Ihr Herz begann schneller zu klopfen.

»Marius? Hast du das gesehen?«

Marius stellte gerade einen Topf mit Wasser auf den Herd. Er warf ihr einen flüchtigen Blick zu.

»Nein, was denn?«

»Sie haben drei Leichen im Wald gefunden. Warte ...« Sie las vor:

»Die Polizei hat bestätigt, dass es sich um drei junge Frauen handelt. Alle wurden brutal ermordet und zum Teil im Wald vergraben.«

Während Marius sein eigenes Handy aus der Tasche zog, sah sie sich das Foto genauer an.

»Sie haben sogar ein Foto von einer der Leichen, krass ...«

Ihre Hände zitterten, als sie die Stichwunden sah. Marius regte sich nicht. Lena versuchte, in seinem Gesicht etwas zu lesen, aber da war nur Konzentration. Dann sah er auf, und sie erschrak vor der Kälte in seinen Augen.

»Mach dir keine Sorgen«, sagte er. Und sie nickte, weil ihr nicht einfiel, was sie sonst hätte tun sollen.

»Okay. Ich geh mal kurz ins Bad.«

»Alles klar, in einer Viertelstunde sind die Nudeln fertig.«

Sekunden später schloss Lena die Badezimmertür hinter sich. Das Herz hämmerte heftig in ihrer Brust, und sie musste den Wasserhahn voll aufdrehen, damit Marius nicht hörte, wie sie nach Luft rang. Die Wände hier waren dünn.

Lena versuchte, ihren Atem zu beruhigen, aber sie bekam keine Luft mehr, sie musste aus diesem Kleid raus, der Kragen war viel zu eng! Mit zitternden Fingern löste sie den Haken und zog sich das Kleid über den Kopf.

Sie krallte sich am Waschbecken fest und sah in den Spiegel.

Beruhige dich!

Sie wollte sich in die Augen sehen, aber sie bekam das Bild der Leiche nicht aus dem Kopf.

Das, was die ganze Zeit betäubt in ihrem Hinterkopf gelegen hatte, erwachte und kroch nach vorn.

Das Klopfen an der Badezimmertür erschreckte sie fast zu Tode.

»Alles in Ordnung, Lena?«

»Ja«, krächzte sie und musste husten.

»Wirklich? Ich hab die Nudeln abgeschüttet, aber ich muss doch noch mal weg.«

Erleichterung machte sich in ihr breit.

»Alles klar.«

»Sehen wir uns später?«

»Ich bin gleich im Seminar. Heute Abend dann!«

Er schwieg, und sie hörte, wie er seine Jacke zuzog.

»Na gut, dann bis heute Abend!«

Als die Tür ins Schloss fiel, ließ sie sich auf den Rand der Badewanne sinken. Sie betrachtete das Kleid auf dem Boden und begann zu frieren.

Kapitel 17

»Ich hab das Foto runtergenommen, falls Sie deswegen hier sind ...«, sagte Nils Brenner, während er Nova die Tür zu seinem Büro öffnete und ihr den Vortritt ließ. Er atmete angestrengt aus. »Das habe ich schon mit Ihren Kollegen geklärt.«

Nova ging ein paar Schritte voran, und das Erste, was ihr auffiel, waren die wuchtigen dunkelgrünen Vorhänge, die von der Decke bis auf den Boden reichten. Der Raum war weit über drei Meter hoch, mit alten, hohen Fenstern, die das Büro mit Licht durchflutet hätten, wären sie nicht zur Hälfte verdeckt gewesen. So war es fast schummrig hier drin.

Nova hörte, wie Brenner die Tür hinter ihnen schloss, und drehte sich zu ihm um. Er fuhr sich kurz durch die völlig verwuschelten dunklen Haare. Er sah aus, als wäre er gerade aus dem Bett gefallen, aber irgendwas sagte Nova, dass diese Frisur genau so aussehen sollte.

»Wegen dieser Sache bin ich nicht hier«, begann Nova. »Auch wenn es ein ziemlich beschissener Move war. Pietätlos könnte man auch sagen.«

Brenner schnaubte und sah sie direkt an.

Helle Augen, ein recht asymmetrisches Gesicht. Dass sein rechtes Auge kleiner war als das linke und ein paar Millimeter höher saß, bemerkte man aber erst auf den zweiten Blick. Für den

Bruchteil einer Sekunde wirkte er fast amüsiert. Dann schob er die Brille mit den runden Gläsern und dem dünnen Rahmen seinen Nasenrücken hinauf. Eine unbewusste Geste, die sie auf dem Weg hier hoch schon bestimmt dreimal beobachtet hatte. Er ging an ihr vorbei und riss die Vorhänge auf. Ratsch. Licht knallte in den Raum.

»Also wollen Sie mich jetzt noch länger auf die Folter spannen oder damit rausrücken, wieso Sie hier sind? Es geht um die Leichenfunde, oder? Am Telefon haben Sie gesagt, Sie sind von der Polizei …«

»LKA München, streng genommen.«

Er schnaubte wieder, und sein Ton wurde noch überheblicher. »Wow, da lässt sich endlich mal jemand dazu herab, ernsthaft mit mir zu reden, und dann direkt das LKA. Nicht schlecht … Da hat sich die Aktion am Ende ja vielleicht doch gelohnt. Mit ›Aktion‹ meine ich meinen ›beschissenen Move‹. So haben Sie es eben ausgedrückt, oder?«

Nova ließ Brenners aggressiven Ton an sich abperlen.

»Woher haben Sie das Foto eigentlich?«, fragte sie, ohne eine ehrliche Antwort zu erwarten.

Er bleckte die Zähne. »Ist mir zugeflogen :..«

Natürlich. Nova trat einen Schritt auf Brenner zu. Zwischen ihnen stand ein massiver Holztisch, zwei Mikrofone waren mit einem beweglichen Stativ an der Platte festgeschraubt, dahinter stand jeweils ein bequem aussehender Ledersessel.

Sie hatte sich mehrere Folgen seines Podcasts angehört. On air klang er sympathisch und professionell. Er war eloquent und wusste, wie er seine Stimme zu benutzen hatte. Dass sich dahinter so ein arroganter Schnösel verbarg, hätte sie nicht gedacht.

»Ich wollte mit Ihnen über Anna Menden und Ihre K.-o.-Tropfen-Theorie sprechen.«

Brenners Augenbrauen sprangen hoch.

»Ist Anna doch unter den Opfern?«

Nova überlegte einen Moment. Die Pressekonferenz war für heute Abend angesetzt, und spätestens dann würde die Öffentlichkeit ohnehin erfahren, dass Anna Menden weiterhin als vermisst galt. Außerdem wollte sie etwas von Brenner, sollte ihm also auch etwas geben.

»Nein«, sagte sie daher. »Ich würde Sie aber dringend bitten, diese Information noch nicht weiterzugeben.«

Brenner musterte sie prüfend. Dann verschränkte er die Arme vor der Brust.

»Einverstanden. Also?«

»Sie haben mit jungen Frauen gesprochen, die im *Saphirblau* womöglich K.-o.-Tropfen bekommen haben sollen. Erzählen Sie mir davon!«

Brenner überlegte einen Moment. »Ich hab die Gespräche mit den Mädchen aufgezeichnet, ich kann Ihnen die Audiodateien zur Verfügung stellen, wenn Sie wollen ...«

Er wartete Novas Antwort gar nicht ab, sondern ging zu seinem Laptop, der auf einem kleinen Schreibtisch stand. Darüber hingen etliche Fotos an der Wand. Nova trat näher und ließ den Blick darüber wandern, während Brenner seinen Rechner durchsuchte. Auf den meisten Fotos war er zu sehen. Mit jungen Frauen und anderen jungen Typen, die die gleichen Frisuren hatten und die gleichen Brillen trugen wie er. Die meisten waren auf Partys entstanden. Sie hielten Bierflaschen oder Weingläser in der Hand.

Das nächste Foto war wie ein kalter Schlag in den Nacken. Nova blinzelte. Wenn das wirklich ... Sie sah genauer hin, aber sie hatte sich nicht getäuscht. Das könnte alles in eine neue Richtung lenken. Ihr Mund wurde trocken.

»Ich überspiele Ihnen die Dateien auf einen Stick«, sagte Brenner in dem Moment, aber Nova hielt ihn zurück und deutete auf eine junge Frau mit dunklen kurzen Haaren und einem Nasenring, die sich mit einem angeheiterten Lächeln und geröteten Wangen an Brenner schmiegte.

»Die Frau, die Sie dort im Arm halten, die kommt mir irgendwie bekannt vor ...«

Brenner sah zu dem Foto, und die Energie im Raum kippte, sein Blick und seine Stimme wurden weich. Er stutzte. »Ja? Das ist Milla ... meine Ex-Freundin.«

Nova überlegte, wie sie reagieren sollte. Sie konnte die Situation noch nicht einschätzen.

»Vielleicht irre ich mich auch«, relativierte sie. »Ich dachte, sie wäre mir gerade unten auf dem Parkplatz über den Weg gelaufen.«

Brenner lachte auf. Aber diesmal klang das Lachen nicht spöttisch oder herablassend. Es schwang fast etwas Melancholisches mit.

»Das kann ich mir kaum vorstellen. Milla studiert seit diesem Semester in Spanien.«

Er zog sein Handy aus der Tasche und zeigte ihr unaufgefordert einen Instagram-Account mit dem Namen »Milla_around_the_world«. Darunter stand gefettet ihr voller Name. Milla Jankowski. Der letzte Post stammte von heute Morgen: »Bestes Frühstück in ganz Barcelona!« Das Foto zeigte ein Glas Orangensaft und einen Avocado-Toast mit Cocktailtomaten und Salzflocken.

Nova betrachtete das Foto. Das sah ja wirklich köstlich aus. Nur lag die Frau, die dieses Foto angeblich gepostet hatte, wenige Kilometer entfernt bei vier Grad in der Rechtsmedizin.

Sie war die noch nicht identifizierte Leiche Nummer III.

Womöglich setzte ein Arzt gerade das Skalpell an, und Nova wollte keine Wette darauf abschließen, aber sie war sich ziemlich sicher, dass er in ihrem Magen weder diesen Toast noch den Orangensaft finden würde.

Kapitel 18

Nils Brenners Puls beschleunigte sich. Die Polizistin betrachtete erneut Millas Foto, dann machte sie eine wegwerfende Handbewegung.

»Okay, dann habe ich mich wohl getäuscht.«

»Ja, wie gesagt …«

Ihr Blick streifte ihn beiläufig, er hatte aber trotzdem das Gefühl, als hätte sie sein Gesicht in dieser Sekunde vollkommen abgetastet und jedes noch so kleine Zucken registriert.

Nova Winter lächelte. Mit dem Mund, nicht mit den Augen.

»Aber die Audiodateien würde ich trotzdem gern mitnehmen.«

Nils räusperte sich, wurde das Kratzen in seinem Hals aber nicht los.

»Ja, okay …«

Er setzte sich wieder an seinen Laptop und kramte einen neuen USB-Stick aus der Schublade.

Er schloss den Stick an, während die Polizistin hinter ihm ein paar Schritte durch den Raum ging. Er spürte ihren Blick in seinem Nacken.

»Und mit Anna Menden und Ihnen …«

Jetzt ging das wieder los. Sie spielte auf das Gespräch mit der

Polizei an, das er kurz nach Annas Verschwinden geführt hatte. Er drehte sich um, um diese Fragerei im Keim zu ersticken.

»Ich habe es doch bereits erklärt. Mag sein, dass Anna mich gut fand, aber von meiner Seite aus war da nichts. Außer, dass sie die Freundin meiner Cousine war, die ich einmal nach Hause gefahren habe. Und dass sie einfach so verschwindet und bis heute nicht gefunden wurde, ist schrecklich.«

Nils hielt dem Blick der Polizistin stand. Etwas war in ihren Augen aufgeflammt. Hatte er etwas Falsches gesagt?

»Wieso interessiert Anna Sie eigentlich so, wenn sie doch nicht unter den Opfern ist?«

Nova Winter zuckte die Achseln.

»Ich sehe das genauso wie Sie. Es ist schrecklich, dass das Mädchen nach so langer Zeit nicht gefunden wurde.«

Die Polizistin klang locker, aber ihre Finger krallten sich tief in die Sessellehne.

Als der Computer die Audiodateien überspielt hatte, zog Nils Brenner den Stick heraus. Er hielt ihn noch einen Moment in der Hand.

»Wieso haben Sie mich wirklich nach Milla gefragt?«

Sein Herzschlag beschleunigte sich wieder, aber die Ermittlerin blieb undurchsichtig.

»Wie gesagt, ich dachte, ich hätte sie gesehen. Ich kann mir Gesichter sehr gut merken. Das ist alles.«

Das ist alles.

Nils spürte, dass sie log, aber er entschied sich, nicht weiter nachzuhaken.

Als Augenblicke später die Tür hinter ihr ins Schloss fiel, hatte er das Gefühl, platzen zu müssen. Er griff sein Handy, wählte eine Nummer. Wartete. Aber sein Anruf ging geradewegs auf die Mailbox.

Kapitel 19

Das Kribbeln begann in ihrem Bauch und breitete sich ganz langsam in alle Richtungen aus. Nova war angefixt. Natürlich waren sie noch ganz am Anfang der Ermittlungen. Aber im Gespräch mit Brenner hatte sie etwas zu fassen bekommen, einen kleinen Zipfel von etwas, das sie nicht benennen konnte. Und sie wusste auch noch nicht, wohin es führte.

Aber ihr Bauchgefühl hatte angeschlagen. Darauf konnte sie sich – fast – immer verlassen. Auf dem Weg zurück in die Kriminaldirektion hörte sie eine Nachricht von Magnus ab, der sie über die Ergebnisse der Rechtsmedizin informierte. Es sah alles danach aus, dass mehrere Täter die Morde gemeinschaftlich begangen hatten.

Wenn das der Fall war, bedeutete das ein hohes Maß an Organisation, Planung. Menschen, die sich gegenseitig deckten und zusammenhielten. Auf der anderen Seite konnte es bedeuten, dass sie nur den richtigen Stich setzen mussten, um ein ganzes Wespennest zu treffen.

Im Büro traf sie auf Magnus und Krohn. Yeliz war nirgendwo zu sehen.

»Opfer Nummer III ist höchstwahrscheinlich eine Milla Jankowski«, informierte sie die beiden ohne Umschweife.

»Was?«

Magnus klang überrascht.

»Ich war bei Nils Brenner, dem Podcaster. Ich habe Nummer III auf einem Foto an der Wand seines Büros erkannt, und rate mal – sie ist seine Ex-Freundin. Und zu Anna Menden hatte er auch eine persönliche Beziehung.«

Neben Magnus schwieg Krohn. Ihr Alleingang passte ihm nicht, das sah sie sofort, es kümmerte sie aber nicht.

»Und interessanterweise spricht Brenner von Anna Menden in der Vergangenheit.«

Sie wandte sich direkt an Krohn. »Ich weiß, Sie wollen sich zunächst auf die Opfer konzentrieren, die wir haben. Aber mein Gefühl sagt mir, dass die Fälle zusammenhängen könnten. Und immerhin fehlt uns weiterhin Opfer Nummer II.«

»Und Sie sind sich sicher mit der Identität? Milla Jankowski?«

Krohns Blick verriet, dass er an diese Fügung noch nicht ganz glauben wollte. Er checkte mit einem Blick sein Handy, das soeben zu klingeln begonnen hatte, und drückte den Anruf weg.

»Ein Kontakt von der Presse«, brummte er und warf sein Handy auf den Schreibtisch. »Gerade haben auch schon die vom *Heidelberger Anzeiger* in der Pressestelle angerufen. Hatten Details zu den Leichenfunden, zu denen wir Stellung beziehen sollten. Sie wollten uns gnädigerweise drei Stunden geben, bevor sie den Artikel veröffentlichen.«

Er schüttelte voller Missachtung den Kopf. »Ich hoffe, die Ansage des Kollegen hat gewirkt. Die sollen die Füße stillhalten. Wir können es uns echt nicht leisten, dass weitere Details unkontrolliert durchsickern.«

»Um welche Details ging es denn?«, fragte Nova. Krohn schnaufte. »Dass eine der Leichen nicht wie die anderen vergraben war, sondern wie ein Engel in einem Baum hing.«

Novas Gedanken rasten.

»Ob derjenige, der Nils Brenner das Foto der Leiche geschickt hat, weiter Infos verteilt?«

»Ich hab echt keine Ahnung, wie das durchgesickert ist. Wir haben mittlerweile sämtliche Kollegen überprüft ... und ich hoffe einfach, dass sich der Rest der schreibenden Zunft bis zur Pressekonferenz geduldet.«

»Das werden sie, wenn sie schlau sind«, sagte Magnus mit ruhiger Stimme.

Nova hatte das schon oft beobachtet: Je hektischer die Situation, desto ruhiger wurde Magnus.

»Oder wir werfen ihnen jetzt einen Krümel hin und sehen dabei zu, wie sie sich gegenseitig die Köpfe einschlagen.«

Er zog den Mundwinkel zu einem halben Lächeln hoch. Natürlich wusste auch Magnus, dass sie zur Konferenz besser einen Anhaltspunkt parat haben sollten. Nicht nur für die Presse und die Öffentlichkeit, sondern auch für Krohns direkte Vorgesetzte, die Staatsanwaltschaft, Politik ...

»Hier«, sagte Nova und kam wieder zu ihrem eigentlichen Thema zurück. Sie hatte das Foto von Milla in Brenners Büro abfotografiert, während der an seinem Laptop beschäftigt gewesen war.

Jetzt zoomte sie auf das Gesicht der jungen Frau und hielt Krohn das Handydisplay entgegen.

Er betrachtete das Foto ein, zwei Sekunden, dann sprang sein Blick zurück zu ihr.

»Okay.«

»Und da ist noch was. Sie hat einen Instagramaccount, der weiter bedient wird.«

Nova öffnete die App.

»Brenner hat behauptet, dass Milla gerade in Barcelona studiert. Er hat mir einen Instagram-Post von ihrem angeblichen Account gezeigt. Sie war darauf nicht zu sehen, nur ihr vermeintliches Frühstück.«

Sie gab den Namen in das Suchfeld ein, Milla around the world, als Krohn erneut das Wort ergriff.

»Yeliz wird das überprüfen. Wenn wir Glück haben, können wir herausfinden, von wo der Post abgesetzt wurde.«

Nova stutzte. Die Suche ergab kein Ergebnis. Sie versuchte es erneut mit Unterstrichen zwischen den Wörtern, dann komplett zusammengeschrieben. Nichts.

»Alles in Ordnung?« Das war Magnus. Nova begann zu rudern.

»Ich bin mir sicher, dass der Account so hieß, aber …«

Sie konnte es drehen und wenden, wie sie wollte. Der Account war nicht mehr vorhanden. Oder vielmehr: Jemand hatte ihn gelöscht.

Kapitel 20

Vor dem Hauptgebäude der Universität schwamm ein Blumenmeer aus weißen Lilien, Rosen und Tulpen. Die meisten waren zu Sträußen gebunden, manche in Zellophan gehüllt.

Ein Mädchen ging mit hängenden Schultern in die Hocke und legte einen Strauß Margeriten zu Füßen des alten Brunnens in der Mitte des Vorplatzes ab.

Lena blieb stehen und beobachtete, wie die junge Frau sich langsam wieder aufrichtete, ein Teelicht anzündete und es zu den anderen auf dem Brunnenrand stellte. Neben ihr lehnte ein Student einen Bilderrahmen mit einem Foto von Fiona gegen den Brunnen.

Viele hatten solche Fotos ausgedruckt und sie an Sträuße geheftet. An der Mauer des Hauptgebäudes prangte ein großes Plakat.

Fiona. Wir vermissen dich.

Lena tauchte in den Pulk ihrer Kommilitonen ein und fühlte, wie ihre Trauer sie einhüllte und sich wie ein nasser Umhang schwer um ihre Schultern legte.

Neben ihr hielten sich zwei Mädchen im Arm und schluchzten. Sie krallten sich aneinander fest, Tränen liefen ihnen über die Gesichter.

Lena blinzelte. Plötzlich verschwamm ihr Sichtfeld, und etwas drückte sie nieder. Mit dem nächsten Blinzeln stand sie auf dem Waldfriedhof ihres Heimatorts. Nieselregen fraß sich langsam durch die Ärmel ihrer Jacke und legte sich feucht auf ihre nackten Arme.

Das Grab zu ihren Füßen öffnete sich nicht wie ein Krater, wie sie es sich vorgestellt hatte. Es war ein simples, profanes Erdloch.

Daneben thronten gigantische Blumenkränze auf diesem Sarg, der doch viel zu klein war für ihren Vater. Wie konnte man jemanden mit seiner Ausstrahlung und Kraft in so eine Kiste zwängen? Ihr Vater konnte einen Raum zum Schweigen bringen, indem er nur den großen Zeh hineinsetzte. Und jetzt? Lena stellte sich vor, wie Schrauben und Scharniere brachen und der Sarg auseinanderbrach.

Aber es passierte nichts.

Stattdessen wurde ihr Herz so schwer, dass ihr Oberkörper nach vorne kippte. Tränen und Regen liefen gleichzeitig über ihre Nase und tropften ins Gras.

Jetzt packte sie sich selbst am Haarschopf und zog sich aus dieser Erinnerung zurück ins Jetzt.

Was war los mit ihr? Sie ließ doch schon lange nicht mehr zu, dass diese Erinnerungen sie wie aus dem Nichts überfielen.

Lena richtete sich auf und atmete einmal tief in den Bauch hinein.

Um sie herum hatte niemand etwas bemerkt.

Ein Typ mit Brille griff nach der Hand der Studentin neben ihm. Ihre Finger verhakten sich seltsam umständlich ineinander, so als wäre es das erste Mal, dass sie sich an den Händen hielten. Dann fing das Mädchen an zu weinen.

Hatten sie die Opfer gekannt? Oder waren sie einfach nur von der allgemeinen Trauer ergriffen?

Lenas Blick wanderte zu einem Foto von Fiona, auf dem sie so übertrieben glücklich lachte, als hätte sie gerade eine Reise in die Karibik gewonnen.

Natürlich war es schwer zu begreifen, dass diese junge Frau, die alles noch vor sich hatte, mit einem Fingerschnipsen aus dem Leben gerissen werden konnte.

Trotzdem war es passiert. Einfach so.

»Wir veranstalten heute Abend eine Trauerfeier, vielleicht willst du ja auch kommen.« Ein Mädchen mit schwarzem Pferdeschwanz hatte sie sanft am Unterarm berührt und hielt ihr einen Flyer hin. Sie lächelte und ging weiter, als Lena ihr den Wisch abgenommen hatte.

Ein kurzer Blick darauf, dann faltete Lena den Flyer zusammen und steckte ihn in ihre Manteltasche.

Jetzt war es real.

Kapitel 21

Yeliz sah Novas Spiegelbild im Fenster. Sie stand am anderen Ende des Raums, im Gespräch mit Herzberg und Jakob, stemmte die linke Hand in die Hüfte und reckte das Kinn hoch, als könnte sie so noch ein paar Zentimeter wachsen. Yeliz wusste, dass sie das unbewusst tat, und es überkam sie von irgendwo ganz tief drinnen ein Gefühl der Vertrautheit.

Sie hatte diese Frau wirklich geliebt. Und auch wenn das jetzt schon so viele Jahre her war, konnte sie sich noch genau daran erinnern, wie es sich angefühlt hatte.

Besser als alles, was danach gekommen war. Mit Ausnahme ihrer Tochter natürlich, aber das war etwas anderes.

Als sie aufstand und sich umdrehte, schoss Novas Blick auf sie zu, und das warme Gefühl zerfiel zu dem, was es vorher gewesen war: Enttäuschung.

Yeliz ging auf die drei zu, die sofort ihr Gespräch unterbrachen und sie gespannt ansahen.

»Anfragen an Instagram bzw. Meta und E-Mail-Provider sind raus, da müssen wir jetzt abwarten. Womöglich können wir Millas Instagram-Account dann wiederherstellen, aber das kann ich euch nicht versprechen.«

Jakob nickte. »Der Verbindungsnachweis ihres Handys sollte auch bald kommen. Wir haben zwei Möglichkeiten: Einer der Täter hat Millas Handy behalten und weiter Instagram bedient, oder ihr Account wurde gehackt ... Dann können wir –«

Er brach ab und sah auf sein Handy. Noch während er las, sprach er weiter.

»Millas Eltern haben die Leiche identifiziert. Sie werden jetzt befragt, das scheint aber wenig aussichtsreich, weil sie angegeben haben, im letzten Jahr so gut wie keinen Kontakt zu ihrer Tochter gehabt zu haben. Sie leben in Stuttgart ...«

»Ihre Wohnung?« Das war Nova.

Jakob sah auf.

»Darauf wollte ich gerade hinaus. Sie hat mit einer Freundin in einer WG gewohnt. In der Weststadt, Kaiserstraße.«

»Ich fahre hin.« Nova griff bereits nach ihrer Jacke.

»Nach dem Gespräch mit Millas Ex Brenner hätte ich da noch so einige Fragen. Vielleicht weiß Millas Mitbewohnerin mehr über die Beziehung der beiden.«

Yeliz konnte sehen, dass Jakob ihre bestimmende Art immer noch aufstieß. Nova schien es nicht zu bemerken. Typisch.

Yeliz sah zu Jakob, der sofort wusste, was sie vorhatte. Als er nickte, schnappte sie sich ebenfalls ihre Jacke.

»Ich komme mit!«

Kapitel 22

Nummer V

Dass etwas auf ihrer Fußmatte lag, konnte sie schon von Weitem sehen. Sie war gerade aus dem Fahrstuhl gestiegen und ging auf ihre Wohnungstür zu. Zuerst dachte sie, jemand hätte die Verpackung eines Schokoriegels fallen lassen, aber als sie näher kam, erkannte sie, dass es etwas anderes war.

Sie ging vor ihrer Tür in die Hocke und betrachtete ein kunstvoll gefaltetes Origamitier mit zwei spitzen Ohren, einer Schnauze und einem Schwanz. War es ein Fuchs? Dafür sprach zumindest die Farbe des Papiers – ein strahlendes Rotbraun.

Sie sah nach rechts und links den Gang entlang, aber da war niemand. Und sie hörte auch niemanden davongehen oder eine Tür schlagen.

Vorsichtig hob sie den Fuchs hoch und hielt ihn in der Hand wie einen kleinen Babyvogel, der aus dem Nest gefallen war. Dann schloss sie mit der anderen Hand die Wohnungstür auf und trat ein. Drinnen stellte sie den Fuchs behutsam auf der Kommode im Flur ab und schlüpfte aus ihrer Jacke und den Schuhen, ehe sie mit dem Fuchs ins Wohnzimmer und in die Küche ging. Sie untersuchte ihn genauer, drehte ihn um die eigene Achse, betrachtete ihn von oben, von unten, von allen Seiten. Was hatte es damit auf sich? Sie hatte so ein Gefühl ... Und wenn ihr doch nur ein Nachbar ein anonymes Geschenk gemacht hatte?

Nein, das hier, das verhieß etwas anderes, sie war sich sicher. Also drehte sie den Fuchs weiter in ihrer Hand, bis sie plötzlich die feine blaue Linie sah, die sich über eine gefaltete Kante beugte. Wie der Anfang eines Buchstabens, der im Innern des Tiers verschwand.

Sie faltete den Fuchs auf. Und tatsächlich. Ihr Herz machte einen Sprung. »Mach mich nass!«, stand dort in blauer Tinte geschrieben.

Sie musste unweigerlich lächeln. Das erinnerte sie an eine Szene aus *Alice im Wunderland*. Alice gelangt auf der Suche nach dem weißen Kaninchen zu einer kleinen Tür, durch die sie nicht hindurchpasst. Wie durch Zauberhand erscheint ein Tisch im Raum, darauf ein Fläschchen mit einem Etikett, auf dem »Trink mich!« steht. Sie trinkt, schrumpft zur Größe einer Maus – und kann die Tür passieren ...

Wohin führt meine Tür?, dachte sie, während sie zur Spüle ging und das Papier für ein paar Sekunden unter Wasser hielt. Die Tinte verlief sofort, und die Anweisung verschwand. Weiter tat sich nichts. Sie legte den Zettel auf den Küchentisch. Und wartete. Wie bei einem Schwangerschaftstest, dachte sie, nur dass sie diesmal keine Angst vor dem Ergebnis hatte.

Als nach zwanzig Sekunden immer noch nichts passierte, wurde sie nervös. War das zu viel Wasser gewesen?

Sie sah auf die Uhr. 30 Sekunden waren vergangen, 40 ... Und dann! Endlich! Ganz langsam kamen erste Linien zum Vorschein. Gebannt verfolgte sie, wie sich die Linien zu Buchstaben und schließlich zu Wörtern verbanden.

»Donnerstag, 19 Uhr, an der Madonna.«

Ihr wurde warm. Sie hatte tatsächlich eine Einladung bekommen. Plötzlich konnte sie nicht mehr stillstehen, ihre Beine wollten sich bewegen, und sie ging aufgeregt in ihrer Wohnung auf und ab.

Seit Monaten wurde über diese Treffen gemunkelt. Wer einmal dort gewesen war, schwieg darüber, hieß es. Wie man dort hinkam, wusste keiner. *When you know, you know.*

Und jetzt wusste sie, dass sie ausgewählt worden war. Donnerstag. In zwei Tagen. An der Madonna.

Kapitel 23

»Das kann nicht sein.« Nadia Bellin rümpfte die Nase wie über einen makabren Scherz. Sie strich sich eine schwarze Locke hinter ihr dreifach gepierctes Ohr und verschränkte die Arme fest vor der Brust.

»Milla ist in Barcelona!«

Dichte, dunkle Wimpern, ein Leberfleck auf der rechten Wange, eine winzige Lücke zwischen den oberen Schneidezähnen.

Nadia war noch kleiner als Yeliz und zierlich. Trotzdem war sich Nova sicher, dass sie sich überall Gehör verschaffen konnte.

Yeliz hielt Nadias nachdrücklichem Blick stand und wies zum Küchentisch, an dem ein alter Holzstuhl und zwei Klappstühle aus Plastik standen.

Die Küche war spartanisch eingerichtet, mit einem alten frei stehenden Herd in der Ecke und abgegriffenen Hängeschränken. Der Schachbrett-Fliesenboden war zwar im Laufe der Jahre angegraut und verkratzt, aber blitzblank geputzt, genau wie das Kochfeld und die Fenster.

»Wollen wir uns nicht kurz setzen?«, fragte Yeliz. »Wahrscheinlich hast du schon von den Leichenfunden gehört ...«

Nadia griff nach der Lehne eines Plastikstuhls, machte aber keine Anstalten, sich zu setzen. Warum auch? Sie hatte die Fotos aus Barcelona gesehen, vielleicht sogar noch heute Morgen. Und jetzt wollten ihr zwei wildfremde Frauen erzählen, dass ihre Mitbewohnerin wenige Kilometer entfernt tot im Wald gefunden worden war? Ihr Blick flackerte irritiert von Yeliz zu Nova und wieder zurück.

»Ja, hab ich. Das ist eine heftige Geschichte. Aber wie gesagt, Milla ...«

Nova unterbrach sie.

»Millas Mutter hat ihre Leiche vor einer halben Stunde identifiziert.«

Nadia stand für einen Moment der Mund offen, dann schloss sie ihn und schluckte. Ihre Hand umklammerte die Stuhllehne jetzt so fest, dass ihre Fingerknöchel ganz weiß wurden.

»Tut mir wirklich leid.«

Yeliz legte Nadia vorsichtig eine Hand auf den Rücken, und als hätte diese Berührung einen Schalter umgelegt, sanken Nadias verkrampfte Schultern und kippten nach vorn. Als ihre Knie nachgaben, half Yeliz ihr, sich zu setzen. Dabei warf sie Nova einen eindringlichen Blick zu. Sie hatten sich eigentlich darauf geeinigt, dass Yeliz die Befragung durchführen und Nova erst beim Thema Nils Brenner einsteigen würde. Aber Nova hatte das Mädchen erlösen wollen. So ein Pflaster riss man am besten mit einem Ratsch ab. Nova erwiderte Yeliz' Blick unbeeindruckt, nahm sich aber trotzdem vor, sich ab jetzt im Hintergrund zu halten.

Nadia brauchte einen Moment, um sich zu sammeln.

»Aber ich habe doch die Fotos gesehen.«

Sie griff nach ihrem Handy und öffnete mit zitternden Fingern die Instagram-App.

Yeliz setzte sich ihr gegenüber.

»Der Account wurde höchstwahrscheinlich von jemand anderem fortgeführt. Mittlerweile wurde er sogar ganz gelöscht. Wir gehen davon aus, dass Milla gar nicht erst nach Barcelona abgereist ist.«

Nadia machte den Mund auf, schloss ihn wieder.

»Oder hast du Fotos bekommen, auf denen sie in Barcelona zu sehen ist?«

In Nadias Augen begannen Tränen zu glitzern, und für ein paar Sekunden sagte sie gar nichts.

»Ich versteh das alles nicht ... Sie ist ermordet worden?«

Yeliz nickte.

»Wir hoffen, dass du uns ein paar Fragen über Milla und die Zeit, bevor sie verschwunden ist, beantworten kannst. Wie es aussieht, hat ja niemand bemerkt, dass sie nie in Spanien angekommen ist.«

Nadia wischte sich die Tränen aus dem Gesicht und griff nach dem Taschentuch, das Yeliz ihr reichte.

»Ja, sie wollte dieses Auslandssemester in Barcelona machen, und ich dachte wirklich, dass sie dorthin gereist ist.«

Während Nadia sich die Tränen wegwischte, fiel Novas Blick auf ein Foto von ihr und Milla, das am Kühlschrank hing. Die Mädchen exten gleichzeitig einen Shot. Das Foto musste einige Monate alt sein, da Nadia darauf nur kinnlange Haare trug, jetzt fielen sie ihr in lockeren Wellen bis über die Schultern.

»Ist dir irgendetwas aufgefallen, bevor sie abgereist ist? Habt ihr euch verabschiedet?«, fragte Yeliz weiter.

Nadia wurde augenblicklich blass.

»Scheiße«, schluchzte sie. »Ja, da war was. Scheiße ... Ich hätte mich nicht abwimmeln lassen sollen. Ich hatte ein komisches Gefühl, aber ...« Sie stockte, kämpfte mit sich.

»Der letzte Tag ... das war total strange. Erstens ist sie früher abgereist, als sie eigentlich wollte.«

Yeliz beugte sich kaum merklich ein Stück vor.

»Weißt du noch, an welchem Tag das war?«

»Moment.« Nadia griff wieder nach ihrem Handy. »Da muss ich nachgucken.«

Sie öffnete einen Chat auf Instagram.

»Ihr Account ist tatsächlich gelöscht. Aber der Chat ist noch da ...«

Sie wischte ein paarmal mit dem Daumen nach oben.

»Also, ihr Plan war, am 3.7. nach Barcelona zu fliegen. Sie wollte sich dann eine Wohnung suchen, ein paar Wochen Freizeit dort verbringen und im Oktober ins Semester einsteigen. Sie hat Spanisch und Englisch studiert, auf Lehramt. Im 4. Semester. Dann ist sie ganz plötzlich doch früher abgereist. Hier. Am 28.06. Ich erinnere mich noch gut daran. Ich bin nachmittags nach meinem Seminar nach Hause gekommen, und Millas ganzes Zeug war weg. Ich hab versucht, sie anzurufen, aber sie ist nicht drangegangen. Also hab ich ihr auf Insta geschrieben. Dort hat sie mir geantwortet, dass sie spontan einen günstigeren Flug gekriegt hat und schon weg ist.«

Nadia schob Yeliz ihr Handy hin, damit sie den Chat selbst lesen konnte.

»Ich fand das schon etwas merkwürdig, aber ehrlich gesagt hat es auch ein bisschen zu Milla gepasst.«

Yeliz sah wieder auf.

»Kannst du das genauer erklären?«

Nadia ließ ihren Blick durch die Küche wandern, als wollte sie ungern etwas Negatives über Milla sagen.

»Na ja, sie war spontan, manchmal auch ein bisschen sprunghaft und unzuverlässig. Sie hat schnell ihre Meinung geändert und mich auch öfter mal versetzt, wenn sie doch keine Lust auf irgendwas hatte.«

Eine Träne rollte ihr übers Gesicht.

»Aber sie war trotzdem meine Freundin ...«

»Und nachdem sie weg war, habt ihr weiter Kontakt gehalten?«

Nadia wischte sich mit dem Taschentuch die Tränen weg.

»Ja, wir haben ab und zu geschrieben, zum Telefonieren war sie zu busy.«

Nadia stockte und schüttelte den Kopf.

»Zu busy ... Scheiße. Da war sie schon längst tot, oder? Ich hab echt gedacht, ich schreibe mit Milla. Aber dann war das ihr Mörder, oder was?«

»Auf jeden Fall war es nicht Milla«, bestätigte Yeliz. »Also am 28.6. ist sie aus der WG verschwunden. Kannst du dich erinnern, wann du sie das letzte Mal gesehen hast?«

Nadia überlegte kurz, zerknüllte das Taschentuch in ihrer rechten Hand.

»Ja, das muss am Abend vorher gewesen sein. Am 27.06.«

»Wie war die Situation? Ist dir etwas Ungewöhnliches aufgefallen?«

Nadia schüttelte den Kopf.

»Nein, da war nichts Ungewöhnliches. Wir haben Pizza bestellt, dann bin ich früh ins Bett, weil ich am nächsten Tag arbeiten musste. Ich arbeite nebenbei in einem Café, das um 8 aufmacht.«

»Und Milla?«

»Ich dachte, sie wäre auch ins Bett gegangen. Am nächsten Tag bin ich sehr früh aus dem Haus, und wir haben uns nicht mehr gesehen.«

»Sie könnte also theoretisch abends noch ausgegangen sein und sich mit jemandem getroffen haben, oder hättest du auf jeden Fall mitbekommen, wenn sie die Wohnung verlassen hätte?«

Nadia atmete durch.

»Ich schlafe mit Ohrstöpseln, also ja. Kann gut sein, dass sie noch ausgegangen ist. Wie gesagt, Milla ist sprunghaft und irgendwie nicht vorhersehbar, bei ihr weiß man nie ...«

»Hatte Milla zu dem Zeitpunkt einen festen Freund oder jemanden, mit dem sie sich öfter getroffen hat?«

Nadia wiegte den Kopf.

»Es gab da einen Typen, ja. Mit dem hat sie ständig getextet, und er war auch einmal hier. Er war vielleicht Mitte zwanzig. Ganz sympathisch, ich hab aber nur einmal kurz mit ihm gesprochen, und Milla meinte, es sei auch nichts Ernstes ...«

»Weißt du seinen Namen?«

Nadia schüttelte den Kopf.

»Milla hat ihn immer nur ›Schmitt‹ genannt. Schätze mal, das ist sein Nachname. Mehr weiß ich leider nicht.«

»Könnte sie sich auch mit ihrem Ex-Freund getroffen haben?« Das war Nova.

»Nils?«, Nadia verzog angewidert den Mund, und die Stimmung im Raum kippte.

»Ja, genau, Nils Brenner.«

»Also das würde mich schon sehr wundern. Mit dem Arsch hat sie schon seit Monaten nichts mehr zu tun.«

»Herr Brenner hat uns erzählt, die beiden hätten sich im Guten getrennt.«

Nadia schüttelte missbilligend den Kopf.

»Ja, klar, natürlich erzählt er das.« Sie stand auf und warf ihr Taschentuch in den Mülleimer. Die Klappe fiel scheppernd zu.

»Ich sag Ihnen was: Der Typ ist ein Riesenarsch. Ich konnte ihn von Anfang an nicht leiden. In den sechs Monaten, in denen Milla mit ihm zusammen war, hat sie sich total verändert. Sie hat sich von ihren Freunden an der Uni zurückgezogen und hing nur noch mit Nils und seinen Leuten ab. Er hat sie vereinnahmt und manipuliert. Ich war einmal mit Milla und Nils' Clique feiern, und das war echt nicht cool. Die halten sich alle für was Besseres. Sind total arrogant mit den Barkeepern umgegangen, es wurde eine Flasche Wodka nach der anderen bestellt, und vom Koks will ich gar nicht erst anfangen. Kann ja jeder machen, was er will, aber für mich war das nichts. Ich hab mich da dann rausgehalten. Und wie gesagt: Der Rest ihrer Freunde auch. Als das mit Milla und Nils dann vorbei war, war nur noch ich übrig.«

»Wieso ist die Beziehung von Milla und Nils denn auseinandergegangen?«

Nadia zögerte einen Moment, ehe sie Nova direkt in die Augen sah.

»Der Arsch hat sie heimlich beim Sex gefilmt. Milla hat die Videos auf seinem Laptop gefunden.«

Nova wusste nicht, was sie erwartet hatte. Aber das sicher nicht.

»Das ist strafbar, hat sie ihn nicht angezeigt?«

Nadia atmete angestrengt aus.

»Ich hab ihr gesagt, dass sie das machen soll! Aber der Wichser hat ihr gedroht. Irgendwas von wegen, das würde sonst böse für sie ausgehen ...«

Kapitel 24

Milla

Sie kam hier nicht mehr raus. Die Erkenntnis traf Milla mit voller Wucht. Das war es jetzt. Aber das konnte nicht sein. Nein!

Als sie versuchte, sich aufzusetzen, drückte sie eine starke Hand in den Boden. Sie roch die Zitronen-Seife, mit der er sich die Hände gewaschen hatte, und plötzlich nahm sie alles um sich herum noch intensiver wahr. Flackernde Kerzenflammen, hektische Bewegungen und schwere Schritte um sie herum. Der Geruch von Wachs. Schweiß. Der wahnsinnige Ausdruck in seinen Augen. Rasselnder Atem. Ein nervöses Blinzeln. Noch ein Hieb. Ihr Mund schmeckte metallisch, ihre Hände nass von Blut. Um sie herum wurde die Luft schwerer und dichter. Die Sekunden dehnten sich aus.

Ganz langsam ließen die Schmerzen in ihrem Bauch nach. Kein Ziehen mehr, kein Pochen oder Brennen. Sie fühlte sich unversehrt, wie in Watte gepackt. Ihr Geist blieb klar. Das war es jetzt. Tränen stiegen ihr in die Augen.

Sie sah sich in der Küche sitzen, mit Nadia. Sie schlägt ihren Pizzakarton auf und hält die Nase hinein, um den geschmolzenen Käse zu riechen. Dann nimmt sie sich ein Stück und beißt hinein. Süße Tomaten und Basilikum auf ihrer Zunge.

»Unsere Mädelsabende werde ich so vermissen, wenn ich in Barcelona bin!«

Nadia sieht ihr in die Augen und lächelt. »Ich werde dich auch vermissen. Aber am meisten freue ich mich für dich. Du wirst so viel Neues erleben. Barcelona ist der Hammer. Das wird die Zeit deines Lebens! Und im Dezember besuch ich dich, und wir gehen feiern.«

Milla lächelt zurück. Vorfreude und Wärme fluten ihren ganzen Körper, von den Fußsohlen bis in die Haarspitzen.

»Ich kann's kaum erwarten.«

Kapitel 25

»Ich hatte gleich ein komisches Gefühl bei Brenner«, sagte Nova und reichte Yeliz einen Milchkaffee, noch während die Tür des kleinen Cafés hinter ihr zuschwang.

Sie befanden sich in der Weststadt an einer viel befahrenen Straße, und sie hatte ihnen Koffeinnachschub besorgt, während Yeliz Jakob Krohn telefonisch auf den neuesten Stand gebracht hatte.

»Er hat diese unangenehme Art an sich«, fuhr sie jetzt fort. »Schwer zu beschreiben. Ich hatte die ganze Zeit das Gefühl, dass ich ihm mal lieber nicht zu nahekommen sollte, weil er so eine kurze Zündschnur hat. Wenn das stimmt, was Nadia uns erzählt, und Brenner Milla bedroht hat, dann wundere ich mich nicht, dass Milla niemandem von dem Sexvideo erzählt hat. Ich kann mir gut vorstellen, dass er das kann: Menschen einschüchtern.«

»Nadias Schilderungen klangen auch nicht sehr sympathisch«, gab Yeliz zu und wollte gerade den Kaffee zum Mund führen, da hielt sie inne und warf einen Blick in den Becher. Nova verstand sofort, was los war.

»Hafermilch, ich hab dran gedacht«, entwischte es ihr ganz

automatisch. Verdammt. Den Bruchteil einer Sekunde später ruderte sie auch schon wieder zurück.

»Also, ich dachte, weil du …«

Auf Yeliz' Gesicht erschien ein halbes Lächeln.

»Ja, ich trink ihn immer noch so, danke.«

Sie nahm einen Schluck.

Nova war für einen Moment aus dem Tritt, ein unangenehmes Schweigen entstand. Dann erlöste sie Yeliz' Handy mit einer Nachricht von Krohn.

Yeliz las, und ihre Gesichtszüge entspannten sich. »Sehr gut, der Durchsuchungsbeschluss ist bereits erteilt. Jetzt werden sie bei Brenner schön alles auf den Kopf stellen.«

Sie nahm noch einen Schluck von ihrem Kaffee, und Novas Blick blieb am Sperrbildschirm von Yeliz' Handy hängen. Das Foto eines kleinen Mädchens.

»Das ist meine Tochter«, sagte Yeliz, die Novas Blick bemerkt hatte. »Elli.«

Ein kleines, rundes Gesicht. Schwarze, kinnlange Locken und Yeliz' kastanienbraune Augen. Natürlich war das ihre Tochter.

Nova blickte auf.

»Sorry, ich habe automatisch hingeschaut, ich wollte nicht indiskret sein. Geht mich ja nichts an …«

Yeliz zog eine Augenbraue hoch. Sie sah fast belustigt aus. Amüsierte sie die Situation etwa?

»Es geht dich nichts an? Du meinst, weil du vor zehn Jahren von einem Tag auf den anderen und ohne ein Wort aus meinem Leben verschwunden bist? Nachdem ich dir gesagt habe, dass ich dich liebe?«

Das saß wie ein Fausthieb in den Magen. Typisch Yeliz. Sie legte den Finger gern direkt in die Wunde und sah einem dabei in die Augen.

Aber geschah ihr natürlich recht.

Nova hielt ihrem Blick stand.

»Wenn du es so ausdrücken willst, ja, genau deswegen.«

Sie erinnerte sich noch an den Moment, als alles gekippt war, obwohl sie schon ewig nicht mehr daran gedacht hatte. Damals waren sie ein Jahr zusammen gewesen. Yeliz hatte sie zum Essen eingeladen, in ihre kleine Dachwohnung in Eichstätt, in der im Winter die Heizung nicht richtig funktionierte, sich dafür aber ein Dachfenster direkt über der Badewanne befand und sie bei trommelndem Regen in der Wanne liegen konnte. Sie hatten auf dem Sofa Spaghetti mit Pesto gegessen, und beim Dessert hatte Yeliz ihr gesagt, dass sie sie liebte. Nova hatte das Dessertglas auf den Couchtisch gestellt und war abgehauen. Das war das letzte Mal, dass sie sich gesehen hatten. Danach hatte sie Yeliz geghostet.

Dass sie jetzt kaffeetrinkend nebeneinander hergingen, kam Nova absurd vor. Yeliz schwieg ein paar Momente, dann blieb sie stehen und sah Nova offen an.

»Hör mal, du musst jetzt hier nicht die Flatter kriegen. Das Ganze ist zehn Jahre her. Was mich angeht, können wir ganz normal zusammenarbeiten. Ich weiß immer noch nicht, was damals plötzlich mit dir los war, und ich hätte es lange Zeit wirklich, wirklich gern gewusst. Aber jetzt ist es mir ehrlich gesagt egal. Du scheinst gut in deinem Job zu sein. Bei Brenner hattest du womöglich den richtigen Riecher. Und gerade geht es mir nicht um dich oder mich, sondern darum, diesen Fall aufzuklären. Das ist das Allerwichtigste für mich.«

»Das ist auch das Wichtigste für mich«, stimmte Nova ihr zu. »Hast du dich deswegen an die Befragung von Nadia rangehängt? Um mir das zu sagen?«

Yeliz machte sich gerade. In ihren Augen konnte Nova jetzt doch Ärger sehen.

»Nein, absolut nicht. Ich hab mich nicht an dich drangehängt, Nova. Mal davon abgesehen, dass man Befragungen ohnehin am besten zu zweit durchführt: Das ist auch mein Fall. Heidelberg ist jetzt meine Stadt. Ich will herausfinden, wer diese jungen Frauen getötet hat. Das ist eine riesige Katastrophe, und wir müssen das so schnell wie möglich stoppen. Und davon abgesehen, werde ich auch nicht zulassen, dass du jetzt ständig irgendwelche Alleingänge machst. So arbeiten wir hier nicht. Und ich lasse mich nicht ausschließen. Erst recht nicht, wenn es um Dinge geht, die ich gut kann. Mit jungen Menschen sprechen. Die richtigen Fragen stellen.«

Nova nickte. »Du hattest direkt einen guten Draht zu Nadia, ist mir aufgefallen.«

Der Ansatz eines Lächelns erschien auf Yeliz' Gesicht.

»Jetzt müssen sie nur noch das Video finden, und dann nehmen wir uns Brenner zur Brust.«

Kapitel 26

»Das ist Schwachsinn, ich habe meine Ex nicht beim Sex gefilmt! Wer behauptet so was?« Nils Brenner überflog den Durchsuchungsbeschluss, seine Augen zu verärgerten Schlitzen verengt.

Jakob ging nicht auf die Frage ein.

Er hatte Brenner bereits darüber belehrt, dass er das Recht hatte, zu allen Fragen zu schweigen. Aber Brenner pfiff darauf. Er hatte ja nichts zu verbergen …

»Der Beschluss gilt für alle Laptops, Computer und sonstige Speichermedien, die sich hier in Ihren Büroräumen und bei Ihnen zu Hause befinden.«

»Danke, ich kann sehr gut lesen.«

Brenner warf den Wisch vor sich auf den Holztisch.

»Und wie lange wollen Sie die Sachen behalten? Ihnen ist klar, dass das meine Arbeitsgeräte sind?«

Er blickte unwirsch zu Herzberg, der begann, sich schweigend in Brenners Büro umzusehen, und dabei immer wieder Notizen in sein kleines Buch machte.

»Sobald sie von der Technik untersucht wurden, bekommen Sie alles zurück«, sagte Jakob.

Brenner biss sich aggressiv auf die Unterlippe, sein Blick zuckte unruhig durch sein Büro.

»Bitte schön, dann nehmen Sie den Scheiß halt mit. Aber das

wird vergebene Liebesmüh sein, das kann ich Ihnen direkt sagen. Da kann Ihr schweigender Helfer so viel in sein Büchlein hineinkritzeln, wie er will.«

Während ein Kollege der Spurensicherung Laptops und Festplatten in durchsichtige Tüten stopfte, wandte sich Brenner wieder an Jakob.

»Kommen die Vorwürfe von Milla? War Ihre Kollegin deswegen heute Mittag hier und hat mich ausgefragt?«

Jakob sah Brenner prüfend an.

»Milla Jankowski wurde ermordet. Sie wurde heute Morgen in einem Waldstück nördlich von Heidelberg gefunden.«

Brenners Mimik fror ein, und es vergingen mehrere Sekunden, bis er seine Sprache wiederfand.

»Aber sie ist doch in Barcelona. Die Fotos ...«

»Hat nicht sie gepostet«, sagte Jakob.

»Warum hat Ihre Kollegin denn nichts gesagt?«

»Millas Leiche war zu dem Zeitpunkt noch nicht identifiziert. Frau Winter hat sie erst hier auf einem der Fotos wiedererkannt.«

Brenner schüttelte leise den Kopf und setzte sich. Jakob konnte förmlich dabei zusehen, wie sein Gehirn die Nachricht verarbeitete. Für einen Moment verschwanden die zornigen Falten von seiner Stirn, und sein Blick wurde fast weich. Dann schienen sich die Puzzleteile in seinem Kopf zusammenzusetzen, und seine Gesichtszüge verhärteten sich.

»Moment mal.« Er sprang wieder auf und ging einen Schritt auf Jakob zu. »Ich hab damit nichts zu tun. Wer auch immer Ihnen von dieser Sexfilm-Geschichte erzählt hat, das stimmt erstens nicht, und zweitens: Ich dachte wirklich, Milla sei in Barcelona.«

»Wann haben Sie sie denn zum letzten Mal gesehen?«, fragte Jakob.

Brenner fuhr sich gestresst durch die vollen, dunklen Haare.

»Nachdem wir uns getrennt hatten, hab ich sie noch einmal zufällig in der Stadt getroffen.«

Er warf einen Blick in sein Handy. »Das muss um den 03. 06. gewesen sein. Ich weiß es noch, weil ich mit einem Kumpel unterwegs war, der Geburtstag hatte.«

»Und vom 27. auf den 28.06? Beziehungsweise am 28.06. vormittags?«

Brenner schüttelte den Kopf.

»Nein, nach dem 03.06. hab ich sie nicht mehr gesehen.«

»Was haben Sie denn an den betreffenden Tagen gemacht?«

Brenner sah Jakob an, als sei er schwer von Begriff. »Ich habe nichts mit Millas Tod zu tun.«

Jakob schwieg.

Brenner sah erneut in sein Handy. »Am 27.6. war ich mit Freunden essen, im *Hammerschmidts*. Wir hatten da eine Reservierung. Auf meinen Namen. Danach sind wir noch im *Neptun* gewesen, das ist eine Bar. Ich kann Ihnen auch die Namen meiner Freunde geben.«

Jakob machte sich Notizen.

»Und am 28.6.?«

Brenner atmete gepresst durch, er sah aus, als würde er gleich platzen.

»Da hatte ich um 12:30 einen Zahnarzttermin. Vorher habe ich zu Hause gearbeitet.«

»Kann das jemand bezeugen?«

»Meine Katze. Ich war an dem Vormittag allein zu Hause.«

»Und nach Ihrem Termin?«

»Bin ich in mein Büro gefahren und habe dort weitergearbeitet. Bevor Sie fragen: Allein.«

Jakob nickte.

»Gut, wir überprüfen das.« Er sah zu, wie Brenner ein paar

nervöse Schritte ging, die Hände in die Hosentaschen steckte, wie um zu verhindern, dass sie ihm ausbrachen. Sein Blick wanderte zu einem Foto an der Wand, auf dem er mit Milla zu sehen war.

»Wieso haben Sie und Milla sich eigentlich getrennt?«, nahm Jakob den Faden wieder auf.

Jakob konnte förmlich sehen, wie Brenners Hals anschwoll. Sein Ton wurde noch schärfer.

»Das habe ich doch bereits Ihrer Kollegin erzählt. Milla hat sich von mir getrennt. Sie fand, dass wir doch nicht zusammenpassen. Ihr war der Altersunterschied zu groß.«

Jakob glaubte ihm kein Wort.

»Sie hat sich also nicht von Ihnen getrennt, weil Sie sie heimlich beim Sex gefilmt haben und sie die Videos gefunden hat?«

Wut flammte in Brenners Augen auf. Jetzt hatte er das Fass zum Überlaufen gebracht. Jakob ging einen Schritt auf ihn zu.

»Im Ernst, wenn da etwas auf diesen Computern ist oder war, werden wir es finden. Es wäre einfacher und ehrlich gesagt auch besser für Sie, es einfach zuzugeben.«

»Es gibt nichts zuzugeben, verdammt!«, schrie Brenner. »Ich habe Milla nicht beim Sex gefilmt. Für wie bescheuert halten Sie mich denn? Ich stehe in der Öffentlichkeit. Wenn so was rauskommt, könnte ich meine Karriere doch sofort knicken! Und davon abgesehen habe ich auch nichts mit Millas Verschwinden oder gar ihrem Tod zu tun. Auch wenn Sie mir das hier gern unterstellen wollen.«

»Sie haben ihr also auch nicht gedroht, als sie die Videos gefunden hat? Ihr klargemacht, dass es böse ausgehen könnte, wenn sie zur Polizei gehen würde?«

Brenner stand für einen Moment der Mund offen.

»Nein! Scheiße verdammt, ich hatte Gefühle für die Frau, okay? Ich würde sie nicht bedrohen!«

»Auch nicht, wenn sie im Begriff ist, Ihre Karriere zu ruinieren?«

»Nein! Und ich hab jetzt echt genug von diesen haltlosen Vorwürfen.«

Er drehte sich um und taxierte Herzberg, der vor der Wand über seinem Schreibtisch stand und die Fotos abfotografierte. Jetzt flippte er völlig aus.

»Ey, jetzt ist aber genug!«

Er ging zwei wütende Schritte auf Herzberg zu, ehe er sich wieder umdrehte und Jakob mit dem Zeigefinger drohte.

»Haben Sie denn mehr als diese aus der Luft gegriffenen Anschuldigungen? Dass ihr euch nicht schämt, hier aufzulaufen! Bei mir! Ich hab in den letzten Monaten alles in meiner Macht Stehende getan, dass die jungen Frauen, die in dieser Stadt verschwunden sind, gefunden werden. Fiona, Anna. Und was hat die Heidelberger Polizei auf die Kette bekommen? Richtig! Gar nichts! Seit einem halben Jahr stochert ihr im Dunkeln rum. Zwei junge Mädchen sind verschwunden, und es ist nichts passiert! Und jetzt wollt ihr mir was anhängen? Ich schwöre euch, Jungs, das könnt ihr vergessen!«

Kapitel 27

Lena hielt sich wie immer im Hintergrund. Sie lehnte den Kopf gegen die kühle Backsteinmauer und beobachtete den Eingang. Das Treffen war kurzzeitig über Telegram einberufen worden, und jetzt trafen sie nach und nach ein.

Schmitt, Falke, Lonyl ...

Ihre richtigen Namen kannte Lena nicht, und sie wollte sie auch gar nicht wissen.

Wie zufällig fing sie Falkes nervösen Blick auf und sah ihm in die Augen, bis sich die Tür erneut öffnete und Falke sich umdrehte. Er begrüßte Rocco mit einem Nicken, und Lena hob ihren Blick zu dem alten Kronleuchter, der das Gewölbe in warmes Licht tauchte. Sie konnte sich noch gut an das erste Mal erinnern, dass sie hier gewesen war. Über ein Jahr war das jetzt her. Sie hatten Wein getrunken und über Literatur diskutiert. Charles Baudelaire, Marquis de Sade, Charles Bukowski, Matias Faldbakken.

Sie hatten über ihre Pläne für die Zukunft gesprochen, ihren Platz in der Welt. Das, was sie mit sich und ihrem Leben anfangen wollten. Sie waren sich nähergekommen, und nach und nach hatten sie sich ihre intimsten Geheimnisse erzählt. Ihre schmerzhaftesten Erinnerungen, die schlimmsten Vergehen. Rocco hatte mit 15 seinen Vater krankenhausreif geschlagen, als der auf seine Mutter losgegangen war. Falke hatte Sex mit dem neuen Freund seiner

Schwester gehabt und war dabei erwischt worden. Seitdem hatte er keinen Kontakt mehr zu seiner Familie.

Lena hatte über ihren Vater gesprochen. Zwar nur bruchstückhaft, aber das Teilen dieser Gedanken hatte sie dennoch mit den anderen verbunden.

Als die Nacht zu Ende gegangen war, waren sie zu einer untrennbaren Einheit zusammengewachsen, sie waren euphorisch gewesen und hatten nicht geahnt, worauf das alles noch hinauslaufen sollte.

Heute war alles anders.

Es lag Unruhe in der Luft. Füße scharrten. Lena sah die anderen nervös auf und ab gehen. Die Blicke gingen immer wieder zur Tür, und in ihren Gesichtern konnte Lena die Frage lesen: Wo blieb Er? Und die Sorge: Was, wenn ...?

Zwanzig Minuten später schwang die Tür auf. Erst trat Marius ein, dann der Mentor.

Erleichterung schwappte durch das Gewölbe wie eine erlösende Welle, die alle Gespräche mit sich riss.

Seine Schritte hallten durch den Raum, als er zum Kopf des großen Tisches ging. Lena erhaschte einen Blick auf seine maßgeschneiderten Lederschuhe, die trotz des Wetters draußen makellos schienen.

»Setzt euch doch«, sagte der Mentor mit ruhiger, fester Stimme. Während die Anwesenden seiner Bitte nachkamen und Marius sich neben Lena setzte, blieb er stehen und blickte in die Runde.

Niemand sagte ein Wort.

Der Mentor war kein großer Mann, aber er konnte einen Raum sofort in seinen Bann ziehen: Er fesselte die Menschen mit dem durchdringenden Blick aus seinen stahlblauen Augen und dem vollen Klang seiner Stimme.

Er sprach stets ruhig und bedacht, und wenn er eine Pause machte, konnte man eine Stecknadel fallen hören.

Bald war eine Minute vergangen, ohne dass er etwas gesagt hatte. Er spielte mit ihnen, wollte testen, wie lange sie die Stille aushielten.

Schmitt war der Erste, der aufgab.

Der Mentor sah ihm direkt in die Augen.

»Was möchtest du sagen?«

Schmitt legte seine Hände flach vor sich auf den Holztisch.

»Das, was uns alle hier beschäftigt. Wir sollten eine Pause einlegen. Donnerstag absagen und uns bedeckt halten, zumindest, bis der Sturm vorübergezogen ist.«

»Bis der Sturm vorübergezogen ist«, wiederholte der Mentor und ließ seinen Blick auf Schmitt ruhen.

Wieder vergingen Sekunden, Minuten.

Lena fühlte sich unbehaglich, hatte das Bedürfnis, die Position auf ihrem Stuhl zu verändern, aber sie blieb ruhig sitzen. Der Mentor stand hinter seinem Stuhl, umfasste die Lehne mit beiden Händen und betrachtete weiterhin Schmitt, als sei er ein Gemälde, von dem er noch nicht ganz wusste, was er davon halten sollte.

Dann seufzte er.

»Ich verstehe, was du meinst. Auch wenn mir das Bild mit dem Sturm nicht gefällt.« Er schüttelte unzufrieden den Kopf, überlegte.

»Es passt nicht. Aber lass uns kurz dabei bleiben. Einfach nur mal so zum Spaß. Wenn also das, was dort draußen passiert, der Sturm ist, dann frage ich dich, ob das nicht der Sturm ist, auf den wir gewartet haben. Der Sturm, in dem du dich, in dem wir uns alle beweisen können.«

Schmitt sah dem Mentor ins Gesicht, unsicher, ob es sich um

eine rhetorische Frage handelte. Als der Mentor ihm aufmunternd zunickte, zögerte Schmitt einen Moment, ehe er sprach.

»Ich finde ja nur, dass wir keine unnötigen Risiken eingehen sollten.«

Der Mentor stieß sich von der Stuhllehne ab und ging ein paar Schritte auf Schmitt zu, der am anderen Ende der Tafel saß.

»Wenn du dich jetzt verstecken willst, dann weiß ich nicht, wieso du überhaupt wachsen wolltest. Die Befreiung, auf die wir hinarbeiten, die hängt doch am Risiko. Wenn es nichts zu verlieren gibt, kannst du dich auch nicht befreien. Wir bewegen uns aus etwas heraus, und statt Angst und Sorge sollte da jetzt Freude darüber sein, dass du die Chance bekommst, dich zu beweisen.«

Er legte Schmitt für einen Moment seine perfekt manikürte Hand auf die Schulter. Es schien, als würde Schmitt unter der Berührung ein paar Zentimeter schrumpfen.

»Warst du schon mal an der Atlantikküste?«

Die Frage überraschte Schmitt. Er schüttelte den Kopf. »Bisher nicht, nein.«

Der Mentor lächelte.

»Ich kann mich noch gut an diesen einen Urlaub erinnern. Ich war vielleicht acht oder neun Jahre alt, wir waren mit der Familie in Portugal, haben Urlaub auf dem Campingplatz direkt am Strand gemacht. Eines Tages war es ungeheuer windig. Es hat die Wäsche von den Leinen geweht, Stühle sind durch die Anlage geflogen. Meine Mutter bestand darauf, dass meine Schwester und ich im Wohnwagen blieben. Aber ich wollte nicht. Während sie die Wäsche eingesammelt hat, bin ich zum Strand geschlichen, weil ich die Wellen sehen wollte. Es war so windig, dass ich das Gefühl hatte, mich reißt es gleich von den Füßen und ich werde fortgetragen. Sand flog mir ins Gesicht, und ich konnte nichts mehr sehen. Ich hab mich in den Sand fallen lassen, mich an einem Felsbrocken festgehalten und mit der anderen Hand versucht, mir den Sand aus den Augen zu reiben. Ich weiß noch, dass ich Angst bekommen habe. Angst, dass ich nicht mehr zurückfinden würde. Angst vor der Strafe meiner Eltern. Aber als ich die Augen aufgemacht hab, hab ich ihn gesehen: den Mann im Wasser. Er ritt mit seinem Surfbrett mitten im Sturm eine bestimmt 15 Meter hohe Welle. Alle meine Sorgen waren verflogen. Ich hab nur noch eines gesehen: den Mann auf der Welle.«

Der Mentor schwieg wieder. Dann tätschelte er Schmitt sachte auf die Schulter.

»Die Frage ist: Wer willst du sein?«

»Der Mann auf der Welle.«

Das war Falke. Schmitts Blick schoss zu ihm.

Auf dem Gesicht des Mentors erschien die Spur eines Lächelns, die sofort wieder versandete.

Dann nickte er.

»Was ist mit dir?« Die Frage ging wieder an Schmitt.

»Ja, der Mann auf der Welle.«

Lena hörte den Zweifel in Schmitts Stimme, und der Mentor trat einen Schritt zurück.

»Bist du dir sicher? Du hast die Wahl, Schmitt. Nicht jeder ist dafür gemacht, im Sturm ins Wasser zu gehen. Wenn du dich lieber in den Wohnwagen zurückziehen willst ...«

Er warf einen Blick in die Runde.

»Was ist mit euch?«

»Ich finde auch, dass wir jetzt nicht nachlassen dürfen.«

Das war wieder Falke. In Schmitts Blick schlich sich ein Hauch von Missbilligung, trotzdem kam die Zustimmung der anderen, erst leise, dann bestimmter.

Der Mentor nickte zufrieden.

»Gut, wir müssen aber auch akzeptieren, wenn Schmitt diesen Weg nicht weiter mit uns gehen kann.« Er wandte sich Schmitt zu.

»Es wäre vollkommen okay, wenn du jetzt gehen möchtest. Vielleicht wäre es am besten, du kriechst ganz zurück zu deinen Eltern. Deine Familie lebt doch in dieser atemberaubenden Villa, und deine Mutter ist sicher bereit, an alte Gewohnheiten anzuknüpfen und dir alles in den Hintern zu schieben, damit du brav bist und Papi nicht erzählst, dass sie mit dem halben Tennisclub gevögelt hat. Also wie gesagt: Du kannst tun, was du möchtest. Ich wäre dir nicht böse. Ich bin sicher, keiner hier wäre dir böse. Es ist eine persönliche Entscheidung, und du wirst die richtige treffen.«

Lena sah die Demütigung in Schmitts Gesicht, die leicht geröteten Wangen, der Blick niedergeschlagen. Er begann vorsichtig zu nicken, und auf Lenas Zunge legte sich ein schaler Geschmack.

Schmitt würde sich fügen, wenn er mit seinen Bedenken allein blieb. In ihren Fingern kribbelte es.

Was, wenn …

Aber sie kam nicht dazu, den Gedanken zu Ende zu denken, da spürte sie auch schon den Griff um ihr Handgelenk. Sie drehte vorsichtig den Kopf. Marius sah sie eindringlich an. Seine Augen sagten: Tu das nicht.

Sie ballte ihre Faust in seinem Griff und erwiderte seinen Blick genauso eindringlich, bis ihr klar wurde, dass sie sich hier auf zu dünnem Eis bewegte. Das war weder der richtige Ort noch die richtige Zeit. Also gab sie nach und löste ihre Faust. Sie nickte kaum merklich, und im nächsten Moment ließ Marius ihr Handgelenk los.

Kapitel 28

Noch 30 Minuten bis zur Pressekonferenz.

»Kannst du uns schon eine zeitliche Einschätzung geben?« Jakob stand hinter Sergio, dem IT-Experten der Kriminaltechnik, der sich bereits Nils Brenners Laptop vorgenommen hatte. Sergio drehte sich auf seinem Bürostuhl zu ihm um und fuhr sich durch den gestylten grauen Bart. Er trug heute das schwarze T-Shirt mit seinem eigenen Konterfei, in dessen Mund eine dicke Zigarre baumelte – ein Scherz seiner Abteilung zu seinem letzten Geburtstag.

»Jakob, ich weiß, ihr habt Druck, aber ich werde euch nicht innerhalb der nächsten zwanzig Minuten Ergebnisse herzaubern können. Erst recht nicht, wenn wir mit einrechnen, dass euer Mann die Daten, die euch interessieren, vielleicht gelöscht hat ...«

Jakob nickte.

»Verstehe. Melde dich bitte sofort, wenn du etwas hast.«

Sergio hatte sich schon wieder dem Rechner zugewandt und beachtete Jakob nicht weiter.

»Versteht sich von selbst«, murmelte er in seinen Bart. Jakobs Blick blieb noch ein, zwei Sekunden am Monitor des Laptops hängen, dann verließ er den Raum.

»Nils Brenner ist eine vielversprechende Spur«, sagte Herzberg zu ihm, als sie im Treppenhaus wieder aufeinandertrafen. Er hatte sich in der Kantine einen Apfel geholt und reichte Jakob einen Kaffee.

»Auch wenn er alles abgestritten hat.«

Jakob sah das genauso. »Nur leider bringt uns das nichts, solange wir auf seinem Rechner nicht das Sexvideo finden, von dem Millas Mitbewohnerin berichtet hat.«

Die Warterei machte ihn wahnsinnig. Nicht genug, dass sie der Presse gleich Rede und Antwort stehen mussten und keinerlei Anhaltspunkte präsentieren konnten. Draußen in seiner Stadt liefen mindestens zwei Menschen herum, die drei Frauen bestialisch abgeschlachtet hatten. Keiner wusste, was es für die Täter bedeutete, dass die Opfer gefunden worden waren. Gingen sie in die Deckung? Stachelte es sie an?

Als Jakob mit Herzberg das Büro betrat, schoss ihnen Nova Winter entgegen.

»Und?«

Jakob legte seine Jacke ab und checkte ein weiteres Mal die Uhrzeit. Noch 25 Minuten bis zur Pressekonferenz.

»Brenner bestreitet alles. Sämtliche Geräte sind in der IT, da müssen wir noch abwarten.«

Nova Winter verschränkte die Arme vor der Brust.

»Okay, wie machen wir mit Brenner weiter?«

»Er hält sich für weitere Befragungen bereit. Wenn die Kollegen etwas finden, wird er einbestellt.«

Winter warf Herzberg einen irritierten Blick zu.

»Wie, er hält sich bereit? Er ist nicht hier?«

Was dachte sie denn?

»Nein, es gibt keinen hinreichenden Verdacht. Seine Alibis für die Zeit von Millas Verschwinden sind bereits überprüft worden und stichhaltig. Wir haben ihn befragt, und bis sich die Aussage von Millas Mitbewohnerin nicht bewahrheitet, können wir nichts machen.«

Winter zog die Augenbrauen hoch.

»Brenner ist gerade unser einziger Anhaltspunkt, oder? Ich bin fest davon ausgegangen, dass wir ihn jetzt weiter in die Mangel nehmen. Dann müssen wir uns eben was einfallen lassen! Verdunklungsgefahr, was weiß ich. Das hier ist doch kein normaler Fall! Hinreichender Verdacht hin oder her. Das muss uns doch klar sein!«

Jetzt war es genug. Jakob wusste nicht, was diese Frau an sich hatte, dass sie ihn in Sekundenschnelle zur Weißglut bringen konnte. Normalerweise hatte er sich besser im Griff, aber jetzt platzte es einfach aus ihm heraus.

»Ich merke schon, dass das nicht so Ihr Ding ist, aber wir müssen uns hier trotzdem an die Regeln halten.«

Jakob sah, dass ihr bereits das nächste Argument auf der Zunge lag. Aber dann hob sie plötzlich beide Hände und wich einen Schritt zurück.

»Okay, tut mir leid. Es ist nur so, dass ich einfach spüre, dass er etwas vor uns verbirgt.«

Sie sprach jetzt ruhiger, die Anspannung war aber noch deutlich spürbar.

»Aber wie passt die ganze Sache überhaupt in die Reihe?«, fragte Yeliz, die inzwischen dazugetreten war. »Angenommen, Brenner hat Milla umgebracht. Was wäre das Motiv? Hat er sie getötet, um sie zum Schweigen zu bringen? Damit die ganze Sexfilmsache nicht rauskommt? Er steht in der Öffentlichkeit, sein Podcast hat über 200 000 Abonnenten. Er hat einiges zu verlieren. Aber was ist mit den anderen Opfern?«

Jakob nickte.

»Ich weiß, was du meinst. Bei Milla wäre die Tat ganz stark

persönlich motiviert und erklärt nicht unbedingt, warum Milla Teil einer Reihe von Serienmorden ist. Dennoch trägt sie die römische Drei im Nacken ...«

»Oder das Drehen der Sexvideos gehört zum Schema«, warf Magnus Herzberg ein. »Der Täter hat ein sexuelles Verhältnis mit seinen späteren Opfern. Zeichnet sie beim Geschlechtsverkehr auf und tötet sie später.«

»Brenner ist also möglicherweise Teil der Tätergruppe«, führte Nova Winter den Gedanken fort. »Und berichtet gleichzeitig in seinem Podcast über zwei verschwundene junge Frauen. Eine davon, Fiona, ist definitiv unter den Opfern. Ganz schön abgefuckt.«

Dieser Gedanke schlug bei Jakob ein wie eine Bombe. Er hatte Brenner selbst als unangenehm und cholerisch empfunden. Aber das, was Nova Winter hier in den Raum stellte, war von einer unvorstellbaren Kaltblütigkeit. Hatte dieser Mann das in sich? Morde zu begehen und sie im Anschluss in seinem Podcast zum Thema machen? Den Helfer zu spielen, den Eltern in die Augen zu blicken und dabei ganz genau zu wissen, wo die Leichen der Mädchen vergraben lagen?

Kapitel 29

Das massive Eisentor zuckte, dann schob es sich langsam nach innen auf. In etwa zehn Metern Entfernung erloschen die Bremslichter des silbernen Jaguar, und der Wagen rollte über Kies auf das Grundstück, bis er neben einer weiß gestrichenen Villa zum Stehen kam.

Dass Schmitt tatsächlich hierhergefahren war! Zu seinen Eltern. Der Jäger konnte es immer noch nicht fassen. Der Mentor hatte ihn mit diesem Seitenhieb provozieren und zum Einlenken bewegen wollen. Er hatte ihm vor Augen halten wollen, wie sehr er sich weiterentwickelt hatte und wie weit er seinem alten Leben entwachsen war. Aber vielleicht war das auch ein Trugschluss gewesen.

Nach ihrem Treffen war Schmitt geradewegs in seine WG in der Innenstadt zurückgekehrt, die er nur Minuten später wieder verlassen hatte. Und jetzt standen sie hier. Das war ein klarer Rückzug. Und ein Zeichen dafür, dass er den richtigen Riecher gehabt hatte.

Er stieg aus und ging auf das Grundstück zu. Am Tor blieb er stehen. Schmitt stieg aus dem Auto und zog eine Reisetasche vom Rücksitz, die er sich über die Schulter schwang.

»Schmitt?«

Schmitt drehte sich um und sah irritiert in seine Richtung.

»Ja? Wer ist da?«

Der Jäger ging weiter, unter seinen Schuhen knirschte der Kies. Mit dem nächsten Schritt trat er in den Bereich, in den das Licht der Außenbeleuchtung fiel, und hob die Hand zum Gruß.

»Entschuldige, ich wollte dich nicht erschrecken.«

Als Schmitt ihn erkannte, runzelte er die Stirn.

»Bist du mir gefolgt?«

Der Jäger hob die Schultern und lächelte.

»Erwischt.«

Er ging weiter auf Schmitt zu, während er begann, sich zu erklären.

»Ich wollte noch mal nach dir sehen, mit dir reden. Das, was da vorhin passiert ist, war echt nicht cool. Ich wollte ja etwas sagen, aber ...«

»Schon gut«, Schmitt winkte ab. Er stellte seine Tasche ab und kam einen Schritt auf ihn zu.

»Eigentlich hatte er ja mit allem recht, was er gesagt hat.« Er zog den rechten Mundwinkel etwas hoch, was seinem Gesicht einen spöttischen Ausdruck verlieh. Es sagte: Ja, eigentlich hatte er recht, aber sieh mich an, ich bin eben schwach, und das ist auch okay so.

War es nicht.

»Trotzdem keine coole Aktion«, fuhr der Jäger fort. »Wie sieht's aus? Lust auf 'ne kleine Spritztour, um ein bisschen den Kopf freizubekommen?«

Schmitt zögerte, sein Blick flog zur Haustür.

»Eigentlich wollte ich meine Mutter überraschen, mit ihr zu Abend essen. Ich glaub, ich brauch ein bisschen Abstand von allem.«

Der Jäger schwieg, sah Schmitt ein paar Momente in die Augen, ehe er den Blick abwandte.

»Ich verstehe. Es ist auch nur ein Angebot. Aber ich dachte, vielleicht hast du das Bedürfnis, mit jemandem zu reden, der weiß, was abgeht. Und bei dem du mit keinerlei Konsequenzen zu rechnen hast. Mir geht es zumindest immer besser, wenn ich mir meinen Frust mal von der Seele geredet habe. Aber ich will dich natürlich nicht bedrängen.«

Damit hob der Jäger die Hand zum Abschied und drehte sich um. Er ging langsam die Auffahrt zurück Richtung Tor. Sechs Schritte, sieben Schritte.

»Hey, warte ...«

Der Jäger konnte sich ein Lächeln nicht verkneifen.

Kapitel 30

»Sagst du mir jetzt, was mit dir los ist?«

Magnus nahm einen Schluck von seinem Pfefferminztee, während er Nova forschend ansah.

»Du und Krohns Kollegin Yeliz, ihr kennt euch, oder?«

Nova wich seinem Blick aus und griff nach ihrem Wasserglas. Nachdem sie im Hotel eingecheckt hatten, hatten sie ihre Arbeit mit an die Bar genommen, wo sie zu Abend essen und die Pressekonferenz online verfolgen wollten.

Nova beschloss, Magnus zumindest einen Teil der Geschichte zu geben. Sie war ohnehin nicht gut darin, Dinge vor ihm zu verbergen. Dafür kannten sie sich zu gut.

»Yeliz und ich, wir waren mal zusammen. Und die Beziehung ist etwas, na ja, unschön auseinandergegangen. Das alles ist aber fast zehn Jahre her. Daher nicht der Rede wert.«

Magnus zog eine Augenbraue hoch, doch bevor er weiter nachhaken konnte, trat eine Kellnerin zu ihnen an den Tisch und servierte Magnus einen Salat mit Hähnchenstreifen und ihr einen Chili Cheese Burger.

Nova schnappte sich eine Pommes. Mit etwas Glück würde Magnus durch diese Unterbrechung den Faden verlieren, und sie konnten endlich zum eigentlichen Thema zurückkehren.

Aber wem machte sie hier eigentlich etwas vor? Die Kellnerin hatte ihnen noch nicht mal den Rücken zugekehrt, da wandte er sich wieder an Nova.

»Nicht der Rede wert?«

Magnus schwieg ein paar Sekunden, schien seine Worte abzuwägen.

»Okay, ich werde dich nicht weiter ausfragen. Sag mir nur eines: Wird dieser Umstand deine Arbeit an dem Fall beeinträchtigen?«

Nova ließ ihre Gabel sinken.

»Haben persönliche Angelegenheiten jemals meine Arbeit beeinflusst?«

Ellen hat Krebs, und ich bin hier, wollte sie hinzufügen, ließ es aber, weil sie wusste, dass Magnus es nicht böse meinte.

Ihr gegenüber schüttelte der den Kopf. »Nein. Ich wollte auch nur sichergehen.«

In dem Moment erschien ein Bild auf dem iPad, das zwischen ihnen auf dem Tisch stand. Die Liveübertragung der Pressekonferenz. Es ging los.

Jakob Krohn saß an einem langen Tisch zwischen Kippinger und einem großen, glatzköpfigen Mann mit hoher Stirn und nervösen Händen. Das musste der Staatsanwalt sein. Ganz am Rand erkannte Nova den Pressesprecher.

Während die vier warteten, dass alle ihre Plätze einnahmen, richtete Nova ihre Aufmerksamkeit auf Krohn. Wenn er heute Mittag schon mitgenommen ausgesehen hatte, gab ihm der kalt ausgeleuchtete Raum jetzt den Rest. Die Ringe unter seinen Augen schienen größer und dunkler, sein Gesicht war blass. Die verkrampften Schultern zeigten deutlich seine Anspannung. Sie hätte auch nicht mit ihm tauschen wollen, dachte Nova, und als hätte Krohn ihre Gedanken gehört, warf er einen kurzen Blick in Richtung der Kamera und erwachte aus seiner Starre. Nachdem er die Anwesenden begrüßt hatte, umriss er in knappen Worten die Auffindesituation der Leichen. Im Raum war in regelmäßigen Abständen das Klicken von Kameras zu hören. Ansonsten herrschte Stille.

»Die Opfer, die wir bereits identifizieren konnten, sind Fiona Keller, 21 Jahre, und Milla Jankowski, 22 Jahre. Die Identität einer weiteren jungen Frau ist noch zu klären.«

Krohn machte eine kurze Pause, in der niemand ein Wort sagte. Nova konnte die allgemeine Beklommenheit durch das Display spüren.

»Fiona und Milla waren in unterschiedlichen Studienfächern an der Universität Heidelberg eingeschrieben«, fuhr Krohn fort und erläuterte anschließend die bereits ergriffenen Ermittlungsmaßnahmen der Polizei.

Als er geschlossen hatte, begann der Pressesprecher die Fragen der Journalisten zu koordinieren.

»Die Menschen in der Stadt sind in großer Sorge«, war die Stimme eines Reporters zu hören. »Glauben Sie, dass derjenige, der das getan hat, wieder zuschlagen wird?«

Nova atmete tief durch. Es waren immer dieselben Fragen. Sie verstand die Sorge der Bevölkerung, erkannte aber auch die Gier der Reporter, »Serienkiller« zu titeln, um Leser zu gewinnen und den Traffic auf die Websites zu pushen.

Ihr eigener Ärger spiegelte sich in Krohns Gesicht.

»Das wäre Spekulation«, sagte er. »Trotzdem und ganz, ohne Panik verbreiten zu wollen: Passen Sie auf sich und aufeinander auf. Sorgen Sie dafür, dass Ihre Angehörigen und Freunde unbeschadet nach Hause kommen. Wir arbeiten mit Hochdruck daran, diesen Fall zu lösen.«

»Ist es richtig, dass Sie Spezialkräfte angefordert haben?«

Die Frage kam aus dem hinteren Teil des Raums. Nova hatte

sofort eine Gänsehaut im Nacken. Sie kannte die Stimme. Nur woher?

»Bitte das nächste Mal nicht unaufgefordert sprechen«, rief der Pressesprecher dazwischen. »Wer sind Sie denn?«

Und dann fiel es ihr ein.

Kapitel 31

Jakob erkannte nicht sofort, wer die Frage gestellt hatte. Der Raum war brechend voll, alle Stühle besetzt, und an der Wand standen weitere Journalisten und Kameraleute.

Dann bewegte sich etwas. In der vorletzten Reihe rückte ein Stuhl, bevor ein Mann mit dunklem, vollem Haar aufstand. Er schob seine Brille den Nasenrücken hinauf und lächelte so herausfordernd, dass Jakob die Gesichtszüge einfroren.

»Nils Brenner für den *Heidelberger Anzeiger*.«

Nicht. Im. Ernst.

»Herr Krohn, was hat es mit diesen Spezialkräften auf sich?«

Jakob brauchte einen Moment, um sich zu fassen. Er atmete tief durch, dann sah er Brenner direkt in die Augen.

»Ein Team vom LKA München unterstützt die Ermittlungen. Wir sind sehr froh darüber, dass die Kollegen so kurzfristig anreisen konnten.«

»Dann dürfen wir ja sicher bald mit ersten Erkenntnissen rechnen. Es kursiert das Gerücht, dass Sie bereits eine heiße Spur verfolgen. Den Ex-Freund eines der Opfer.«

Was bezweckte er damit?

»Das werde ich aus ermittlungstaktischen Gründen nicht kommentieren. Aber natürlich haben wir bereits mit Zeugenbefragungen begonnen.«

»Es gibt also noch keinen Tatverdächtigen?«

»Bisher ist nichts spruchreif.«

»Okay. Wie sieht es mit dem Motiv aus?«

Brenner legte den Kopf schief und fixierte Jakob.

»Auch dazu werde ich nichts sagen. Vielen Dank für Ihre Fragen, Herr Brenner.«

Der Pressesprecher rief bereits die nächste Wortmeldung auf, da erhob Brenner noch einmal seine Stimme.

»Ich gehe also richtig in der Annahme, dass Sie der Öffentlichkeit zum jetzigen Zeitpunkt noch rein gar nichts präsentieren können?«

Kapitel 32

Krohns Kopf wurde röter und röter.

»Wieso geht denn der Pressesprecher nicht rigoroser dazwischen?«, fragte Magnus und starrte auf das Tablet. »Der Typ ist echt frech.«

»Ich muss Sie bitten, sich jetzt zu setzen.« Das war Krohn selbst. Sein Ton war sachlich, aber Nova sah ihm an, dass er kurz davor war, aus der Haut zu fahren.

Überraschenderweise tat Brenner wie befohlen. Dieses Lächeln auf seinen Lippen ...

Während Kippinger übernahm und betonte, dass sie Tag und Nacht arbeiteten und alles daransetzten, so schnell wie möglich Antworten liefern zu können, wandte sich Nova an Magnus.

»Der muss ja wirklich felsenfest davon überzeugt sein, dass wir nichts auf seinem Laptop finden werden.«

Magnus hob die Schultern. »Das weiß ich ehrlich gesagt gar nicht. Brenner spielt mit Krohn. Er versucht, ihn vorzuführen. Scheint offensichtlich zu denken, dass er gegen alles gefeit ist und uns an der Nase rumführen kann. Was nicht heißen muss, dass er unschuldig ist.«

Nova spann den Gedanken weiter. »Er spielt mit dem Feuer. Angenommen, er ist wirklich schuldig, erntet er gerade die Früchte seiner Arbeit. Spielt Katz und Maus mit der Polizei.«

»Denk an den Täter, der sich nach einem Mord unter die Bevölkerung mischt und bei Suchaktionen mithilft«, sagte Magnus, während er weiter den Bildschirm fixierte. »Brenner wäre nicht der Erste, der ganz nah dran sein will. Um die Ermittlungen zu beeinflussen oder eben einfach nur dabei zu sein.«

Kapitel 33

Als der Jäger die Tür hinter sich zuzog, fiel eine Last von ihm ab. Jetzt konnte er sich um die schönen Aspekte der Vorbereitung kümmern.

Der japanische Wasserschleifstein lieferte stets fantastische Ergebnisse. Er holte ihn vorsichtig aus seiner Verpackung und legte ihn in das vorbereitete Wasserbad zum Einweichen.

Während er wartete, inspizierte er die Messer. Er besaß etliche. Aber wenn er ehrlich war, benutzte er in 90 Prozent der Fälle immer nur eines. Und das war beileibe nicht das schärfste. Es war sein erstes, sein liebstes. Die Klinge hatte zwei Scharten, und auch mit viel Liebe und Hingabe bekam er es nicht so scharf wie die anderen. Mit ihm musste er reißen.

Sofort musste er an seine Nummer IV denken. Birdwoman wurde sie im Internet genannt. Er wand sich nur bei dem Gedanken daran. Er empfand den Namen als abstoßend, beleidigend. Für ihn war sie bisher die Schönste gewesen. Und sein größtes Werk. Ein prachtvoller Adler, der zum Sturzflug ansetzt. Und den alle sehen sollten.

Als der Schleifstein Blasen warf, nahm er ihn aus dem Wasser und begann, mit der Klinge darüberzufahren. Langsam, in Achten, hypnotisch, in Endlosschleife.

In Gedanken sah er Nummer V vor sich. Ihren platinblonden

Bob und das wunderschöne Tattoo, das unter dem Saum ihres Rocks hervorgeragt hatte.

Er hatte einen Plan für sie. Aber er wusste auch, dass ihm spontan die besten Ideen kamen. Er musste sich treiben lassen. Diesmal würde es noch besser werden, noch größer als sein letztes Werk.

Noch zwei Tage.

Kapitel 34

Es war halb zehn, als Jakob die Tür aufschloss und mit zwei Pizzakartons unter dem Arm das Haus betrat. Überall brannte Licht, aber die Musik aus dem ersten Stock verriet, dass Tim sich in seinem Zimmer befand. Seine Jacke hatte es noch an die Garderobe geschafft, wohingegen die dreckigen Turnschuhe dort liegen geblieben waren, wo er sie abgestreift hatte. Mitten im Flur. Jakob tat es seinem Sohn gleich und ging in die Küche, wo er die Pizzen auf dem Esstisch abstellte.

Erst jetzt merkte er, dass seine Schultern schmerzten, als hätte er keine Pappkartons, sondern Wasserkisten geschleppt. Der Tag saß ihm noch tief in den Knochen. Vor allem die Pressekonferenz. Wie Brenner ihn so selbstzufrieden angelächelt hatte. *»Ich gehe also richtig in der Annahme, dass Sie der Öffentlichkeit zum jetzigen Zeitpunkt noch rein gar nichts präsentieren können?«* Dieser Gockel. Aus der IT waren noch keine Neuigkeiten gekommen, und nach diesem Auftritt fragte sich Jakob ernsthaft, ob sie die behaupteten Sexvideos auf einem seiner Geräte finden würden. Entweder war der Typ unfassbar dreist – oder unschuldig.

»Super, du hast Pizza geholt!«

Hinter ihm war Tim in die Küche gekommen, der jetzt einen der Kartons aufklappte. »Oliven und Schafskäse.« Er verzog das Gesicht. »Das ist dann wohl dein abartiger Geschmack.«

Jakob entfuhr ein Lachen. »Ganz genau«, bestätigte er und holte Gläser aus dem Schrank, während Tim den zweiten Karton öffnete und sich sofort ein Stück Pizza Salami in den Mund stopfte.

Jakob schenkte ihnen Wasser ein und beobachtete seinen Sohn einen Moment. Die Stimmung schien im Laufe des Tages nicht gekippt zu sein.

»Und, was hast du heute so gemacht? Alles okay?«

Tim nahm sich das nächste Stück Pizza. »Ja, alles normal. Opa war da und hat so ein Trocknergerät für den Keller gebracht. Damit die Feuchtigkeit sich nicht in den Wänden festsetzt oder so.«

Der überschwemmte Keller. Jakob hatte den ganzen Tag keinen Gedanken daran verschwendet. Weder an den Keller noch an Tim oder Lindas Habseligkeiten. Jetzt packte ihn das schlechte Gewissen.

»Sehr gut, zu dem Thema wollte ich auch noch was mit dir besprechen. Was machen wir denn jetzt mit den Sachen deiner Mutter?«

Tim hielt in der Bewegung inne und legte das Pizzastück zurück in den Karton.

»Ich hab ihre Unterlagen gerettet, so gut es ging, und hab Platz in meinem Schrank. Da kann ich die zwei Kisten reinstellen.«

Jakob überlegte einen Moment, bevor er sich dagegen entschied, auf Tim einzuwirken. Nur weil er Lindas Sachen nicht sehen wollte ...

»Na gut, einverstanden. Und die Kleider?«

Tim hob unschlüssig die Schultern. Sein Blick ging unruhig durch den Raum, ehe er Jakob direkt ins Gesicht sah. Er kämpfte sichtlich mit sich, und Jakob wollte gerade zurückrudern und das Gespräch vertagen, als es aus Tim herausbrach.

»Ich weiß auch nicht, Mann. Ein paar Sachen davon sind kaputtgegangen. Aber der Rest. Ich weiß nicht. Ich hab überlegt, ob man sie spenden kann. Vielleicht für Flüchtlinge oder so. Aber dann ... Ich glaub, ich kann das nicht. Ich will ihre Sachen nicht einfach so weggeben.«

Jakob berührte Tim vorsichtig an der Schulter, unsicher, wie viel Nähe der Junge zulassen wollte. Als er sich nicht wehrte, legte er ihm die Hand auf den Arm.

»Gar kein Problem. Verstehe ich total. Vielleicht packen wir die Kleidung in Kartons, lagern sie in der Garage und überlegen noch mal in einem halben Jahr?«

»Okay!«

Tim atmete erleichtert aus. Er nahm das Pizzastück wieder auf und wechselte ohne Vorwarnung das Thema.

»Ist dieses Leichenfoto echt?«

Natürlich. Natürlich ging das Foto aus Brenners Tweet auch an Schulen rum und wurde jungen Menschen ins Gesicht gehalten, ob sie es sehen wollten oder nicht. Tausendfach gescreenshotet und geteilt. Zum Kotzen.

»Ja, leider ... Hast du es gesehen?«

Tim nickte, schien aber weder verstört noch verängstigt, eher interessiert.

»Wer hat das Foto gemacht?«

»Das müssen wir noch rausfinden. Und dann wird das auch Konsequenzen haben. Dass es diesem Podcaster geschickt wurde, ging einfach gar nicht, und dass der es dann noch getwittert hat, davon will ich gar nicht erst anfangen. So was kann man nicht machen. Damit verletzt man Menschen. Allen voran die Angehörigen der Toten.«

Tim nickte.

»Und wisst ihr schon, wer die Frauen ermordet hat?«

»Du weißt, dass ich dir nichts darüber sagen kann.«

»Ja, ich weiß, trotzdem ...«

»Wir tun alles, damit derjenige so schnell wie möglich im Gefängnis sitzt, da kannst du dir sicher sein.«

»Wie lange wird das dauern? Was glaubt ihr?«

Jakob hob die Schultern. »Kann ich leider nicht sagen. Und was das betrifft, müssen wir auch noch was besprechen: In den nächsten Tagen werde ich nicht viel zu Hause sein, spät zurückkommen, so wie heute. Deswegen wird Oma mittags hier mit dir essen, okay? Ich hab auf dem Heimweg mit ihr telefoniert. Sie bleibt, solange du möchtest.«

Tim verzog das Gesicht zu einem stummen Vorwurf: Ich bin doch nicht mehr sechs.

»Ich weiß, du kommst gut allein klar. Aber es erleichtert mein Gewissen, wenn ich weiß, dass jemand da ist, wenn du etwas brauchst. Okay?«

Tim atmete genervt durch, setzte dem aber nicht mehr entgegen. In dem Moment klingelte Jakobs Handy. Yeliz. Jakob sah zu Tim, der die Hälfte seiner Pizza noch vor sich hatte.

»Ich bin sofort zurück.«

Er stand auf und zog die Terrassentür auf, um draußen zu telefonieren.

»Ich bin noch bei der IT und wollte dir ein kurzes Update geben«, begann Yeliz ohne Umschweife. »Brenner hat gestern im großen Stil Daten gelöscht. Und das nicht amateurhaft, sondern richtig.«

Also doch eher dreist als unschuldig, dachte Jakob.

»Und das heißt für uns?«

»Sergio ist dran, und mit etwas Glück lässt sich noch was wiederherstellen. Es wird aber dauern.«

»Verstehe. Danke dir für die Info .... Und für deinen Einsatz heute bei der Befragung von Millas Mitbewohnerin. Kommst du klar mit der Winter?«

Für den Bruchteil einer Sekunde war es still in der Leitung.

»Ja«, bestätigte Yeliz.

Eine Spur zu enthusiastisch für seinen Geschmack. Außerdem hatte er gespürt, dass zwischen den beiden etwas in der Luft lag, hatte aber nicht vor, Yeliz direkt darauf anzusprechen. »Sie ist gut bei Befragungen, muss aber noch aus ihrem Alleinkämpfermodus rauskommen, wenn du mich fragst ...«

Nachdem sie aufgelegt hatten, blieb Jakob auf der Terrasse stehen und blickte in die Dunkelheit. Im Nachbargarten gluckerte ein Brunnen, ansonsten war es still. Die kalte Luft tat gut. Wenn sie Glück hatten, konnten sie Brenner morgen einkassieren und so richtig in die Mangel nehmen, wie es die Winter ausgedrückt hatte. Er drehte sich um und ging zurück ins Haus, wo es nach geschmolzenem Käse und Tomaten roch.

»Sorry, hat etwas länger gedauert«, rief er. Doch als er in die Küche trat, war Tims Pizzakarton verschwunden, und im ersten Stock lief Musik.

Kapitel 35

Jetzt nur noch duschen und dann ins Bett. Nova sah sich schon unter einem dampfend heißen Wasserstrahl stehen, als sie ihr Hotelzimmer betrat und aus ihrem Parka schlüpfte. Doch beim Aufknöpfen ihrer Jeans bemerkte sie den Gegenstand in ihrer Hosentasche – und zog den USB-Stick heraus, den Nils Brenner ihr mitgegeben hatte. Die Interviews mit den Mädchen, die im *Saphirblau* angeblich K.-o.-Tropfen bekommen hatten. Den hatte sie total vergessen!

Die Dusche musste warten. Stattdessen packte Nova ihren Laptop aus und steckte den Stick ein, auf dem sich genau eine Audiodatei befand. 55 Minuten lang. Nova setzte sich mit dem Laptop aufs Bett und drückte Play.

Kurze Stille, dann erklang Nils Brenners Stimme.

»Heute ist der 16.08.22. Ich spreche mit Leyla Özdemir. Darüber, dass ich unser Gespräch aufzeichne, haben wir schon gesprochen. Und du bist einverstanden.«

Nachdem Leyla das bestätigt hatte, begann sie mit fester Stimme, ihre Geschichte zu erzählen. Zwischen den Zeilen schwang ein Gefühl von geballten Fäusten mit. Sie war wütend.

»Es war der Freitag vor vier Wochen. Das weiß ich noch so genau, weil ich an dem Tag eine Philosophie-Klausur geschrieben habe. Am Abend sind wir mit ein paar Leuten aus dem Kurs losgezogen und wollten uns die Kante geben. Wir waren erst Pizza essen und sind dann so um 21 Uhr im *Saphirblau* auf einer Party gelandet. Ein Kumpel von mir hat dort Hip-Hop aufgelegt. Wir sind also rein, haben getrunken und getanzt. Und dann ging's los. Ich hatte wirklich noch nicht viel intus, zwei Bier höchstens, als sich plötzlich ein Schalter umgelegt hat. Ich war von einer Sekunde auf die andere total betrunken. Zumindest hat es sich so angefühlt. Mir war schwindelig, übel ... Als hätte ich den ganzen Abend richtig krass gesoffen, was ich wie gesagt nicht habe. Das Problem war dann, dass sich das mit meinen Freunden auf der Party etwas verlaufen hat, manche sind auch weitergezogen. Ich wusste aber, dass meine Freundin Em noch da war. Ich hab sie aber nicht gefunden. Und dann bin ich irgendwann in einem Innenhof zu mir gekommen. Erst wusste ich gar nicht, wo ich bin. Bis mich einer der Kellner gefunden hat. Der hat dann auch Em geholt.«

»Da im Innenhof ...«, hakte Brenner ein, wurde aber direkt von Leyla unterbrochen.

»Ich hatte einen krassen Blackout, aber mir ist nichts passiert. Wir waren danach noch im Krankenhaus, wo die die K.-o.-Tropfen tatsächlich noch nachweisen konnten. Aber vergewaltigt oder so wurde ich zum Glück nicht.«

»Gott sei Dank.«

»Ja ...«

»Und der Kellner, der dich gefunden hat, hat der irgendwas gesehen oder mitbekommen?«

»Nein, nicht dass ich wüsste.«

»Weißt du zufällig noch, wie er heißt? Ich würde gern mit ihm sprechen.«

Leyla schien zu überlegen. »Nein, ich ... ach, doch. Ich kenne seinen Nachnamen. Alle nennen ihn Schmitt ...«

Kapitel 36

Das *Saphirblau* lag in der Altstadt, in einer engen Seitengasse, die von maximal dreistöckigen, jahrhundertealten Häusern gesäumt war. Sandsteingewände fassten erleuchtete Fenster und Türen ein, einige davon in satten Rot- oder Grüntönen gestrichen.

Links und rechts baumelten Kneipenschilder an verschnörkelten schmiedeeisernen Auslegern. *Weingrund, Die Aster, Keller 2*. Hier reihte sich eine Bar an die nächste. Im Vorbeigehen erhaschte Nova Blicke ins Innere der Lokale. Trotz der späten Stunde und der Tatsache, dass es wieder zu regnen begonnen hatte, waren die Läden gut besucht.

Das *Saphirblau* befand sich im vorletzten Haus der Gasse.

Efeu rankte sich die Fassade hinauf. Die blau gestrichenen Holzläden waren weit aufgeklappt, präsentierten hell erleuchtete Fenster. Nova stieg die ausgetretenen Sandsteinstufen zur Tür hinauf und trat ein.

Drinnen herrschte gespenstische Stille. Keine Musik, kein Stimmengewirr. Und das, obwohl die Kneipe gerammelt voll war. Sämtliche Tische waren besetzt, an der Bar und der gegenüberliegenden Wand standen die Menschen dicht beieinander.

Alle hatten die Köpfe gesenkt.

Nova schloss so leise wie möglich die Tür hinter sich. Im ersten Moment kam sie sich vor wie ein Eindringling, der die Ruhe störte. Doch es beachtete sie niemand. Sie ließ den Blick schweifen. Rechts zog sich eine massive Holztheke beinahe die komplette Länge des Raums entlang. Darauf ein Meer aus Teelichtern und Blockkerzen, die flackerndes Licht an die Wände und die gewölbte Decke warfen.

Inmitten des Lichtermeers standen zwei DIN-A4-große gerahmte Fotos. Fiona und Milla. Von dort flog Novas Blick zum anderen Ende des Raums, wo eine junge Frau um die zwanzig auf einer kleinen Bühne stand, auf der sonst wahrscheinlich lokale Bands auftraten oder ein DJ-Pult aufgebaut war. Die Frau öffnete die Augen und hob den Blick. Nur Sekunden versetzt ging eine Welle durch den Raum, Köpfe hoben sich, und alle Augen richteten sich auf die Frau auf der Bühne.

Sie räusperte sich und ergriff das Wort.

»Danke, dass ihr gekommen seid und diese Schweigeminute mit uns gehalten habt. Ich weiß, viele von euch kannten Fiona oder Milla persönlich. Fiona hat hier gearbeitet.«

Sie wischte sich eine Träne von der Wange und fuhr mit gebrochener Stimme fort: »Wir vermissen sie schrecklich und können noch gar nicht glauben, dass sie ermordet wurde. Wir hatten all die Monate, die sie verschwunden war, die Hoffnung, dass sie zurückkommt, dass sich alle Sorgen in Luft auflösen. Aber nun ja ... Unsere Gedanken sind jetzt besonders bei ihrer Familie und ihren engen Freunden. Das gilt natürlich auch für Milla und die junge Frau, die noch nicht identifiziert ist. Wir hoffen, dass ihr Mörder schnell gefasst wird, damit wir ihm in die Augen sehen können. Es geht nicht in meinen Kopf, wie man so etwas Brutales tun kann. Fiona hat doch niemandem etwas getan. Sie hatte so viele Pläne. Sie wollte Grundschullehrerin werden, hat so für diesen Beruf gebrannt.«

Die junge Frau presste die zitternden Lippen einen Moment lang aufeinander.

»Versprecht mir, dass ihr zur Polizei geht, wenn ihr irgendetwas beobachtet habt, und sei es noch so klein. Wir werden nicht zulassen, dass dieser Mensch ungestraft davonkommt. Nicht hier, nicht in unserer Stadt. Danke, dass ihr alle gekommen seid. Wenn ihr wollt, bestellt euch einen Lillet Tonic. Das war Fionas Lieblingsdrink und geht heute aufs Haus. Ich lasse das Mikro hier liegen. Jeder, der uns etwas über Fiona oder Milla erzählen und seine Erinnerungen mit uns teilen möchte, ist herzlich dazu eingeladen.«

Damit legte sie das Mikro auf einem kleinen Tisch ab und ging von der Bühne hinter die Theke, wo sie von einer Kollegin in den Arm genommen wurde.

Ein paar Momente herrschte Stille. Die Leute warfen sich betretene Blicke zu, sahen auf ihre Hände. Niemand schien so richtig zu wissen, was er tun oder sagen sollte. Erst als wieder Musik aus den Lautsprechern ertönte, kamen leise Gespräche in Gang.

Nova trat an die Theke und bestellte sich eine Cola. Die Barkeeperin war älter als ihre Kollegen, vielleicht Anfang dreißig. Sie trug ein weites, ärmelloses Shirt, das ihre vollständig tätowierten Arme betonte.

Als sie Nova die Cola hinstellte, ging der einzige männliche Mitarbeiter ins Lager.

»Ist Schmitt heute gar nicht da?«, fragte Nova unverwandt.

Die Barkeeperin schüttelte den Kopf, während sie zwei leere Gläser einsammelte.

»Nein, wieso?«

»Und wer war das eben?« Nova deutete mit dem Kopf in Richtung Lager.

»Das war nicht Schmitt. Das war Lars. Schmitt hat heute frei.«

»Und er wollte auch nicht zur Trauerfeier kommen? War sehr schön, übrigens ...«

Die Frau lächelte nur halb, da sie natürlich längst misstrauisch geworden war.

»Wer sind Sie denn? Sind Sie von der Presse? Ist echt nicht böse gemeint, aber als Fiona verschwunden ist, hatten wir hier genug Interviews und alles. Von uns weiß echt keiner was.«

Nova schüttelte den Kopf.

»Keine Presse, LKA München.« Sie zeigte der Frau ihren Dienstausweis, woraufhin ihre Haltung sofort zugewandter wurde.

»Ich bin Loreen, mir gehört die Bar.«

»Herr Schmitt war mit Milla Jankowski befreundet«, fuhr Nova fort. »Ich hatte gehofft, dass er uns weiterhelfen kann, was die Umstände ihres Verschwindens angeht.«

»Natürlich. Also heute Abend ist er nicht eingeteilt, ich kann aber eben nachschauen ...«

Sie fuhr mit dem Zeigefinger über einen Plan, der ausgedruckt an der Rückwand der Bar hing.

»Morgen Nachmittag ist er wieder hier.«

»So lange kann ich leider nicht warten, hätten Sie auch eine Telefonnummer für mich?«

Loreen zog ein Handy aus der Gesäßtasche.

Als sie die Handynummer notiert hatte, beschloss Nova, noch etwas dranzubleiben.

»Wussten Sie, dass Schmitt Milla gekannt hat? Hat er mal was in die Richtung erwähnt?«

Die Barkeeperin wich Novas Blick aus und sah für einen Moment auf ihre Hände, ehe sie antwortete.

»Ich komme mir gerade ehrlich gesagt etwas bescheuert vor, weil mir das erst jetzt auffällt. Dabei hab ich die Fotos doch selbst in die Bilderrahmen gesetzt ... Aber ja, vor ein paar Monaten ist Schmitt immer mal wieder mit einem Mädchen aufgetaucht.«

Sie deutete auf Millas Bild.

»Das war sie. Ich weiß auch nicht, wieso ich die Connection nicht gemacht hab. Wie gesagt, Schmitt hatte Milla öfter dabei. Das ging über ein paar Wochen. Und dann eben irgendwann nicht mehr.«

»Waren die beiden denn richtig zusammen?«

»Ich hab ehrlich gesagt nicht nachgefragt, weil es mich nicht sonderlich interessiert hat. Schmitt hat immer mal wieder Dates, und ich führ da nicht Buch drüber ...«

»Können Sie mir sagen, ob er am 27.06. gearbeitet hat?«

»Klar«, Loreen klickte sich durch ihr Handy und nickte dann.

»Ja, da hatten wir hier eine Mediziner-Party. Er hatte die mittlere Schicht bis 20 Uhr.«

»Okay. Fällt Ihnen sonst noch etwas ein, das für mich von Bedeutung sein könnte?«

Als Loreen unschlüssig blieb, wagte Nova einen Vorstoß.

»Die K.-o.-Tropfen-Vorwürfe ...«

Die Barkeeperin atmete gestresst durch.

»Ja, es gab leider ein, zwei Fälle, da haben Mädchen hier K.-o.-Tropfen abbekommen. Aber was hat das mit den Morden zu tun?«

»Bisher nichts. Aber da sowohl Fiona als auch Milla Verbindungen zum *Saphirblau* haben, haben wir natürlich recherchiert ...«

Loreen lehnte sich vor und sprach mit fester Stimme.

»Ich kann Ihnen versichern, dass wir seitdem noch mehr darauf achten, wer hier ein und aus geht. Unsere Belegschaft ist darauf geschult worden. Es gibt ein Safeword, mit dem sich jeder an uns wenden kann, der sich bedrängt fühlt. Wir sorgen dann dafür, dass der- oder diejenige sicher nach Hause kommt.

Ich habe darüber schon einmal ausführlich mit einer Journalistin gesprochen, die einen großen Artikel zu dem Thema veröffentlicht hat. Als das alles passiert ist, mussten wir wirklich kämpfen. So was kann auch das Aus für ein Business bedeuten. Und die Gastronomie ist besonders hart. Wir können uns nicht erlauben, dass so was hier noch einmal passiert. Und wir tun alles dafür, das zu verhindern.«

Nova sah Loreen ins Gesicht. Sie glaubte ihr, bezweifelte aber, dass ihr Netz aus Vorsichtsmaßnahmen eng genug war, um zu verhindern, dass jemand hindurchschlüpfte.

Kapitel 37

Eine Viertelstunde später waren die Gespräche lauter geworden. Im Hintergrund lief gedämpft Musik, und die Trauer hing nicht mehr so schwer in der Luft wie noch Minuten zuvor. Nova war auf dem Weg zum Ausgang, als ihr Blick an einem Mädchen hängen blieb, das in einer Ecke stand. Vor ihr ein junger Mann, der sie um mindestens einen Kopf überragte und sich ihr drohend entgegenlehnte.

Die junge Frau hatte die Schultern hochgezogen, presste sich gegen die Wand.

Nova kam die Galle hoch. Mit wenigen Schritten durchquerte sie den Raum. Der Typ bemerkte sie und wich instinktiv einen Schritt zurück. Nova wandte sich ohne Umschweife an das Mädchen.

»Alles in Ordnung bei dir?«

Das Mädchen schien für einen Moment überrascht, dann nickte sie schnell.

»Ja, nur eine kleine Meinungsverschiedenheit. Das ist mein Freund ...«

Sie zog die Mundwinkel zu einem schüchternen Lächeln hoch.

Nova kannte solche Situationen, deswegen ließ sie sich nicht sofort abwimmeln.

»Okay, gut, können wir trotzdem kurz sprechen?«

Jetzt trat der junge Mann wieder näher. Sichtlich irritiert legte er einen Arm um die Schultern seiner Freundin, die das regungslos geschehen ließ.

»Wieso denn? Sie hat doch gesagt, alles fein.«

Auch er versuchte ein Lächeln, brachte aber nur ein nervöses Zucken mit dem Mund zustande. »Danke, dass Sie sich sorgen, aber wir kommen schon klar.«

Als Nova keine Anstalten machte zu gehen, lief die Haut an seinem Hals ganz langsam rot an, und er fasste sich in den Nacken.

»Wer sind Sie denn überhaupt, dass Sie sich hier so einmischen?«

Nova musterte ihn gelassen, dann zeigte sie ihm ihren Ausweis.

»Kein Grund zur Sorge, ich leihe mir deine Freundin nur kurz aus, und dann könnt ihr machen, was ihr wollt, okay?«

Der Typ presste die Kiefer aufeinander, was das Mädchen sichtlich beunruhigt bemerkte. Sie legte ihm vorsichtig eine Hand auf den muskulösen Oberarm. »Ich bin gleich wieder da.«

Daraufhin folgte sie Nova ein paar Meter in Richtung Ausgang. Sie verschränkte die Arme vor der Brust.

»Im Ernst, was soll das? Ich verstehe es nicht ganz.«

Nova sah ihr geradewegs in die Augen. »Wie heißt du?«

»Lena.«

Nova nickte.

»Okay, Lena, Körpersprache sagt manchmal mehr als viele Worte. Du hattest gerade Angst vor deinem Freund, das war dir deutlich anzusehen. Ich kann dir ein Taxi rufen oder dich von einer Streife nach Hause bringen lassen, wenn du möchtest.«

Lena atmete einmal tief durch und lächelte dann erneut. Diesmal schien es echt.

»Danke, dass Sie sich Sorgen machen und mir helfen wollen. Aber es ist wirklich alles okay.«

»Worüber habt ihr euch denn gestritten?«

»Es ist wirklich nicht der Rede wert. Marius will noch weiterziehen, weil einer seiner Kumpels Geburtstag hat, und er will unbedingt, dass ich mitkomme. Ich will aber nicht. Da ist es ein bisschen eskaliert. Ich finde, dass heute kein Tag zum Feiern ist.«

Sie senkte den Blick zu ihren Füßen.

»Finde ich auch«, sagte Nova. »Und ganz ehrlich, dass du nicht mit ihm weiterziehen willst, ist ein ziemlich mickriger Grund dafür, dich körperlich zu bedrohen.«

Lena atmete erneut durch. »Wir sind eben alle etwas angespannt momentan. Ist doch logisch bei dem, was in der Stadt gerade passiert ist. Da kann man schon mal ausflippen.

Also wie gesagt: Danke. Aber mein Fahrrad steht vor der Bar, ich fahre gleich nach Hause. Das wird Marius schon akzeptieren.«

Nova wusste, dass sie die junge Frau zu nichts zwingen konnte. Für den Notfall reichte sie ihr trotzdem ihre Karte.

»Wenn irgendwas ist, ruf an. Da steht meine Handynummer drauf. Ich bin Tag und Nacht erreichbar. Ich weiß, Beziehungen sind kompliziert. Manchmal verliebt man sich und erkennt erst sehr viel später, wer der Mensch, mit dem man zusammen ist, wirklich ist, und braucht Hilfe. Wenn man danach fragt, bekommt man diese Hilfe auch.«

Lena sah Nova mit großen Augen an. »Also, das klingt jetzt ja echt ein bisschen überdramatisch. Aber okay, wenn Sie sich dann besser fühlen …«

Sie griff nach der Karte und steckte sie in die Gesäßtasche ihrer Jeans.

»Na dann, schönen Abend noch.«

Damit ging sie zurück zu ihrem Freund, der das Gespräch argwöhnisch aus der Distanz beobachtet und sich währenddessen immer wieder mit einem Kumpel ausgetauscht hatte. Nova blickte ihm für ein paar Sekunden in die Augen, und als sie die Bar verließ, breitete sich ein mulmiges Gefühl in ihrem Bauch aus.

Kapitel 38

Das Gefühl blieb. Auf dem Weg durch die nächtlichen Straßen Heidelbergs. Zurück im Hotel. Die Szene, die sie im *Saphirblau* beobachtet hatte, spielte sich in Endlosschleife vor ihrem geistigen Auge ab.

Wie dieser Typ Lena angesehen hatte. Er hatte sich über sie gebeugt und sie angefasst, als gehöre sie ihm. Als dürfte er über sie bestimmen und mit ihr reden und sie berühren, wie es ihm passte.

Während Nova in ihrem Hotelzimmer Jacke und Schuhe auszog und ihre Jeans aufknöpfte, spürte sie, wie sich ihre Kehle zusammenzog. Dieser Anblick hatte sie getriggert, und jetzt wollten Erinnerungen an die Oberfläche, die sie normalerweise gut verpackt in ihrem Innern verborgen hielt.

Es bestand durchaus die Möglichkeit, dass sie die Situation genau deswegen überbewertet hatte. Oder hatte sie nur besonders feine Antennen?

Nova hatte diesen überheblichen Blick schon oft in den Augen der Männer gesehen, mit denen sie zu tun hatte. Der Physiklehrer, der abgewinkt und erklärt hatte, dass die Mädchen eben einen Tick länger brauchten, um den Rechenweg zu verstehen. Der Rechtsmediziner, der in die Runde der Beamten fragte, ob die »Ladys« wirklich bleiben wollten, denn gleich würde es heftig. Die

Blicke von betrunkenen Zwanzigjährigen im Club, die es lustig fanden, einem im Vorbeigehen an den Hintern zu greifen. Gut möglich, dass Lenas Freund nur eines dieser Arschlöcher war. Aber was, wenn nicht?

Nova stieg unter die Dusche und ließ heißes Wasser auf ihre Schultern prasseln. Warmer Dampf hüllte sie ein. Als ein Teil der Anspannung von ihr abfiel, musste sie an Yeliz denken.

»Ich weiß immer noch nicht, was damals plötzlich mit dir los war, und ich hätte es lange Zeit wirklich, wirklich gern gewusst. Aber jetzt ist es mir ehrlich gesagt egal.«

Gut für sie.

Nova senkte mit geschlossenen Augen den Kopf, um den Strahl im Nacken zu spüren. Warmes Wasser floss über ihren Rücken und an ihren Beinen entlang hinunter zu ihren Zehen. Sie genoss das Gefühl für einen Moment. Als sie die Augen wieder öffnete, überfiel sie die Erinnerung wie ein kalter Schlag ins Gesicht. Sie ist wieder 15 und steht mit zitternden Knien unter der Dusche. Zu ihren Füßen fließt Blut in den Abfluss. Sein Blut und ihr eigenes. Panisch schrubbt sie über ihre Hände, über ihre Hüfte und die Innenseite ihrer Oberschenkel.

Es ist der 1. Januar 2000. Noch vor wenigen Stunden war sie ein normaler Teenager. Jetzt hat sie Blut an ihren Händen.

31.12.1999

Nova betrachtete zufrieden ihr Spiegelbild. Die Jeans mit dem leichten Schlag, die sie im Secondhandshop gefunden hatte, saß wie angegossen. Darüber trug sie ein bauchfreies Top, damit man ihr Bauchnabelpiercing sehen konnte. Die Einverständniserklärung für das Piercing zu bekommen, war geradezu lächerlich einfach gewesen. Mit einem »Hey, unterschreib mal schnell«, konnte sie ihrem Vater echt alles unterjubeln. Am besten, wenn er gerade irgendeinen Geschäftspartner am Telefon hatte und sie schnell wieder loswerden wollte. Und da sie im Haus nie bauchfrei herumlief, würde er es auch nie erfahren. Gleich einfach eine Jacke drüber und ciao.

Sie grinste ihrem Spiegelbild zu, ehe sie einen Blick auf ihre schwarz lackierten Nägel warf. Heute mit Glitzer, schließlich war Silvester.

Um genau zu sein, der 31.12.1999. Überall erzählten die Leute, dass die Welt um Mitternacht untergehen würde, weil die Computer mit der Umstellung auf die 2000 angeblich nicht klarkommen würden. So ein Bullshit. Nova band sich die blonden Haare zu einem Pferdeschwanz und schlüpfte in ihre schwarzen Chucks.

Sie wollte heute Abend nur eines: feiern. Mit Michelle. Sie hatten sich vor vier Monaten auf einer Party im Westpark kennengelernt. Nachdem ein gemeinsamer Freund sie einander vorgestellt hatte, war Nova ziemlich schnell klar gewesen, dass Michelle *die* Frau war. Mit ihren witzigen Kommentaren und dem ansteckenden Lachen hatte sie Nova schneller um den Finger gewickelt, als sie Bacardi Breezer sagen konnte.

Heute waren sie drei Monate zusammen und wollten feiern – auf der Silvesterparty von Michelles Klassenkamerad Felix. Michelle ging auf ein privates Gymnasium in Bogenhausen. In ihrer Klasse wohnte niemand in einer Wohnung. Alle besaßen mindestens ein Haus. Felix' Eltern sogar mehrere. In ihrem Chalet in Kitzbühel verbrachten sie Silvester und überließen ihr Zuhause in München ihren Söhnen. Und dieses Zuhause war kein Haus, sondern eine Villa.

Nova fiel die Kinnlade runter, als sie durch das eiserne Tor gingen und über einen Kiesweg das gewaltige Anwesen ansteuerten.

Es sah aus wie ein riesiger weißer Würfel mit schwarzen Fensterrahmen, der von allen Seiten angestrahlt wurde.

Michelle nahm ihre Hand und drückte sie.

Drinnen wurden sie von dröhnenden Bässen und Zigarettenrauch empfangen.

Das Foyer war riesig, mit mindestens sechs Meter hohen Decken. Hier standen ein paar Mädchen aus Michelles Stufe, die sie mit Küsschen auf die Wangen begrüßten und sich Nova mit geweiteten Pupillen vorstellten.

»Wir gehen uns mal was zu trinken holen!«

Michelle zog Nova weiter in einen Raum, in den ihre gesamte Wohnung zweimal hineingepasst hätte. Das hier war allerdings nur der Wohn- und Essbereich des Hauses, ausgestattet mit Kamin und riesiger Sofalandschaft. Dahinter gab eine gewaltige Glasfront den Blick frei auf den Garten, der noch immer weihnachtlich beleuchtet war.

Die »Bar« befand sich auf dem Esstisch und bestand aus endlos vielen Flaschen Wodka, Gin, Tequila und Whisky. Michelle mixte ihnen zwei Gin Tonic, sie sahen sich in die Augen und stießen an. Nova legte Michelle eine Hand in den Nacken, als hinter ihr jemand zu pfeifen begann.

»Ihr seid also die Lesben!«

Eine Gruppe junger Typen hatte sie ins Visier genommen. Es waren fünf vielleicht Anfang Zwanzigjährige. Freunde von Felix' älterem Bruder, schätzte Nova. Ein Blonder mit raspelkurzen Haaren kam sich besonders toll vor, als er einen Schritt vortrat und das Kinn hob.

»Los, macht mal rum, ich hab Bock auf 'ne kleine Show!«

Während seine Kumpels anfingen zu lachen, verdrehte Michelle nur die Augen.

»Halt einfach die Klappe, Hannes, okay?«

Damit nahm sie Novas Hand und zog sie weiter. Hinter ihnen lachten die Jungs jetzt noch lauter, und einer schlug Hannes auf den Rücken.

»War wohl nichts, Alter!«

»Hey, war doch nicht böse gemeint«, schrie Hannes ihnen hinterher. Was für ein Idiot. Nova konnte es nicht lassen. Sie drehte sich um und zeigte ihm den Mittelfinger. In dem Moment kippte etwas in Hannes' Blick. Seine Augen verengten sich, wurden dunkler.

Als Nova sich wieder umgedreht hatte, spürte sie, wie er sie weiter taxierte, ihr mit seinem Blick folgte, bis sie in die Küche verschwunden war. In den folgenden Stunden nahm sie Hannes immer wieder aus dem Augenwinkel wahr. Manchmal hatte sie plötzlich das Gefühl, dass er hinter ihr stand. Doch wenn sie sich umdrehte, sah sie ihn nirgendwo.

Nach dem zweiten Gin Tonic begann sie, sich zu entspannen.

Sie hätte gehen sollen. Spätestens nachdem Hannes ihr so feindselig hinterhergeblickt hatte. Aber sie hatte nicht auf ihr Bauchgefühl gehört. Hatte Spaß haben wollen. Und warum sollte sie sich von dieser Party vertreiben lassen?

Innerhalb kurzer Zeit verwandelte sich das Wohnzimmer in eine einzige riesige Tanzfläche, und als die Bloodhound Gang aus den Lautsprechern schallte, flog das Haus fast auseinander.

Nova war mittendrin. Sie schlang die Arme um Michelle und küsste sie. Mittlerweile waren alle so betrunken, dass sie niemand mehr beachtete.

Zehn Minuten vor zwölf schob sich Nova an den Tanzenden vorbei in den Flur, vorbei an der Küche, wo gerade Shots eingegossen wurden.

Das Badezimmer war besetzt. Davor warteten fünf weitere Gäste. Nova sah auf die Uhr. Sie hatte nicht vor, den Jahreswechsel auf der Toilette zu verbringen. Also lief sie die Treppe hinauf in den ersten Stock, der eigentlich tabu war, wie Felix ihnen vorgebetet hatte. Mit jedem Schritt wurde die Musik leiser. Nova ging einen breiten Flur entlang, öffnete ein paar Türen, bis sie bei der dritten Glück hatte.

Die kleine Gästetoilette hatte heute offenkundig noch niemand benutzt, so sauber, wie sie war. Nova berührte das weiche Handtuch, das neben dem Waschbecken hing. Auf einem gläsernen Regalbrett stand ein Parfum-Flakon. Chanel No.8. Sie sprühte sich etwas auf die Innenseite ihres Handgelenks. Es roch intensiv und schwer.

Eher was für alte Frauen, dachte sie, überlegte aber trotzdem für einen kurzen Moment, ob sie den Flakon einstecken sollte.

Als sie zwei Minuten später fertig war und nach draußen treten wollte, stand er vor ihr und grinste. Hannes.

Nova wich reflexhaft einen Schritt zurück. Er legte den Kopf schief.

»Hey, alles klar bei dir? Ich wollte mich noch entschuldigen wegen vorhin ...«

War er ihr gefolgt? Gänsehaut zog sich ihren Nacken hinauf. Er stand so breitbeinig da, dass er den gesamten Türrahmen einnahm.

»Ist schon in Ordnung.«

Sie wollte sich an ihm vorbeischieben, aber da schnappte seine Hand nach ihr und legte sich wie ein Schraubstock um ihren Oberarm.

»Spinnst du? Lass mich los!«

Sie schrie und blickte sich suchend nach Hilfe um. Aber hier war niemand. Im Erdgeschoss dröhnten die Bässe.

Hannes hielt sie fest. »Sind eigentlich alle Lesben so arrogant, dass sie nicht mal eine Entschuldigung annehmen können?«

Die Worte kamen zischend durch seine Zähne.

Novas Puls beschleunigte sich. Der Hass in seiner Stimme war so deutlich, dass sie ihn beinahe schmecken konnte. Bitter. Feindselig.

»Ich hab doch gesagt, ist okay.«

Sie bemühte sich, zugewandt und weich zu sprechen, lächelte ihn an. Tief drinnen wusste sie, dass sie ihn nicht mehr würde besänftigen können. Das war nicht das, was er wollte. Er musterte sie abschätzig.

»Ja, das sagst du. Das Problem ist nur, ich glaube dir nicht.«

»Jetzt lass mich schon los!«

Als Nova erneut versuchte, sich aus seinem Griff zu befreien, zerrte er sie mit sich. Sie stolperte ein paar Schritte, fing sich. Er stieß die nächste Tür auf und zog sie in einen Raum voller Bücherregale. In der Ecke ein Kamin, ein Sofa, mehrere Sessel. Er warf die Tür ins Schloss, während er sie mit der anderen Hand immer noch so festhielt, dass sie keine Chance hatte zu entwischen.

»Lass mich los, verdammt!«

Mit verzweifelt hämmerndem Herzen trat sie nach ihm, bis sie schließlich sein Schienbein traf und er aufschrie.

»Du dumme Schlampe!«

Jetzt war der Moment. Sie riss sich los, nur um Sekunden später vor Schmerz zu schreien. Er hatte ihren Arm erneut gepackt und drehte ihn um, sodass sie mit dem Rücken an ihn gepresst stand.

Sie schrie nach Hilfe, aber er hielt ihr mit der anderen Hand den Mund zu. Er stank nach Bier und Schweiß und irgendeinem aufdringlichen Parfum. Nova wurde übel. Sie wand sich in seinem Griff. Vergeblich, weil er viel stärker war als sie. Er drückte sich von hinten an sie, und da spürte sie es. Etwas Hartes. Scheiße.

In einem letzten Anflug von Panik biss sie ihm in die Hand. Sie erwischte seinen Mittelfinger, biss so fest, dass sie spüren konnte, wie die Haut zwischen ihren Zähnen aufplatzte.

Hannes schrie schmerzerfüllt auf, zog die Hand von ihrem Mund. Sie rannte zur Tür, griff nach der Klinke, ehe er sie an den Haaren zurückkriss.

»Du scheiß Miststück«, stöhnte er.

Plötzlich lag etwas Kaltes an ihrer Kehle. Eine Klinge.

»Sei jetzt endlich brav und halt's Maul, oder es passiert was Schlimmeres!«

Nova musste schlucken, Tränen stiegen ihr in die Augen. Er schubste sie zur gegenüberliegenden Wand des Raums, bis ihre Beine gegen etwas stießen und sie rückwärts auf ein Sofa fiel.

»Wollen wir doch mal sehen, ob wir dich nicht auf den Geschmack bringen können.«

Er presste sich auf sie drauf. Sein Atem ging stoßweise. Dieser Gestank nach Bier und Schweiß. Nova warf den Kopf zur Seite und schrie, versuchte, ihn wegzustoßen, aber er war einfach zu schwer. Mit einem Arm presste er sie nach unten, während er sich mit der anderen Hand an seiner Hose zu schaffen machte. Dann an ihrer. Obwohl sie sich wand wie ein Fisch, gelang es ihm, den Knopf zu lösen und ihre Hose ein Stück runterzuziehen. Nein, nein, nein. Und dann drückte er seinen Schwanz in sie rein. Brennende Schmerzen zerrissen ihr fast den Unterleib. Der nächste Schrei blieb ihr in der Kehle stecken. Sie bekam keine Luft mehr. Er lag schwer auf ihr, stieß stöhnend in sie rein. Für ein paar Momente erstarrte sie. Eine Stimme ganz hinten in ihrem Kopf flüsterte ihr zu, sich nicht zu wehren. Dann ist es schnell wieder vorbei.

Aber das konnte sie nicht. Sie ruderte mit ihren Armen, prügelte mit den Fäusten so fest auf ihn ein, wie sie nur konnte. Es nützte nichts. Er machte weiter. Dann stießen ihre Finger plötzlich an etwas Kaltes, einen Gegenstand aus Metall.

Nova konnte nicht sehen, was sie da berührt hatte, bis ihr einfiel, dass neben dem Sofa eine Halterung mit mehreren Metallwerkzeugen gestanden hatte. Damals hatte sie nicht gewusst, worum es sich dabei handelte. Später war von Kaminbesteck die Rede gewesen.

Sie griff nach einem spitz zulaufenden Stab und holte aus. Mit voller Wucht rammte sie Hannes den Schürhaken in die Seite. Dann zog sie ihn mit einem Ruck heraus, nur um noch mal zuzustechen. Er schrie auf, wand sich. Sie stach wieder zu. Zweimal, dreimal.

Als ihm schließlich die Knie wegknickten, ließ sie den Schürhaken los und schob Hannes mit aller Kraft von sich runter. Er klappte auf dem Boden zusammen wie ein nasser Sack und knallte mit dem Kopf auf die Dielen. Nova rappelte sich auf. Die Hose hing ihr in den Knien. Ihr Slip zerrissen. Zwischen ihren zitternden Beinen klebte ihr eigenes Blut. Ihr Unterleib brannte so sehr, dass sie das Gefühl hatte, sich nicht bewegen zu können.

Als sie an sich hinunterblickte, bemerkte sie das Blut an ihrer Hüfte und ihrem Bauch, an ihren Händen. Hannes' Blut. Sie zog ihre Hose wieder hoch, ihr Blick auf den zuckenden Körper am Boden gerichtet. Hannes hingen Hose und Boxershorts ebenfalls in den Kniekehlen. Sie hatte ihn in die Seite gestochen. Dort hing das Fleisch in Fetzen. Blut quoll aus den zahlreichen Wunden und sammelte sich neben ihm in einer immer größer werdenden Pfütze.

»Heee ...«

Nova erschrak, als unverständliche Worte aus seinem Mund blubberten. Seine Augenlider zuckten, darunter bewegten sich seine Pupillen rastlos hin und her.

Was sollte sie tun? Wieder Stöhnen und Krächzen. Die Blutlache dehnte sich aus. Hannes' Beine zitterten, erst leicht, dann immer heftiger. Nova stand da wie gelähmt und starrte mit rasendem Herzen auf den zitternden Körper, bis auf einen Schlag alles aufhörte. Seine Glieder entspannten sich, und gelbe Flüssigkeit verteilte sich zwischen seinen Beinen.

Im nächsten Moment warf Nova die Tür hinter sich zu. Sie rannte den Flur entlang, die Treppe hinunter, drängte sich an den Menschen vorbei, die nach draußen strömten. Stimmen und Musik drangen wie durch Watte zu ihr heran. Sie fand die Haustür, stürzte hinaus, und während sie um ihr Leben rannte, stiegen Raketen in den schwarzen Nachthimmel und zerbarsten in einem bunten Feuerwerk.

In dieser Nacht war Nova Ellen in die Arme gelaufen. Ellen war im Dienst und hatte sich mit ihrem Kollegen gerade an der S-Bahn-Station in Bogenhausen einen Kaffee geholt.

Auf dem Weg zurück zum Streifenwagen war ihr das Mädchen aufgefallen, das nur mit einer Jeans und einem kurzen Top bekleidet auf die Station zurannte.

Nova war in Panik. Ihr ganzer Körper schmerzte, die Lunge, ihr Unterleib, die Beine. Sie blickte in das Gesicht der Polizistin und bekam kein Wort heraus. Als ihr die Frau beruhigend eine Hand auf die Schulter legte, wollte sie sich losreißen. Aber Ellen und ihr Kollege ließen sie nicht wieder gehen.

Dieser Moment, dieses Zusammentreffen, war Novas großes Glück gewesen. Ellen und ihr Kollege hatten das Blut an ihren Händen und an ihrem Bauch gesehen und sie in eine Klinik gebracht. An das, was dann geschehen war, erinnerte sich Nova nur bruchstückhaft. Schlaglichter, die bestimmte Momente in ihrer Erinnerung erhellten. Wie das Lied, das im Radio lief, als sie ins

Krankenhaus fuhren. »Genie in a bottle«. Das grelle Licht auf dem Klinikflur, das ihr in den Augen gebrannt, eine Ärztin, die sanft und freundlich mit ihr gesprochen hatte. Die Schmerzen bei der Untersuchung. In der gynäkologischen Ambulanz waren sämtliche Spuren gesichert worden, die ihr später vor Gericht das Leben gerettet hatten. Wäre Nova Ellen in dieser Nacht nicht in die Arme gelaufen, wäre sie zu Hause in die Dusche gestiegen und hätte sofort panisch alles von sich abgewaschen. Hätte ihre kaputte Unterwäsche weggeworfen und ihre Jeans in die Waschmaschine gestopft. So wurden es Beweismittel.

An ihr Gespräch nach der Untersuchung erinnerte sich Nova noch gut. Ellen hatte auf dem Gang auf sie gewartet.

»Was kannst du mir zu demjenigen sagen, der dir das angetan hat? Kanntest du ihn?«

Nova schüttelte den Kopf. Sie fühlte sich gestresst, überfordert, müde, wütend, taub, alles gleichzeitig. Ellen ließ sie ein paar Momente durchatmen, bevor sie weitersprach.

»Dir ist da heute eine Riesenscheiße passiert. Es tut mir unfassbar leid. Das Wichtigste aber erst mal vorweg: Du bist nicht schuld. Rede dir das auf gar keinen Fall ein, okay?«

Sie sah Nova forschend an.

Nova nickte.

»Schuld ist nur der Typ, der dir das angetan hat. Es ist wichtig, dass du jetzt genau nachdenkst. Wie ist das passiert? Auch wenn es dir noch so unwichtig erscheint, jedes Detail zählt ...«

Sein Gewicht auf ihrem Körper, der Schürhaken, zerfetztes Fleisch. Nova schnappte nach Luft. Dann platzte es aus ihr heraus.

»Ich hab ihn umgebracht. Ich ... ich glaube, er ist tot.«

Nur kurze Zeit später war die Polizei in der Villa in Bogenhausen aufgelaufen und hatte die Party aufgelöst. Ruhestörung, hatten sie vorgegeben, ehe sie begannen, das Haus zu durchsuchen.

Hannes lag noch an dem Fleck, an dem Nova ihn zurückgelassen hatte. Er war zu dem Zeitpunkt schon mehrere Stunden tot. Die Obduktion ergab später, dass er eine schwere Verletzung der Hüftarterie erlitten hatte. Zugefügt mit dem spitzen Gegenstand, der neben ihm gefunden wurde. Einem Schürhaken. Die Spurensicherung fand darauf Novas Fingerabdrücke. Sie hatte einen Menschen umgebracht.

Als sechs Monate später der Prozess stattfand, hatte sich ihr Leben bereits grundlegend geändert.

Dass Hannes sie vergewaltigt hatte, war eindeutig bewiesen. Zudem bestätigten mehrere seiner Freunde, dass Hannes es an dem Abend »auf die Lesben abgesehen hatte«.

Sie hatte in Notwehr gehandelt.

Trotzdem blieb sie das Mädchen, das den Sohn des zweitgrößten Immobilienhais Münchens abgestochen hatte.

Hannes' Familie tat alles dafür, ihren Sohn von den Vergewaltigungsvorwürfen reinzuwaschen und Nova erneut vor Gericht zu ziehen. Als sie scheiterten, verbreiteten sie Lügen über sie, zogen ihren Namen in den Dreck. Nova wechselte die Schule, doch ihr Albtraum folgte ihr wie ein Schatten überallhin. Michelle distanzierte sich von ihr. Ihr Vater ignorierte sie noch konsequenter als zuvor. Aus Unsicherheit, vermutete sie heute, aber wie auch immer.

Sie war vergewaltigt worden und hatte einen jungen Mann getötet. Zweiteres blieb den Menschen eindrücklicher im Gedächtnis. Es klebte Dreck an ihr, und wenn sie ehrlich war, war sie den nie ganz losgeworden. Notwehr, Notwehr. Und dennoch hatte sie einen Menschen getötet. Was sagte das über sie? Dass sie dazu fähig gewesen war. Dass sie ihn dort hatte liegen lassen und abgehauen war?

Für gewöhnlich schob Nova diese Gedanken und Erinnerungen weg. Von den Menschen, mit denen sie sich heute umgab, wusste niemand davon. Nicht Magnus, nicht Yeliz. Nur, das war das Ding. Was tun, wenn einem ein Mensch zu nahe kam?

Kapitel 39

Nach fünf Stunden traumlosem Schlaf war Nova so hellwach, dass sie aufstand und sich an ihren Laptop setzte.

Schmitt, Vorname Jona. Der Grund, wieso sie das *Saphirblau* überhaupt erst aufgesucht hatte. Er war polizeilich noch nicht in Erscheinung getreten, keine Vorstrafen, nichts. Nachdem ihr Anruf sofort auf seiner Mailbox gelandet war, um die Uhrzeit auch nicht verwunderlich, fand sie ihn auf Instagram umso schneller.

Er war ein gut aussehender junger Typ. Etwas schlaksig, mit dunkelblonden Haaren und braunen Augen. Auf den meisten Fotos trug er schwarze T-Shirts oder Hemden, die etwas zu weit aufgeknöpft waren. Nova scrollte durch seinen Feed. Er postete unregelmäßig und wenn, dann Selfies und Fotos von Städtetrips und Urlauben. Milla, zu der er laut ihrer Mitbewohnerin regen Kontakt gehabt hatte, war auf keinem der Fotos zu finden.

Von hier aus sprang Nova auf die Instagramseite des *Saphirblau*, wo sie ein Sammelsurium an Fotos und Partyankündigungen vorfand. Sie scrollte hinunter zum 27.06, dem Tag, an dem Milla höchstwahrscheinlich verschwunden war. Wie die Barkeeperin berichtet hatte, hatte an dem Tag eine Medizinerparty stattgefunden. Sie swipte sich durch zehn, zwölf Fotos, fand aber nichts von Interesse.

Also zurück an den Anfang der Seite. In seiner aktuellen Story zeigte das *Saphirblau* Eindrücke der Gedenkfeier. Kurze Videoschnipsel und alte Fotos von Fiona bei der Arbeit.

Nova überlegte. Dann fiel ihr Blick auf die Story-Highlights. Und tatsächlich waren auch die Storys der Medizinerparty gespeichert worden.

Die Kamera folgte einem Kellner, der ein Tablett mit Schnäpsen durch die Menge trug und sie einem Tisch grölender Jungs übergab. Hinter der Bar tanzte die Kellnerin, die gestern Abend auf der Gedenkfeier gesprochen hatte, ausgelassen mit einem Kollegen. Im nächsten Schnipsel sah man, wie die Barkeeperin einen Drink mixte. Die Kamera streifte Schmitt, als sie von den Drinks wegschwenkte, um die tanzende Menge zu erfassen. Schmitt trug ein weißes Shirt und lehnte sich gerade über den Tresen, um eine Bestellung entgegenzunehmen. Es folgten weitere Partyaufnahmen, nichts, was auch nur annähernd von Interesse war.

Bis sie Schmitt einige Clips später von hinten in der Menge sah. Es war eine Boomerang-Aufnahme zweier junger Frauen, die sich mit ihren Bierflaschen zuprosteten. Im Hintergrund steuerte Schmitt auf den Ausgang zu, und wenn sie das richtig sah ... In Nova spannte sich alles an. Aber ja, er hatte ein Mädchen an der Hand. Als sie einen kurzen Blick zurückwarf, erkannte Nova Millas Gesicht.

Kapitel 40

Es war noch dunkel draußen, als Jakob die Kriminaldirektion betrat. Um halb acht waren die Schreibtische noch verwaist, aber in Sergios Büro brannte Licht.

»Oh, gut, du bist schon da!«

Er kam mit einer Tasse Kaffee hinter ihm ins Büro und zeigte in Richtung seines Schreibtischs.

»Ich wollte dich gerade anrufen. Wir konnten die gelöschten Videodateien von Nils Brenners Rechner wiederherstellen.«

Jakobs Herzschlag beschleunigte sich. Er zog sich einen Bürostuhl heran und sah dabei zu, wie Sergio seinen Monitor entsperrte.

»Ich hab selbst noch nicht reingeguckt, die Wiederherstellung ist gerade erst durch.«

Jakob beugte sich leicht vor.

Sergio öffnete den ersten Ordner, in dem sich sechs Unterordner aufblätterten, die jeweils mit einem Buchstaben benannt waren.

T. M. D. A. K.

»Wo fangen wir an?«

»M«, entschied Jakob.

M für Milla.

Der Ordner enthielt neun mov-Dateien, die von sechs Minuten Länge bis zu einer halben Stunde reichten.

Als Sergio den ersten Clip startete, hielt Jakob den Atem an.

Die Kamera fing das Bett großflächig ein. Sie musste irgendwo erhöht gestanden haben, vielleicht in einem Bücherregal versteckt oder auf einem Fensterbrett.

Auf dem Bett waren die zwei schon voll bei der Sache.

Die Frau lag auf dem Rücken mit dem Kopf zur Kamera, sodass man ihr Gesicht nicht sehen konnte. Auf ihr ein junger Mann. Er hatte das Gesicht gesenkt, volles, dunkles Haar verdeckte seine Gesichtszüge. Dann verlagerte er das Gewicht auf den linken Arm, strich sich die Haare aus dem Gesicht und sah direkt in die Kamera.

Es war Brenner.

Ein kurzes Lächeln zeichnete sich in seinen Zügen ab, ehe er den Blick wieder sinken ließ und sein Tempo erhöhte.

Er stieß so heftig in die junge Frau, dass sie schrie. Ob aus Lust oder Schmerz, konnte Jakob nicht sagen. Dann griff Brenner nach ihrem Hals, begann sie zu würgen. Schien sich mit seinem ganzen Gewicht auf sie zu stützen. Die junge Frau, die sie noch immer nicht als Milla erkennen konnten, schlug mit beiden Armen auf die Matratze und dann gegen Brenner.

»Der Wichser«, brummte Sergio neben ihm. »Kann ja jeder machen, worauf er Bock hat. Aber das sieht nicht aus, als würde es ihr gefallen.«

Im nächsten Moment ließ Brenner von ihr ab. Ihre Hand schnellte zu ihrem Hals, wo sie sich heftig atmend die Seiten massierte. Dann setzte sie sich auf, den Rücken zur Kamera gewandt. Steh auf und geh einfach, dachte Jakob.

Aber so kam es nicht. Stattdessen rollte sie sich auf den Bauch, und Brenner, der geduldig gewartet hatte, nahm sie jetzt von hinten. Nicht lange, und er griff ihr in den Nacken. Stützte sich darauf.

Mein Gott, brich ihr doch nicht das Genick!

Mit dem nächsten Stoß ließ er von ihrem Nacken ab, packte sie an den schwarzen Haaren und zog ihren Kopf hoch, sodass man ihr Gesicht sehen konnte.

Nasenpiercing, helle Augen. Es war Milla. Sie überstreckte den Hals, während Brenner selbstzufrieden in die Kamera sah.

Als die Aufnahme stoppte, klickte Sergio die nächste Datei ein. Die folgenden Clips unterschieden sich nicht wesentlich, waren mal weniger brutal, manchmal hart an der Grenze. Trotz aller Brutalität machte es nicht den Anschein, als hätte Brenner Milla zu etwas gezwungen.

Im D-Ordner spielte sich das Gleiche ab, nur mit einem anderen Mädchen. Diese junge Frau hatte lange dunkle Haare und war kurvig. Jakob schätzte sie ebenfalls auf Anfang zwanzig.

Als sie ihr Gesicht in die Kamera drehte, bat er Sergio zu stoppen, suchte das Foto der noch nicht identifizierten Leiche Nummer IV heraus und verglich. Keine Übereinstimmung.

Nächster Ordner. A.

Erstaunlich, wie er bereits jetzt ein Stück abgestumpft war. Wie sich sein Magen nicht mehr zusammenkrampfte, wenn Brenner seine Hand um den Hals der Frauen legte und zudrückte.

»Besonders kreativ ist er ja nicht«, kommentierte Sergio neben ihm. »Zieht immer die gleiche Performance ab.«

Womit er recht hatte. Erst Missionarsstellung, würgen, dann rollte Brenner die Frauen irgendwann auf den Bauch und brachte sie dazu, in die versteckte Kamera zu sehen.

Das Mädchen im A-Ordner war schüchterner als die anderen. Sie bewegte sich zaghafter, und zu Jakobs Verwunderung war Brenner zu ihr weniger brutal. Er verzichtete sogar gänzlich darauf, sie zu würgen, strich fast zärtlich über die Seiten ihres Halses und durch ihre roten Haare.

Und irgendwie ... In Jakobs Bauch begann es zu kribbeln, so als wüsste sein Körper schon vor seinem Gehirn, was passieren würde.

Dann war der Moment gekommen. Die junge Frau drehte sich vom Rücken auf den Bauch und ging auf alle viere, sodass Brenner sie von hinten nehmen konnte. Wie etliche Male zuvor griff Brenner auch ihr in die Haare, bevor er daran zog und der Kamera ihr Gesicht präsentierte.

Es war die vermisste Anna Menden.

Kapitel 41

Nova klingelte bereits zum dritten Mal am Tor und wollte gerade umdrehen, als es in der Sprechanlage knackte und sich eine kratzige Stimme meldete.

»Ja?«

»Frau Schmitt? Mein Name ist Nova Winter vom LKA München. Ich muss mit Ihrem Sohn Jona sprechen.«

Die Frau hustete.

»Wissen Sie, wie viel Uhr es ist?«

»Ja. Es ist dringend.«

»Woher wissen Sie überhaupt, dass er hier ist?«

»Wenn Sie mich bitte einmal reinlassen würden.«

Schweigen in der Leitung, dann knackte etwas. Für einen Moment fürchtete Nova, sich im Ton vergriffen zu haben. Doch dann ruckelte das Tor, ehe es sich ein Stück aufschob.

Nova schlüpfte hindurch.

Die Dämmerung tauchte das Anwesen in ein blassgraues Licht, während sie über einen Kiesweg den Eingang der Villa ansteuerte: eine doppelseitige Holztür, die in einem satten Moosgrün gestrichen war.

Noch bevor Nova sie erreicht hatte, öffnete sich die Tür. Eine Frau um die fünfzig zog den Gürtel ihres rosa Bademantels enger und schlang die Arme um den Oberkörper, als würde sie frieren.

Sie sah müde aus. Ihr Gesicht war vom Schlaf noch ganz zerknittert.

Die braunen Augen hatte sie ihrem Sohn vererbt, nur waren ihre glasig und trüb.

»Tut mir leid, dass ich Sie geweckt habe!«

Nova zog ihren Ausweis aus der Hosentasche.

»Frau Schmitt?«

Die Frau nickte, und nachdem sie einen flüchtigen Blick auf den Ausweis geworfen hatte, musterte sie Nova mit glasigen Augen.

»Worum geht es denn? Ich denke, Jona schläft noch. Er muss gestern ziemlich spät nach Hause gekommen sein. Ich habe ihn gar nicht kommen hören.«

Jetzt nahm Nova die leichte Alkoholfahne wahr, ließ sich aber nichts anmerken.

»Das würde ich gern persönlich mit ihm besprechen. Können Sie ihn holen?«

Frau Schmitt zog eine dünne Augenbraue hoch. Ihr war die Angelegenheit ganz offensichtlich lästig. Aber dann schien sie sich zu besinnen und bat Nova herein.

Sie traten in eine große Eingangshalle, der Boden weißer Marmor, die Decken bestimmt sechs Meter hoch. Links schwang sich eine Treppe hinauf in den ersten Stock.

Neben ihr räusperte sich Frau Schmitt, ehe sie mit kratziger Stimme nach oben rief.

»Jona! Besuch für dich!«

Als sich nichts regte, bat sie Nova zu warten und schleppte sich die Treppe hinauf. Die Sohlen ihrer Hausschlappen klatschten bei jedem Schritt gegen die Stufen. Nova legte den Kopf in den Nacken, um den Kronleuchter zu betrachten, der von der Decke baumelte. Spinnweben spannen sich zwischen den Armen oder hingen in der Luft.

Da öffnete sich hinter ihr die Haustür, und eine Frau um die dreißig betrat mit prall gefüllten Einkaufstüten die Halle. Sie nickte Nova nur kurz zu und verschwand dann rechts in einer Tür, die, soweit Nova das erkennen konnte, in die Küche führte.

»Er ist nicht da!«

Das war wieder Frau Schmitt. Sie stand oben im ersten Stock am Geländer und hob die Arme.

»Keine Ahnung, ich verstehe das auch nicht.«

In ihre Stimme hatte sich Besorgnis gemischt. Sie stieg die Treppe wieder runter, jetzt deutlich schneller.

»Haben Sie ihn denn gestern überhaupt gesehen?«, fragte Nova.

Die Frau schüttelte den Kopf.

»Er hat angerufen. So gegen 20 Uhr. Er hat gesagt, er würde spät kommen und dann am nächsten Tag mit mir frühstücken. Ich hab mich gefreut, ich sehe ihn ja nicht mehr so oft, seit er in seine WG gezogen ist.«

»Vielleicht ist ihm etwas dazwischengekommen?«

Frau Schmitt schüttelte den Kopf.

»Nein, ich hab doch sein Auto gehört. Da bin ich mir sicher. Ich hab einen leichten Schlaf.«

»Gerade haben Sie noch gesagt, Sie hätten nicht gehört, wie er nach Hause gekommen ist.«

Frau Schmitt überlegte ein paar Sekunden. Dann machte sie eine wegwischende Handbewegung.

»Ja, stimmt. Aber wenn ich jetzt genauer darüber nachdenke, erinnere ich mich. Ich hab ihn gehört. Einen Moment, bitte.«

Sie lief zur linken Wand, schob eine massive Schiebetür auf, hinter der sich eine begehbare Garderobe versteckte. Als sie Sekunden später wieder herauskam, trug sie Winterstiefel und eine Daunenjacke über dem Pyjama.

»An sein Handy geht er nicht, das hab ich gerade versucht. Vielleicht ist er Brötchen holen gefahren. Ich schaue kurz, ob sein Auto da ist.«

Nova folgte der Frau über den Hof zu einer großen Doppelgarage.

»Er hat diesen alten Jaguar. Wenn er herkommt, parkt er ihn hier. Die rechte Seite ist immer frei für ihn, mein Mann parkt den Defender lieber draußen.«

Sie fischte einen Schlüsselbund aus ihrer Jackentasche und drückte den Knopf zum Öffnen der Garage.

Als das Tor sich hob, sah Nova als Erstes den am Auspuff befestigten Schlauch.

Aus dem Hintergrund drang das leise summende Geräusch eines laufenden Motors.

Nova starrte auf den Jaguar in der Garage, während auch der Mutter neben ihr einsickerte, was passiert sein musste.

Panisch schrie sie nach ihrem Sohn und stürzte auf die Garage zu. Nova schaffte es gerade noch, sie festzuhalten.

»Nicht! Das wollen Sie nicht sehen!«

Die Frau versuchte, sich loszureißen, doch dann gaben ihre Muskeln nach, und sie schrie verzweifelt.

Kapitel 42

Fünf Minuten später schnallten zwei Sanitäter Frau Schmitt auf einer Trage fest. In ihrem Arm steckte eine Infusion. Sie war zusammengebrochen, nachdem der Notarzt nur noch den Tod ihres Sohns hatte feststellen können.

Jona Schmitt hatte auf dem Fahrersitz seines Jaguars gesessen, den Kopf nach hinten gelehnt und die Augen geschlossen, als würde er schlafen. Der Schlauch war ins Fenster auf der Fahrerseite geklemmt gewesen, der verbliebene Spalt mit Duct Tape abgedichtet.

Einen Abschiedsbrief fanden sie nicht, dafür aber die WhatsApp-Nachricht an seine Mutter, die er kurz nach Mitternacht zwar getippt, aber nicht abgeschickt hatte.

»Tut mir leid, Mama ...«

Der Hof stand mittlerweile voller Fahrzeuge. Notarzt, Rettungswagen, Feuerwehr, Polizei. Während ein Leichenwagen durch das Tor fuhr, hatte Nova Magnus am Telefon, der sie gerade seinerseits auf den neuesten Stand gebracht hatte. Sie hatten Anna Menden in einem der Sexvideos auf Brenners Rechner entdeckt.

Das bedeutete zwar noch nicht, dass es sich bei Anna um das fehlende Opfer Nummer II handelte, aber es reichte, um Brenner einige Zeit in der Kriminaldirektion festzuhalten. Nova brannte es unter den Nägeln. Ihr Gefühl bei Brenner hatte sie nicht getäuscht.

»Stoß einfach zu Brenners Vernehmung dazu, sobald du da draußen fertig bist«, schlug Magnus vor.

Nova warf einen Blick in Richtung Garage.

»Der Zeitpunkt für diesen Suizid ist schon ein merkwürdiger Zufall. Jona Schmitt hat am Abend von Millas Verschwinden mit ihr zusammen das *Saphirblau* verlassen …«

»Vielleicht hat er Schiss bekommen, als die Leichen gefunden wurden, weil er zuletzt mit ihr zusammen war«, führte Magnus den Gedanken fort.

»Oder er hat die Schuldgefühle nicht ertragen.«

Im Hintergrund schnallten zwei Männer einen Leichensack auf einer Trage fest und rollten sie aus der Garage. In Gedanken versunken, hob Nova den Blick zur Villa. Im ersten Stock stand ein junges Mädchen am Fenster, das mit weit aufgerissenen Augen den Leichensack fixierte.

Als sich ihre Blicke trafen, duckte sie sich weg.

»Alles okay?«

»Ja«, bestätigte Nova. »Ich muss jetzt Schluss machen. Ich komme, sobald ich kann.«

Kapitel 43

Plötzlich schob sich die Sonne zwischen zwei dicke dunkelgraue Wolken und ließ das feuchte Kopfsteinpflaster des Universitätsplatzes leuchten. Für den Rest des Tages waren Wolken und Regen gemeldet, also genoss er für ein paar Sekunden das Licht. Um ihn herum hatten die Studierenden es eilig, in ihre Seminare zu kommen oder noch schnell eine zu rauchen.

Sein Blick flog über das Blumenmeer rund um den Löwenbrunnen und blieb an einem Foto von Nummer I hängen, die ihn breit anlächelte. Der Jäger lächelte zurück.

Dann sah er die Frau mit dem gelben Mikrofon. Sie stand etwa zwanzig Meter in Richtung des lang gezogenen Gebäudes der Neuen Universität. Während er sich näherte, nahm er sie genau ins Visier. Das brünette Haar fiel ihr in Wellen sanft über die schmalen Schultern. Die oberen Knöpfe ihres beigefarbenen Mantels waren offen, der schwarze Pullover darunter so weit ausgeschnitten, dass er ihr Schlüsselbein sehen konnte. Wie alt war sie? Vielleicht 25, 26?

Sie interviewte gerade einen jungen Studenten, der die Hände in die Jackentasche gesteckt hatte und ihr beim Sprechen nicht ins Gesicht, sondern auf ihr linkes Ohr schaute. Wie unhöflich.

»Vielen Dank, dass du dir die Zeit genommen hast«, sagte sie, nachdem sie das Mikro hatte sinken lassen.

Der Student nickte ihr zu und eilte dann im Laufschritt auf den Eingang der Neuen Universität zu.

Sie wechselte ein paar Worte mit ihrem Kameramann, dann drehte sie den Kopf, und ihre Blicke trafen sich. Als er nicht wegsah, leuchtete etwas in ihren Augen auf, und sie ging lächelnd auf ihn zu. Es war ein vorsichtiges Lächeln, nicht zu euphorisch. Sie wusste schließlich, wo sie sich befand und was die Studierenden hier in den letzten Tagen durchmachten.

»Hallo, wir sammeln O-Töne für das *Mittagsmagazin*. Studierst du hier?«

Ihre Stimme war weich und samtig, eine Wohltat für seine Ohren.

»Ja«, sagte er, noch nicht ganz sicher, wie weit er hier gehen wollte.

»Könnte ich dir vielleicht ein paar Fragen stellen? Es geht um die Morde und ein Stimmungsbild unter den Studierenden.«

Nach kurzer Bedenkzeit nickte er.

»Ja, wieso nicht.«

Da war die Kamera auch schon auf ihn gerichtet, und er gab seine Gedanken zum Besten. Die, wenn sie mal ehrlich waren, weder die hübsche Moderatorin interessierten noch irgendeinem Zuschauer in Erinnerung bleiben würden. Es war alles furchtbar, er hoffte, dass der Schrecken bald ein Ende hatte. Dass so etwas hier bei ihnen in Heidelberg passieren würde, unfassbar. Aber man musste eben irgendwie weitermachen.

Während er sprach, sah er ihr tief in die Augen, wandte den Blick für keine Sekunde ab. Genau wie sie. Sie blickte tief in ihn hinein, und zwischen ihnen wurde es elektrisch. Ein Windstoß, und ihr Parfum stieg ihm in die Nase. Florale Note, vielleicht Rose. Er stellte sich vor, wie sie ein paar Tropfen davon hinter dem

Ohr auftrug und wie er ihr die Haare zurückstrich und an ihrem Hals roch.

»Vielen Dank!«

Und schon war es wieder vorbei.

Sie ließ das Mikro sinken, und er verabschiedete sich, als wäre gerade gar nichts zwischen ihnen passiert. Mit den Händen in den Manteltaschen steuerte er auf den Haupteingang der Universität zu. Ein kurzer Blick zurück. Eine römische VI im Nacken würde ihr gut stehen.

Aber ganz langsam. Morgen war erst mal Nummer V an der Reihe.

Kapitel 44

Die Tür war nur angelehnt. Durch den Spalt sah Nova den Rücken des Mädchens. Sie stand wieder am Fenster und blickte hinunter in den Hof.

Nova klopfte und schob die Tür ein paar Zentimeter auf.

»Hallo? Kann ich reinkommen?«

Ein Zucken ging durch den Rücken, dann drehte sich das Mädchen um und nickte hektisch. Sie war vielleicht 15 Jahre alt, trug einen dünnen Nasenring und war, anders als ihre Mutter, bereits vollständig angezogen und zurechtgemacht. Die dunkelblonden Haare hatte sie zu einem strengen Pferdeschwanz gebunden. Sie trug ein dunkelrotes Strickkleid und eine schwarze Nylonstrumpfhose. Dazu schwarze Lederstiefel.

Auf dem Bett lag ein gepackter Rucksack.

»Ich wollte gerade los zur Schule«, sagte das Mädchen, als es Novas Blick bemerkte. Sie wirkte nervös, fast ein bisschen außer Atem. Natürlich, sie hatte gerade gesehen, wie jemand einen Leichensack aus der Garage getragen hatte.

»Bist du Jonas Schwester?«

Sie nickte wieder, ihr Blick huschte nervös von Nova zum Fenster, dann schlang sie die Arme um ihren Körper wie vorhin ihre Mutter. Nova trat neben sie. Unten schlossen die Bestatter die Tür des Kofferraums.

»Sind Sie von der Polizei? Sind Sie wegen meinem Bruder hier?«

»Ja, in gewisser Weise. Ich wollte eigentlich mit ihm sprechen.«

»Ist er wirklich tot?«

Nova nickte. »Ja. Tut mir sehr leid ...«

Das Mädchen wischte sich eine einsame Träne von der Wange.

»Wie heißt du denn?«

»Klara.«

»Okay, Klara. Unten kümmern sich gerade zwei Sanitäter um deine Mutter. Willst du zu ihr?«

Klara schüttelte den Kopf.

»Was genau ist mit meinem Bruder passiert?« Sie drehte sich um und sah Nova das erste Mal richtig an. Sie war ihrem Bruder derart aus dem Gesicht geschnitten, dass Nova sie wahrscheinlich auch erkannt hätte, wenn sie ihr auf der Straße begegnet wäre. Braune Augen unter buschigen Brauen. Die gleiche Mundpartie, bei der die untere Lippe voller war als die obere. Sie zitterte ganz leicht.

»Er hat sich umgebracht, oder? Mit Abgasen wie bei *Virgin Suicides*?«

Nova war kurz aus dem Tritt. Dann erinnerte sie sich vage an den Film.

»Ja, es sieht gerade danach aus. Er wird jetzt erst mal in das rechtsmedizinische Institut gebracht und dort genauer untersucht.«

Klara nickte, als wäre das alles einleuchtend für sie und nicht, als wäre sie ein Teenager und hätte gerade vom Suizid ihres Bruders erfahren. Vielleicht eine Schockreaktion. Nova würde ihr im Anschluss an ihr Gespräch auf jeden Fall die Sanitäter nach oben schicken.

»Ich verstehe nicht, wieso er das gemacht hat. Ich dachte, bei ihm läuft es gut.«

Klara setzte sich auf ihr Bett. »Hat die Polizei einen Abschiedsbrief gefunden?«

»Zumindest nicht im Auto. Aber er hat eine WhatsApp-Nachricht an deine Mutter in sein Handy getippt, in der »Tut mir leid« stand. Abgeschickt hat er sie nicht.«

Klaras Augen begannen zu glänzen und füllten sich mit Tränen.

»Hattest du denn ein gutes Verhältnis zu deinem Bruder?«

»Ja, eigentlich schon. Er ist zehn Jahre älter als ich. Als er vor fünf Jahren ausgezogen ist, habe ich ihn ziemlich vermisst. Da war ich auf einmal allein mit meinen Eltern. Und die verstehen sich nicht so bombastisch, das ist also nicht so cool. Am Anfang seines Studiums ist er noch oft nach Hause gekommen, aber das ist dann immer weniger geworden. Und dann hat er den Kontakt zu unseren Eltern auch mal ganz abgebrochen.«

Zögernd erwiderte sie Novas aufmerksamen Blick.

»Es ist nicht immer so einfach mit unserer Mutter ...«

»Ich versteh schon, du musst nicht mehr sagen. Wann war das denn ungefähr, dass er den Kontakt abgebrochen hat?«

»Vor einem Jahr.«

»Hast du deinen Bruder denn im letzten Jahr mal in seiner WG besucht?«

»Ja, einmal. Kurz nach dem Kontaktabbruch. Ich weiß auch nicht. Er war plötzlich anders.«

»Wie anders?«

»Keine Ahnung. Irgendwie distanziert. Er hatte auch nichts mehr mit seinen alten Freunden zu tun. Stattdessen war er mit neuen Leuten unterwegs. Aber über die wollte er nicht wirklich reden.«

Nova spannte an.

»Weißt du, wer diese Freunde sind? Hast du mal jemanden getroffen?«

»Nee, Jona hat einmal jemanden erwähnt, aber das war auch kein richtiger Name. Eher so was wie ein Deckname. Ich erinnere mich nicht dran.«

»Okay.«

Nova überlegte, dann zeigte sie Klara aus einem Bauchgefühl heraus ein Foto von Nils Brenner.

»Hatte dein Bruder vielleicht etwas mit ihm hier zu tun?«

Klara betrachtete das Foto ein paar Sekunden, ehe sie den Kopf schüttelte.

»Nein, tut mir leid.«

Sie musterte Nova. »Wieso wollten Sie mit meinem Bruder reden?«

Nova zeigte Klara ein Foto von Milla.

»Ich wollte ihn eigentlich zu ihr befragen. Dein Bruder kannte sie, und ich wollte wissen, ob er mir sagen kann, wann er sie zuletzt gesehen hat.«

Klaras Augen weiteten sich.

»Das ist doch eines der Mordopfer. Was hat mein Bruder damit zu tun?«

»Bisher nichts. Ich bin vom LKA München, und wir arbeiten mit der Polizei Heidelberg an der Aufklärung der Waldmorde. Weißt du, ob Jona eine Freundin hatte?«

Klara schüttelte den Kopf.

»Nicht dass ich wüsste.«

Jetzt flossen die Tränen wieder. Klara kramte in ihrer Nachttischschublade nach einem Päckchen Taschentücher.

»Dabei haben wir uns in letzter Zeit eigentlich wieder ganz gut verstanden und öfter miteinander geschrieben.«

Sie öffnete einen Chat auf ihrem Handy. »Das ist die letzte Nachricht, die ich von ihm bekommen habe.«

Sie schluckte, ehe sie mit tränenerstickter Stimme vorlas.

»Klara, kleine Schwester, ich hab dich nicht vergessen. Es tut mir so leid, dass ich mich nicht so oft bei dir gemeldet habe. Ich werde demnächst wieder öfter nach Hause kommen. Ich vermisse dich!«

Während Klara das Handy zur Seite legte und sich ein frisches Taschentuch nahm, begannen sich bei Nova die Rädchen zu drehen. Vor einem Jahr hatte Jona Schmitt den Kontakt zu seiner Familie abgebrochen. Er hatte eine neue Clique, um die er ein Geheimnis machte. Jetzt wollte er sich seiner Familie wieder annähern und brachte sich in der Garage seiner Eltern um? Wie passte das zusammen?

Kapitel 45

Im Hörsaal herrschte Aufbruchsstimmung. Stühle klappten hoch, Laptops wurden zugeschlagen. In der Reihe vor Lena sprachen zwei Studentinnen aufgekratzt über die anstehende Klausur zur Geschichte der griechischen Antike, während sie ihre Taschen packten und in ihre Mäntel schlüpften. Sie klemmten sich ihre Laptops unter die Arme und gliederten sich in den Strom ein, der zum Ausgang floss. Die meisten ihrer Kommilitoninnen und Kommilitonen hatten es eilig, den Saal zu verlassen, um pünktlich zum nächsten Kurs zu kommen oder sich mit Kaffee zu versorgen. Die Professorin hatte den Saal als Erste verlassen und ihre studentische Hilfskraft zurückgelassen, die sich vorne mit dem Beamer abmühte. Alles wie immer.

War das nicht seltsam? Gestern hatten sie sich noch vor der Uni in den Armen gelegen und geweint. Und jetzt: Vorlesung, Geschichtsklausur, Laptop vom Beamer abstöpseln.

Lena konnte sich noch nicht dazu durchringen zu gehen.

Marius war gestern Nacht erst um drei nach Hause gekommen. Nach ihrem Streit im *Saphirblau* war er noch zu Falke gefahren und erst Stunden später zu ihr unter die Decke geschlüpft. Schon auf der Gedenkfeier hatte dieser fremde Geruch an ihm geklebt, ein penetrantes Parfum oder eine intensive Seife. In der

Nacht war es schwächer gewesen. Aber immer noch da. Sie hatte sich schlafend gestellt.

Jetzt verließ die studentische Hilfskraft den Saal. An ihrer Stelle stand bereits ihr Nachfolger und schloss den nächsten Laptop an.

Als auf der Leinwand das erste Slide der Vorlesung »Grundkurs Analysis« erschien, packte Lena ihre Sachen und stand auf.

Auf dem Flur lehnte Marius an der Wand, den Blick auf sein Handy gerichtet. Als sie aus dem Saal trat, sah er auf und lächelte

»Hey! Da bist du ja doch!«

Er stieß sich von der Wand ab und kam auf sie zu, lehnte sich ihr zu einem Kuss entgegen, dem sie in letzter Sekunde auswich. Seine Lippen streiften ihre Wange.

»Alles okay, Lena?«

Er reichte ihr den Kaffeebecher, den er in der Hand hielt. »Für dich.«

»Wo warst du gestern nach dem Treffen wirklich?«

Er warf die Stirn in Falten. »Was soll das denn jetzt? Du weißt, dass ich für ihn noch Besorgungen machen musste.«

»Ich bin nicht blöd, Marius.«

Marius hielt ihrem Blick stand. Etwas in seinem Gesichtsausdruck verschob sich. Da hatte sie wohl ins Schwarze getroffen. Aber anstatt sich zu erklären, wurde er wütend.

»Jetzt mal im Ernst, Lena«, zischte er. »Du musst aufhören, dich in der Öffentlichkeit so aufzuführen. Wie gestern Abend im *Saphirblau*. Das ging gar nicht. Diese Frau …«

Marius hatte vielleicht Nerven, das jetzt ihr in die Schuhe zu schieben.

»Diese Polizistin hat mich nur angesprochen, weil *du* versucht hast, mich einzuschüchtern. Ich hab die Situation *gerettet*!«

»Wenn du dich nicht so querstellen würdest, hätten wir das Problem gar nicht erst gehabt.«

Sie wollte sich nicht querstellen. Aber jetzt, wo die Leichen gefunden worden waren und die Polizei ermittelte, hatte sie Angst um ihre Sicherheit. Genau wie Schmitt. Sie wollte nicht noch mal in ihrem Leben den Halt verlieren. Aber das verstand Marius nicht.

»Ich sag es dir jetzt noch einmal, Lena: Wir machen weiter! Du weißt, dass wir ihn unterstützen müssen. Seine Vision ist so viel größer als jeder von uns. Und gerade jetzt müssen wir zusammenhalten. Versprich mir bitte, dass du nicht querschießt.«

Sein besorgter Blick überraschte Lena.

»Ich liebe dich, okay? Bitte sei nicht dumm.«

War das sein Ernst?

Das war das erste Mal, dass ihr jemand anderes als ihr Vater gesagt hatte, dass er sie liebte. Und dann war der zweite Satz »Bitte sei nicht dumm«.

Lena wusste nicht, was sie darauf antworten sollte. Also fakte sie ein Lächeln.

»Na gut, ich verspreche es. Ich werde nichts mehr sagen.«

Marius ließ erleichtert die Schultern sinken, und als er sie diesmal küssen wollte, ließ sie es zu.

»Ich muss dann jetzt los zu Algebra.«

Lena nickte.

»Danke für den Kaffee.«

Als er um die Ecke gebogen war, blieb sie noch lange stehen, während sich die anderen Studierenden den Weg um sie herum bahnten wie Fische um einen Felsbrocken im Fluss.

Unbewusst berührte sie ihren Oberschenkel. Sie trug die gleiche Hose wie gestern, und obwohl es nicht echt war, spürte sie, wie sie etwas pikste. Die Visitenkarte. Lena zog sie aus ihrer Hosentasche und las den Namen der Frau, die ihr Hilfe angeboten hatte. Nova Winter.

Kapitel 46

Nils Brenner lehnte sich in seinem Stuhl zurück und verschränkte die Arme, den Blick auf das Tablet gerichtet.

Der Clip, in dem er Sex mit Milla Jankowski hatte, lief in Zimmerlautstärke. Brenner verfolgte das Video mit mittlerem Interesse. An einer Stelle legte er den Kopf schief, als würde er sich fragen, wie sie jetzt in diese Stellung gekommen waren.

Magnus saß ihm schräg gegenüber, sodass er seine Haltung gut im Blick hatte. Er hatte sich mit Jakob Krohn darauf geeinigt, dass er die Vernehmung beobachten würde, während Krohn die Führung übernahm. Der stand noch einen Moment mit verschränkten Armen da, ehe er das Video stoppte und die Aktion auf dem Screen zu einem bizarren Standbild gefror.

Brenner sah zu Krohn auf.

»Und jetzt? Ich habe mich beim Sex gefilmt, ja. Und ihr Weirdos habt euch jetzt jeden einzelnen Clip angeschaut? Es gibt so was wie Pornhub, das wisst ihr schon, oder?«

»Sicher, dass Sie keinen Rechtsbeistand wollen?«

Brenner schnaubte verächtlich.

Seine arrogante Art ging Krohn schon seit dem Moment, als er hier reingekommen war, gegen den Strich, das konnte Magnus an seinem verkrampften Unterkiefer sehen. Er setzte sich Brenner gegenüber und sprach mit fester, souveräner Stimme.

»Gestern wollten Sie nichts von einem Sexvideo mit Milla wissen.«

Brenner atmete angestrengt durch.

»Ja, ich habe gelogen. Ich stehe in der Öffentlichkeit und habe einen Ruf zu verlieren, was hätten Sie denn an meiner Stelle gemacht?«

»Eine Zeugin hat ausgesagt, dass Sie Milla bedroht haben, als sie die Videos auf Ihrem Rechner entdeckt hat. Was sagen Sie dazu?«

Brenner presste die Lippen zusammen und schwieg zunächst. Magnus konnte sich gut vorstellen, dass Brenner mit dem Leugnen der Videos versucht hatte, ein mögliches Motiv zu vertuschen. Es ging ihm um seinen Ruf, das sagte er ja selbst. Und nachdem Milla das Video entdeckt hatte, war dieser in Gefahr …

»Ich habe Sie gebeten, die Sache vertraulich zu behandeln«, erklärte Brenner nun, darum bemüht, die Fassung zu wahren.

»Und hat sie sich von dieser ›Bitte‹ abschrecken lassen?«

Brenner funkelte Krohn an. Magnus konnte die Wut in ihm aufsteigen sehen.

»Sie glauben, dass ich Milla umgebracht habe, damit sie nicht verrät, dass ich sie heimlich beim Sex gefilmt habe?«

Krohn schwieg, was Brenner zum Überkochen brachte.

»Nein, verdammt! Ja, okay, ich habe ihr gedroht. Aber die Kleine war so eingeschüchtert, da musste ich gar nicht mehr machen. Und dann ist sie ja sowieso nach Barcelona abgezischt – dachte ich zumindest. Für mich war die Sache damit erledigt.«

Krohn lehnte sich ein Stück vor.

»Wissen Sie, ich finde Ihre Geschichte ja gar nicht so abwegig. Das Ding ist nur, dass wir in den Dateien auch ein Video von Ihnen mit Anna Menden gefunden haben. Und die ist spurlos verschwunden. Fürs Protokoll: Wenn Sie jetzt mit uns kooperieren, wird sich das in jedem Fall strafmindernd für Sie auswirken.«

Brenner sah an die Decke, als würde er ein Stoßgebet zum Himmel schicken, sagte aber zunächst nichts.

»Das ist doch schon ein ziemlich komischer Zufall. Und auch in Anna Mendens Fall haben Sie uns angelogen.«

»Und das aus dem gleichen Grund wie bei Milla«, warf Brenner ein. »Mein Ruf. Mal davon abgesehen, dass es keinen was angeht, mit wem ich ins Bett gehe: Anna wird vermisst, und ich hab sicher keine Lust, in irgendwelche Ermittlungen reingezogen zu werden.«

»Gleichzeitig machen Sie Anna in Ihrem Podcast zum Thema.«

»Weil die Polizei in ihrem Fall nichts erreicht hat! Oder soll ich sagen, weil es sie nach einer gewissen Zeit nicht mehr interessiert hat? Ist doch scheißegal, ob ich mit Anna im Bett war oder nicht. Ich setze mich dafür ein, dass sie gefunden wird!«

Magnus betrachtete Brenner, der die Beine jetzt breiter aufstellte. Krohn blieb unbeeindruckt.

»Sie wollen also nicht in Ermittlungen hineingezogen werden, tauchen aber auf der Pressekonferenz auf und ziehen mit Ihren Fragen die ganze Aufmerksamkeit auf sich?«

Ein Grinsen huschte über Brenners Gesicht.

»Ein einfacher Weg, über den aktuellen Stand der Ermittlungen auf dem Laufenden gehalten zu werden. Ich will meine Hörer ja auch weiterhin exklusiv mit Stoff versorgen.«

»Haben Sie etwas mit Milla Jankowskis Tod zu tun?«

»Nein, wie oft denn noch!«

Er sah auf die Uhr.

»Und ganz offensichtlich haben Sie ja auch keine weiteren Indizien. Die Videos beweisen doch gar nichts.«

Er stand auf. Krohn trat ihm entgegen.

»Oh, das sehen Sie falsch, Herr Brenner. Wir sind noch nicht fertig. Sie können es sich hier gemütlich machen. Wir fangen gleich noch mal von vorne an.«

Brenner wollte gerade protestieren, da klopfte es, und sie wurden von Yeliz unterbrochen. Es brauchte nur einen Blick, und Magnus verstand, dass es dringend war.

»Wir haben da etwas, das ihr euch ansehen solltet.«

Kapitel 47

Das Foto war aus dem Hintergrund aufgenommen worden. Eine junge Frau band an einem Arbeitstisch stehend Blumen zu einem Strauß zusammen. Dabei hielt sie den Blick gesenkt, unter ihrer Mütze ragten schwarze Haarspitzen hervor.

»Dieses Foto ist fünf Tage alt«, sagte Sergio. Der IT-Experte verwies auf sein Tablet, das auf dem Tisch in dem kleinen Raum stand, aus dem Nova und Yeliz Brenners Befragung über einen Monitor mitverfolgt hatten.

Auf den ersten Blick wusste Jakob nicht, worauf Sergio hinauswollte, aber dann zoomte der ins Bild hinein und zog ein anderes Foto zum Vergleich daneben.

Neben ihm sog Nova die Luft ein. Wenn man es nicht wusste, erkannte man sie nicht sofort. Aber die Wangenknochen und der Mund ... Die etwas schmalere Unterlippe.

»Als ich das Tattoo gesehen habe, bin ich stutzig geworden«, sagte Sergio und deutete auf das Vermisstenfoto, auf dem Anna ihr Kinn auf der Hand abstützte. Drei kleine Sterne waren auf ihr Handgelenk tätowiert. Auf dem zweiten Foto lugten zwei dieser Sterne unter dem Bund ihres Pullovers hervor.

Das war Anna Menden. Sie lebte.

Da platzte Jakob der Kragen. »Wie lange?«, presste er hervor, und Sergio verstand sofort, was er meinte.

»Das Foto ist seit vorgestern auf Brenners Rechner.«

Kapitel 48

»Sie wussten die ganze Zeit, dass Anna Menden lebt.«

Krohn legte das ausgedruckte Foto auf den Tisch und schob es Brenner hinüber. Magnus war Krohn zurück ins Vernehmungszimmer gefolgt und setzte sich gelassen auf seinen Stuhl. Das dürfte interessant werden.

Brenner fixierte ihn einen Moment, ehe er den Blick senkte. Ein Aufflammen in seinen Augen, ein Zucken im Mundwinkel.

»Die Kriminaltechnik hat es auf Ihrem Rechner sichergestellt. Damit mussten Sie doch rechnen.«

Brenner seufzte, als er aufsah. Seine Haltung war mit einem Schlag weicher, er lehnte sich ein paar Zentimeter vor.

»Na, dann können Sie ja zumindest den Punkt ›Brenner hat Anna getötet‹ von Ihrer Liste streichen.«

Er grinste schief, klang jetzt eher resigniert und nicht mehr arrogant. Sein ganzer Ton hatte sich geändert, als spräche er die ersten ehrlichen Worte.

»Woher haben Sie das Foto?«

»Hat mir eine Hörerin geschickt. Sie hat meinen Podcast verfolgt und glaubt, Anna erkannt zu haben. Leider ist das Foto von schlechter Qualität. Ich war mir nicht sicher, ob es wirklich Anna ist.«

»Wo wurde es aufgenommen?«

»Keine Ahnung.« Er neigte den Kopf, wurde jetzt doch noch einmal frech.

»Das Foto wurde Ihnen vor zwei Tagen geschickt, und Sie sind der Sache nicht nachgegangen?«

Brenner zuckte mit den Schultern.

»Vielleicht mache ich jetzt doch von meinem Recht zu schweigen Gebrauch.«

Krohn blieb gelassen.

»Das können Sie natürlich tun. Ich weise Sie nur darauf hin, dass Sie Beweismittel unterschlagen haben und dass es sich positiv für Sie auswirken würde, wenn Sie jetzt mit uns kooperieren – auch was spätere Pressemitteilungen betrifft.«

Brenner presste die Handflächen auf die Tischplatte. Er hatte sehr wohl verstanden, worauf Krohn anspielte. Darauf, dass sein Ruf ganz schnell ruiniert wäre, wenn nach außen drang, dass er als Verdächtiger im Fall der Waldmorde galt und sich der Polizei verschloss.

Momente später brach er endgültig.

»Ja, Mann! Ist ja schon gut! Das Foto stammt aus Bruchsal. Irgendein Blumenladen. Ich kann noch mal nachschauen, wie der genau hieß. Ich wollte heute eigentlich hinfahren ...«

»Danke, das werden wir dann für Sie übernehmen.«

Krohn stand auf.

Brenner hielt ihn zurück.

»Wie wäre es mit einem Deal? Ich gebe Ihnen die Adresse. Im Gegenzug fahre ich mit nach Bruchsal und berichte vor Ort. Schließlich hat sich die Frau ja auch bei mir gemeldet.«

Das würde ihm so passen. Magnus konnte sich nicht dagegen wehren. Ein wenig amüsierte ihn diese Dreistigkeit. Wie Brenner dastand, Krohn jovial zulächelte und tatsächlich glaubte, noch etwas für sich herausschlagen zu können.

»Das geht leider nicht. Sie warten hier, bis wir der Sache nachgegangen sind.«

Brenners Faust krampfte sich zusammen, und in seinen Augen stieg wieder die Wut auf.

»Ihr wollt jetzt einfach so die Früchte meiner Arbeit ernten, oder was?«, spie er aus. Aber da war Krohn schon aus dem Zimmer.

Kapitel 49

Es nieselte, als Lena die enge Straße zu seinem Haus entlanglief. Sie zog ihre Kapuze zurecht und beschleunigte ihren Schritt.

Von der Uni war es nur ein Katzensprung gewesen. Sie war nach Süden gegangen, hatte vor dem Schlossbergtunnel die Straße überquert, war mal rechts, mal links abgebogen und weiter den Berg hinaufgestiegen. Hier standen hübsche Altbauten, Mehrfamilienhäuser mit Sprossenfenstern und stuckverzierten Fassaden.

Die Nummer 18 war in Terracotta gestrichen, mit beigefarbenen Fenstergewänden und einer dunklen Holztür, darüber ein verziertes Oberlicht aus grünem Glas. Sie fand seinen Namen auf dem Klingelschild und wollte gerade drücken, als sich die Tür öffnete. Ein Grundschulkind mit Sporttasche hüpfte heraus und lief davon, ohne Lena zu beachten. Lena fing die Tür auf und trat ein.

Das Treppenhaus begann als langer, schlauchartiger Flur. Lenas Blick ging sofort nach oben zu dem Kronleuchter, der von einer Stuckrosette herabbaumelte und das Treppenhaus in warmes Licht tauchte. Der Boden war im Schachbrett gefliest. Es roch nach Staub und altem Holz. Lena stieg die Holztreppe hinauf. Im zweiten Stock stand sein Name auf einem kleinen Messingschild neben der Tür. Die Wohnung musste riesig sein – es befand sich auf jeder Etage nur eine Einheit. Durch den Spion sah Lena, dass drinnen Licht brannte. Ihr Finger schwebte über dem Klingelknopf, dann ließ sie die Hand sinken. Für ein paar Momente stand sie einfach nur da und spürte, wie ihre Knie weich wurden. Hatte sie sich das wirklich gut überlegt? Was sie vorhatte, war riskant. Wenn sie jetzt einfach umdrehte ... Aber Lena zwang sich zu bleiben. Sie musste es versuchen. Wenn nicht sie, wer dann? Keiner hatte den Mut. Und ihr Plan war gut. Sie würde ihn allein treffen, in privatem Rahmen. Sie konnten von Angesicht zu Angesicht reden. Niemand würde sein Gesicht verlieren.

Ihr Zeigefinger berührte sanft den Messingknopf. Dann klingelte sie. Während es durch die Wohnung schrillte, lief eine Woge der Aufregung durch ihren Körper. Drinnen regte sich nichts. Doch dann, Schritte. Sie näherten sich der Tür.

»Hallo?«

Er war an die Sprechanlage gegangen. Lena klopfte mit dem Fingerknöchel gegen die Wohnungstür.

»Hier draußen.«

Ein kurzer Moment Stille, ehe der helle Lichtpunkt im Türspion erlosch. Sie spürte seinen Blick auf sich, trat aber dennoch einen Schritt zurück, damit er sie besser sehen konnte.

»Ich bin es, Lena.«

Wieder Stille. Dann erklang ein metallisches Knacken, als würde er ein Schloss entriegeln. Die Tür wurde nach innen aufgezogen. Jetzt stand er vor ihr. In Filzpantoffeln und einer schwarzen Hose, darüber ein moosgrüner Kaschmirpullover.

Ganz langsam erschien ein Lächeln auf seinem Gesicht. Wenn er sich darüber ärgerte, dass sie ohne Ankündigung bei ihm zu Hause aufkreuzte, zeigte er es nicht. Er schien schlicht überrascht.

»Lena, was machst du denn hier?«

»Ich, ähm, ich wollte mal in Ruhe mit dir reden.«

Fast augenblicklich trat er einen Schritt zurück.

»Alles in Ordnung? Komm doch rein!«

Sie streifte ihre Schuhsohlen auf der Fußmatte ab und trat ein. Er schloss die Tür hinter ihr. Als er sich wieder an ihr vorbeischob, stieg ihr sein Parfum in die Nase. Mit einem Mal fühlte sie sich wie ein Eindringling, hatte das Gefühl, hier nicht hinzugehören. Ein Rückzieher kam trotzdem nicht infrage. Also wandte sie sich ihm zu, lächelte offen.

»Tut mir leid, wenn ich einfach so hier aufkreuze.«

Sie sah in seine hellen grünen Augen, die ihr schon immer Rätsel aufgaben. Augen seien die Fenster zur Seele, hatte sie mal irgendwo gelesen. Seine Augen waren wie ein schmiedeeisernes Tor, hinter dem sich alles Mögliche abspielen konnte.

Er winkte ab.

»Ach, Unsinn, du bist immer willkommen. Nur leider bin ich nicht auf Besuch eingestellt. Entschuldige also, wenn es etwas unordentlich ist.«

Lena folgte ihm durch einen langen Flur in ein aufgeräumtes Wohnzimmer. Sie musste sich ein Lächeln verkneifen. So blitzblank war ihre eigene Wohnung selten gewesen.

»Setz dich doch«, bat er sie, wobei er auf ein großes Sofa mit dunkelgrünem Stoffbezug wies. Lena kannte die Marke nicht, schätzte aber, dass es sich um Designerware handelte.

Die Wand gegenüber war ein gigantisches Bücherregal, die Regelbretter aus massivem dunklem Holz. Auch hier herrschte Ordnung bis ins Detail. Die Bücher waren fein säuberlich einsortiert und standen auf Kante. Nirgendwo lag ein Buch quer, so wie bei ihr zu Hause.

»Ich hole uns schnell was zu trinken. Was kann ich dir anbieten? Tee? Wein?«

»Ein Wasser reicht mir.«

Der Mentor nickte und verschwand in ein Zimmer auf der anderen Seite des Flurs. Nur Momente später hörte Lena Gläserklappern und Wasser rauschen.

Sie sah sich um. Es gab keinen Fernseher in dem Raum, nur Bücher und einen Plattenspieler. Über dem Eames Chair in der Ecke hing eine zusammengelegte Wolldecke. Vor ihr ein Bildband von Heidelberg auf dem gläsernen Couchtisch.

Sie berührte den Buchdeckel und klappte ihn auf. Eine Panoramaaufnahme des Schlosses. Sie klappte das Buch wieder zu und hob den Blick. In diesem Raum befanden sich keinerlei persönliche Gegenstände. Keine Fotos oder Bilder an den Wänden. Keine Notizbücher oder Postkarten. Irgendwie kam ihr das hier vor wie ein Empfangsraum oder wie das Wohnzimmer einer Airbnb-Wohnung.

»Ich habe mir schnell einen Tee gemacht, verzeih, dass du warten musstest.«

Er kam zurück und stellte ein Tablett mit einer Teekanne, einer Tasse und einem Glas Wasser auf dem Couchtisch ab. Dann goss er sich dampfenden Tee ein und setzte sich ihr gegenüber in einen Sessel, von wo er sie durchdringend ansah.

»Also?« Sein Blick legte sich auf ihr Gesicht und sank in ihre Augen. »Was gibt es?«

»Ich bin hier, weil ich mir Sorgen mache«, begann Lena, bemerkte aber sofort ihre brüchige Stimme. Einen Schluck Wasser später zog sie die Visitenkarte der Polizistin aus ihrer Tasche und reichte sie ihm. Er nahm sie mit spitzen Fingern entgegen.

»Diese Polizistin war gestern bei der Trauerfeier im *Saphirblau*, hat dort herumgeschnüffelt und auch das Personal befragt. Es ging wohl um Schmitt. Ich hab die Barkeeperin danach mit jemandem reden hören, weiß aber nichts Genaues.«

Lena zögerte einen Moment, entschied sich dann aber, nicht

zu erwähnen, wieso die Polizistin sie angesprochen hatte. Der Streit mit Marius.

Der Mentor zog die Stirn in Falten und las: »Nova Winter, LKA München.«

Lena beobachtete sein Gesicht, konnte aber wie auch sonst nicht ausmachen, was er dachte.

»Ich wollte, dass du es weißt. Und vielleicht ...«

Ihr Herz begann heftig zu klopfen. Er sah auf und lächelte sie an.

»Was denn? Sag es ruhig.«

»Ich, ich weiß, dass wir uns jetzt beweisen müssen ...!«, setzte sie an.

»Aber es ist schwer, ja, das verstehe ich.«

Er lächelte immer noch, legte die Karte vor sich auf den Couchtisch.

»Lena, du bist wahnsinnig stark, ich danke dir, dass du hergekommen bist, um mir das mitzuteilen. Keine Angst, es ist alles bereits geregelt.«

Bereits geregelt? Sie spürte, wie ihre Kehle trockener wurde. Sie musste noch etwas trinken.

Als sie das Glas wieder abstellte, entdeckte sie das Foto. Es stand in der untersten Reihe des Bücherregals, in der rechten Ecke. Ein Junge im Teenageralter und ein älterer Mann posierten vor einem Hochsitz im Wald.

»Das ist ein ganz altes Foto.«

Lena sah auf, fühlte sich ertappt. Der Mentor war ihrem Blick gefolgt.

»Das bin ich mit meinem Vater, mit meinem Adoptivvater besser gesagt.«

Er stand auf, holte den Bilderrahmen aus dem Regal und setzte sich neben Lena auf das Sofa.

»Das haben wir gemeinsam, oder? Dein Vater war ebenfalls passionierter Jäger.«

Erinnerungen brachen über Lena herein. Sie und ihr Vater im Morgengrauen auf dem Hochsitz. Das Gras glänzt vom Tau. Bis auf das Zwitschern der Vögel ist es still, dann knackt es im Gehölz. Eine Rehkuh tritt auf die Lichtung. Sie sehen ihr ein paar Minuten beim Grasen zu.

»Alles in Ordnung?«

Lena tauchte aus ihrer Erinnerung auf. Zu ihrer Überraschung hatte sie diesmal nicht so wehgetan wie gewöhnlich. Es war beinahe okay gewesen.

»Ja, Jagen war unser gemeinsames Ding. Er hat mich oft mitgenommen. Meine Brüder nicht, die hat das nicht interessiert. Außerdem wollten sie am Wochenende lieber ausschlafen. Wir sind samstags aufgestanden, wenn es noch dunkel war, und waren dann bei Dämmerung vor Ort. Ich konnte schießen, noch bevor ich 12 war. Besser als meine Brüder. Das fanden die natürlich nicht witzig.«

Als Lena aufsah, fingen sie beide gleichzeitig an zu lachen.

Kapitel 50

Der Mentor beobachtete Lenas Lachen genau. Jetzt war es gelöst und echt, das konnte er sehen. Bei der Sache mit der Visitenkarte hatte sie ihm jedoch etwas verschwiegen. Er hielt Lena für eine der Stärksten ihrer Gruppe. Bisher hatte er bei ihr nur Klarheit und nie einen Zweifel gesehen.

War das immer noch so? Für einen Moment ließ er sich von Lenas Geschichte ablenken, lauschte ihren Worten und sah sich selbst, wie sein Adoptivvater ihn mit auf die Jagd genommen hatte. Das einzig Brauchbare, was diese Familie zu bieten hatte. Nun ja, fast. Die Kenntnisse über die Jagd und den leichten Zugang zu Medikamenten. Opiaten, um genau zu sein. Er hatte von allem Gebrauch gemacht, was ihm nutzte. Was nur fair war.

Ihm gegenüber leerte Lena ihr Glas.

»Hast du noch etwas auf dem Herzen?«, fragte er und studierte dabei ihr Gesicht. In ihren Augen lag ein Funke Unsicherheit. Doch sie schüttelte den Kopf, sah ihn fest an.

»Nein, alles in Ordnung. Ich vertraue dir. Ich wollte nur, dass du alles weißt.«

»Ich danke dir sehr, dass du gekommen bist.«

Sie sahen sich noch einen Moment in die Augen, dann stand Lena auf. Er half ihr in den Mantel. Kein billiges Fabrikat, was ihm schon bei der ersten Berührung angenehm auffiel. Er begleitete sie zum Ausgang.

»Denk daran, dass du jederzeit mit mir sprechen kannst.«

Er öffnete ihr die Tür und legte ihr eine Hand auf die Schulter. Sie lächelte.

»Ich weiß, vielen Dank.«

Als er die Tür hinter ihr geschlossen hatte, verharrte er noch einen Augenblick.

Durch den Türspion sah er, wie sie sich noch einmal umdrehte. Es war, als würde sie ihm durch den Spion tief in die Augen sehen. Dann ging sie die Treppe hinunter. Kurz darauf begann die Deckenbeleuchtung zu flackern. Das Licht im Treppenhaus erlosch. Der Mentor legte den Kopf schief, noch immer unsicher, was er mit dieser Begegnung anfangen sollte. Hatte er ihre Zweifel ausgeräumt?

Langsam ging er zurück in den Salon, stellte Gläser und Tasse zurück auf das Tablett. Da fiel es ihm auf. Er begann den Boden abzusuchen, hob das Tablett hoch, sah unter das Sofa. Aber die Visitenkarte, die eben noch auf dem Tisch gelegen hatte, war verschwunden. Lena hatte sie mitgenommen.

In ihm wurde es dunkel.

Kapitel 51

»Darauf muss man erst mal kommen. Ein vermisstes Mädchen wiedererkennen und dann nicht die Polizei informieren, sondern einen Podcaster!«

Yeliz warf die Autotür schwungvoll zu. Nach einer halben Stunde Fahrt waren sie in Bruchsal angekommen. Sie parkten abseits des Stadtkerns in einer Gegend, in der sich hauptsächlich Bürogebäude und mittlere Betriebe befanden. Nova sah eine Schreinerei, eine Autowerkstatt …

»Bist du dir sicher, dass wir hier richtig sind?«, fragte Nova, aber da deutete Yeliz schon auf das Schild neben einem geschlossenen eisernen Hoftor.

»Blumenhaus Georg, da steht es doch.«

Das Tor führte sie in einen Innenhof, der mit Oliven- und Feigenbäumen bepflanzt war. Dazwischen standen runde Tische und Stühle. Eine ältere Frau hatte ihre Einkäufe auf einem Stuhl neben sich abgestellt und trank mit hochgeschlossener Jacke eine Tasse dampfenden Tee.

In dem Blumenladen roch es nach frisch geschnittenen Pflanzen und feuchter Erde. Nova warf einen letzten Blick auf Annas Vermisstenfoto und die Aufnahme, die die Zeugin Nils Brenner hatte zukommen lassen. Anna hatte sich die Haare gefärbt, war nicht mehr rothaarig, sondern brünett oder schwarzhaarig. So genau konnte sie das vom Foto her nicht beurteilen.

»Ich bin gleich für Sie da, schauen Sie sich gern um«, rief ihnen eine Frau um die fünfzig entgegen, die gerade Schnittblumen für einen Strauß zusammensuchte.

Dunkler Kurzhaarschnitt, Lachfältchen neben den Augen. Sehnige Finger und kräftige Hände. Sie hielt dem Mann neben ihr das Gebinde hin.

»So in Ordnung?«

Nova ließ ihren Blick durch den Laden schweifen. Am anderen Ende des Raums räumte ein älterer Mitarbeiter Topfpflanzen in ein Regal, während er einer Kundin erklärte, wie sie ihre Orchideen winterfest machte.

Hinter der Theke war ein junger Mann damit beschäftigt, einen Strauß in dunkelgrünes Papier einzuwickeln. Dann kassierte er seinen Kunden ab.

Keine Spur von Anna.

»Vielleicht arbeitet sie heute nicht«, vermutete Nova. Yeliz warf einen Blick durch die Glaswand in den Hof.

»Oder wir sind im falschen Laden. Die haben mehrere Filialen.«

Nova betrachtete das Foto auf ihrem Handy erneut.

»Aber die Theke, sie sieht …«

Sie kam nicht dazu, weiterzusprechen, da sie plötzlich Yeliz' Hand auf ihrem Unterarm spürte. Eine junge Frau war durch die Tür getreten, die hinter der Theke in einen Lagerraum führte. Sie trug eine dunkelrote Wollmütze, ihre schwarzen Haare berührten gerade so ihre Schultern.

Sie wandte sich dem jungen Mann an der Kasse zu, reichte ihm einen frisch gebundenen Türkranz. Dabei rutschte der Ärmel ihres Longsleeves ein paar Zentimeter hoch und entblößte ihr Handgelenk. Drei kleine Sterne.

Der Mitarbeiter nahm den Kranz unter die Lupe.

»Hier kannst du noch straffer ziehen«, sagte er und deutete auf eine Stelle. »Und wie wäre es mit ein bisschen Orange? Wir brauchen noch einen Farbtupfer.«

Er sah sich suchend in dem Bereich hinter sich um, einer Arbeitsstation mit jeder Menge Dekomaterial.

»Hier!«

Er schnappte sich einen getrockneten Zweig, der leuchtend orangene Blüten trug, die aussahen wie kleine Laternen.

»Versuch es hiermit!«

Die junge Frau lächelte. »Super Idee!«

Nova und Yeliz waren sich ohne Worte einig. Das war Anna. Während sie den Zweig entgegennahm, trat Yeliz ein paar Schritte auf sie zu.

»Der ist ja wunderschön!«

Anna sah auf. Ein scheues Lächeln erschien auf ihrem Gesicht.

»Ja, na ja, ich übe noch. Wenn Ihnen die Kränze gefallen, haben wir dort vorne eine ganze Auswahl.« Sie deutete auf einen Tisch am Eingang, auf dem eine ganze Wagenladung Kränze drapiert war.

»Von herbstlich bis weihnachtlich ist alles dabei. Wir können natürlich auch individuell etwas für Sie anfertigen.«

Anna lächelte erneut, als sie ihren Spruch zu Ende aufgesagt hatte. Ihr Kollege hatte inzwischen einen Anruf entgegengenommen und beachtete das Gespräch nicht weiter.

Yeliz lächelte zurück.

»Deswegen sind wir eigentlich gar nicht hier. Wir würden gerne kurz mit Ihnen sprechen.«

Yeliz machte eine Geste Richtung Nova. »Das ist meine Kollegin Nova Winter, und ich bin Yeliz Demir. Wir kommen von der Polizei in Heidelberg.«

Mit einem Mal wich alle Farbe aus Annas ohnehin schon blassem Gesicht. Hinter ihren Augen rasten die Gedanken. Sie presste die Lippen zusammen, ehe sie sich wieder entspannte und das Gewicht von einem Bein auf das andere verlagerte. Sie versuchte krampfhaft, sich nichts anmerken zu lassen. Irgendwie lässig und unauffällig zu reagieren, nur gelang es ihr überhaupt nicht. In ihren Augen stand der blanke Schock, als sie betont gleichgültig fragte: »Geht es um den Laden? Dann hole ich meine Chefin ...«

Yeliz schüttelte den Kopf, ließ Anna dabei nicht aus den Augen.

»Nein, es geht um Sie. Sie sind Anna Menden, oder?«

Jetzt floss ihr die Panik förmlich aus den Augen. Sie schluckte mehrfach, was nicht verhindern konnte, dass ihre Stimme zu zittern begann.

»Nein, das tut mir leid, da muss eine Verwechslung vorliegen. Ich heiße Vicky.«

Yeliz sah in Richtung Hof. »Können wir irgendwo in Ruhe reden? Vielleicht draußen, an einem der Tische?«

Anna blieb felsenfest stehen.

»Wie gesagt, Sie verwechseln mich.«

Nova zögerte, sie wollte Yeliz nicht schon wieder reingrätschen. Aber so kamen sie hier nicht weiter.

»Wir können dieses Spiel jetzt noch ewig spielen, aber ich habe gerade die Tattoos an Ihrem Handgelenk gesehen. Sie heißen Anna Menden, Sie werden seit sechs Monaten vermisst. Ihre Familie in Heidelberg macht sich schreckliche Sorgen um Sie.«

»Ich habe gestern Morgen Ihre Mutter gesehen«, stieg Yeliz

214

nun mit ein. »Sie ist völlig aufgelöst an einem Leichenfundort aufgetaucht und dachte, Sie seien tot.«

Annas Lippen zitterten, in ihren Augen begann es zu glitzern. Sie wandte den Blick ab, sah für zwei, drei Sekunden zu Boden.

»Ich, ich weiß wirklich nicht, was das hier soll. Hören Sie bitte auf, mich zu belästigen.«

»Kann ich helfen?«

Die Frau, die sie begrüßt hatte, trat neben Anna. Genau genommen trat sie vor sie. Ihre Schulter schob sich sanft vor Anna.

»Lavinia Georg mein Name, mir gehört der Laden.«

Nova wollte gerade ansetzen, da ergriff Anna die Chance und lief in Richtung Hinterraum davon. Nova widerstand dem ersten Impuls, ihr zu folgen. »Gibt es dort hinten einen Ausgang?«

Lavinia Georg schüttelte den Kopf. Sie verwies auf die Tür, durch die sie hereingekommen waren.

»Das ist der Haupteingang. Der Notausgang ist dort drüben bei den Toiletten.«

Sie zeigte in die andere Richtung, ließ dann den Arm sinken und legte die Stirn in Falten.

»Was ist denn los? Hat Vicky Probleme?«

Yeliz stellte sich und Nova erneut vor und zeigte der Frau Annas Vermisstenfoto.

»Vicky ist nicht ihr richtiger Name. Sie heißt eigentlich Anna Menden und gilt seit sechs Monaten in Heidelberg als vermisst. Womöglich hat sie Informationen zu einer aktuellen Mordserie.«

»Die Waldmorde?«

Lavinia Georg riss die Augen auf.

»Das ist ja gerade überall in den Nachrichten.«

Während Yeliz das bestätigte, drehte sich die Frau um.

»Henry, guckst du bitte mal nach Vicky?«

Der junge Mann, der eben noch telefoniert hatte, verschwand sofort im Lager.

»Mein Sohn ...«, erklärte sie dann. Als der letzte Kunde den Laden verlassen hatte, zog sie sie ins Vertrauen.

»Vicky arbeitet seit zwei Monaten für mich. Ich wusste immer, dass sie vor irgendwas weggelaufen ist. Ich arbeite ehrenamtlich in einem Frauenhaus und habe sie dort vor ein paar Monaten kennengelernt. Sie ist ein gutes Mädchen und so jung. Ich hab mich verpflichtet gefühlt, ihr zu helfen. Mit der Polizei sprechen wollte sie auf gar keinen Fall. Also hab ich ihr einen Job gegeben, ohne groß Fragen zu stellen. Ich dachte, irgendwann wird sie schon mit der Sprache rausrücken und erzählen, was ihr passiert ist.«

»Wie war das denn, als sie zu Ihnen ins Frauenhaus gekommen ist?«

Lavinia Georg atmete tief durch.

»Sie kam mit schweren, notdürftig versorgten Verletzungen. Stichverletzungen im Bauch und in den Oberschenkeln. Wir wollten wie gesagt die Polizei rufen, aber sie hat sich mit Händen und Füßen dagegen gewehrt. Und na ja, wir wollten um jeden Preis verhindern, dass sie wegläuft und ihr dann vielleicht etwas noch Schlimmeres passiert. Sie war in Panik. Ist ganz offensichtlich vor etwas davongelaufen.«

»Bitte gehen Sie einfach!«

Das war Anna. Sie war aus dem Hinterzimmer zurückgekommen, wischte sich fahrig die Tränen aus dem Gesicht.

»Das ist nicht gut, dass Sie hier sind. Das geht einfach gar nicht.«

»Wovor haben Sie denn Angst?«

Als Anna schwieg, versuchte Yeliz, auf sie einzuwirken. »Wir sind nicht hier, um Sie in Schwierigkeiten zu bringen. Wir brauchen Ihre Hilfe.«

Anna sah schweigend zu Boden, ihre Hände ballten sich zu Fäusten.

»Es sind gerade drei junge Frauen ermordet aufgefunden worden«, fuhr Nova fort. »Zwei davon Studentinnen. Sie haben doch auch studiert. Mathematik. Fiona hat Grundschullehramt studiert, Milla Englisch und Spanisch. Wir müssen ihren Mörder so schnell wie möglich finden, damit er nicht noch weitere Morde begeht.«

Anna verschränkte die Arme vor der Brust, griff so fest in ihre Oberarme, dass ihre Fingerknöchel weiß anliefen.

»Und was hat das mit mir zu tun?«

Ihre rechte Hand brach aus und rieb nervös ihren Nacken.

Das war ihr Zeichen. Nova musste den Vorstoß wagen.

»Wir glauben, dass Sie den Leuten, die den dreien das angetan haben, entkommen sind. Es gibt da eine Information, die wir bisher nicht an die Presse gegeben haben. Die Opfer wurden gekennzeichnet. Kann es sein, dass Sie eine Schnittverletzung im Nacken haben? Zwei vertikale Striche?«

Jetzt stiegen Anna die Tränen in die Augen. Lavinia Georg legte den Arm um sie, um sie zu stützen. Sie begann zu weinen.

»Ich kann das nicht, okay? Es geht nicht.«

»Wieso geht es nicht?«

Anna wand sich, kämpfte. Dann sah sie sie mit verweinten Augen an, in denen nichts als blanke Angst stand.

»Wenn ich etwas sage, dann holt er meine kleine Schwester.«

Kapitel 52

Nils Brenner lehnte sich vor und schlug einen versöhnlichen Ton an.

»Hören Sie, ich habe Ihnen jetzt alles gesagt, was ich weiß. Habe Ihnen den Kontakt zu der Frau ermöglicht, die glaubt, Anna gesehen zu haben.«

Wie gnädig.

Er rückte seine Brille zurecht.

»Glauben Sie ernsthaft, ich würde das tun, wenn ich etwas mit Annas Verschwinden oder den Mordfällen zu tun hätte? Hätten Sie dann nicht längst etwas auf meinen Geräten gefunden? Außer meinen privaten Videos?«

Jakob schwieg. Er lehnte sich zurück, sah auf sein Handy. Von ihm aus sollte Brenner sich ruhig noch ein bisschen an ihm abarbeiten. Der Typ konnte nicht mal für zehn Sekunden den Schnabel halten.

»Sind Ihre Kollegen schon in Bruchsal? Haben sie Anna gefunden?«

Sollte er Brenner einweihen? Gerade hatte Yeliz ihn auf den neuesten Stand gebracht. Sie hatten Anna gefunden. Traumatisiert und mit einer römischen II im Nacken. Mit zu großer Angst, um zurück nach Hause zu kommen. Jemand hatte sie derart eingeschüchtert, dass sie sich die letzten Monate in einer anderen Stadt versteckt hatte.

Jakob beschloss, Brenners Reaktion zu testen.

»Sie haben Sie gefunden, ja.«

Mit einem Mal saß Brenner kerzengerade auf seinem Stuhl, bis in die Haarspitzen gespannt.

»Im Ernst? Wie geht es ihr? Was sagt sie?«

Jakob sah keine Angst in seinem Blick oder seiner Haltung, keine Beunruhigung. Er schien erleichtert und wie elektrisiert.

»Da kann ich leider nicht weiter drauf eingehen.«

Brenner platzte vor Neugier. Er war scharf auf die nächste Story, das sah Jakob ihm an der Nasenspitze an. Wahrscheinlich träumte er schon davon zu titeln, dass er, der große Podcaster, den Vermisstenfall Anna Menden aufgeklärt hatte.

»Diese Information wird diesen Raum nicht verlassen«, sagte er. Brenner presste die Kiefer aufeinander, aber dann nickte er.

»Ich werde mich an die Regeln halten.«

»Das sollten Sie auch.«

Ein paar Sekunden herrschte Stille.

»Ich bin sehr froh, dass Anna gefunden wurde und sie nicht tot ist«, nahm Brenner das Gespräch wieder auf. »Sie haben ganz offensichtlich ein anderes Bild von mir. Aber ich bin im Grunde kein schlechter Typ. Gut, dass ich heimlich die Videos gemacht habe, war vielleicht nicht mein stärkster Moment. Und auch bei meinem Podcast gehe ich vielleicht etwas unorthodox vor. Mir geht es da aber immer nur um die Sache. Das Leichenfoto hätte ich natürlich trotzdem nicht posten dürfen.«

»Wer hat Ihnen das Foto geschickt?«

Darauf hatte auch die Kriminaltechnik bisher keine Antwort gefunden.

Brenner sah auf seine Hände, klopfte mit dem rechten Zeigefinger einen Takt auf die Tischplatte. Dann hob er den Kopf – und die Tür des Vernehmungsraums schwang auf.

Ein junger Mann im Anzug flog herein. Anwalt, das sah Jakob auf den ersten Blick. Aber wann hatte Brenner ihn rufen lassen? Gar nicht, das sagte zumindest Brenners Gesichtsausdruck. Er war ebenso überrascht wie Jakob.

»Du sagst ab jetzt nichts mehr!«, befahl der Anwalt, noch bevor Brenner etwas sagen konnte, und wandte sich dann an Jakob.

»Ich habe das bereits geklärt. Mein Mandant steht Ihnen nicht länger zur Verfügung.«

Jakob biss die Zähne zusammen. Er wusste, dass er nichts mehr ausrichten konnte. Brenners Alibis waren überprüft, er hatte sich schlussendlich doch kooperativ gezeigt, und sie hatten nichts gefunden, das den Verdacht gegen ihn erhärtete. Das Filmen der Mädchen war eine andere Geschichte.

Brenner war inzwischen aufgestanden. An der Tür hielt er inne.

»Wir haben dann ja alle offenen Fragen geklärt, denke ich.« Er lächelte Jakob an, gab sich weiterhin offen, zugetan.

»Wenn ich Ihnen noch irgendwie weiterhelfen kann mit meinen Ressourcen, lassen Sie es mich wissen.«

»Bleiben Sie in der Stadt«, sagte Jakob, woraufhin Brenner lässig die Schultern hob.

»Ich habe nichts anderes vor.«

Als er den Raum verlassen hatte, ließ sich Jakob auf seinen Stuhl sinken. Bevor er auch nur einen klaren Gedanken fassen konnte, meldete sich sein Handy. Er erkannte die Nummer. Sie kam aus der Rechtsmedizin. Als er dranging, meldete sich Professor Greta Henning und kam ohne Umschweife zum Thema.

»Wir haben hier den potenziellen Suizidenten, Jona Schmitt, von heute Morgen. Ihre Kollegin war vor Ort.«

»Ja, natürlich, ich erinnere mich.«

»Wir sind noch nicht mit der Obduktion durch, es gibt aber schon Erkenntnisse, die Sie interessieren dürften. Gerade kamen erste Ergebnisse der toxikologischen Untersuchung rein. Der Tote hatte Ketamin im Blut. Genau wie eure Nummer IV im Wald. Bei den zwei Fettwachsleichen konnte man das leider nicht mehr testen. Wie auch immer. Die Ergebnisse kamen beinahe zeitgleich, daher erst jetzt die Info. Wobei Jona Schmitts Dosis um einiges höher war. Die Toxikologie legt außerdem nahe, dass der junge Mann schon bewusstlos war, bevor er die Abgase eingeatmet hat.«

Sie machte eine kurze Pause.

»Heißt im Klartext: Er wäre nicht imstande gewesen, den Motor selbst anzustellen.«

Jakob wusste, was das bedeutete.

»Jemand hat ihn umgebracht, es aber als Suizid inszeniert.«

»Diese Art von Interpretationen sind Ihre Spezialität, aber ich würde mal sagen, die Fakten sprechen dafür.«

Kapitel 53

Nova betrachtete die Zeichnung in Annas Nacken. Zwei halb verunglückte Striche, mittlerweile vernarbt, aber immer noch gerötet.

Der Anblick ließ ihren Magen verkrampfen. Neben ihr setzte sich Yeliz gerade hin.

»Danke, Sie können die Haare wieder runternehmen.«

Anna legte den Arm zurück in ihren Schoß und wich Novas Blick aus.

»Wer ist *er*, Anna? Vor wem haben Sie Angst?«

Das Mädchen sah sich unsicher um. Sie waren inzwischen nach draußen umgezogen, saßen an der frischen Luft an einem der Tische im Hof. Lavinia Georg brachte Tee. Sie hatte den Laden kurzerhand für heute dichtgemacht.

»Ich weiß es nicht, ich kann mich nicht richtig erinnern. Das alles ist irgendwie nur noch verschwommen da. Manchmal wache ich nachts auf und weiß, dass ich davon geträumt habe. Mein Herz schlägt wie verrückt, und ich hab Panik. Aber ich erinnere mich nicht daran, was ich im Traum gesehen habe.«

»Woran erinnern Sie sich denn?«

Anna wand sich, Verzweiflung stand ihr ins Gesicht geschrieben.

»Ich weiß, dass ich angegriffen wurde, meine Verletzungen

und die Flashbacks, aber wie und was passiert ist, das weiß ich einfach nicht mehr ...«

»Okay. Eben haben Sie erwähnt, dass jemand Ihnen gedroht hat, Ihrer Schwester etwas anzutun. Was hat derjenige denn genau gesagt?«

»Ich habe seine Stimme noch im Kopf, aber nicht mehr den Wortlaut. Er hat so was gesagt wie: ›Lauf ruhig weg. Aber wenn du je wieder in Heidelberg auftauchst oder dich bei irgendjemandem meldest, dann holen wir deine kleine Schwester.‹«

Wir. Mehrere. Eine Gruppe. Damit bestätigte sie ihre bisherige Vermutung.

»Und dann bin ich losgelaufen. Auch daran erinnere ich mich nur noch verschwommen. Im Frauenhaus in Bruchsal hab ich Lavinia getroffen. Tut mir leid, aber mehr weiß ich einfach nicht.«

Nova nickte Anna beruhigend zu. »Das ist schon wirklich viel. Danke.«

Sie zog ihr Handy aus der Tasche, warf Yeliz einen kurzen Blick zu. Die nickte kaum merklich.

Nova öffnete ein Foto und schob ihr Handy zu Anna hinüber. Vielleicht würde sein Anblick eine Erinnerung bei ihr auslösen.

Anna betrachtete das Foto für einen Moment, ehe sie die Stirn in Falten zog.

»Nils?«, entfuhr es ihr. Sie stutzte.

»Was hat er damit zu tun? Meinen Sie ...? Nein, er war es nicht, der mir gedroht hat. Das war nicht seine Stimme. Wie kommen Sie überhaupt darauf?«

Sie wand sich auf ihrem Stuhl, das Unbehagen war ihr anzusehen.

»Lavinia, es tut mir so leid, dass du jetzt den Laden ...«

Die Frau legte ihr eine Hand auf den Oberschenkel.

»Gar kein Problem, Kleine. Du hast was Schlimmes erlebt, das war uns ja von Anfang an klar. Wahrscheinlich war es so schlimm, dass dein Gehirn das alles vergessen musste. Zumindest den Großteil davon.«

Nova nickte ihr zu. »Ja, das kann tatsächlich sein. Nennt sich dissoziative Amnesie. Gedächtnisverlust, ausgelöst durch Trauma.«

Anna rutschte unruhig über ihren Stuhl. »Wieso fragen Sie nach Nils? Ist er ein Verdächtiger bei diesen Morden?«

»Nein, bisher nicht. Er hat in seinem Podcast über Ihr und Fionas Verschwinden berichtet. Er hat ausgesagt, dass er Sie mal nach Hause gefahren hat. Stimmt das?«

Anna nickte. »Er ist der Cousin einer Freundin. Ich hatte den Bus verpasst, dann kam er vorbei, und wir wohnen im gleichen Viertel.«

Sie schwieg. Schien zu überlegen, wie viel sie teilen wollte.

»Wir hatten was miteinander, aber er war cool zu mir.«

»Okay.«

»Er hat mich zu nichts gezwungen oder so. Falls Sie das jetzt denken wegen des Altersunterschieds. Er hat nie irgendwas gemacht, das ich nicht wollte.«

Nova und Yeliz warfen sich einen Blick zu. Stumm beschlossen sie, vorerst nicht zu erwähnen, dass Nils sie heimlich beim Sex gefilmt hatte, um Anna nicht noch mehr zu belasten.

Nova lehnte sich ein Stück vor.

»Und was haben Sie jetzt vor? Wollen Sie hier weiter unter falschem Namen leben und Ihre Familie nie wiedersehen?«

Anna stiegen erneut die Tränen in die Augen.

»Natürlich will ich meine Familie wiedersehen. Ich vermisse sie so. Alle, meine Eltern, meine kleine Schwester, meine Tante …

Aber ich kann meine Familie nicht in Gefahr bringen. Das geht auf gar keinen Fall.«

»Ich verstehe total, dass Sie Angst haben. Und für uns ist es auch am allerwichtigsten, dass Ihnen und Ihrer Familie nichts passiert. Dafür werden wir sorgen.«

Als Anna nichts einwandte, fuhr Nova fort.

»Sie haben vermutlich etwas erlebt, das ein Mensch schwer allein verarbeiten kann. Sie haben ja selbst von den Flashbacks und den Träumen berichtet. Wir können dafür sorgen, dass Sie psychologische Hilfe bekommen.«

Sie machte eine kurze Pause, beobachtete, wie Lavinia Georg Anna ermutigend den Oberschenkel tätschelte. Dann fuhr sie fort.

»Wir würden Sie gern mit nach Heidelberg nehmen und noch mal ausführlich mit Ihnen reden und schauen, ob Sie sich nicht doch an das erinnern können, was in der Nacht, bevor Sie verschwunden sind, passiert ist. Wenn es nicht funktioniert, ist das auch okay. Aber wir müssen es zumindest versuchen. Wir haben einen Psychologen im Team, der sich damit auskennt. Es muss auch erst mal keiner erfahren, dass Sie wieder in Heidelberg sind. Und wenn wir diese Leute gefasst haben, können Sie wieder zu Ihren Eltern und Ihrer Schwester, müssen keine Angst mehr haben.«

Schweigen breitete sich aus. Nova konnte nicht einschätzen, ob sie den Bogen überspannt hatte, zu fordernd gewesen war. Ihr gegenüber kämpfte Anna mit ihren Gedanken, knetete die Hände in ihrem Schoß.

»Ich komm mit, wenn du willst«, das war Lavinia Georgs Stimme.

Anna saß noch einen Moment wortlos da, dann wischte sie sich die Tränen weg, griff nach Lavinias Hand und drückte sie.

Kapitel 54

»Sie bringen Anna Menden nach Heidelberg.«

Jakob hatte ein paar Schritte abseits mit Yeliz telefoniert. Jetzt kam er zurück zu Magnus Herzberg, der Kolja bei der Arbeit zusah. Der Kriminaltechniker untersuchte Jona Schmitts Kleidung auf Spuren, breitete gerade ein T-Shirt auf seinem Arbeitstisch aus.

Die Durchsuchung von Jona Schmitts WG-Zimmer hatte ihnen keine neuen Erkenntnisse geliefert. Ebenso wenig die Befragung seines Mitbewohners. Schmitt hatte auch diesen auf Abstand gehalten, nur das Nötigste mit ihm gesprochen.

»Das heißt, dieses Mädchen war in der Gewalt der Gruppe und konnte entkommen?« Kolja klang fassungslos.

»Bisher sieht es ganz danach aus. Sie hat eine vernarbte römische Zwei im Nacken. Leider kann sie sich an so gut wie nichts erinnern. Sie ist traumatisiert, hat sich die letzten Monate in Bruchsal versteckt. Aus Angst, man könnte ihrer Familie etwas antun.«

»Krass, echt.« Kolja richtete die Lampe über dem T-Shirt aus, schüttelte den Kopf. »Nach so einem Erlebnis nicht nach Hause zurückzukehren, sondern komplett allein auf sich gestellt zu sein. Einfach nur heftig.«

Herzberg hatte nachdenklich geschwiegen, jetzt wandte er sich an Jakob.

»Wir sollten uns nicht zu früh freuen. Wir wissen ja, wie unzuverlässig Zeugenaussagen mitunter sein können. Zudem ist Anna traumatisiert. Sollten wir es schaffen, dass sie sich erinnert, könnte sie dennoch unsere wichtigste Zeugin sein.«

Jakob stimmte ihm zu. Das erste Mal seit Beginn der Ermittlungen hatte er das Gefühl, dass sie etwas zu fassen bekamen.

»Über Nils Brenner spricht sie im Übrigen in den höchsten Tönen. Wenn das keine Ironie ist. Von den Videos scheint sie aber keine Ahnung zu haben.«

»Welche Haarfarbe hatte der Gute noch mal?«

Das war Kolja, der sie aus dem Gespräch riss.

»Jona Schmitt, der Tote. Seine Haarfarbe?«

»Blond, wieso?«

Kolja hielt eine Pinzette hoch und strich sie vorsichtig auf einem Papier ab. »Dann ist das hier wohl nicht sein Haar.«

Jakob trat näher heran. Das Haar war schwarz.

»Wie lange dauert es, bis wir einen DNA-Abgleich bekommen?«

»Mal ganz langsam«, Kolja hob die Hände, ehe er das Haar auf einem Objektträger positionierte.

»Erst mal sehen, ob die Haarwurzel überhaupt noch dran ist. Wenn ja, geben wir's in die Rechtsmedizin. Und sorry, Leute, aber so eine Analyse ist halt kein Schwangerschaftstest. Das dauert.«

Kapitel 55

Sie brachten Anna in die Uniklinik in Heidelberg, wo ein Team aus Ärzten sie durchchecken und sichergehen sollte, dass ihre Gedächtnislücken keine körperliche Ursache hatten.

Nach drei Stunden die Entwarnung. Sämtliche Untersuchungen blieben ohne Befund. Anna war körperlich gesund, was ihre Vermutung bestätigte, dass sie aufgrund ihrer traumatischen Erlebnisse die Erinnerungen daran verdrängt hatte. Das bedeutete aber auch, dass sie durch eine einfache Befragung höchstwahrscheinlich nicht an die Erinnerungen herankommen würden.

Auf der Fahrt zur Kriminaldirektion zog sich Anna die Mütze tief in die Stirn. Sie hatte sich dazu entschieden, allein mit ihnen zu kommen. Lavinia Georg, ihre Bezugsperson der letzten Monate, war in Bruchsal geblieben.

Während die Stadt an ihrem Fenster vorbeiflog, hielt Anna den Blick gesenkt und knetete die Hände in ihrem Schoß. Nova saß mit ihr auf der Rückbank, ließ sie aber für den Moment in Ruhe.

Als sie ihr Ziel erreicht hatten und Yeliz ausstieg, blieb Anna sitzen.

»Es wird Ihnen nichts passieren«, versuchte Nova sie zu beruhigen.

»Ihnen nicht und auch Ihrer Familie nicht. Dafür sorgen wir.

Wir können Sie nach der Vernehmung sicher unterbringen, wenn Sie das wollen.«

Langsam sah Anna auf, schien in Novas Augen nach Anzeichen von Unsicherheit oder Unaufrichtigkeit zu suchen. Dann löste sich etwas in ihrem Blick, und sie nickte.

»Okay, ich bin bereit. Eine Bitte hab ich aber noch. Hören Sie auf mit dem ›Sie‹.«

Kapitel 56

Im Vernehmungszimmer war alles vorbereitet. Als Nova auf den Flur trat, um Anna etwas zu trinken zu holen, sah sie den Mann in der khakigrünen Outdoorjacke. Kurze dunkle Haare. Auf der Nase eine Brille mit runden Gläsern, wie zwei Zwei-Euro-Stücke. Professoren-Brille nannte Nova sie scherzhaft.

»Rami!«

Sie ging auf ihren Kollegen zu, der gerade von Magnus in Empfang genommen wurde, und umarmte ihn zur Begrüßung.

»Da bist du ja endlich! Ich dachte schon, du lässt uns hier sitzen, weil du in Bristol was Besseres gefunden hast!«

Rami löste sich aus ihrer Umarmung, ließ die Hand jedoch auf ihrer Schulter liegen.

»Ich bin so schnell gekommen, wie es ging.«

»Du kommst genau richtig«, sagte Magnus. »Ich hab dich ja schon telefonisch auf den aktuellen Stand gebracht. Nova hatte recht mit ihrer Vermutung. Anna Menden ist die fehlende Nummer II. Bisher erinnert sie sich an nichts. Und hier kommst du ins Spiel.«

»Ist sie schon hier?«

Nova nickte.

»Yeliz und ich haben sie aus Bruchsal hergebracht.«

»Yeliz?« Ramis rechter Mundwinkel zuckte.

Er kannte die Geschichte. Sie waren in den Monaten, in denen sie zusammenarbeiteten, rasend schnell Freunde geworden. Hatten etliche Abende in ihrer Küche oder seiner Lieblingskneipe zugebracht. Rami war der Typ, mit dem sie als Achtzehnjährige nachts in Schwimmbäder eingebrochen wäre, wenn sie sich damals schon gekannt hätten. Er kannte die Geschichte ihrer Trennung. Bis auf die Hintergründe.

»Ja genau, *die* Yeliz«, bestätigte Nova und machte eine Geste Richtung Magnus.

»Er weiß Bescheid.«

Rami verkniff sich jeden weiteren Kommentar, als Krohn dazutrat.

»Und Sie sind also der Hypnotiseur?«, fragte er an Rami gewandt. Magnus hatte ihn bereits in ihre Pläne eingeweiht, aber augenscheinlich war Krohn noch nicht überzeugt.

Rami reichte ihm die Hand und stellte sich vor.

»Psychologe und Hypnosetherapeut, ja.«

Krohn blieb skeptisch.

»Unter Hypnose hervorgerufene Erinnerungen müssen nicht zwangsläufig der Wahrheit entsprechen.«

»Das stimmt.« Rami nickte. »Es ginge hier aber erst einmal nur darum, die mentale Hürde bei Anna zu überwinden. Unter Hypnose wäre sie entspannter und könnte die Blockade leichter durchbrechen. Der Trancezustand setzt ihr Stresslevel herab, ebenso ihre Angstgefühle. Und die hindern sie vermutlich gerade noch daran, sich zu erinnern.

Wir könnten so an mehr Informationen und Details kommen. Wunder dürfen wir natürlich nicht erwarten. Aber es haben sich durch Hypnose schon oft Anknüpfungspunkte gefunden, auf deren Basis wir dann aufgebaut und Beweise gesammelt haben.«

Krohn schien nicht vollständig überzeugt, nickte aber schließlich. »Einen Versuch ist es wert.«

Kurze Zeit später beobachtete Nova, wie Rami sich Anna gegenübersetzte. Sie hatten ihr einen bequemeren Sessel organisiert und sahen nun alle über Video zu.

»Es spricht alles dafür, dass deine Gedächtnislücken daher kommen, dass dein Bewusstsein sie unterdrückt hat«, erklärte Rami.

»Das passiert oft, wenn jemand etwas Traumatisches erlebt hat. Das Gehirn blockt diese Erinnerungen dann weg. Wir werden jetzt versuchen, an diese Erinnerungen ranzukommen, und das versuchen wir mit Hypnose. Hast du noch Fragen?«

Anna nickte.

»Hypnose ... Heißt das, ich kann dann nichts mehr beeinflussen, und ihr könnt mit mir machen, was ihr wollt?«

Rami schüttelte den Kopf.

»Nein, absolut nicht. Mit der Hypnose versetzen wir dich in einen Trancezustand. Das heißt, dein Blick wird nach innen gehen, in deinen Körper und deine Gefühlswelt. Alles, was um dich herum passiert, wirst du nicht mehr wirklich wahrnehmen. Hast du schon mal meditiert?«

Anna nickte.

»Du kannst es dir so ähnlich vorstellen. Ich werde dich durch die Hypnose leiten. Du wirst also meine Stimme hören. Aber du bist nicht fremdbestimmt. Du hast immer noch die Kontrolle, und du kannst jederzeit die Hypnose beenden. Man kann unter Hypnose zum Beispiel auch niemanden zwingen, etwas zu verraten, was er nicht verraten will. Du wirst keine Angst empfinden, und deswegen glauben wir, dass es sein könnte, dass du dich in diesem Zustand an das erinnerst, was passiert ist.«

Rami sah Anna abwartend an, die immer noch kerzengerade in ihrem Sessel saß. »Ich bin nervös. Aber ich will helfen, dass diese Leute gefasst werden, damit ich meine Familie wiedersehen kann.«

»Okay, dann konzentrierst du dich jetzt erst mal auf deine Atmung, ganz langsam ein- und ausatmen. Schau mal auf den Lichtschalter da hinter mir.«

Anna atmete und wurde immer ruhiger.

»Und wenn du dich bereit fühlst, versuch, die Augen zu schließen. Stell dir einen Ort vor, an dem du gern bist, der dich beruhigt. Was wäre das denn bei dir?«

»Der Garten meiner Oma.«

»Sehr gut, jetzt stell dir vor, du trittst in diesen Garten. Du siehst die Pflanzen, die Bäume. Es ist Sommer. An diesen Ort kannst du gedanklich immer wieder zurückkommen, wenn es dir zu viel wird. Okay?«

Anna nickte.

»Alles klar, dann fangen wir jetzt an.«

Kapitel 57

Die Stimme des Psychologen kommt wie von weit her durch einen Nebel, liegt auf seltsame Weise aber auch direkt in ihrem Ohr. Sie waren zum Tag ihres Verschwindens zurückgekehrt. Das erste Bild, das kam, war das ihres Vaters, der sie am Abend in die Stadt gefahren hatte.

»Du sitzt noch für einen Moment mit deinem Vater im Auto. Dann hält er an, und du steigst aus. Was siehst du?«

Anna hat das Gefühl festzustecken. Sie sieht die Fahrbahn vor sich, riecht das Parfum ihres Vaters. Der Geruch setzt ein Rädchen in Gang. Plötzlich fühlt sie seine Umarmung. Sie löst sich von ihm, sieht in sein lächelndes Gesicht. »Bis später, Schatz«, sagt er. Sie steigt aus.

Sie haben an einer großen Straße gehalten. Rechts fließt der Neckar, in einiger Entfernung spannt sich eine beleuchtete Brücke über den Fluss. Als das Auto wegfährt, wendet sie sich nach links, überquert die Straße und läuft eine kleine Gasse hinauf.

Um sie herum ist es dunkel, sie macht vorsichtige Schritte. Die hohen Absätze und das Kopfsteinpflaster sind keine gute Kombination.

Die Erinnerung bleibt stecken.

»Kannst du den Ort beschreiben, an dem du stehen geblieben bist?«

Sie hört Plätschern, Wasser, um sie herum erheben sich hohe, alte Häuser. Viele Menschen, die sich an ihr vorbeischieben.

Dann hält plötzlich ein Auto vor ihr, und sie sieht das Gesicht dieser jungen Frau. Grüne Augen, brünettes Haar, das ihr wellig über die Schultern fällt.

Sie kennt sie. Aber sie weiß weder, woher, noch fällt ihr ihr Name ein.

»Bleib noch einen Moment stehen. Was ist das für ein Auto?«

Es bleibt verschwommen. Es ist, als bestünde das Auto nur aus der geöffneten Tür. Was sie weiß, ist, dass sie als Nächstes einsteigt. Die junge Frau trägt ein elegantes Kleid und eine schwarze Strumpfhose. Dann ist da nur noch Dunkelheit. Es ruckelt. Sie fahren.

»Ist außer der jungen Frau noch jemand im Auto?«

Die junge Frau sitzt neben ihr auf der Rückbank. Da muss noch jemand sein, aber sie sieht ihn nicht.

Sie weiß auch nicht, wie lange sie in dem Auto gesessen hat, als es zum Stehen kommt.

Plötzlich kommt ganz viel auf einmal, wie Blitze, die einschlagen und wieder erlöschen. Eine Hand, die sie in einen riesigen Saal führt.

Dort brennen Kerzen, über ihr ein mächtiger Kronleuchter. Es riecht nach heißem Wachs und Räucherstäbchen. Menschen mit Cocktails und Sektgläsern. Stimmen gehen durcheinander. Die Bilder zucken an ihr vorbei, ihr wird schwindelig.

»Ganz ruhig. Atme einmal tief durch.«

Sie atmet.

»Und jetzt stell dir vor, du stehst am Rand und beobachtest alles ganz in Ruhe. Niemand kann dich sehen.«

Die Leute sind schick angezogen, die Männer tragen Anzüge.

Die Frauen elegante Kleider und hohe Schuhe. Im Hintergrund läuft Musik. Das wirkt wie eine feine Cocktailparty.

»Kennst du jemanden auf der Party?«

Sie blickt sich um. Aber da ist niemand. Wieso ist sie hier?

»Und die junge Frau aus dem Auto?«

Nirgendwo zu sehen.

Jemand drückt ihr ein Glas Champagner in die Hand. Sie trinkt. Ein wohliges Gefühl durchströmt ihren Körper, und alles wird unscharf.

Schatten ziehen schemenhaft an ihr vorbei. Lachende Gesichter, Körper, die sie berühren. Es wird warm. Sie fühlt sich wie eingehüllt von einem Schleier, von Kerzenrauch und Stimmen und Parfum.

Das Nächste, an das sie sich erinnert, ist Dunkelheit. Es brennen nur noch vereinzelt Kerzen, die Gäste sind weg. Als hätte sie den Absprung verpasst. Ganz leise hört sie Musik. Schatten kommen auf sie zu. Gestalten umkreisen sie. Im nächsten Moment schmiegt sich ein warmer Körper an sie. Tanzen sie? Der Kreis zieht sich enger.

Und dann fährt ihr ein brennender Schmerz in den linken Oberschenkel.

Sie schreit auf, weiß nicht, was los ist.

Er … er hat ihr mit einem Messer ins Bein gestochen. Ihr Blick geht zur Seite, sie sieht in sein Gesicht. Er grinst breit. Bewegung in seinem Arm. Er hat das Messer umgedreht. Schmerz strahlt durch ihren ganzen Unterleib.

Warmes Blut läuft ihr Bein hinunter.

Er zeigt ihr das Messer, es ist rot von ihrem Blut.

Und dann sieht sie sie ganz deutlich. Die junge Frau aus dem Auto steht in zweiter Reihe und sieht zu. Schreiend fleht sie sie an, ihr zu helfen. Aber Lena bleibt einfach stehen.

Kapitel 58

Annas Brustkorb hob und senkte sich nun schneller als zuvor, sie neigte den Kopf leicht zur Seite. Aber im Vergleich zu dem, was sie berichtete, blieb sie immer noch ruhig. Wenn sie sprach, klang es, als würde sie im Schlaf reden.

Rami beobachtete sie genau, sprach mit ruhiger Stimme.

»Der Mann, der dich verletzt hat, kannst du ihn beschreiben?«

Anna atmete aus.

»Er ist viel größer als ich.«

»Und sein Gesicht?«

»Nein, es ist zu dunkel, und da ist was über seinen Augen ... Ja, er, er trägt eine Maske.«

»Was für eine Maske?«

»Sie verdeckt die Augen. Die Maske ist schwarz, aber es ist zu dunkel. Ich erkenne den Rest nicht.«

»Okay, ist da noch jemand außer diesem Mann?«

»Ja, bestimmt noch vier oder fünf andere. Aber ich kenne niemanden. Sie sind alle maskiert.«

»Schau dich noch mal um. Ist die junge Frau aus dem Auto noch da?«

Anna schüttelte ganz leicht den Kopf. »Nein, ich kann sie nirgendwo sehen.«

Sie schwieg. Es verging bestimmt eine halbe Minute.

»Da ist eine Tür, und ich weiß, dass ich versucht hab zu rennen, aber mein Bein ...«

Kapitel 59

Schmerz schießt ihr durch den Oberschenkel die Seite hoch. Das Messer hat sie so tief in den Muskel getroffen, dass ihr Knie wegknickt und sie stolpert. Jemand packt sie von hinten.

Da sind vier, sechs Hände, die sie an den Schultern zerren und sie an den Hüften festhalten. Plötzlich steht da ein großer Tisch mitten im Raum, der vorher nicht da war. Sie pressen sie auf die Tischplatte, halten sie fest.

Dabei wiederholen sie immer wieder diesen einen Satz. Wie ein Mantra.

»Libertas per audaciam.«

Sie dreht den Kopf und sieht Lena, die alles angespannt beobachtet.

»Du hast mich hierhergebracht! Hilf mir!«

Der Mann ist wieder da. Sie wird von mehreren Leuten festgehalten. Er setzt die kalte Messerklinge auf ihrem nackten Bauch an, beginnt zu ritzen. Schmerz brennt sich in ihre Bauchdecke.

Sie schreit aus vollem Hals und strampelt mit den Beinen, versucht, sich zu befreien.

Auf einmal erwischt sie etwas mit dem Fuß. Es knallt. Außerhalb ihres Sichtfelds passiert etwas. Allmählich beginnt es zu flackern, der Raum wird heller.

Tumult bricht aus, ihre Schultern werden losgelassen. Schnell richtet sie sich auf. Es brennt. Flammen schießen die Wände hinauf. In der Hektik achtet niemand mehr auf sie. Sie rennt zum Ausgang, dann die Treppen hinauf. Ihr Bein schmerzt, aber das ist egal. Plötzlich hört sie Schritte hinter sich. Oben versperrt ihr ein Gittertor den Weg. Sie rüttelt daran. Ist es verriegelt? Nein, es klemmt nur. Mit einem kräftigen Ruck stößt sie es auf und steht auf der Straße.

»Wenn du den Film hier anhältst, was siehst du?«

Sie steht auf einer Straße. Rechts ist es dunkel, dort stehen Bäume. Auch die Richtung, aus der sie gekommen ist, liegt im Dunkeln. Das Gittertor ist verschwunden. Es ist ruhig, hier sind keine anderen Menschen. Die Straße ist schmal. Wohin sie führt – keine Ahnung. Sie läuft die Straße entlang. Aber die wird immer enger, und plötzlich führt sie in einen Wald hinein.

Wieder Schritte hinter ihr. Sie rennt drauflos, so schnell sie kann. Den Schmerz in ihrem Oberschenkel spürt sie nicht mehr. Als die Schritte näher kommen, bricht sie aus und in den Wald hinein. Hinter ihr knacken Äste. Er folgt ihr. Sie rennt weiter. Dann ist es still hinter ihr. Sie bleibt stehen, hält sich an einem Baumstamm fest, um Luft zu holen.

Wie aus dem Nichts schnappt eine Kralle nach ihren Haaren und reißt sie zu Boden. Sie liegt auf dem Rücken. Jemand setzt sich auf sie drauf und drückt ihr ein Messer an den Hals. Sie beginnt zu schluchzen.

»Bitte, ich hab doch nichts gemacht. Bitte, ich vergesse alles, was heute passiert ist, aber lass mich los, okay?«

Der Mann, der auf ihr sitzt, zittert selbst und ringt nach Atem. Dann sieht er ihr in die Augen. Sein Gesicht liegt im Schatten. Die Klinge drückt sich tiefer in ihren Hals. Es tut weh.

Aber er kann es nicht. Seine Stimme ist nicht mehr als ein Zischen.

»Wenn du jemals wieder in Heidelberg auftauchst oder nur zu einem Menschen einen Ton sagst, dann kommen wir und holen deine kleine Schwester. Nele heißt sie, oder? Dann holen wir Nele, schnallen sie auf den Tisch. Ich werde ihr ganz langsam die Bauchdecke aufschneiden und ihr bei lebendigem Leib die Eingeweide herausreißen. Sie ist noch bei Bewusstsein, wird also alles mitbekommen. Und dann werde ich sie ficken, während sie verblutet. Ihren Körper werdet ihr niemals finden. Du wirst als Einzige wissen, was mit ihr passiert ist. Alles klar? Ob das klar ist, hab ich dich gefragt?«

Der Boden unter ihr ist feucht und kalt. Ihr Herz hämmert wie wild. Als wollte es zerbersten. Als würde es das alles nicht aushalten.

»Ja, ja, ich hab verstanden. Ich verschwinde und komme nie wieder.«

Kapitel 60

»Das war viel, ich weiß.«

Nova reichte Anna einen Orangensaft, den sie aus der Kantine geholt hatte. Sie legte einen Stapel Fotos auf den Tisch und fächerte sie auf. Darunter befand sich eine Aufnahme von Jona Schmitt.

»Kommt dir hier irgendjemand bekannt vor? Womöglich war einer von ihnen auch auf der Party ...«

Anna stand auf und ließ ihren Blick konzentriert über die Fotos wandern. Als sie Schmitts Foto erfasste, regte sich nichts. Sie schüttelte den Kopf. »Tut mir leid, nein.«

»Okay.« Nova sammelte die Fotos wieder ein. Einen Versuch war es wert gewesen.

Während Rami begann, sich ein paar Notizen zu machen, und sich in sich zurückzog, setzte sich Anna wieder. Sie stellte den Saft ab und lehnte sich in ihrem Sessel nach vorne, stützte die Unterarme auf den Oberschenkeln auf. Ihr Blick ging trüb zu dem Fleck zwischen ihren Turnschuhen. Ihre Augenringe schienen tiefer als vor der Hypnosesitzung. Nova konnte sie verstehen. Wenn ihr passiert wäre, was Anna passiert war, dann würde sie sich jetzt fühlen wie ausgehöhlt. Ihr wäre übel, kotzübel. Als sich Anna aufrichtete, klärte sich ihr Blick, und sie sprach wieder mit fester Stimme.

»Ich kann nicht fassen, dass ich das die ganze Zeit verdrängt habe.«

Sie stockte und blinzelte ein paarmal, als würde sie erneut von einer Bilderflut erfasst.

»Alles in Ordnung?«

Anna tauchte wieder auf und nickte.

»Du musst das jetzt nicht allein durchstehen«, sagte Nova. »Wir können dir einen Therapeuten vermitteln. Vielleicht in einer Einrichtung.«

»So was wie 'ne Klapse?«

Anna zog die Augenbrauen hoch.

»Na ja, ich hatte eher an eine Wohngruppe mit Betreuung gedacht, wo du erst mal unterkommen kannst. Es sei denn, du willst doch zu deinen Eltern?«

Anna schien die Möglichkeit für einen Moment in Betracht zu ziehen, dann schüttelte sie den Kopf.

»Nein, nicht zu meinen Eltern. Bitte, ich will nicht, dass irgendjemand erfährt, dass ihr mich gefunden habt. Sonst ... Ich hab einfach zu große Angst um meine Schwester ...«

Sie setzte sich noch etwas gerader hin. »Gibt es schon einen Verdächtigen?«

»Zu den laufenden Ermittlungen kann ich leider nichts sagen.«

»Ihr habt mich vorhin nach Nils Brenner gefragt.«

»Ja, er hat wie gesagt in seinem Podcast über dein Verschwinden und das von Fiona berichtet.«

Anna war nicht überzeugt. »Und das ist alles?«

Nova zögerte einen Moment, weil sie nicht wusste, wie weit sie hier gehen sollte und konnte. Rami sah von seinem Block auf und nickte ihr kaum merklich zu. Er hatte mit einem Ohr mitgehört und verstand wie so oft instinktiv, was sie dachte. Also gut. Sie wandte sich wieder Anna zu.

»Nein, ehrlich gesagt war das noch nicht alles. Wir haben auf Brenners Rechner Videomaterial gefunden. Er hat die Frauen, mit denen er zusammen war, beim Sex gefilmt. Von mindestens einer wissen wir, dass er es heimlich gemacht hat.«

Anna sah sie mit großen Augen an. »Und ... das heißt .... Es gibt auch Videos von mir?«

Nova nickte. »Genau. Wusstest du davon?«

Anna schüttelte stumm den Kopf. Obwohl ihre Wangen rot anliefen und sie den Blick zur Seite abwandte, blieb sie aufrecht sitzen, die Schultern stark.

»Ich will diese Videos sehen.«

Kapitel 61

Anna verfolgte den Clip bis zum Ende, ohne eine Miene zu verziehen.

»Wer hat dieses Video gesehen?«, fragte sie, während sie den Blick auf den Screen gerichtet hielt.

»Zwei meiner Kollegen und der Kriminaltechniker, der Nils Brenners Laptop untersucht hat. Momentan haben wir keine Hinweise darauf, dass Brenner die Videos irgendwo verbreitet hat. Sieht ganz so aus, als habe er die Videos für sich gemacht.«

Anna schob das Tablet von sich weg und verschränkte die Arme vor der Brust. Nova beschloss, noch einmal nachzuhaken.

»Stehst du immer noch zu dem, was du vorhin über Brenner gesagt hast? Oder gibt es noch etwas, das du uns sagen willst?«

Anna schüttelte den Kopf.

»Nils ist offensichtlich ein richtiger Arsch, ja.«

Sie zeigte auf das Tablet.

»Damit wäre ich nie einverstanden gewesen. Er hat mich richtig verarscht. Und ich würde jetzt wirklich gern irgendwas Kompromittierendes über ihn sagen, aber da ist nichts. Außer diesem Scheiß hier hat er sich mir gegenüber immer korrekt verhalten.«

Sie zögerte einen Moment.

»Das fühlt sich gerade richtig eklig an. Wie er mich benutzt hat. Ich ... ich will nicht, dass jemand davon erfährt. Das ist mir einfach nur unangenehm und peinlich. Wie ich mich von dem habe verarschen lassen ...«

»Das verstehe ich. Aber mach dir bitte keine Vorwürfe. Wenn sich jemand schämen muss, dann Brenner.«

Sie schwiegen eine Weile, ehe Nova wieder das Wort ergriff.

»Okay, wie machen wir es, soll ich dir eine Bleibe organisieren?«

Anna überlegte einen Moment. Dann änderte sich etwas in ihrem Blick, als hätte sie eine Entscheidung getroffen.

»Wissen Sie was«, sagte sie mit gefestigter Stimme. »Ich glaube, ich brauche nichts. Ich komme von hier an dann allein klar.«

Kapitel 62

In der Damentoilette schob sich Anna die Haare komplett unter ihre Mütze, griff in die Handtasche und zog sich die Lippen in einem Ton nach, den die frühere Anna nie getragen hätte. Lavinia hatte ihr den Lippenstift geschenkt. Viel zu dunkel. Sie presste die Lippen sachte aufeinander, ehe sie einen Blick in den Spiegel warf. Ihr ganzes Gesicht kam ihr verändert vor. Und ohne die langen roten Haare ... Sie war sich sicher, dass niemand sie erkennen würde, der nicht ganz genau hinsah.

Zufrieden zog sie den Reißverschluss ihrer Handtasche zu und verließ die Toilette, dann die Kriminaldirektion. Draußen umfing sie kalte Luft. Sie zog ihre Jacke bis oben hin zu. Rechts war eine Bushaltestelle.

Als der nächste Bus kam, stieg sie ein. Sie hätte bis zum Bahnhof fahren und in einen Zug nach Bruchsal steigen können. Die kleine Einliegerwohnung bei den Georgs war in den letzten Wochen ihre Zuflucht gewesen. Und sie wusste, dass sie sich glücklich schätzen konnte, bei jemandem wie Lavinia gelandet zu sein. Nicht alle Menschen waren Raubtiere. Trotzdem würde sie nicht dorthin zurückkehren. Genauso wenig wie zu ihren Eltern. Sie setzte sich in einen Zweiersitz und sah die Lichter der Stadt an ihrem Fenster vorbeiziehen. Sie wusste genau, wohin sie musste.

Kapitel 63

Nova hatte nichts tun können. Anna war erwachsen, und sie konnten sie nicht gegen ihren Willen an einem sicheren Ort unterbringen. Sorgen machte sie sich trotzdem. Nicht nur Nils Brenner wusste, dass sie lebte. Jemand hatte sie in Bruchsal fotografiert.

Was, wenn diese Information doch noch an die Öffentlichkeit gelangte? Anna war einem Mordversuch entkommen, hatte die Täter schwer belastet, auch wenn sie niemanden hatte identifizieren können.

Der Gedanke, dass sie jetzt allein draußen herumlief, war Nova nicht geheuer.

Und dieser plötzliche Haltungsumschwung. Vor wenigen Stunden war sie vor Angst um ihre Familie noch fast vergangen, hatte sich ihre Mütze so tief in die Stirn gezogen, dass niemand sie erkennen konnte. Und jetzt spazierte sie allein hier raus? Setzte sich mitten in der Stadt in einen Bus und gondelte zurück nach Bruchsal?

Nova zwang sich innezuhalten. Sie wusste, dass ihr Frust im Grunde nicht an Anna lag, sondern aus ihr selbst kam. In dieser Nacht im Jahr 1999, in der ihr so etwas Schreckliches passiert war, hatte Ellen sie eingefangen und alles für sie in die richtigen Bahnen gelenkt.

Nova hätte das gern für Anna getan.

Sie hatte von Anfang an einen Draht zu ihr gehabt. Bis Anna ihn plötzlich gekappt hatte.

Sie hätte besser zu ihr durchdringen müssen. Aber sie hatte es nicht geschafft. Anna war ihr durch die Finger geschlüpft wie ein nasser Fisch, und alles, was jetzt mit ihr passierte, konnte Nova nicht mehr beeinflussen.

»Wir suchen eine Tätergruppe aus mindestens fünf Personen«, riss Krohn sie aus ihren Gedanken.

Nachdem Anna die Kriminaldirektion verlassen hatte, hatten sie sich zusammengesetzt, um die Ergebnisse der Vernehmung zu besprechen. Inzwischen waren mehrere Beamte darauf angesetzt worden, nach Gebäuden mit Gittertoren in Nähe zu Wald oder waldähnlichen Anlagen zu suchen. Außerdem suchten sie nach Gewölbekellern und privaten Räumlichkeiten, in denen eine große Feier im Geheimen stattfinden konnte.

»Zum jetzigen Zeitpunkt liegt die Vermutung nah, dass Jona Schmitt in Verbindung mit dieser Gruppe stand. Seine Obduktion hat ergeben, dass er sich nicht selbst umgebracht hat, sondern ermordet wurde. In seinem Blut wurde Ketamin gefunden, wie bei unserem Opfer Nummer IV. Jedoch in solch einer Dosis, dass er nicht mehr handlungsfähig war – und somit auch den Motor seines Wagens nicht anstellen konnte. Möglicherweise wollte er aussteigen und musste deswegen sterben. Die Aussagen seiner Schwester deuten auf eine derartige Entwicklung in seinem Privatleben hin ... Schmitt hatte zudem Verbindungen zu drei der vier Opfer. Mit Milla hat er am Abend ihres Verschwindens das *Saphirblau* verlassen, womöglich hatten die beiden sogar etwas miteinander. Fiona war seine Kollegin, und auch wenn Anna ihn nicht erkannt hatte, ist davon auszugehen, dass die zwei sich im *Saphirblau* über den Weg gelaufen sind.«

»Seine Schwester hat ausgesagt, dass er seit ein paar Monaten eine neue Clique hatte ...«, warf Nova ein.

Jakob nickte.

»Nach dieser Clique suchen wir. Die Spurensicherung ist gerade dabei, noch mal alles genau zu untersuchen, Proben zu nehmen. Sergio hat ein fremdes Haar an Schmitts Klamotten gefunden, das noch analysiert wird ... Da haben wir noch keine Ergebnisse. Schmitt war eingeschriebener Student. Wir werden also sein Umfeld an der Uni unter die Lupe nehmen, mit Kommilitonen und Dozenten sprechen. Dafür ist es heute Abend zu spät. Das werden Yeliz und ich direkt morgen früh übernehmen.«

»Die junge Frau, die Anna zu der Party gebracht hat, ist die Einzige, zu der uns eine grobe Beschreibung vorliegt. Grüne Augen. Brünettes, welliges Haar. Nicht viel, aber wenn euch jemand unter den Studenten auffällt ...«

Jakob nickte, dann sah er auf seine Notizen.

»Libertas per audaciam.«

»Freiheit durch Wagemut«, übersetzte Magnus. »Anna wurde also von diesen Leuten umkreist, die literarische Texte rezitiert und dann diesen Spruch aufgesagt haben. Der klingt für mich wie der Wahlspruch einer Studentenverbindung. Das Ganze wie ein Ritual, ein Initiationsritus oder Ähnliches.«

Krohn nahm den Gedanken auf. »In Heidelberg gibt es an die dreißig aktive Studentenverbindungen, von den inaktiven und erloschenen ganz abgesehen.«

Yeliz hatte längst zu recherchieren begonnen. »Kein Treffer für ›Libertas per audaciam‹ bei den Wahlsprüchen, weder bei den aktiven noch den anderen.«

Sie begann, die Websites der einzelnen Verbindungen aufzurufen, klickte sich durch Fotogalerien, bis Nova sie stoppte.

»Moment, geh noch mal zwei zurück.«

Das Foto zeigte das Haus der Verbindung Sapientia auf einem großen Grundstück am Rand der Innenstadt, angrenzend an ein parkähnliches Gebiet.

Auf der rechten Seite des Gebäudes führte eine Außentreppe in den Keller – verschlossen durch ein eisernes Gittertor.

Yeliz hatte schon ihre Jacke in der Hand, als Krohn sie bremste.

»Moment mal, wir können da nicht einfach reinspazieren. Die lassen uns niemals rein – ohne Durchsuchungsbeschluss schon gar nicht. Und auch das würde ich lieber vermeiden.«

Krohn hatte recht. Zu groß war die Gefahr, dass Spuren verdeckt wurden, wenn möglichen Verdächtigen einmal klar war, dass die Polizei sie im Visier hatte. Krohn selbst konnte dort erst recht nicht auftauchen. Ihn kannte man von der Pressekonferenz und konnte ihn schnell mit dem Fall in Verbindung bringen.

»Dann machen wir es anders«, brachte sich Nova ein. Ihr war gerade eine Idee gekommen. »Freundlich anklopfen kann man ja schließlich mal.«

Kapitel 64

Das Verbindungshaus der Sapientia war eine herrschaftliche Villa aus rotem Sandstein, der man auf den ersten Blick ansah, wie gut sie instand gehalten wurde. Keine bröckelnde Farbe an den Fensterrahmen, die Ornamente über der Tür vollständig restauriert.

Im Garten platzierte Spots strahlten warmes Licht auf das Gebäude. Die Fenster waren von innen erleuchtet, Musik drang gedämpft nach draußen. Das Haus war belebt, drinnen fand womöglich eine Feier statt – was auch die zugeparkte Straße vermuten ließ.

Das Grundstück wurde von einem massiven Metallzaun eingegrenzt. Als Nova die Klinke des Tors herunterdrückte, fand sie sie offen vor.

Sie folgte Yeliz über einen Kiesweg, der zum Haupteingang führte. Ihr Blick ging jedoch zur rechten Seite der Villa. Dort befand sich das Gittertor, das den Zugang zum Keller verschloss.

Sollte Anna dort rausgekommen sein, musste sie erst einmal das Grundstück überqueren, um durch das Tor auf die Straße zu gelangen. Links die Straße hinauf wurde diese immer schmaler, bis sie schließlich in ein Waldstück führte. So weit deckten sich die Gegebenheiten mit Annas Erinnerungen.

Nova und Yeliz stiegen drei Stufen hinauf und klingelten. Kurze Zeit später öffnete ihnen ein junger Mann, höchstens Anfang zwanzig, mit sorgfältig frisierten kurzen schwarzen Haaren. Er trug eine schwarze Anzughose und eine Weste in derselben Farbe, darunter ein blütenweißes Hemd.

»Guten Abend«, sagte er höflich, konnte seine Irritation aber trotzdem nicht verbergen.

»Spontane Besuche sind heute leider nicht möglich, wir haben eine Veranstaltung.«

Nova lächelte ihn an.

»Oh, das ist natürlich ungünstig. Wir sind von der Polizei.«

Nova stellte sich und Yeliz vor, ehe sie ihm den Vorwand präsentierte, unter dem sie hofften, möglichst schnell und unbürokratisch ins Innere dieser Mauern zu gelangen.

»Wir überprüfen gerade eine Aussage in einem aktuellen Drogendelikt und müssten daher einmal einen Blick in Ihre Räumlichkeiten werfen. Können wir kurz reinkommen? Es dauert sicher nicht lange.«

»Natürlich, ähm ...«, der junge Mann zögerte und sah unsicher zur Seite.

»Nur einen Moment bitte.«

Er lehnte die Tür an. Stimmen drangen gedämpft hindurch. Dann schwang die Tür erneut auf, und ein junger Mann Mitte zwanzig trat ihnen entgegen. Er stellte sich als Florian Decker vor und schüttelte ihnen die Hände. Decker war ebenfalls schick gekleidet, trug aber im Gegensatz zu seinem Vorgänger ein blaugrau gestreiftes Band quer über der Brust.

»Entschuldigen Sie, dass wir Sie hier draußen haben warten lassen, kommen Sie doch bitte rein.«

Er wich einen Schritt zurück, damit sie eintreten konnten, und bat sie, ihm in sein Büro zu folgen.

Auf dem Weg dorthin sah Nova, wie junge Männer in Kellner-Outfits in einen großen Saal strömten, ehe die Tür angelehnt wurde. Sie konnte gerade noch so den Blick auf einen wuchtigen Kronleuchter und eine riesige Essenstafel erhaschen.

»Bei Ihnen ist ja einiges los«, bemerkte Yeliz. »Ich hoffe, wir stören nicht.«

Decker verneinte höflich.

»Kein Problem. Heute Abend findet unser jährlicher Altherrenabend statt. Die Alten Herren der Verbindung treffen sich hier und werden von den jungen Mitgliedern bewirtet. Es findet ein reger Austausch statt. Erst wird gegessen, und danach ist es eigentlich wie eine große Party. Kann ich Ihnen etwas zu trinken bringen lassen?«

Sie waren inzwischen in einem kleinen holzvertäfelten Raum angekommen, der aussah wie ein Empfangsraum für Fremde.

»Nein, danke«, antwortete Nova. »Wir sind auch gleich wieder weg. Es geht, wie ich bereits Ihrem Kommilitonen gesagt habe, um ein aktuelles Drogendelikt. Jemand behauptet, dass ihm auf einer Party in Ihrem Verbindungshaus eine größere Menge Kokain untergeschoben wurde.«

Der Mann sah sie wie vom Donner gerührt an.

»Wie bitte, was? Das kann ich mir nicht vorstellen. Hier bei den Sapienten ist Drogenkonsum strengstens untersagt. Wer sich nicht daran hält, fliegt direkt raus.«

Nova stoppte ihn. »Ja, ganz ruhig. Mein Vater war in einer Burschenschaft – in München. Ich kenne mich also ein bisschen aus. Ich weiß, dass in Verbindungen gern gefeiert wird. Aber das Einzige, was dort zu viel konsumiert wird, ist Bier und Schnaps.«

Decker nickte ihr wissend zu.

»Der Zeuge hat eine ziemlich genaue Beschreibung der Räumlichkeiten abgegeben, in der diese Party angeblich stattgefunden hat. Wenn wir uns also kurz umsehen könnten, könnten wir diese Behauptung schnell abhaken. Wir glauben nämlich, dass er lügt.

Der Mann ist kein unbeschriebenes Blatt ... Trotzdem müssen wir der Sache leider nachgehen. Es geht vor allem um die Kellerräume.«

Der junge Mann sah sie lange an, dann schüttelte er den Kopf.

»Sorry, aber das kann ich nicht machen. Wir haben strenge Regeln. Es kommt hier niemand rein, der kein Mitglied ist.«

Nova nickte.

»Ja, so was hatte ich schon befürchtet. Ich dachte nur, vielleicht können wir das schnell unter der Hand regeln. Weniger Aufwand für Sie und für uns. In fünf Minuten sind wir wieder weg, und Sie können in Ruhe feiern. Uns sind, wie gesagt, die Hände gebunden. Auch wenn die Anschuldigung haltlos ist – wir müssen sie überprüfen. Ansonsten müssten wir den offiziellen Weg gehen. Heißt, wir würden noch einmal mit einem Durchsuchungsbeschluss wiederkommen. Dann wird das alles langwieriger und zeitintensiver.«

Decker überlegte, ehe er genervt nachgab. »Na gut. Was wollen Sie sehen? Den Keller?«

»Uns interessiert vor allem das Gittertor draußen. Wohin führt es?«

Decker zog misstrauisch eine Augenbraue hoch. »Das Tor, ja, äh, das ist quasi der äußere Zugang zum Keller des Verbindungshauses.«

»Dann würden wir gern diesen Weg gehen.«

Decker trat zu einem alten Schreibtisch, öffnete eine Schublade und nahm einen Schlüssel heraus, ehe er die beiden bat, ihm zu folgen.

»Wer hat eigentlich einen Schlüssel zum Haus?«, fragte Nova, während sie das Haus durch die Vordertür verließen. »Ist es immer noch so, dass man als Mitglied den Schlüssel auf Lebenszeit behält?«

Decker lief vor ihnen den Kiesweg entlang, drehte sich nicht um, während er antwortete.

»Ja, das ist so. Wir bekommen regelmäßig Besuch von ehemaligen Mitgliedern, die jahrelang nicht mehr in Heidelberg waren. Viele wollen sehen, wie sich die Verbindung verändert hat, die Neuen kennenlernen. Der Austausch ist immer wertvoll.«

Der Typ war eine wandelnde Verbindungsreklame, dachte Nova. Nur allzu gern hätte sie ihn damit konfrontiert, dass sie hier Frauen kategorisch ausschlossen. Aus Tradition. Weil es immer schon so gewesen war. Aber das würde jetzt zu nichts führen.

»Und der Zugang zum Keller?«, fragte sie.

»Für das Tor hier draußen gibt es einen extra Schlüssel, aber von innen kommt man natürlich auch in den Keller. Sie wollten diesen Weg nehmen ...«

Sie gingen also um das Haus herum. Decker schloss das Tor auf. Um es zu öffnen, musste er einmal ruckartig daran ziehen, dann öffnete es sich nach außen.

Bevor sie hinabstiegen, schaltete Decker die Außenbeleuchtung ein. Die Treppe war ebenfalls aus Sandstein, die Stufen alt und abgenutzt.

»Das Haus ist schon sehr alt«, nahm Decker das Gespräch wieder auf. Obwohl er höflich sprach, hatte sich sein Ton verändert, seit er sich gezwungen sah, sie herumzuführen. Eine Spur Arroganz lag darin. »Erbaut wurde es 1822 von der Verbindung selbst. Zuvor war ein Haus in der Altstadt zu klein geworden. Die Verbindung existiert bereits seit 1803 ... Jedenfalls wurde der Keller jahrelang zur Lagerung von Lebensmitteln und Wein genutzt.«

Er öffnete eine unverschlossene Holztür und schaltete das Licht ein. Sie befanden sich in einem langen, gemauerten Flur, der höchstens zwei Meter hoch war und von dem rechts und links Räume abgingen.

»Also was hat Ihr Zeuge denn gesagt? Diese Party soll im Keller stattgefunden haben?«

Er stieß die erste Tür auf der rechten Seite auf. Der Raum war gesäumt mit Weinregalen. An den freien Stellen hingen Wimpel und Urkunden an der Wand sowie alte Fotos von Verbindungsbrüdern.

In der Mitte des Raums standen eine lange Tafel aus dunklem Holz und Stühle mit hohen Lehnen.

»Dieser Raum wird für kleinere Veranstaltungen genutzt. Weinproben und so weiter.«

Nova sah aus dem Augenwinkel, wie Decker einen schnellen Blick auf sein Handy warf.

»Der Raum, von dem der Zeuge gesprochen hat, war um einiges größer«, sagte Nova. Der hier war deutlich zu klein für die Art von Party, an die sich Anna erinnert hatte.

Sie traten zurück in den Flur – und plötzlich hörte Nova Stimmen. Sie folgte ihnen, woraufhin Decker ihr rasch hinterherging. »Sollen wir nicht erst mal …«

In dem Moment öffnete sich eine Tür in einiger Entfernung. Stimmengewirr drang heraus.

Ein Mann um die vierzig trat in den Flur und schloss die Tür hinter sich. Dann kam er ihnen mit großen, gelassenen Schritten entgegen.

Er trug einen grauen Dreiteiler, der wie angegossen saß. Seine beinahe schulterlangen Haare hatte er lässig nach hinten gekämmt. Mit wachen Augen nahm er erst Yeliz und dann Nova ins Visier.

Ein Lächeln umspielte seine Lippen.

»Alles in Ordnung?«

Sein Blick ging jetzt zu Decker, der sich vor sie schob. Ehe Decker etwas sagen konnte, stellte sich Nova vor. Der Mann streckte ihr die Hand entgegen. »Professor Dr. Ferdinand Dahlem«, sagte er mit einem jovialen Lächeln. »Was machen Sie denn zu so später Stunde hier in den Katakomben?« Er lachte.

Nova verwies auf die Tür, durch die er gekommen war.

»Wir würden gern einen Blick in diesen Raum werfen.«

Der Professor warf einen Blick zurück, als wüsste er nicht sofort, von welchem Raum sie gesprochen hatte. Dann griff er sich ans Kinn.

»Ach so, also haben Sie einen Durchsuchungsbeschluss?«

Während Yeliz ihm die Umstände ihres Besuchs erklärte, konnte Nova in Dahlems Gesicht lesen, dass sie hier auf Granit gestoßen waren.

Der Professor hörte ihr geduldig zu, ehe er entschuldigend lächelte.

»Also wenn das so ist, tut es mir wirklich leid. Aber was dort hinter diesen Türen passiert, ist privat. Eine private Feier, und wenn es nicht durchsuchungsbeschluss-dringend ist, dann muss ich Sie jetzt leider bitten zu gehen. Wenn Sie darüber hinaus irgendwelche Fragen haben, vereinbaren Sie gern einen Termin mit meinem Sekretariat.« Damit ließ er sie stehen und verschwand durch die Tür, durch die er gekommen war.

Kapitel 65

»Wo warst du so spät noch?«

Marius stand vom Sofa auf, als Lena zur Tür hereinkam, als hätte er auf sie gewartet.

»Ich war noch spazieren. Musste mir die Beine vertreten. Und du? Warst du nicht auf eine Party eingeladen?«

»Hatte keine Lust.«

Sein Blick tastete sie unruhig ab, während sie ihren Mantel auszog und ihn an die Garderobe hängte.

»Es ist etwas viel gerade.«

Als sie sich ihm zuwandte, hob er die Mundwinkel zu einem Lächeln, das kein ehrliches war. So gut kannte sie ihn mittlerweile.

»Ja, das verstehe ich«, sagte er, streckte den rechten Arm aus und strich ihr eine Haarsträhne über die Schulter.

»Geht es dir besser?«

»Ja.« Sie nickte und ging in die Küche, um seinen Blicken auszuweichen. Sie würde ihm mit Sicherheit nicht sagen, wo sie wirklich gewesen war, hatte aber Angst, dass er ihr die Lüge an der Nasenspitze ansah. Wie sollte es jetzt weitergehen? Ihr Versuch, den Mentor zu einer Pause zu bewegen, war gründlich gescheitert. Sie hatte es ja nicht einmal geschafft, das Thema anzusprechen. Sie konnte es nicht erklären, aber er hatte mit seiner Haltung und seinem Ton eine unsichtbare Wand zwischen ihnen aufgebaut. Ohne ein Wort hatte er ihr klargemacht, dass sie sich hüten musste. Dass es keine Option war, die Worte auszusprechen, die sie sich zurechtgelegt hatte. Sie hatte noch einmal die Kurve bekommen. Aber was jetzt?

»Es ist alles bereits geregelt«, hatte der Mentor gesagt.

Sie erinnerte sich an Schmitts Aufbegehren bei ihrem letzten Treffen. Auch er hatte sich für eine Pause ausgesprochen. Und jetzt ging er nicht mehr an sein Handy. Lena hatte es zweimal versucht. Tief drinnen wusste sie, was das bedeutete. Sie musste vorsichtig sein.

Sie nahm ein Glas aus dem Schrank und hielt es unter den Wasserhahn, drehte ihn auf. Während sich das Glas füllte, warf sie einen Blick durch das Fenster über der Spüle hinaus in die Dunkelheit. Sie befanden sich im ersten Stock. Von hier aus konnte sie auf die Parkbuchten auf der anderen Straßenseite sehen, dahinter begann ein kleiner Park.

Plötzlich legten sich Hände schwer auf ihre Schultern. Lena zuckte zusammen, fand aber schnell ihre Fassung wieder.

»Was schleichst du dich denn so an?«, stieß sie aus und lachte dabei, um die Situation aufzulockern.

»Sollen wir noch mal reden?«, fragte Marius hinter ihr.

Sie drehte sich zu ihm und forschte in seinem Blick.

»Bist du immer noch der Meinung, dass wir aufhören sollen?«

Er sprach behutsam, und das falsche Lächeln war aus seinem Gesicht verschwunden. Unter normalen Umständen hätte sie ihm die Sorge abgenommen. Aber jetzt riet ihr ihr Bauchgefühl, ihm nicht mehr zu vertrauen. Sie spürte, dass er lauerte und darauf wartete, dass sie sich verriet, auch wenn er es sehr gut verbarg. Deswegen schüttelte sie den Kopf und sprach mit fester, ruhiger Stimme.

»Nein, ich habe nur etwas länger gebraucht. Es ist eine Prüfung, durch die wir gehen. Eine Prüfung für uns alle. Darauf haben wir die ganze Zeit gewartet.«

Das waren die Worte, die er hören wollte, und sie kannte Marius gut genug, um zu wissen, dass man ihn mit den richtigen Worten am besten erreichte. Stimmungen richtig zu erfassen und zwischen den Zeilen zu lesen, war nicht seine Stärke. Jetzt sanken seine Schultern ein paar Zentimeter, und sie konnte eine kaum spürbare Anspannung von ihm abfallen sehen.

Sein Blick wurde weich, als er seine warme Hand an die Seite ihres Halses legte und mit dem Daumen zärtlich darüberstrich. Eine ehrliche, liebevolle Geste, die ihr jetzt eine Gänsehaut bescherte.

»Ich wusste, dass du dich wieder fangen würdest«, flüsterte er. »Du wirst sehen. Am Ende wird es sich lohnen. Für dich, für mich, für uns alle.«

Er glaubte das wirklich. Immer noch. Sie legte den Kopf schief und versuchte, sich daran zu erinnern, wie sie sich in ihn verliebt hatte. Wie er sich in der Mensa neben sie gesetzt und sie zum Abendessen eingeladen hatte, als würden sie sich schon ewig kennen. Er hatte sie in dieses Restaurant ausgeführt, in dem sie einen Teil des Gewölbekellers ganz für sich gehabt hatten. Als sei sie etwas Besonderes. Bei dem Gedanken daran lächelte sie ihn an. Er näherte sich ihrem Gesicht und küsste sie mit weichen Lippen auf den Mund. Den Arm schlang er wie eine Python um ihre Taille und zog sie an sich. Als er die Lippen von ihren löste und ihr etwas Raum gab, fuhr sie mit den Fingern durch sein dichtes Haar.

»Ich geh mal duschen, wir sehen uns gleich.«

Damit löste sie sich aus seiner Umarmung und ging ins Badezimmer. Als sie die Tür hinter sich schloss, drehte sie den Wasserhahn auf. Übertönt von dem Rauschen stieß sie hektisch Luft aus

und atmete tief wieder ein. Sie stützte die Hände auf den Oberschenkeln auf und blieb ein paar Momente so, bis sich ihr Atem
beruhigt hatte. Dann spritzte sie sich kaltes Wasser ins Gesicht
und sah in den Spiegel. Was jetzt?

Kapitel 66

Marius stand in der Küche am Fenster und sah hinaus. Er hatte das Gefühl, dass die Dunkelheit ihn regelrecht anstarrte. Er starrte zurück. Als das Rauschen der Dusche aus dem Badezimmer erklang, trat er in den Flur. Lenas Mantel hing an der Garderobe, ihre Handtasche darüber. Seine Hand glitt in die Manteltasche und tastete. Er wollte ihren Worten glauben. Die Chancen, dass sie ihm die Wahrheit sagte, standen gut. Er hatte auf die Signale geachtet, wie er es ihm beigebracht hatte. Aber ihre Stimme war fest gewesen, kein Zittern, auch ihre Hände, still, und nicht feucht von Schweiß. Sie hatte seinem Blick standgehalten, war nicht ausgewichen, und als sie ihn angelächelt hatte, hatte sich ein warmes Gefühl in ihm ausgebreitet.

Trotzdem. Ein letzter Check musste sein. Auch das hatte man ihm beigebracht. Und je schneller er es hinter sich brachte, desto schneller konnte er Lenas Ausbruch als eine kurze Irritation verbuchen. In der ersten Manteltasche fand er nichts außer einer Packung Kaugummi und einem leeren Papierchen. Auf der anderen Seite ihr Handy. Er fischte es heraus, drehte es einmal in der Hand und schaltete das Display ein. Face-ID übersprang er und gab den PIN ein. Lenas Geburtsdatum. Er öffnete erst den Nachrichtenordner, dann WhatsApp, dann ihren E-Mail-Account. Checkte überall ein- und ausgegangene Nachrichten und den Papierkorb. Werbemails. Infos für Tutorien. Nichts von Interesse. Erleichterung durchströmte seinen Körper und verwandelte sich in tiefe Zuneigung für Lena. Hatte er es doch gewusst. Er hatte die Richtige ausgewählt. Im Bad erlosch das Wasserrauschen, und der Verschluss einer Shampooflasche klackte. Gerade als er Lenas Handy in die Manteltasche zurückstecken wollte, fiel ihm noch etwas ein. Das Anrufprotokoll. Er entsperrte das Display erneut. Heute und gestern hatte nur er sie angerufen. Bei den ausgegangenen Anrufen verspannte sich sein Nacken. Sie hatte heute zweimal versucht, Schmitt zu erreichen. Danach hatte sie eine ihm und auch ihrem Handy unbekannte Nummer angerufen. Der Anruf hatte nur zwei Sekunden gedauert. Was konnte man in zwei Sekunden ausrichten? Wenn derjenige überhaupt drangegangen war. Marius spürte, wie sich alles in ihm wehrte. Er wollte das Handy wegstecken. Es gab sicher Erklärungen. Für die Anrufe an Schmitt und für die unbekannte Nummer. Das konnte alles sein. Hatte sie nicht gestern noch erwähnt, dass sie einen Zahnarzttermin hatte vereinbaren wollen? Wahrscheinlich war es das. Und als nur die Mailbox angesprungen war, hatte sie wieder aufgelegt. Er zögerte. Das war alles Bullshit. Er wusste, was er tun musste. Er atmete einmal durch und überprüfte die Anrufeinstellungen – mit unterdrückter Nummer anrufen war eingeschaltet. Er klickte zurück in die Anrufliste, tippte die Nummer erneut an und hielt das Handy an sein Ohr. Es klingelte einmal, zweimal. Dann nahm jemand ab. Winter, hallo? Marius überlegte einen Moment, dann legte er auf. Seine Gedanken rasten. Winter. Nova Winter. Das war die Tussi vom LKA. Marius ließ das Handy zurück in Lenas Manteltasche gleiten und trat vor die Badezimmertür. Drinnen rauschte erneut das Wasser. Fuck, Lena. Wieso hast du das gemacht?

Kapitel 67

Anna schlug die Tür des kleinen Hotelzimmers hinter sich zu und warf ihren Rucksack aufs Bett. Ihr Atem ging immer noch rasend schnell. Sie war fast den ganzen Weg gerannt. Wegen dem, was sie da oben am Fenster gesehen hatte, und aus Angst, dass sie doch jemand erkennen könnte.

»Wenn du jemals wieder in Heidelberg auftauchst oder nur zu einem Menschen einen Ton sagst, dann kommen wir und holen deine kleine Schwester. Nele heißt sie, oder? Dann holen wir Nele, schnallen sie auf den Tisch. Ich werde ihr ganz langsam die Bauchdecke aufschneiden und ihr bei lebendigem Leib die Eingeweide herausreißen ...«

Anna hörte die Drohung glasklar in ihrem Kopf. Der Mann hatte sich über sie gebeugt wie eine Spinne, hatte ihr sein knochiges Knie in den Oberschenkel gepresst. So fest, dass sie vor Schmerz aufgeschrien hatte. Er war ihr mit seinem Gesicht so nah gekommen, dass sie seinen Atem hatte spüren können. Sein markantes Kinn nur Millimeter entfernt.

Vor fünfzehn Minuten hatte sie ihn wiedergesehen. Er hatte am Fenster gestanden und in die Dunkelheit gestarrt, nicht ahnend, dass sie ihn aus dem Schatten der Bäume heraus beobachtete.

Eigentlich hatte sie zu Lena gewollt. Sie wohnte in der Nähe des *Café Wollberg*, daran hatte Anna sich erinnert – und kurz darauf die Klingelschilder sämtlicher Häuser nach ihr abgesucht. Dann hatte sie sie gefunden. Lena Sieger. Sie hatte geklingelt, aber als eine männliche Stimme in der Sprechanlage erklungen war, hatte sie der Mut verlassen.

Jetzt raubte ihr der Gedanke den Atem, dass sie ihm hätte gegenüberstehen können. Eine halbe Stunde später war Lena nach Hause gekommen.

Also hatte sie gewartet. Im ersten Stock war Licht in der Küche angegangen, und dann hatte sie erst Lena und dann ihn gesehen. Er hatte sich hinter sie gestellt und ihr die Hände auf die Schultern gelegt, wie man das nur bei jemandem tat, dem man sehr nahestand. Sie war also mit ihm zusammen.

Bei dem Gedanken wurde Anna übel. Was hatte sie sich nur dabei gedacht, so unvorbereitet dort aufzutauchen? Sie hatte Lena zur Rede stellen wollen. Sie hatte ihr vertraut, hatte sich von ihr auf diese Party locken lassen. Und dann hatte Lena dabei zugesehen, wie man versucht hatte, sie zu ermorden.

Jetzt, in ihrem sicheren Hotelzimmer, erschien es Anna verrückt, und sie war froh, dass sie der Mut verlassen hatte. Sie musste einen kühlen Kopf bewahren, nachdenken.

Als sie auf ihrem Handy zu googeln begann, wurde sie sofort von Schlagzeilen überflutet.

»Der Schlächter von Heidelberg geht um!«

»Drei Studierende zu Tode gefoltert.«

»Blutige Waldmorde – Wer ist die Nächste?«

»Nach wie vor kein Tatverdächtiger. Wo bleiben die Ermittlungserfolge?«

In einem Forum fand Anna den Screenshot eines Tweets. Von »Verbrechen im Süden«. Nils. Scheiße. Anna zog das Foto groß und betrachtete die Leiche von Fiona.

Übelkeit kroch ihr erneut die Kehle hoch. Schnell wechselte sie auf Nils' Instagramseite, überflog die Beiträge.

Da waren Fotos von ihr. Suchaufrufe. Auf der Seite seines Podcasts fand sie ein Interview mit ihrer Mutter. Anna stiegen die Tränen in die Augen.

»Wenn du je wieder hier auftauchst, dann holen wir deine kleine Schwester.«

Anna wischte sich die Tränen aus dem Gesicht, ehe sie erneut Google aufrief. Ein Artikel zeigte Fotos von Milla. Sie war nach dem Mordversuch an ihr gestorben. Fiona war die Erste gewesen. Fiona. Jetzt erinnerte sich Anna an die Suchaktion. Sie war die Kellnerin aus dem *Saphirblau*. Außerdem gab es noch eine weitere Frau, die in einem Baum aufgeknüpft gefunden worden war. Sie war noch nicht identifiziert.

Von den Zeichnungen im Nacken war nirgendwo die Rede. Klar, diese Info hatten sie nicht an die Presse gegeben. Anna fuhr sich mit dem Zeigefinger über die Narben. Bisher hatte sie sich nicht daran erinnert, wie sie zustande gekommen waren. Doch jetzt fühlte sie, dass da doch etwas war. Sie schloss die Augen, um noch einmal zurückzugehen.

Sie ist wieder auf der Feier. Die meisten Gäste sind schon weg. Sie spürt die Berührung eines Körpers. Ein Mann tanzt mit ihr, dann nimmt er ihre Hand und kommt mit seinen Lippen ihrem Ohr ganz nah.

»Jetzt wirst du ein Teil von uns.«

Er hebt behutsam ihre Haare.

»Achtung, gleich brennt es ein bisschen.«

Sie spürt den Schmerz wie durch Watte, als ihr eine dünne Klinge durch die Haut fährt.

Ein Brennen. Und dann die Jubelrufe der anderen.

Anna schlug die Augen wieder auf, brauchte ein paar Momente, um ihren Atem zu beruhigen. Von ihrem Handydisplay starrten ihr Milla und Fiona entgegen.

Sie waren nicht entkommen.

Hatte Lena auch die beiden ausgesucht und sie zu der Party gelockt?

»Komm, das wird cool! Du hast doch auch schon davon gehört, oder? Normalerweise muss man exklusiv eingeladen werden. Aber heute ist dein Glückstag. Ich nehm dich mit auf die Party.«

Natürlich hatte Anna im Vorfeld von den Partys gehört. Sie waren exklusiv, einem kleinen Kreis vorbehalten. Und dass plötzlich sie dazugehören sollte? Sie hatte sich geschmeichelt und wichtig gefühlt und war Lena leichtgläubig gefolgt.

Wieso auch nicht? Lena war sympathisch, sie kannten sich von der Uni. Wer würde einer so hübschen, zierlichen Person so etwas Grausames zutrauen? Sie war perfekt, um jemanden in eine tödliche Falle zu locken.

Anna sah aus dem Fenster auf den trostlosen Parkplatz vor dem Hotel, der von einer blassen Straßenlaterne erleuchtet wurde. Und jetzt? Sie wusste Lenas Namen, wusste, wo sie wohnte. Den Namen ihres Freunds kannte sie nicht. Sollte sie trotzdem zur Polizei gehen? Nova Winter hatte ihr ihre Nummer gegeben. Sie könnte sie anrufen, erklären, dass sie doch jemanden wiedererkannt und jetzt genauere Infos hatte.

Aber irgendetwas in ihr wehrte sich. Vielleicht war es verrückt, aber sie wollte Lena in die Augen sehen und aus ihrem Mund hören, wieso sie sie ausgewählt hatte.

Außerdem war sie nicht sicher, wie weit diese Informationen die Polizei bringen würden. Am Ende würde Aussage gegen Aussage stehen. Und wenn diese Leute so gut organisiert waren, wie es den Anschein hatte, würde das nicht reichen.

Was waren ihre fragilen Erinnerungen wert? Was, wenn Lena und ihre Leute am Ende herausfanden, dass sie dahintersteckte, und ihre Drohung wahrmachten?

Das konnte sie nicht riskieren. Bevor sie zur Polizei ging, brauchte sie handfeste Beweise.

Kapitel 68

Libertas per audaciam. Magnus klappte sein Tablet auf, begann zu tippen und lehnte sich in seinem Stuhl zurück.

»Kein Treffer, wäre auch zu schön gewesen.«

Er hatte den Text in ViCLAS eingegeben, einer Falldatenbank im Bereich der besonders schwerwiegenden sexuell assoziierten Gewaltkriminalität. Hier wurden Fälle erfasst, kategorisiert und sämtliche Informationen zum Fall und dem Täterverhalten gespeichert. Sollte also bei einer Sexualstraftat schon mal aufgefallen sein, dass ein Täter diesen Spruch verwendet hatte, würden sie das hier finden.

Er wandte sich Rami und Krohn zu. Die letzten Stunden hatten sie damit verbracht, Annas Aussage auszuwerten und ihre Analyse zu aktualisieren. Mindestens fünf Täter. Alle in den Zwanzigern. Das war außergewöhnlich, und in dieser Konstellation hatte selbst Magnus noch nichts Vergleichbares erlebt.

»Das Problem ist natürlich, dass wir es hier nicht mit dem klassischen Sexualstraftäter zu tun haben. Das ist alles viel komplizierter. Schon allein, weil es mehrere Täter sind.«

Magnus betrachtete die Suchmaske der Datenbank und dachte nach. Bei Tötungsdelikten mit sexueller Komponente war es oft so, dass der Täter vorher schon einmal ausprobiert hat, wie er es am besten anstellt, sich einem potenziellen Opfer zu nähern.

Dann fällt er durch Taten wie Angriffe auf Frauen oder Vergewaltigungen auf. Werden diese Fälle von der Polizei erfasst, wandern sie in ihre Datenbank und können später hilfreich sein, um Verbindungen herzustellen. Wie letztes Jahr im Januar.

Er konnte sich noch gut an den Mord an der fünfundzwanzigjährigen Julia am Starnberger See erinnern. Die junge Frau aus Tutzing war beim Joggen am frühen Morgen angegriffen worden. Der Täter hatte sie vergewaltigt und anschließend erdrosselt. In der Wunde um ihren Hals fanden die Kriminaltechniker hellblaue Textilfasern. Die Polizei vor Ort hatte einige Zeit im Trüben gefischt, und die Bevölkerung wollte glauben, dass das Mädchen einem Fremden, der schon lange nicht mehr in der Umgebung war, zum Opfer gefallen war. Tatsächlich waren sie anhand ihrer Datenbank schließlich auf eine versuchte Vergewaltigung an der damals neunzehnjährigen Elif gestoßen, die sich ein Jahr zuvor im Nachbarort ereignet hatte. Der Täter hatte die junge Frau nachts auf dem Nachhauseweg von einer Feier auf einem Feldweg überfallen. Um sie ruhigzustellen, hatte er sie gewürgt – mit dem Gürtel eines hellblauen Bademantels. Zum Glück war den beiden kurz darauf ein Fahrradfahrer entgegengekommen, und der Täter hatte von dem Mädchen abgelassen. Er war geflohen und wurde nicht gefasst. Die Täterbeschreibung des überlebenden Opfers führte sie ein Jahr später zu einem fünfunddreißigjährigen Verdächtigen, der schließlich durch einen DNA-Abgleich als Mörder der fünfundzwanzigjährigen Julia in Tutzing überführt wurde. Der Mann war kein Fremder: Er lebte ebenfalls in Tutzing, nur wenige Straßen von dem Mordopfer entfernt.

Bei ihrem aktuellen Fall lag die Sache jedoch anders. Nicht nur, dass sie es mit einer Gruppe zu tun hatten, sie hatten auch nur bei Fiona Anzeichen für gewaltsamen Sex feststellen können.

»Bei diesen Morden geht es nicht darum, einen sexuellen

Trieb zu befriedigen«, sprach Rami Magnus' Gedanken aus. »Das sind junge Menschen, die sich in einen Rausch versetzen, gegenseitig anstacheln und zusammen morden.«

Krohn nickte ihm zu.

»Das ist alles sehr organisiert abgelaufen und mit einer Brutalität, dass ich mir gar nicht vorstellen kann, dass die Leute vorher noch nicht strafrechtlich in Erscheinung getreten sind. Körperverletzungen, Raub … Aber auch hier haben wir ja bisher nichts Passendes gefunden.«

Magnus tippte mit einem Finger auf die Tischplatte. »Das stimmt, die Brutalität ist natürlich das, was ins Auge sticht und alles überstrahlt. Das andere, was Sie gesagt haben, ist meiner Meinung nach aber viel wichtiger. Diese Leute sind extrem gut organisiert. Die haben das Ganze schon mehrfach durchgezogen und alles so gut vertuscht, dass es erst durch ein Unwetter zum Vorschein kam. Von dem Opfer im Baum mal abgesehen. Die haben das in den letzten Monaten nur für sich gemacht, wollten nicht gefasst werden.«

Krohn schüttelte nachdenklich den Kopf. »Das sind mindestens fünf Leute, die monatelang sehr stark zusammengehalten haben und das auch immer noch tun. Jona Schmitt jetzt einmal außen vor. Niemand bricht aus, verrät etwas. Wie haben die sich gefunden? Und wer oder was ist der Kleber, der diese Gruppe zusammenhält?«

»Und wieso tun sie es?«, führte Rami den Gedanken fort. »Die reine Inszenierung ist mir zu wenig, was liegt darunter? *Libertas per audaciam* – Freiheit durch Wagemut. Geht es hierum? Ist das die Ideologie?«

Für einen Moment schwiegen sie nachdenklich, ehe Magnus erneut das Wort ergriff.

»Gemeinschaftliches Morden findet man im Sektenmilieu.

Ich musste gerade an einen Fall denken, der in den Neunzigern in Australien passiert ist. Dort haben vier Männer im Rahmen eines Rituals über Wochen mehrere Frauen ermordet, um im Anschluss ihr Fleisch zu essen. Sie gehörten einer Sekte an. Das Ritual sollte angeblich dazu dienen, ihren Geist zu schärfen. Die Täter verband also eine gemeinsame Ideologie. In Sekten ist das häufig gekoppelt mit der Verehrung eines Führers oder spirituellen Oberhaupts.«

Momente später bat Magnus Krohn erneut, die Aufnahme zu starten. Sie folgten Annas innerem Film. Wie sie umkreist wird und dann attackiert. Sie tritt um sich, wehrt sich, schreit. Plötzlich bricht Panik aus. Feuerwehreinsätze und Meldungen über Rauchentwicklung am Tag von Annas Verschwinden hatten sie schon gecheckt. Auch hier nichts. Anna kann sich schließlich losreißen. Sie rennt raus. Magnus folgte ihr in Gedanken durch den engen Treppenaufgang hinaus. Zum Gittertor. Sie rüttelt an dem klemmenden Tor, bis es aufgeht, dann rennt sie panisch davon, erst die Straße entlang und dann in den Wald hinein. Äste brechen unter ihren Füßen. Der Schmerz in ihrem Bein. Hat sie ihren Verfolger abgehängt? Dann wird sie von hinten überwältigt und zu Boden geworfen. Der Mann bedroht sie.

»Wenn du jemals wieder in Heidelberg auftauchst oder nur zu einem Menschen einen Ton sagst, dann kommen wir und holen deine kleine Schwester. Nele heißt sie, oder? Dann holen wir Nele, schnallen sie auf den Tisch. Ich werde ihr ganz langsam die Bauchdecke aufschneiden und ihr bei lebendigem Leib die Eingeweide herausreißen. Sie ist noch bei Bewusstsein, wird also alles mitbekommen. Und dann werde ich sie ficken, während sie verblutet. Ihren Körper werdet ihr niemals finden. Du wirst als Einzige wissen, was mit ihr passiert ist. Alles klar? Ob das klar ist, hab ich dich gefragt?«

Ihm gegenüber verzog Krohn das Gesicht. Die drei sahen sich wissend an. »Menschen können so ekelhaft sein«, sagte Rami. Leider war das nicht das Ekelhafteste, das sie alle drei im Laufe ihrer Karriere gehört oder gesehen hatten.

»Moment.« Rami schien eine Idee gekommen zu sein. Er begann, etwas auf seinem Tablet zu tippen. Dann lehnte er sich zurück. »Ist nur eine spontane Eingebung, ich glaube nicht ...«

Er brach ab.

»Das ist jetzt nicht wahr. Wir haben einen Treffer.«

Kapitel 69

»Ein Fall aus dem Jahr 2003, die Kripo Darmstadt hat da ermittelt. Eine junge Frau, damals 19, ist spätabends gegen 22 Uhr auf dem Nachhauseweg von der Orchesterprobe überfallen worden. Ihr Weg ging durch ein parkähnliches Stück. Dort hat der Angreifer sie überwältigt, ins Gebüsch gezerrt und mit einem Messer verletzt. Als sich in der Entfernung ein Fußgänger genähert hat, hat der Angreifer ihr das Messer an die Kehle gesetzt und gedroht: ›Wenn du auch nur einen Ton sagst, dann schlitz ich dich auf und reiße dir bei lebendigem Leib die Eingeweide raus. Und dann ficke ich dich, während du verblutest.‹«

Magnus stellten sich die Nackenhaare auf, als er die Worte erneut hörte, und aus Ramis Mund klangen sie absurd.

Er hatte den Wortlaut der Drohung in die Datenbank eingegeben und tatsächlich einen Treffer erhalten.

»Der Fußgänger, ein fünfzigjähriger Anwohner, der mit seinem Hund unterwegs war, ist auf das Geschehen aufmerksam geworden, und als der Hund zu bellen begonnen hat, hat der Angreifer die Flucht ergriffen. Er wurde nicht gefasst.«

»Und, was wissen wir über ihn?«, fragte Krohn.

»Die Frau hat ihn später als etwa eins achtzig groß beschrieben, schlanke Statur, deutschsprachig. Und jetzt kommt es. Er war schätzungsweise zwischen 15 und 18 Jahre alt.«

Magnus verschränkte die Arme vor der Brust. »Heute wäre er zwischen 33 und 36 Jahre alt. Er hatte also alle Zeit der Welt, um sich weiterzuentwickeln ...«

... und vielleicht heute der Führer einer solchen Gruppe zu sein.

»Hast du das Protokoll der Opferzeugenaussage?«

Ramis Stirn lag in Falten.

»Das ist das Problem, die Akte ist unvollständig, hier fehlt die Hälfte.«

Kapitel 70

Der Mentor ließ sich ins warme Wasser gleiten, bis nur noch sein Gesicht herausschaute. Mit den Ohren unter Wasser genoss er den sanften Duft von Patschuli und Lavendel.

Das Badeöl hatte er sich von einer kleinen Manufaktur in der Provence schicken lassen und hatte es keine Sekunde bereut.

Morgen war es wieder so weit.

Als er spürte, wie sich seine Muskeln in der Wärme langsam entspannten, schloss er die Augen und horchte in die Stille hinein. Unter Wasser hörte er seinen eigenen Atem umso lauter. Langsam ein und aus. Und ein und aus. Er schwebte im Wasser und glitt in einen sanften Trancezustand hinüber.

Die Leere war das, was er wollte.

Aber heute gelang es ihm nicht. Plötzlich stieg ihm ein beißender Geruch in die Nase. Ein Gemisch aus Schweiß und Säure und einem Mülleimer, der in der Küche überquoll. Wo sich dicke weiße Maden durch die Reste von Dosenravioli und Kartoffelbrei fraßen.

Ein Geräusch kam hinzu.

Grrr Grrr.

Ein gurgelndes, kehliges Husten.

Grrr Grrr.

Als ob dir etwas im Hals steckt, das du nicht rausbekommst.

Er spürte das speckige Laken zwischen seinen Fingern, krallte sich darin fest und zog sich die dünne Decke über den Kopf.

Das gurgelnde Geräusch kam von unter dem Bett, wo sie gerade erstickte.

Seine Augen sprangen auf, und er fuhr hoch. Das Wasser in der Badewanne schwappte über, klatschte gegen seine Knie.

Der Mentor starrte an die gegenüberliegende Wand, und für einen Moment hätte er schwören können, dass die Fliesen sich orange gefärbt hatten und ihn in einem schrägen Retro-Muster anlachten.

Ein Blinzeln später war alles wieder normal. Er nahm einen tiefen Atemzug und roch Lavendel und Patschuli.

Kapitel 71

Tims Zimmer war noch erleuchtet, als Jakob auf den Parkplatz vor der Garage fuhr. Er hatte Yeliz auf Lautsprecher, die sich gerade bei ihm gemeldet und von ihrem Besuch im Verbindungshaus berichtet hatte.

»Ich habe mich danach ein bisschen schlaugemacht über diesen Ferdinand Dahlem. Er ist Professor für Kunstgeschichte an der Uni Heidelberg und war früher selbst in der Verbindung Sapientia aktiv. Jetzt ist er ›Alter Herr‹, so nennt sich das. Viel interessanter ist allerdings, worüber er forscht. Hast du schon mal was von der Heidelberger Loge gehört?«

Jakob schaltete den Motor ab und setzte sich gerade hin.

»Nein, was ist das?«

»So wie ich das hier verstehe, ist es ein Zusammenschluss von Künstlern. So etwas wie ein Geheimbund aus dem frühen 19. Jahrhundert. Dahlem hat mehrere Artikel dazu veröffentlicht. Spontan bekomme ich hier nur die Zusammenfassungen.«

Jakob hörte, wie Yeliz etwas auf ihrer Tastatur tippte.

»Die Heidelberger Loge hatte phasenweise sechs bis acht Mitglieder. Sie sollen sich regelmäßig im Verborgenen getroffen und gewisse Rituale durchgeführt haben, um bessere Kunst zu produzieren.«

»Und was für Rituale?«

»So genau steht das hier nicht. Es ist die Rede von körperlichen und mentalen Grenzerfahrungen. Bei dem Stichwort musste ich natürlich sofort an das denken, woran sich Anna erinnert hat. Wie sie sie umkreist und dabei ihren Spruch aufgesagt haben wie ein Mantra. Freiheit durch Wagemut. Das Einritzen der römischen Zahlen gehört natürlich auch zu diesem Ritual.«

Jakob ließ die neue Information wirken. In dem Moment ging die Haustür auf, und Tim trat in den Rahmen, blickte in seine Richtung.

»Ich muss aufhören, Yeliz, okay? Lass uns direkt morgen zu diesem Prof an die Universität fahren und ihn befragen. Das klingt alles interessant, vielleicht kommen wir da weiter.«

Als er ausstieg, trat Tims Kumpel Milan aus der Tür. Die Jungs verabschiedeten sich mit Handschlag.

»Hallo, Herr Krohn«, grüßte er, ehe er sich auf seinen kurzen Heimweg machte. Jakob sah ihm dennoch nach, bis er zwei Häuser weiter in der Tür verschwunden war.

Im Haus roch es nach Lasagne.

»Oma hat so viel gekocht«, erklärte Tim, während er Jakob in die Küche folgte. »Ich glaube, die will uns mästen.«

Der Ofen lief.

»Hast du dir gerade noch was warm gemacht?«

Tim schüttelte den Kopf.

»Nein, das ist für dich. Als ich das Auto gehört hab, habe ich den Ofen angeschaltet. Müsste gleich fertig sein.«

Jakob war perplex, aber auch ein bisschen misstrauisch.

»Danke«, sagte er. Sogar Teller und Besteck lagen schon auf dem Tisch bereit.

Fünf Minuten später nahm er die Lasagne aus dem Ofen und schaufelte sich ein Stück auf den Teller. Der Geruch des geschmolzenen Käses ließ seinen Magen knurren. Erst jetzt merkte er, wie hungrig er war. Tim setzte sich zu ihm an den Tisch.

»In meiner Klasse glauben alle, es ist der Typ mit dem Podcast. Der bei der Pressekonferenz so frech war.«

Jakob sah seinen Sohn prüfend an. Natürlich waren die Morde auch an Tims Schule weiterhin Gesprächsthema Nummer 1.

»Du hast dir die Pressekonferenz angeschaut?«

Tim nickte. »Heute in der Pause. Hat jeder in meiner Klasse. Dieser Podcaster macht einen auf super hilfsbereit, aber am Ende sind es doch immer die, die am unverdächtigsten tun. In Filmen jedenfalls.«

»Ja, in Filmen.«

»Also? Ist er ein Verdächtiger?«

Jakob steckte sich ein Stück Lasagne in den Mund. Tim wusste, dass er mit ihm nicht über Details reden konnte. Den Vortrag konnte er sich also sparen.

»In der PK gestern hieß es, dass ihr keine Verdächtigen habt. Stimmt das wirklich?«

Jakob ließ die Gabel sinken. Er beschloss, Tim nicht abzuwürgen, auch wenn das sein erster Impuls gewesen war.

»Also pass auf, was ich dir sagen kann, ist Folgendes: Es ist extrem wichtig, dass manche Details aus unseren polizeilichen Ermittlungen nicht an die Öffentlichkeit gelangen. Das, was wir in einer Pressekonferenz sagen, ist immer das Minimum dessen, was wir preisgeben müssen, um die Bevölkerung zu informieren. So verhindern wir außerdem, dass es Nachahmungstäter gibt.«

»Dass jemand anderes jetzt jemanden umbringt und es so aussehen lässt, als wäre es der andere Mörder?«

Tims Augen leuchteten. Er fand das wirklich spannend. Jakob wusste nicht, ob ihn das beunruhigen sollte oder ob er gerade so etwas wie Stolz empfand, weil sich sein Sohn für seinen Job begeisterte.

»Ja, ganz genau. Stell dir vor, ein Mörder hinterlässt bei jedem seiner Opfer eine rote Rose als Erkennungszeichen. So etwas würden wir nicht kommunizieren. Es kommt zum Beispiel auch schon mal vor, dass sich jemand zu einem Mord bekennt, den er gar nicht begangen hat. Und wenn wir ihn dann vernehmen, können wir genau überprüfen, welche Details er kennt und welche eben nicht.«

Tim nickte eifrig. In seinem Gesicht standen tausend unbeantwortete Fragen, aber hier musste Jakob ihn bremsen.

»Damit belassen wir es heute, okay?«

Tim öffnete den Mund, um etwas zu sagen. Da bekam er eine Nachricht und blickte aufs Handy.

»Milan will noch was zu Mathe wissen«, erklärte er und stand auf.

»Ich geh dann mal hoch.«

Im Türrahmen drehte er sich noch einmal um.

»Ich hoffe wirklich, dass du den Typen kriegst.«

»Das hoffe ich auch.«

Im nächsten Moment war Tim im Flur verschwunden. Jakob spießte einen Bissen Lasagne auf, die inzwischen wieder kalt war. Egal. Es schmeckte trotzdem.

Während er aß, klappte Jakob seinen Laptop auf, um den Kunstgeschichts-Professor zu googeln, von dem Yeliz ihm erzählt hatte. Ferdinand Dahlem. Auf der Seite seines Lehrstuhls fand er ein Foto von ihm, das eher nach Künstlerporträt aussah als nach dem eines Dozenten.

Der Mann war äußerst fotogen. Er hatte die schulterlangen Haare gepflegt nach hinten gestylt, der Oberkörper eingedreht. Er trug einen mit Sicherheit maßgeschneiderten marineblauen Anzug. In seinem Blick lag ein Selbstbewusstsein, um das ihn sicher viele Menschen beneideten. Ferdinand Dahlem, geboren 1982 in Saarbrücken, las Jakob und stockte augenblicklich.

Vierzig Jahre. Er betrachtete Dahlems Gesicht. Ohne ihn live erlebt zu haben, konnte er sich vorstellen, wie er Menschen in seinen Bann zog.

Wie hatte er es vorhin formuliert: Wer oder was ist der Kleber, der diese Gruppe zusammenhält?

Aber dann schüttelte Jakob den Kopf und blickte auf. Es war spät, nach 23 Uhr. Und dieser Gedanke stand auf keinem Fundament.

Kapitel 72

Donnerstag, 20. Oktober 2022

Tag 3 der Ermittlungen

Es war kurz nach sechs Uhr morgens, als Lena sich leise im Bett aufsetzte. Neben ihr atmete Marius tief ein und aus. Sein Brustkorb hob und senkte sich regelmäßig. Lena schob ihre Bettdecke zurück, darauf bedacht, ihr Gewicht so zu verlagern, dass Marius die Bewegung der Matratze nicht mitbekam. Als ihre nackten Fußsohlen den kalten Holzboden berührten, drückte sie sich langsam hoch und stand auf. Um die Tür zu erreichen, musste sie einmal auf Zehenspitzen um das Bett herumlaufen. Sie ließ Marius keine Sekunde aus den Augen, bis sie schließlich die Tür leise hinter sich zuzog.

Jetzt musste alles schnell gehen. Sie musste die Wohnung verlassen haben, bevor Marius aufwachte. Im Bad schlüpfte sie in ihre Klamotten vom Vortag, packte das Nötigste an Toilettenartikeln ein. Sie ließ kein Wasser laufen, keine Klospülung. Als sie zurück in den Flur trat und nach Rucksack und Mantel griff, hielt sie inne. Im Schlafzimmer raschelte Bettzeug. Vorsichtig ließ sie den Rucksack sinken und lauschte. Es raschelte erneut. Schlug er die Bettdecke zurück? Wenn er jetzt in den Flur kommen würde, würde sie so tun, als sei sie früh wach. Sie würde ihn fragen, ob er auch einen Kaffee wolle, und sich dann wie selbstverständlich mit ihren Büchern an den Küchentisch setzen und lernen. Sie hatte an alles gedacht. Stille. Ihr Ohr lag am Türblatt. Dann hörte sie tiefes Durchatmen. Er schlief. Lena schnappte sich Rucksack und Mantel und schlüpfte ins Treppenhaus. Ohne Licht anzuschalten, lief sie die Treppe hinunter. Sie trat hinaus in die Dunkelheit, wo sie eine erste Welle der Erleichterung erfasste. Dann lief sie los. Bis zum Bahnhof waren es nur zwanzig Minuten zu Fuß.

Gerade als das Gebäude in Sichtweite kam, vibrierte ihr Handy. Marius. Allein sein Name auf dem Display ließ ihr das Herz bis zum Hals schlagen. Sie blieb stehen. Wenn sie jetzt nicht dranging, wusste er Bescheid. Und dann würde alles ganz schnell gehen. Sie würden sie überall finden, noch bevor sie sich in einen Zug setzen konnte.

Sie nahm ab.

»Wo bist du, Schatz?« Er klang verschlafen. Trotzdem konnte sie seine Anspannung durch die Leitung spüren. Sie stand da wie gelähmt. Wohin wollte sie überhaupt gehen? Ihre Mutter und ihre Brüder waren keine Option. Freunde hatte sie auch keine außerhalb der Gruppe. Die Zweifel in ihr wuchsen, sagten ihr nur allzu deutlich, dass sie nicht stark genug war, um so etwas allein durchzuziehen. Sie würden sie überall finden. Was hatte sie sich nur gedacht?

»Lena? Alles in Ordnung?«

Lena schluckte, wurde den Kloß in ihrem Hals aber nicht los. Der Bahnhof lag vor ihr, aber sie konnte nicht weg. Ihre Idee, wegzulaufen, fiel so schnell in sich zusammen, wie sie gekommen war.

»Ja, alles okay.« Sie hustete, um das Kratzen aus ihrer Stimme zu spülen. »Ich bin schon los zur Uni. Ich wollte noch in Ruhe die Texte vor Geschichte lesen.«

Kurzes Schweigen in der Leitung. »Dann sehen wir uns gleich nach der ersten Vorlesung?«

Sie ließ die Schultern sinken. »Ja, das wäre schön. Holst du mich ab?«

»Natürlich, ich bring dir einen Kaffee mit. Bis gleich.«

»Bis gleich.«

Als sie auflegte, warf sie einen letzten Blick zum Bahnhof. Sie musste einen anderen Weg finden.

Kapitel 73

Der Hörsaal war zum Bersten gefüllt. Inmitten Hunderter Studierender fühlte sich Lena das erste Mal seit Langem wieder sicher. Natürlich war es eine trügerische Sicherheit. Wenn die Vorlesung vorbei war, würde Marius draußen auf sie warten, und sie konnte nur hoffen, dass er ihr ihre Story abgekauft hatte. Dass er nicht bemerkt hatte, dass sie zwar sämtliche persönlichen Sachen zurückgelassen, ihre Schilddrüsenmedikamente aber mitgenommen hatte.

Wie hatte sie nur so bescheuert sein können, nachdem sie ihn doch gestern so erfolgreich in Sicherheit gewiegt hatte? Hatte er sie vielleicht längst durchschaut? Der Mentor hatte ihr zwar gesagt, dass ihr Besuch bei ihm unter ihnen bleiben würde, aber wer garantierte ihr, dass er die Wahrheit sagte? Sie wusste, dass Marius sie liebte. Aber dem Mentor war er treu. Was würde er tun, wenn er sie wirklich für eine Gefahr für die Vision des Mentors hielt? Schmitt hatte sich noch immer nicht zurückgemeldet, und langsam beschlich sie ein ungutes Gefühl.

»Psst.« Lena wurde aus den Gedanken gerissen, als ihr jemand auf die Schulter tippte. Sie drehte sich um. Eine Kommilitonin lächelte sie an und reichte ihr einen zusammengefalteten Zettel. Als Lena sie fragend ansah, zuckte sie mit den Schultern und deutete mit dem Daumen nach hinten.

»Ich weiß auch nicht, von wem«, flüsterte sie, ehe sie den Blick wieder nach vorne auf die Professorin richtete. Lena sah sich um. Hinter ihr blickten alle entweder zur Tafel oder auf ihre Handys. Niemand nahm Blickkontakt mit ihr auf. Von wem war der Zettel? Sie suchte in der Menge nach bekannten Gesichtern. Marius, Schmitt, aber da war niemand. Langsam drehte sie sich wieder um und faltete den Zettel auf.

»Um 08:45 auf der Damentoilette im UG.«

Die Nachricht war weder unterschrieben, noch kannte sie die Schrift. 08:45 Uhr war in zehn Minuten, mitten in der Vorlesung. War es eine Falle? Lena faltete den Zettel wieder zusammen und schob ihn zwischen Daumen und Zeigefinger hin und her. Die Minuten vergingen. Um 08:45 Uhr sah sie mit klopfendem Herzen auf die Uhr. Sie spielte mit dem Gedanken, es einfach auszusitzen. Aber dann war sie doch zu nervös. Sie stand auf und verließ mit gesenktem Kopf den Hörsaal.

Auf dem Flur herrschte gespenstische Stille. Sämtliche Vorlesungen hatten gerade erst begonnen, und wer die anschließende Veranstaltung besuchte, war noch längst nicht da. Lena lief zu den Treppen, dann hinunter ins Untergeschoss. Hier befanden sich hauptsächlich Lagerräume, aber auch der ein oder andere tragisch fensterlose Seminarraum.

»Wegen Reparatur geschlossen«, stand auf einem Schild an der Tür zur Damentoilette. Lena drückte die Klinke hinunter. Drinnen brannte Licht. Sie atmete einmal durch, ehe sie eintrat – und war allein.

Fünf der insgesamt sechs Kabinen standen weit offen. Die Tür der letzten war nur angelehnt.

»Hallo?«, fragte sie vorsichtig, während sie sich der Kabine näherte. Sie schubste die Tür ein Stück weiter auf. Dann knallte es.

Lena fuhr herum. Die große Tür war ins Schloss gefallen. Vor ihr stand eine junge Frau, die sie mit großen Augen anstarrte.

Wer war das?

Sie trug eine bordeauxfarbene Mütze und einen schwarzen Mantel, darunter Jeans und Turnschuhe. Alles irgendwie zusammengewürfelt.

»Hast du mir den Zettel geschrieben?«, fragte Lena. Die kalte Beleuchtung ließ die Haut der jungen Frau bläulich scheinen. Sie zog die Mütze ab. Schwarze Haare fielen ihr auf die Schultern. Dass sie gefärbt waren, sah Lena sofort, da der Ansatz bereits herausgewachsen war. Ihre natürliche Haarfarbe war Rot. Moment mal. Erinnerungen zuckten blitzartig durch ihr Gedächtnis. War das? Das konnte nicht sein. Obwohl ihr Bauchgefühl ihr riet, so viel Abstand wie möglich zwischen sich und diese Frau zu bringen, trat Lena einen Schritt näher. In der Hoffnung, dass sie sich irrte und dass nicht …

»Hi, Lena«, sagte die Frau. Ein leichtes Zittern lag in ihrer Stimme.

Das … das konnte doch nicht sein.

»Anna?«, entfuhr es ihr. In ihrem Mund sammelte sich so viel Speichel, dass sie schlucken musste.

»Ich dachte …«

»Du dachtest, ich sei tot?«

Lena stockte. Sie waren ihr gefolgt, nachdem das Feuer ausgebrochen war. Zwei von ihnen waren die Treppen hinaufgerannt und hinter ihr her. Wie hatte sie ihnen entkommen können? Mit den Wunden an Oberschenkel und Bauch. Sie hatten es zu Ende gebracht, hatte es geheißen.

Anna machte einen zögerlichen Schritt auf sie zu. Lena wich instinktiv zurück. Obwohl Annas Auftritt nichts Aggressives an sich hatte, jagte er ihr eine Heidenangst ein.

»Was willst du von mir?«

Ihre Augen suchten fieberhaft nach etwas, mit dem sie sich verteidigen konnte. Aber da war nichts. Es sei denn, sie wollte es mit einer Klobürste versuchen.

»Ich bin froh, dass du nicht tot bist«, schob sie hinterher – ein erbärmlicher Beschwichtigungsversuch, aber auch irgendwie die Wahrheit. Und vielleicht ihre Chance, aus der ganzen Geschichte rauszukommen, schoss es Lena jetzt durch den Kopf.

Anna verzog das Gesicht.

»Ja genau. Das soll ich dir glauben? Du hast total Schiss, das sehe ich doch. Und das natürlich zu Recht. Ihr wolltet mich umbringen.«

Lena starrte Anna an. Wieso war sie hier? Sie war seit sechs Monaten verschwunden. Und jetzt tauchte sie hier auf und lockte sie in die Damentoilette? Wieso war sie nicht bei der Polizei?

»Wo warst du denn die ganze Zeit?«, fragte sie. Hatten sie sie irgendwo gefangen gehalten, ohne dass Lena davon wusste? War sie entkommen?

Anna hielt ihrem Blick stand. Als sie wieder das Wort ergriff, bebte ihre Stimme.

»Ich verstehe nicht, wieso du mir das angetan hast. Wieso hast du mich auf diese Party gebracht? Was hab ich dir getan?«

»Du hast mir gar nichts getan.«

»Du hast mich in diese Falle gelockt! Die haben versucht, mich umzubringen!«

»Ich …«

»Wenn du mir jetzt erzählen willst, dass du nichts davon wusstest, spar es dir! Du hast zugesehen! Ohne mir zu helfen. Ohne jegliche Gefühlsregung im Gesicht. Ich erinnere mich genau! Wie konntest du dastehen und einfach zusehen?«

Für eine Sekunde glaubte Lena, dass Anna Tränen in die Augen stiegen, aber dann riss sie sich zusammen.

Lena senkte den Blick.

»Ich weiß es auch nicht«, log sie. Die Wahrheit konnte sie nicht aussprechen. Die Wahrheit war, dass sie kein Mitgefühl empfunden hatte. Nicht als sie Anna im vollen Bewusstsein dessen, was passieren würde, eingeladen und sie später abgeholt hatte. Nicht als sie zugesehen hatte, wie die Raubtiere um sie herumgeschlichen waren. Nicht als sie auf sie eingestochen hatten. Nicht bei Anna, nicht bei Fiona und auch nicht bei denen nach ihr. Sie war in diesen Momenten wie betäubt gewesen, hatte alles durch einen Schleier mit angesehen. Erst als vor zwei Tagen die Leichen gefunden worden waren, hatte sich ihr Blick geklärt. Sie hatte Angst, aufzufliegen, den Boden unter den Füßen zu verlieren. Und ja, da war auch so etwas wie Reue. Aber vor allem wollte sie raus aus der Gruppe, sich befreien. Aber das konnte sie Anna schlecht erklären. Was sollte sie sagen? Dass sie schon immer so gewesen war. Dass sie selten etwas für andere Menschen empfunden hatte. Bis auf ihren Vater, den sie abgöttisch geliebt hatte. Egal, wie wütend er manchmal gewesen war.

Anna schwieg eine ganze Zeit.

»Was willst du also von mir?«, fragte Lena erneut. »Wieso bist du nicht bei der Polizei?«

»Ich erinnere mich an alles.«

Anna verschränkte die Arme vor der Brust, während sie noch einen Schritt näher kam.

»Ich will, dass du mit mir zur Polizei gehst und denen alles erzählst, alle Namen nennst, von jedem, der dabei war.«

Lena sah Anna direkt in die Augen. Sie war mutig, hatte aber auch Angst. Mal sehen, wie sie auf Druck reagierte.

»Und warum sollte ich das tun? Ich könnte jetzt an dir vorbeispazieren nach draußen, und was dann? Du kannst der Polizei meinen Namen nennen. Aber dann steht dein Wort gegen meines. Du hast doch keinerlei Beweise ...«

Anna erwiderte einen Moment Lenas forschenden Blick, dann griff sie nach ihren Haaren, als wollte sie sie zu einem Pferdeschwanz zusammenbinden. Sie hielt die Haare hoch, während sie sich ein paar Zentimeter zur Seite drehte, damit Lena ihren Nacken sehen konnte. Die Haut dort war vernarbt. Die Striche gut erkennbar.

Anna war Nummer II gewesen.

»Willst du wirklich, dass weitere Menschen sterben? Bitte, Lena. Das kann ich mir nicht vorstellen. Ich bin mir sicher, dass du im Grunde nicht dieser kalte Mensch bist, der mich auf die Party gelockt und zugesehen hat. Na ja, oder nicht nur. Ich hab keine Ahnung, warum du dabei mitmachst, aber jetzt kannst du dich noch mal neu entscheiden. Dir kann es doch nicht egal sein, dass diese Frauen gestorben sind und vielleicht weitere sterben sollen. Denk doch an die Familien und die Freunde. Kannst du dir nicht vorstellen, wie es ist, jemanden zu verlieren, den man liebt? Bitte, lass uns dafür sorgen, dass das aufhört. Bitte, Lena, stell dich.«

Die unbeabsichtigte Anspielung auf ihren Vater versetzte Lena einen Stich, aber sie versuchte, sich nichts anmerken zu lassen.

»Ihr werdet irgendwann auffliegen, so oder so«, fuhr Anna fort. »Das hier ist deine Chance, besser rauszukommen als die anderen. Wenn du mitkommst, werde ich aussagen, dass du mich nicht angerührt hast. Du wirst einen Deal von der Polizei bekommen, wenn du ihnen hilfst, die Morde zu stoppen.«

Lena wusste nicht, ob sie Anna trauen konnte. Aber wenn das tatsächlich ihr Ausweg war? Sie musste diese Situation, Annas

Auftauchen, doch irgendwie besser nutzen können. Wenn sie gegen die anderen aussagte …

»Ansonsten rufe ich bei der Polizei an und sage ihnen, wo sie dich und deinen Freund finden können. Ich habe eure Adresse.«

Anna ballte ihre zitternden Hände zu Fäusten. Sie hatte vielleicht Angst, meinte es aber trotzdem ernst. Lena dachte fieberhaft nach. Annas Idee war nicht zu Ende gedacht.

»Du weißt nicht, was du da von mir verlangst«, ergriff sie schließlich das Wort. »Damit bringst du nicht nur mich, sondern auch dich in Gefahr. Meine Leute denken, du bist tot. Glaubst du, das bleibt lange unbemerkt, wenn du dich hier in der Stadt rumtreibst?«

»Ich werde mich nicht mein ganzes Leben verstecken.«

»Wenn wir das so machen, wie du vorschlägst, dann werden sie dich finden und töten. Genau wie mich. Wenn ich sie verrate, bin ich tot. Ich kann nicht einfach zur Polizei spazieren und alles auf den Tisch legen. Das geht nicht. Sie haben Leute, überall. Leute, die ich nicht kenne. Wenn ich etwas sage, dann sind wir beide tot, Anna.«

Anna hielt ihrem Blick stand, schien zu überlegen. Dann hatte Lena eine Idee.

»Aber ich kann etwas anderes tun.«

Kapitel 74

»Hatte denn wirklich niemand von Ihnen Kontakt zu Jona Schmitt? Kein privates Wort? Niemals?«

Jakob ließ den Blick durch die Reihen von Studierenden wandern, die schweigend in ihren Stühlen versanken. Sie waren im Proseminar Kreatives Schreiben, das Jona Schmitt bis zu seinem Tod besucht hatte. Bevor sie mit Professor Ferdinand Dahlem über die Heidelberger Loge sprachen, hatten sie einen Abstecher hierhin gemacht. Denn bis jetzt wussten sie immer noch nichts über die neue Clique, mit der sich Schmitt vor seinem Tod umgeben hatte.

Der Dozent, der sich als Dr. Laurenz Berg vorgestellt hatte, hatte ihm und Yeliz das Feld überlassen. Jetzt trat er doch einen Schritt vor und ermutigte seine Schüler. Aber nichts. Schweigen.

In der zweiten Reihe wischte sich ein junger Typ die Tränen aus dem Gesicht und sah dann aus dem Fenster. Yeliz versuchte es erneut.

»Vielleicht habt ihr ihn ja mal mit Freunden gesehen? Wisst ihr irgendetwas über seine Kontakte? War er in einer Studentenverbindung?«

»Nein.« Ein Rothaariger mit Brille aus der dritten Reihe schüttelte den Kopf. »Es gibt zwar einige Verbindungen in Heidelberg, aber man kennt sich trotzdem. Der Typ war in keiner Verbindung. Das hätte ich gewusst.«

Das Mädchen neben ihm verdrehte die Augen, ehe sie nach vorne sah. »Ist Jona Opfer des Waldkillers geworden?«

»Das wissen wir nicht, wir ermitteln gerade in alle Richtungen.«

»Also ehrlich gesagt wird das hier wohl nichts ergeben.« Das war eine junge Frau in der letzten Reihe.

»Der Typ hat hier quasi mit keinem geredet. Wir haben Gruppen gebildet, um gegenseitig unsere Texte zu kritisieren. Jona wollte weder seinen Text preisgeben, noch hat er sich zu unseren geäußert. Es war mir ein Rätsel, wieso er überhaupt den Kurs besucht hat. Ich hab ihn ein paarmal in der Bib gesehen, da war er immer allein. Als ich ihn einmal zu 'ner Party eingeladen hab, die wir mit der Germanistik-Fachschaft organisiert haben, hat er abgelehnt. Ziemlich arrogant.«

Der junge Mann, der sich eben noch die Tränen weggewischt hatte, knallte seinen Stift auf den Tisch und drehte sich um.

»Ey, Ella, ernsthaft, nur weil er nicht auf deine Scheißparty wollte! Ich war auch nicht da! Na und? Mann, er ist tot, muss das jetzt sein?«

Ella hob unbeeindruckt die Schultern. »Komm mal runter, Leon. Ich sag ja nur, wie es ist. Hier weiß niemand irgendwas über diesen Typen.«

Es herrschte Schweigen. Jakob sah Leon nachdenklich an. Wusste er mehr? Aber da atmete der schon angestrengt durch und wandte sich an Jakob und Yeliz: »Da hat sie leider recht.«

»Das war ja ziemlich aufschlussreich«, sagte Yeliz, als sie den Raum verließen. »Schmitt scheint wirklich sehr für sich geblieben zu sein.«

»Genau das Gleiche hat ja auch sein Mitbewohner berichtet.«

»Entschuldigung?« Das war Laurenz Berg. Der Dozent folgte Ihnen eilig.

»Ich wollte das gerade vor den Studierenden nicht ansprechen, aber ich habe hier etwas für Sie. Wahrscheinlich hat es keinerlei Bewandtnis, aber ich dachte, ich zeige es Ihnen trotzdem.«

Er zog einen zusammengehefteten Ausdruck aus seiner Tasche.

»Das hier ist die letzte Arbeit von Jona Schmitt. Die Aufgabe war es, eine Kurzgeschichte oder ein Essay zum Thema Freiheit zu verfassen. Was Herr Schmitt abgegeben hat, hat mir zu denken gegeben. Ich wusste zwar, dass er mit dem Marquis de Sade vertraut ist, aber ...«

Er sah forschend in ihre Gesichter, als müsste er abchecken, ob sie wussten, wer der Marquis de Sade war.

»Das ist der mit dem Gemetzel und den Orgien, oder?«, fragte Yeliz.

Berg nickte freudig überrascht.

»Ja, genau. Alles sehr brutal, er hat das meiste auch aus dem Knast geschrieben und so weiter. Der Begriff Sadismus geht nicht ohne Grund auf ihn zurück. Und na ja, Jona Schmitt beschreibt hier ziemlich genau, wie ein junger Mann mit Messerstichen ermordet wird. Künstlerische Freiheit hin oder her, vielleicht nützt es Ihnen etwas.« Er reichte ihnen den Ausdruck.

»Für Rückfragen können Sie mich jederzeit kontaktieren. Ich muss dann jetzt wieder in den Kurs.«

Er reichte ihnen eine Visitenkarte mit seinem Namen und seiner E-Mail-Adresse, bevor er sich abwandte und verschwand.

Jakob blickte auf den Ausdruck, der auf der letzten Seite handschriftlich von Jona Schmitt unterschrieben war.

Im Schlaf kommt mich der Junge besuchen. Er schlüpft zu mir unter die Decke, presst seinen kalten Körper an mich und schleicht sich in meine Träume, damit ich ihn nicht vergesse.

Im Traum kniet er in seinem eigenen Blut. Er hustet so stark, dass sein Oberkörper schwankt und er sich kaum aufrecht halten kann.

Ihm gegenüber steht der Mann in Schwarz und wartet ab. Schließlich nähert er sich dem Jungen, geht vor ihm auf die Knie. Das Messer liegt ruhig in seiner Hand. Als der Junge die Klinge sieht, beginnt sein ganzer Körper zu zittern. Nur Augenblicke später durchstößt die Messerspitze unterhalb seines Nabels die Bauchdecke. Ganz langsam schiebt sich die Klinge in seinen Bauch.

Der Junge schreit. Ein gellender Schmerzensschrei, der mir in den Nacken fährt und mein Herz zum Rasen bringt.

Der Mann in Schwarz stellt ein Bein auf, fasst den Griff des Messers mit beiden Händen. Als er ihn unter größter Anstrengung nach oben zieht, durchtrennt die Klinge Haut und Bauchmuskeln, Darm und Magen des Jungen. Blut fließt über die Hände des Mannes.

Dann bleibt das Messer stecken. Am Brustbein kommt die Klinge nicht weiter.

Jetzt dreht der Mann das Messer um. Der Schrei des Jungen verebbt in ein brummendes Gurgeln. Der Mann zieht das Messer weiter nach oben, geht auf beide Beine und beginnt, die Knie zu strecken.

Das Messer zieht den Jungen auf die Füße. Bald hängt er an der Klinge wie ein Fisch am Haken.

Zwei Sekunden, drei Sekunden.

Als der Mann das Messer herauszieht, bricht der Junge auf dem Boden zusammen. Ein paarmal zucken seine nackten Beine. Dann sind sie still.

Im Traum sehe ich auf meine Hände, die voller Blut sind. Der Kopf des Jungen fällt zur Seite. Jetzt sehe ich sein Gesicht. Mein Gesicht.

Ich bin er, und er ist ich. Im Traum gehe ich vor dem Mentor auf die Knie.

Jetzt bin ich ganz leicht, endlich frei. Wir sind schon immer da, wir sind die Ewigkeit. Die Neue Loge. Libertas per audaciam.

»Freiheit durch Wagemut … wohl eher Freiheit durch Töten.« Yeliz warf einen abwertenden Blick auf den Ausdruck. »Und dermaßen pseudopoetisch und hochtrabend.«

Jakob wusste, was sie meinte. Wenn sie davon ausgingen, dass Schmitt hier aus eigenen Erfahrungen schöpfte, dann war dieser Text blanker Hohn.

Aber präsentierte ihnen Jona Schmitt hier wirklich die Ideologie dieser Neuen Loge? War die Figur des Mentors derjenige, der im Hintergrund alles zusammenhielt?

Yeliz schien seine Gedanken gelesen zu haben. Sie packte den Ausdruck ein.

»Na dann bin ich ja mal gespannt, was Professor Dahlem zu dieser Neuen Loge zu sagen hat.«

Kapitel 75

»Ach nee, dass wir uns so schnell wiedersehen!«

Ferdinand Dahlem stand auf und strich seine Anzughose glatt. Die dichten braunen Haare hatte er wie auf dem Foto auf seiner Homepage nach hinten gestylt. Sie fielen ihm fast bis auf die Schultern. Amüsiert streckte er Yeliz die Hand hin und schüttelte sie. Dann nahm er Jakob ins Visier.

»Und Verstärkung haben Sie auch mitgebracht! Es tut mir leid, dass ich Sie gestern abwimmeln musste. Aber mir waren die Hände gebunden. Es ist nun mal so, dass wir uns innerhalb der Verbindung an gewisse Regeln halten müssen. Und gestern war es einfach ungünstig.«

Er lächelte und entblößte eine Reihe perfekter weißer Zähne.

Yeliz erwiderte sein Lächeln schmal.

»Natürlich. Aber deswegen sind mein Kollege Jakob Krohn und ich nicht hier.«

»Nicht?«

Dahlem sah überrascht aus. Er schüttelte Jakob die Hand, ehe er die Arme vor der Brust verschränkte.

»Also konnten Sie diesen Drogenverdacht ausräumen? Mir war sofort klar, dass das Quatsch ist. Bei den Sapienten dulden wir keinen Drogenkonsum. Aber natürlich mussten Sie das überprüfen.«

»Die Ermittlungen hierzu laufen noch«, sagte Yeliz. »Ehrlich gesagt sind wir wegen einer anderen Sache hier. Wie Sie vielleicht wissen, ermittelt die Heidelberger Polizei momentan auch wegen einer Reihe von Mordfällen.«

Dahlem nickte ihr zu, vollständiges Pokerface.

»Ja, natürlich habe ich davon gehört. Die Waldmorde, wie die Presse sie nennt.«

»Genau, kannten Sie eines der Opfer persönlich?«

Dahlem schüttelte den Kopf. »Soweit ich weiß, nicht. Als das alles passiert ist, habe ich meine Mitarbeiterin das einmal checken lassen, aber von den Opfern hat niemand meine Kurse besucht.«

»Und Jona Schmitt?«

Dahlem stutzte. »Gab es ein weiteres Opfer?«

»Das ermitteln wir zurzeit noch.«

Dahlem klappte seinen Laptop auf. Momente später schüttelte er den Kopf.

»Auch er nicht, nein.«

»Okay.« Yeliz nickte. »Aber das nur am Rande. Weswegen wir eigentlich hier sind: Im Zuge der Ermittlungen sind wir auf die Heidelberger Loge gestoßen. Und Sie scheinen eingehend dazu geforscht zu haben.«

Dahlem nickte. »Ja, ich habe mich ausführlich mit diesem Thema beschäftigt, einige Artikel veröffentlicht. Es ist ein sehr interessantes Thema der deutschen Kunst- und Kulturgeschichte. Die Heidelberger Loge war ein Geheimbund und bestand zur Zeit der Heidelberger Romantik, also im 18. bzw. 19. Jahrhundert und aus wechselnden Mitgliedern. Da waren Schriftsteller, Musiker und Maler dabei. Die Idee dieser Künstler war, durch Extremerfahrungen und Grenzüberschreitungen vor allem in Sachen Gewalt und Sex zu ultimativer Kreativität zu gelangen.«

»Und was genau ist mit diesen Grenzüberschreitungen gemeint?«

Dahlem lehnte sich an seinen Schreibtisch.

»Ich bin in Zuge meiner Recherche auf Tagebucheinträge von Mitgliedern gestoßen. Die haben vor allem von Sexorgien gesprochen. Geheime Feiern, bei denen viel Alkohol getrunken und sich hemmungslos vergnügt wurde. Die Idee dahinter war, dass erst körperliche Grenzerfahrungen den Geist so erweitern, dass große Kunst möglich ist. Das konnte dann auch mal brutal werden.«

»Sind dabei Leute ernsthaft zu Schaden gekommen?«

»Ich weiß von Alkoholvergiftungen und mehreren Fällen, bei denen den Mitgliedern die Luft so lange abgeschnürt wurde, dass sie bewusstlos wurden. Darüber hinaus ist mir nichts bekannt.«

»Waren auch Frauen unter den Mitgliedern?«

Er schüttelte den Kopf.

»Nein, zu den festen Mitgliedern zählten nur Männer. Frauen wurden aber durchaus zu den Feiern eingeladen. Geliebte der Mitglieder. Es ist aber auch von Prostituierten die Rede.«

»Und sind Frauen dabei zu Schaden gekommen?«

»Soweit ich weiß, nicht. Es ging der Heidelberger Loge ja darum, diese Grenzerfahrungen am eigenen Leib zu erfahren, nicht, sie Unbeteiligten zuzufügen.«

Er verengte den Blick.

»Jetzt frage ich mich aber schon, was ein Geheimbund aus dem 18. Jahrhundert mit den Waldmorden zu tun hat.«

»Das wissen wir bisher auch noch nicht«, sagte Jakob. »Wie gesagt, wir sind am Rande auf das Thema gestoßen. Wie lange gab es denn die Heidelberger Loge?«

»Den Aufzeichnungen nach waren sie etwa zehn Jahre aktiv.«

»Und danach? Gab es Nachahmer?«

»Im engen Sinne nicht, nein. Aber das Prinzip Geheimbund

ist ja nicht neu. Der bekannteste ist wohl der der Freimaurer. Die existieren seit 1717, und es gibt sie bis heute. Die Heidelberger Loge war viel kleiner und meines Wissens eben auch nur kurze Zeit aktiv.«

»Halten Sie es für möglich, dass dieser Bund in letzter Zeit wiederbelebt wurde?«

Dahlem stutzte, dann fing er an zu lachen. Als er sich beruhigt hatte, räusperte er sich.

»Nein, ich habe nichts davon gehört. Aber das heißt natürlich nichts. Wie der Name Geheimbund schon sagt ...«

Er schwieg einen Moment, überlegte. »Ehrlich gesagt kann ich mir das bei der aktuellen Generation auch schwer vorstellen. Dass sich junge Leute zusammenschließen und sich gegenseitig Verletzungen zufügen, um ihre Kunst zu verbessern ... Also, so was ging vielleicht vor zweihundert Jahren. Aber die Studenten von heute sind anders. Die traditionellen Studentenverbindungen existieren zwar noch, werden aber größtenteils abgelehnt. Ich habe das Gefühl, dass die Jugendlichen heute nicht mehr wirklich den Drang verspüren, sich in der realen Welt so eng miteinander zu verbinden. Einen wirklichen Bund einzugehen, füreinander da zu sein. Es ist alles viel unverbindlicher geworden. Ich höre mich jetzt vielleicht an wie ein alter Mann, wenn ich das sage. Aber Gemeinschaft hat meines Erachtens in den jüngeren Generationen nicht mehr denselben Wert wie früher. Jeder ist sich selbst der Nächste und sorgt in erster Linie dafür, dass es ihm gut geht. Manche werden das richtig finden, und in einem gewissen Maße stimme ich zu. Trotzdem habe ich den Eindruck, dass es in den meisten Fällen nichts weiter als Egoismus ist.

Schauen Sie sich im Gegensatz dazu die Verbindungen an: Gehört man einmal dazu, bleibt man seinen Brüdern dort ein Leben lang verbunden. Es mag sich pathetisch anhören, aber meiner Meinung nach ist es das, was das Leben ausmacht.«

»Deswegen sind Sie immer noch in der Verbindung aktiv?«

»Ich bin nicht mehr aktiv. Wenn man sein Studium abgeschlossen hat, ist man automatisch Alter Herr. Aber ja, ich bin der Gemeinschaft immer noch verbunden. Ich habe der Verbindung vieles zu verdanken. Dort sind lebenslange Freundschaften entstanden. Viele finden das altmodisch oder kritisieren uns, weil wir Frauen ausschließen. Das mag richtig sein. Aber ich kann nur sagen, dass es für mich positiv gelaufen ist und ich gern dorthin zurückkehre, um mich mit anderen Ehemaligen zu treffen oder auch die neue Generation kennenzulernen.«

»Was haben Sie dort im Keller gemacht?« Das war Yeliz. Jakob sah, wie die Frage Dahlem unvorbereitet traf. Für einen kurzen Moment entglitten ihm die Gesichtszüge. Dann setzte er erneut seinen jovialen Ausdruck auf und sprach so belehrend mit Yeliz, dass Jakob zu brodeln begann.

»Es war Altherren-Abend, das wurde Ihnen doch ausführlich erklärt, Frau Demir.«

Yeliz ließ sich nicht aus der Ruhe bringen.

»Ja, oben in dem Festsaal war ganz schön was los. Die Jungen hatten gut zu tun. Aber Sie haben wir ja nicht dort oben getroffen, sondern im Keller. Sie hatten sich separiert. In einen Raum, den wir nicht betreten durften. Also, was ging da vor?«

Dahlem musterte Yeliz und grinste amüsiert.

»Sie fragen mich jetzt aber nicht, ob dort unten ein Treffen irgendeines wiederbelebten Geheimbunds stattgefunden hat, oder?«

Als Yeliz und Jakob schwiegen, ging sein Blick zum Fenster. Er dämpfte die Stimme.

»Ich darf Ihnen das eigentlich nicht erzählen, aber gut. Ich habe mich dort unten mit einer Handvoll anderer Alter Herren getroffen. Dort wurden Dinge besprochen, die nicht für jedermanns Ohren bestimmt waren.«

»Und zwar?«

Dahlem warf Yeliz einen scharfen Blick zu. »Es ging vor allem darum, wie wir die katholische Kirche unterwandern und dann von innen zerstören können. Die Kirche hat sich in den letzten Jahren der Wissenschaft auf beängstigende Weise angenähert, und das wollen wir stoppen.«

Jetzt löste sich sein ernster Gesichtsausdruck, und er grinste, während er fortfuhr: »Warten Sie mal, und gerade erinnere ich mich, dass ich da unten einen Albino-Mönch durch die Kellergänge habe huschen sehen! Ist der Ihnen auch aufgefallen, Frau Demir?«

Yeliz atmete angestrengt durch.

»Ja, ich habe ›Illuminati‹ und ›Sakrileg‹ auch gelesen, netter Versuch ...«

Dahlem verdrehte die Augen.

»Ach kommen Sie, Frau Demir, einen kleinen Scherz werde ich mir doch wohl erlauben dürfen. Oder verschwende ich damit Ihre wertvolle Zeit? Dann tut mir das natürlich leid.«

»Herr Dahlem, antworten Sie einfach auf die Frage.«

Er seufzte.

»Na gut. Also während die anderen oben gefeiert haben, haben etwa 20 weitere Alte Herren und ich uns unten in den anderen Räumlichkeiten getroffen. Wir haben eine Art Diskussionsclub und debattieren bei diesen Treffen lieber über Politik- und Finanzthemen, statt Alkohol zu trinken wie die anderen.«

Er grinste Yeliz an. »Bin ich jetzt verhaftet?«

Kapitel 76

Nova warf die Autotür hinter sich zu und blickte die Straße entlang. Einfamilien- und Doppelhäuser aus den 90ern reihten sich hier am Stadtrand von Darmstadt fein säuberlich aneinander. Mit den weißen Backsteinen und den braunen Satteldächern glichen sie sich mit wenigen Ausnahmen wie ein Ei dem anderen.

Nachdem sie Rami wieder nach München verabschiedet hatten, hatten sie sich auf den Weg nach Darmstadt gemacht. Die dortige Kripo war ihr und Magnus jedoch keine große Hilfe gewesen. Die Aussage der jungen Frau, die 2003 angegriffen worden war, war nirgendwo abgespeichert worden und unauffindbar. Bis auf die aktuelle Adresse des Opfers also eine Nullnummer.

»Das müsste es sein«, sagte Magnus. Er steuerte auf den Eingang einer Doppelhaushälfte zu und drückte auf den Klingelknopf. Die Tür war seitlich verglast, sodass man in den Flur hineinsehen konnte. Drinnen war es dunkel. Gut möglich, dass Tanja Arlberg bei der Arbeit war. Während Magnus erneut klingelte, vertiefte sich Nova in ihr Handy. Sie hatte Tanja Arlberg gegoogelt und fand sie im Team einer Rechtsanwaltskanzlei in Darmstadt.

»Vielleicht treffen wir sie ja im Büro an«, schlug Nova vor, als plötzlich eine Stimme ertönte.

»Wollen Sie zu meiner Schwester?«

Die Stimme kam von der anderen Seite der Buchsbaumhecke, die die Eingangsbereiche der beiden Doppelhaushälften trennte.

»Hier drüben!«

Ein Mann mit raspelkurzen Haaren sah aus dem Eingang der anderen Doppelhaushälfte zu ihnen herüber. Er war schätzungsweise Anfang vierzig, trug eine Jogginghose und ein Sportshirt, das deutlich offenbarte, dass er jede Menge Krafttraining machte. Er saß im Rollstuhl.

»Wir wollen zu Tanja Arlberg.«

Der Mann nickte.

»Ja, ich bin Thorsten, ihr Bruder. Kann ich Ihnen irgendwie weiterhelfen?«

»Wir kommen vom LKA München und hätten ein paar Fragen an sie. Können Sie uns sagen, wo wir sie antreffen können?«

Der Mann verzog das Gesicht zu einem schiefen Lächeln.

»Das wird wohl etwas schwierig. Sie reist die nächsten drei Wochen noch mit einer Freundin durch Costa Rica.«

Dann wurde er ernst: »Ist was passiert?«

»Nichts, was Ihre Schwester unmittelbar betrifft, aber vielleicht können Sie uns helfen«, sagte Magnus. »Wir ermitteln in einem aktuellen Kriminalfall und sind bei den Ermittlungen auf Ihre Schwester gestoßen. Es geht um den Angriff von 2003.«

Die Miene des Mannes verdunkelte sich augenblicklich, dann rollte er im Eingang etwas zurück und bat sie herein. Er drehte sich einmal um 180 Grad, ehe er vor in einen offenen Wohn-Ess-Küchenbereich fuhr.

»Das war damals ein krasser Schock für uns. Wir waren so froh, dass Tanja nichts Schlimmeres passiert ist. Wenn dieser Mann mit seinem Hund nicht gekommen wäre … Gibt es denn aktuelle Erkenntnisse dazu? Jetzt? Nach fast zwanzig Jahren?«

Magnus blieb vage. »Nein, bisher nicht. Wir arbeiten an einem

Fall, der gewisse Parallelen aufweist. Leider ist das Protokoll der Aussage Ihrer Schwester nicht mehr zugänglich. Wir wollten deswegen noch einmal persönlich mit ihr sprechen, ausloten, an welche Details sie sich erinnert. Der Angreifer hat ihr damals ziemlich plastisch gedroht.«

Thorsten Arlbergs Miene verdunkelte sich. »Ja, daran erinnere ich mich gut. Tanja hat das wahnsinnig belastet. Sie ist danach nur noch selten allein auf die Straße gegangen. Unser Vater musste sie überallhin begleiten, sie abholen. Manchmal haben das natürlich auch Freunde übernommen, aber dennoch ...«

»Ist denn in der Gegend hier noch mal Ähnliches passiert? Die Polizei hat keine weiteren Angriffe verzeichnet.«

»Es gab das Gerücht, dass noch mal ein Mädchen angegriffen wurde. Die wohnte zwei, drei Straßen weiter. Tanja hat mir davon erzählt, wollte aber keinen Namen nennen. Angeblich hat dieses Mädchen den Typen mit Pfefferspray außer Gefecht gesetzt. Zur Polizei gegangen ist sie nicht, hatte zu viel Angst. Genau wie Tanja. Tanja ist bestimmt fünf Jahre nicht mehr allein raus. Und ich ... ich hätte sie gern auch beschützt. Aber damals war das gerade mit meinem Unfall passiert.«

»Deswegen sitzen Sie jetzt im Rollstuhl?«

»Ja, genau. Im August 2003 war das.«

»Das war zwei Monate vor dem Angriff auf Ihre Schwester. Was war das denn für ein Unfall?«

»Eine Schlägerei. Klarer Fall von dumm gelaufen.«

Nova stutzte. Dumm gelaufen? Dumm gelaufen war es, wenn sie beim Einkaufen die Schokolade vergaß, aber doch nicht, wenn man nach einer Schlägerei im Rollstuhl saß ...

Thorsten Arlberg trank einen Schluck Wasser, bevor er weitersprach.

»Ich war an dem Abend mit ein paar Jungs unterwegs. Wir haben auf einem Grillplatz im Wald rumgehangen. Haben ein bisschen gekifft, irgendjemand hatte Pilze dabei. Ich hab nichts davon genommen, ein paar andere aber schon. Und dann sind mein bester Kumpel Lukas und ich in Streit geraten. Er war auf einmal total sauer. Zu dem Zeitpunkt hatte ich keine Ahnung, wieso. Er ist so aggro geworden, dass wir uns schließlich geprügelt haben. Es wurde immer irrer. Irgendwann ist er auf das Dach von der Grillhütte geklettert und so auf mich draufgesprungen, dass ich einen Hang runtergefallen bin. Dabei habe ich mir die Wirbelsäule verletzt. Mehrere Wirbel sind gebrochen. Seitdem ist mein rechtes Bein komplett gelähmt, das andere zu 40 Prozent. Ich hatte über zehn OPs, ohne die ich meine Beine wahrscheinlich gar nicht mehr bewegen könnte. Hatte ich wohl Glück im Unglück. Ich mache zumindest das Beste draus.«

»Und Ihr Kumpel?«

»Lukas? Der hat eine Jugendstrafe bekommen. Er konnte sich am nächsten Tag nur noch vage an das erinnern, was passiert war. Er hat es ehrlich bereut und hat bis heute daran zu knabbern.«

»Haben Sie noch Kontakt zu ihm?«

»Ja, er ist mein bester Kumpel, er hilft mir, wo er kann. Das da vorne ist er.«

Thorsten Arlberg deutete auf ein gerahmtes Bild auf einem Sideboard. Nova nahm es. Das Bild war nicht sehr alt. Ein anderer Mann sitzt in der Hocke neben Thorsten und hat den Arm um ihn gelegt. Es muss auf einer Party aufgenommen worden sein. Daneben stand ein anderes Foto. Älter.

»Das ist schon ewig her, die alte Clique.«

Thorsten deutete auf einen Jungen in einem Nirvana-Shirt. »Hier, das bin ich, noch im Vollbesitz meiner Beinkräfte. Daneben ist Lukas und eben der Rest der damaligen Clique.« Nova betrachtete das Foto. Sowohl Lukas als auch Thorsten hatten noch deutlich mehr Haare auf dem Kopf. Neben ihnen standen noch drei andere Jungs, alle mit längeren Haaren, sie trugen weite Band-Shirts und Chucks, hatten Festivalbändchen an den Armen und sahen so aus wie die Jungs aus Novas Klasse, die sich am Wochenende zum Kiffen im Park getroffen hatten oder auf Indie-Konzerte gegangen waren. Bloc Party, Libertines etc.

»Okay, jetzt hab ich die ganze Zeit von meinem Unfall geredet ... das hat ja nichts mit Tanjas Überfall zu tun.«

Und wenn doch? Nova beschloss, ihre Gedanken noch nicht auszusprechen.

»Hat Ihre Schwester irgendwann mal einen Verdacht geäußert, wer sie überfallen haben könnte?«

»Nein. Wir sind davon ausgegangen, dass sie ein Zufallsopfer war.«

Zufallsopfer. Wahrscheinlicher war, dass der Täter Tanja schon in den Tagen und Wochen zuvor genau beobachtet hatte, um den perfekten Moment für seinen Angriff zu finden.

»Alles, was wir über ihn wissen, ist, dass er recht jung war. Sein Gesicht konnte Tanja nicht sehen, weil er sich so eine irre Strumpfmaske übergezogen hatte. Ich erinnere mich noch, dass sie am meisten über seine Stimme gesprochen hat. Die war kalt, ist ihr durch Mark und Bein gegangen, hat sie gesagt. Sie hatte Albträume davon ... Ich glaube, wenn der Täter aus ihrem oder unserem Umfeld gekommen wäre, dann hätte sie die Stimme erkannt.«

Nova sah ihn direkt an: »Könnte der Angriff etwas mit Ihrem Unfall zu tun haben? Dass die beiden Ereignisse so kurz nacheinander passiert sind, kann natürlich Zufall sein. Vielleicht aber ja auch nicht.«

Thorsten Arlberg rümpfte die Nase, als wäre ihm dieser Gedanke nie gekommen.

»Ich wüsste nicht, was, ehrlich gesagt. Ich bin ja derjenige, der bei der Prügelei zu Schaden gekommen ist. Klar, Lukas wurde verurteilt. Aber wie gesagt: Er hat es bereut, seine Strafe angenommen und nie abgestritten, dass er Scheiße gebaut hat. Klar, das war keine einfache Zeit. Aber so richtig böses Blut gab es nach meinem Unfall nie. Und definitiv keinen Grund, deswegen meine Schwester zu überfallen.«

Kapitel 77

»Ich gebe der Sache fünf Minuten, und dann fahren wir«, sagte Magnus und sah auf den Sportplatz, wo Lukas Thiemann gerade eine Horde Drittklässler drillte. »Ich möchte hier ungern unsere Zeit verschwenden. Die einzige Verbindung zwischen dem Überfall auf Tanja Arlberg und dem Unfall ihres Bruders ist, dass die beiden Geschwister sind. Und womöglich das Alter des Täters. Aber das sind wilde Gedankenspiele.«

Nova winkte Thiemann heran. Der schaute etwas irritiert in ihre Richtung, setzte sich aber dann in Bewegung.

»Ja, ich weiß. Mir fällt auf Anhieb auch kein Grund ein, der die beiden Vorfälle verbinden könnte. Aber ich finde diese ganze Story mit dem Unfall irgendwie strange, und wenn wir schon mal hier in Darmstadt sind, können wir ja noch kurz mit ihm sprechen.«

Als Thiemann zu ihnen gejoggt kam, baumelte ihm die Trillerpfeife um den Hals, und er sah aus, als würde ihm der Job Spaß machen.

»Ich power die kleinen Scheißer richtig aus, damit sie den Rest des Tages zufrieden und nett sind.«

Er grinste. »Was kann ich für Sie tun?«

Als Nova sich vorstellte, legte sich seine Stirn in Falten.

»Hab ich was verbrochen?«

»Soweit wir wissen, nicht. Wir hätten ein paar Fragen zu dem Unfall, der Ihrem Freund Thorsten Arlberg passiert ist.«

Seine Miene wurde besorgt.

»Sie können mir glauben: Der Tag, an dem das passiert ist, wird als der beschissenste in meinem Leben in die Geschichte eingehen. Ich bereue das jeden Tag und würde alles tun, um meine Aktion rückgängig zu machen.«

»Wieso sind Sie denn auf Ihren Freund losgegangen?«

Thiemann warf einen Blick zu den Kindern, die weiter im Kreis liefen, aber allmählich die Lust verloren.

»Super macht ihr das! Nicht nachlassen! Die nächste Runde dann im Seitgalopp!«

Während er die Kinder weiter beobachtete, senkte er die Stimme.

»Das war ein mieser Pilztrip. Aber das weiß die Polizei alles. Ich habe damals ausgesagt, wurde verurteilt.«

»Ja, das wissen wir, es geht auch nicht um Ihre Schuld.«

»Na gut, okay ... Also wir haben mit mehreren Leuten auf dem Grillplatz abgehangen. Einer hatte Pilze dabei. Ich weiß nicht mehr, wer. Ist ja jetzt auch schon ewig her. Ich hatte schon mal Gras geraucht. Auch Bong. Aber Pilze wollte ich schon immer mal ausprobieren. Und es war richtig krass. Danach hab ich die Finger davon gelassen. Auch wegen der Sache mit Thorsten.«

»Richtig krass, was heißt das? Hatten Sie Halluzinationen?«

Thiemann nickte.

»Ja, genau. Zuerst war es harmlos. Alles war wohlig. Ich weiß noch, dass ich auf dem Waldboden gelegen habe und die Farben sich verändert haben. Die Blätter an den Bäumen haben geglitzert und sich bewegt, als würden sie tanzen, wie in einem Zeichentrickfilm irgendwie. Und na ja, dann wurde es irgendwann richtig verrückt. Ich weiß nicht, ob Sie diesen Film kennen, *Shrek*.«

Er sah kurz auf.

Nova nickte, Magnus schüttelte den Kopf.

»Na ja, ist auch egal. In dem Film gibt es diesen sprechenden Esel. Ich weiß, das hört sich beknackt an. Aber dieser Esel war plötzlich da und hat sich mit mir unterhalten. Erst war es nett. Er hat über Pfannkuchen und Eintopf philosophiert, konnte gar nicht genug davon bekommen. Diese ganze Halluzination war abgefahren. Es hat sich angefühlt, als sei seine Stimme gleichzeitig in meinem Kopf und außerhalb. Irgendwann hat der Esel dann nicht mehr von Pfannkuchen geredet, sondern davon, dass Thorsten gegen mich ist.«

Er sah nervös zur Seite.

»So genau habe ich das der Polizei damals ehrlich gesagt nicht erzählt. Ich fand es lächerlich. Es war mir peinlich, und an dem, was ich dann getan habe, hat es ja nichts geändert. Dieser ganze Trip wurde immer krasser. Der Esel hat mir eingeredet, dass Thorsten hinter meinem Rücken Lügen über mich verbreitet, mich bei allen schlechtmacht. Angeblich wollte er mich weghaben. Was auch immer das bedeuten sollte. Jedenfalls hat mich das unfassbar wütend gemacht. Die Wut hatte eine Kraft, wie ich das vorher nie erlebt hatte. Ich war rasend vor Zorn. Wie sich die Schlägerei dann entwickelt hat, daran erinnere ich mich nur noch sehr vage. Aber ich weiß aus den Aussagen der anderen, dass ich auf die Grillhütte geklettert bin und mich auf Thorsten gestürzt habe. Er hat sich mehrere Wirbel gebrochen. Aber das wissen Sie wahrscheinlich schon.«

»Ein sprechender Esel«, murmelte Magnus, als sie zum Auto zurückgingen, und schüttelte den Kopf.

Nova war genauso unzufrieden.

»Also entweder der Kerl hat uns verarscht, oder ... ich weiß auch nicht. Du hattest recht, das Gespräch mit Thiemann hätten wir uns sparen können. Wie es aussieht, sind wir umsonst hier runtergegondelt. Das kann doch nicht sein, dass auch diese Spur im Sand verläuft.«

»Die Wahrscheinlichkeit, dass die Person, die Tanja Arlberg überfallen hat, die gleiche war, die Anna bedroht hat, ist weiterhin groß.«

Nur hatten sie keinerlei Anhaltspunkte für die Identität.

Bevor sie sich ins Auto setzte, zog Nova ihr Handy aus der Gesäßtasche. Sie hatte einen Anruf in Abwesenheit, von einer Nummer, die sie nicht kannte.

»Warte mal kurz«, sagte sie, bevor Magnus einsteigen konnte, und startete die Mailbox.

Sie erkannte die Stimme, noch bevor sie ihren Namen nannte. Sie klang aufgeregt, positiv aufgeregt.

»Hallo, Nova, hier ist Anna. Ich komme jetzt zu Ihnen ins Büro. Ich habe mich doch noch an etwas erinnert. Ich kann zwei Leute identifizieren, und ich weiß, dass heute wieder ein Mord stattfinden soll. Alles Weitere gleich. Ich bin in zwanzig Minuten da.«

Kapitel 78

Marius griff nach Lenas Hand und hielt sie gerade so fest, dass sie wusste: Wegziehen war keine Option.

Sie lief neben ihm her den Flur entlang Richtung Ausgang. Kommilitonen kamen ihnen entgegen, überholten sie, eilten in die nächste Veranstaltung oder einer Pause entgegen.

Lena sah ihre Gesichter vorbeifliegen, versuchte vergeblich, jemanden mit ihrem Blick zum Innehalten zu bewegen. Wenn nur einer verstand, was los war, und sie ansprach ... Aber niemand sah sie an.

Nach ihrem Treffen mit Anna war Lena in die Vorlesung zurückgekehrt, als sei nichts gewesen. Marius hatte wie angekündigt vor dem Saal auf sie gewartet.

Sie hätte abhauen sollen.

»Wir müssen für heute Abend noch ein paar Besorgungen machen«, sagte er jetzt. »Ich habe eine ganze Liste für den Baumarkt. Es ist gut, wenn du dabei bist. Vier Hände schaffen mehr als zwei.«

Das waren Ausflüchte. In Wahrheit wollte er sie nah bei sich halten, kontrollieren, was sie tat.

Sie traten aus dem Universitätsgebäude, überquerten die Straße und liefen hinunter Richtung Neckar, wo Marius geparkt hatte. Auf dem Weg kam ihnen eine Gruppe Touristen entgegen, die mit Reiseführern bewaffnet in die Altstadt vordrang. Eine Frau mit weißen Haaren hob den Blick und sah ihr unvermittelt ins Gesicht. Der Ansatz eines Lächelns erschien, aber dann wirkte sie irritiert, ihr Blick wurde misstrauisch. Bevor Lena etwas sagen konnte, drückte Marius ihre Hand fester. Sie spürte den Kloß im Hals, und der Moment war vorüber. Unten am Fluss stiegen sie ins Auto.

Sie blickte durch die Frontscheibe nach draußen in den trüben Herbsthimmel.

War Anna schon bei der Polizei? Wie lange würden die Beamten brauchen, um sie aufzuspüren? Eine Stunde? Zwei? Länger?

Wenn sie Glück hatte, war heute Abend alles vorbei. Sie musste nur diese Einkaufstour überstehen, Marius irgendwie in Sicherheit wiegen. Sie drehte den Kopf, um ihm ein Lächeln zuzuwerfen. Dabei waren ihre Gedanken so laut, dass sie fürchtete, er könnte sie hören.

Kaum waren sie losgefahren, zog sie ihr Handy aus der Tasche.

»Was machst du?«

»Ich checke die Nachrichten. Wir müssen auf dem Laufenden bleiben.«

Seine Stimme klang ruhig und abgeklärt.

»Ich habe das im Blick, mach dir keine Sorgen.«

Sie blieb bei einer kleinen Meldung hängen. »Suizid vielleicht doch Mord.« Eilig überflog sie den Artikel.

Als sie aufsah, bemerkte sie, dass sie die Route zum Baumarkt verlassen hatten. Die Innenstadt lag hinter ihnen, und sie befanden sich auf einer Landstraße.

Marius blickte geradeaus. Kleine Schweißperlen hatten sich auf seiner Stirn gebildet, obwohl es hier drin alles andere als warm war.

»Ich dachte, wir wollen zum Baumarkt. Wo fahren wir hin?«

»Etwas abholen.«

»Was denn?«

»Wirst du gleich sehen.«

Lenas Herzschlag beschleunigte sich. Ein ungutes Gefühl breitete sich in ihrem Bauch aus.

»Schmitt ist tot, oder?«

Die Frage schoss unüberlegt aus ihrem Mund. Jetzt konnte sie nicht mehr zurück.

»Sie nennen keinen Namen. Aber in diesem Artikel über den angeblichen Suizid geht es um ihn.«

Marius hielt den Blick nach vorn gerichtet. Die Landstraße wurde schmaler und verwandelte sich in eine Allee. Rechts und links erstreckten sich Felder in die Weite.

Er tippte mit den Zeigefingern aufs Lenkrad, während er die Lippen zusammenpresste. Wut drang aus jeder Pore. Er kämpfte mit sich, versuchte, sie zu kontrollieren. Aber dann hielt er es nicht mehr aus und zischte sie an.

»Weißt du, Lena, das ist die Sache mit euch. Wenn ihr einfach die Klappe halten würdet, dann hätten wir auch kein Problem!«

Lenas Knie wurden weich. So hatte sie ihn noch nie erlebt. Er sprach wie mit einer ganz anderen, tieferen Stimme.

Und da fiel es ihr wie Schuppen von den Augen. Wahrscheinlich hatte sie es schon die ganze Zeit gewusst, den Gedanken daran aber nicht zugelassen.

Marius hatte Schmitt umgebracht. Deswegen war er so abgehetzt zur Gedenkfeier gekommen. Neben ihr wurde er jetzt noch schärfer, schlug aufs Lenkrad.

»Ich habe wirklich gehofft, dass du dich fängst und keinen Mist baust, Lena. Was war denn nur plötzlich los? Es hat alles so gut angefangen, und auf einmal machst du so einen Quatsch.«

Sie bogen auf eine noch schmalere Straße ab und steuerten

auf ein kleines Waldstück zu. Hier draußen war niemand. Sie hatte schon seit Minuten keinen Menschen, kein Haus mehr gesehen.

»Marius, wohin fahren wir?«

Er schwieg.

Als er abbremste, um ein Schlagloch zu umfahren, ergriff Lena die Chance.

Sie riss die Tür auf und sprang raus. Sie landete auf Händen und Knien. Der Schwung riss sie um, sodass sie sich über die Seite abrollte.

Etwa zehn Meter weiter kam das Auto zum Stehen. In Windeseile raffte sich Lena auf. Sie rannte los. Den Weg zurück in die Richtung, aus der sie gekommen war. Die Autotür wurde zugeworfen.

»Lena! Bleib hier!«

Marius rannte ihr hinterher. Er war viel größer als sie, sportlicher, schneller. Unaufhaltsam kamen seine Schritte näher. Dann wurde sie nach hinten gerissen. Er hatte die Kapuze ihres Mantels erwischt. Lena strauchelte und stürzte sich mit ihrem ganzen Körpergewicht auf ihn.

Sie fielen beide. Er auf sie. Sofort stützte er sich auf seine Hände. Sie nutzte den Moment, rollte sich unter ihm hindurch, wollte aufstehen. Doch da hatte er schon ihr Fußgelenk gepackt. Zornig zerrte er sie zurück.

»Du dumme Kuh! Du bist selbst schuld!«

Als sie auf dem Rücken zum Liegen kam, schlug er ihr ins Gesicht. Seine Faust landete unter ihrem rechten Auge. Es knackte. Blut sammelte sich in ihrem Mund. Der Schmerz strahlte sternförmig in ihr Gesicht ab. In ihren Wangen, Ohren, in den Haaransatz. Sie fühlte sich wie betäubt.

Vorsichtig tastete sie ihre Wangen ab. Etwas Feuchtes benetzte ihre Fingerspitzen. Blut. Mit einem Mal war sie wieder klar im Kopf. Damit hatte Marius nicht gerechnet, und das bescherte ihr einen Moment seiner Unachtsamkeit. Während er schwer atmend über ihr stand, griff sie blitzschnell in ihren linken Stiefel und zog das Taschenmesser heraus. Die Klinge schnappte auf, sie schnellte hoch. Die Klinge erwischte Marius kraftvoll oberhalb der Ferse, wo die Achillessehne saß.

Ratsch. Sie zog einen tiefen, schnellen Schnitt.

Die Klinge war zwar nur vier Zentimeter lang, aber Lena hatte stets darauf geachtet, dass sie scharf blieb. So wie ihr Vater es ihr beigebracht hatte.

Marius schrie, wie sie ihn noch nie hatte schreien hören.

Der Schrei kam tief aus seiner Brust. Der Schmerz musste unerträglich sein. Sein Blick zuckte irre um sich, als wüsste er im ersten Moment gar nicht, was passiert war. Dann gaben seine Beine nach. Er brach zusammen. Voller Panik griff er sich an den rechten Fuß. Das Blut sickerte bereits durch seine weißen Tennissocken und färbte sie rot. Er schrie vor Schmerz.

»Scheiße, Lena, bist du wahnsinnig geworden?«

Zwischen seinen zitternden Fingern quoll das Blut hervor. Der Schock breitete sich über seinem Gesicht aus.

»Ich brauche einen Arzt, verdammt! Fahr mich ins Krankenhaus!«

Lena hielt den Griff des Messers fest, während in ihren Ohren ihr eigenes Blut zu rauschen begann. Eine irre Stimme in ihrem Kopf schrie sie an. Was hast du getan?

Das Blut floss immer noch. Marius versuchte, sich aufzurappeln, fiel aber immer wieder auf den Hosenboden.

Was, wenn er verblutete?

Ihr Herz pumpte heftig. Dann wäre sie frei. Lena drehte sich um und rannte los. Hinter ihr schrie Marius wütend ihren Namen.

Sie blieb stehen, klopfte ihre Taschen ab. Aber da war nichts. Sie musste ihr Handy im Kampf verloren haben. Sie rannte weiter in die Richtung, aus der sie gekommen waren. Trotz schmerzendem Gesicht und aufgescheuerten Knien wurde sie nicht langsamer. Da hinten kamen bald Häuser. Von dort konnte sie die Polizei rufen. Jetzt war ihr alles egal.

In der Entfernung tauchte ein Auto auf. Erleichterung erfasste sie. Sie blieb atemlos stehen, wollte winken. Aber ihre Intuition hielt sie davon ab. Lieber nicht.

Sie bog auf einen schmalen Feldweg ab. Wenn das Auto an ihr vorbeifuhr, würde sie auf sich aufmerksam machen.

Aber das Auto fuhr nicht vorbei. Es bog auf ihren Weg ab, wo es ihr im Schritttempo folgte.

Lena beschleunigte, begann wieder zu rennen. Panik breitete sich in ihrer Brust aus, zog sie eng zusammen.

Jetzt waren rechts und links von ihr eingezäunte Gärten.

»Hallo?«

Sie rüttelte an einem Tor, verschlossen. Genau wie das nächste. Sie drehte sich atemlos um. Hinter ihr blieb das Auto stehen. Ein Mann stieg aus.

»Das ist eine Sackgasse, Lena. Da hinten ist Ende.«

Ihr Atem ging so schnell, dass sie das Gefühl hatte, kaum Luft zu bekommen.

Er log. Das wollte er ihr einreden. Sie musste weg von hier. Aber sie konnte sich nicht bewegen.

»Warum steigst du nicht einfach ein?«, fragte er mit sanfter Stimme. Dann kam er auf sie zu.

Kapitel 79

»Wo ist sie? Habt ihr schon mit ihr gesprochen?«

Nova zog ihre Jacke im Gehen aus und warf sie über einen Stuhl. Auf der Fahrt zurück nach Heidelberg waren sie in einen Stau geraten. Anna musste also längst hier sein.

Krohn und Yeliz unterbrachen ihr Gespräch. Hier stimmte doch was nicht. Yeliz wandte sich ihr zu.

»Sie ist bisher nicht aufgetaucht. Was hat sie dir denn genau gesagt?«

»Dass sie auf dem Weg zu uns ist. Sie wollte umgehend mit mir, mit uns, sprechen. Das war vor zwei Stunden.«

Nova schnappte sich ihr Handy und versuchte, Anna zu erreichen. Als sie nicht ranging, spielte sie ihren Kollegen die Nachricht vor, die Anna auf ihrer Mailbox hinterlassen hatte.

Sie blickte in angespannte Gesichter.

»Vielleicht hat sie es sich anders überlegt«, schlug Yeliz vor.

Ihre Blicke trafen sich. Das war vielleicht ihre Hoffnung, aber insgeheim dachte Yeliz dasselbe wie sie.

»Oder sie hat es nicht bis hierher geschafft.«

Novas Gedanken begannen zu rasen. Wenn das der Fall war, dann hatten sie gerade ihre einzige Zeugin verloren. Und mit ihr vielleicht den entscheidenden Hinweis auf die möglichen Täter.

Krohn sprang auf.

»Wir geben sofort eine Fahndung nach Anna raus. Die Öffentlichkeit halten wir noch raus. Wenn das stimmt, was sie sagt, und heute der nächste Mord stattfinden soll ... Scheiße! Mal ganz abgesehen davon, dass wir es uns nicht erlauben können, dass so eine wichtige Zeugin zu Schaden kommt ...«

Yeliz saß schon an ihrem Rechner. »Wenn Anna GPS aktiviert hat, können wir ihr Handy orten, die Daten sind ziemlich genau, und die bekommen wir schnell vom jeweiligen Anbieter.«

GPS war nicht aktiviert. Also ging ihre Anfrage an den Netzbetreiber. Das letzte Mal mit einem Funkmast verbunden hatte sich Annas Handy zum Zeitpunkt des Anrufs an Nova. Und zwar im Stadtzentrum, in der Nähe des Universitäts-Campus Altstadt. Seither Funkstille.

Für den Moment konnten sie nicht mehr tun. Die Fahndung war draußen, Annas Handy im Blick. Trotzdem wollten Novas Beine nicht stillstehen. Es musste doch irgendetwas geben ...

»Okay, was haben wir noch?« Das war Magnus. Mit seiner ruhigen Stimme der Gegenpol zu Novas lauten Gedanken. »Lasst uns eine Bestandsaufnahme machen. Woran können wir anknüpfen? Was ist mit dem Professor Dahlem?«

Krohn ließ sich auf den sachlichen Ton ein.

»Wir waren vorhin an der Uni. Zuerst in einem Kurs, den Jona Schmitt bis zu seinem Tod besucht hat.«

Er berichtete von Schmitts Text, ein weiteres Indiz dafür, dass er zur Tätergruppe gehört hatte. Der Mord, den er in seiner Geschichte beschrieben hatte, mochte erfundene Elemente beinhalten, war aber erschreckend detailreich.

»Er verwendet in dem Text außerdem den uns bereits aus Annas Vernehmung bekannten Spruch ›Libertas per audaciam‹ und berichtet von einem Mentor, den er verehrt.« Krohn machte eine

Pause und deutete auf ein Foto von Ferdinand Dahlem, das an ihrem Whiteboard hing.

»Das bringt uns zu ihm. Wir haben mit Professor Dahlem gesprochen. Dessen Bekanntschaft haben Nova und Yeliz ja bereits gestern gemacht. Er forscht über die Heidelberger Loge. Von einer Wiederbelebung dieses Geheimbunds will er nichts wissen. Sein geheimes Treffen im Keller des Verbindungshauses war angeblich ein politischer Diskussionsclub. Und wir konnten ihm bisher nicht das Gegenteil beweisen. Außerdem besteht zu keinem der Opfer eine Verbindung. Ich muss selbst zugeben, dass ich mir Dahlem gut als eine Mentorfigur vorstellen könnte. Aber bisher haben wir dafür keinen Anhaltspunkt.«

Nova sah das ähnlich. Und sie ärgerte sich, da auch ihre Spur nach Darmstadt im Sande verlaufen war. Bisher gab es zwischen dem Angriff auf die junge Tanja Arlberg 2003 und der aktuellen Mordserie keinerlei Zusammenhang – bis auf die Wortwahl des Angreifers.

Nova fixierte das Foto, auf dem Dahlem aussah wie die Wissenschafts-Version eines Hugo-Boss-Models. Sie erinnerte sich sehr genau, wie herablassend er mit Yeliz und ihr gesprochen hatte, dieser belehrende Tonfall …

»Hat Dahlem irgendwelche Verbindungen nach Darmstadt? Ist natürlich weit hergeholt, aber zumindest vom Alter würde es hinkommen.«

Krohn schüttelte den Kopf. »Soweit wir wissen, nicht.« Jetzt mischte sich Yeliz wieder ein. »Dahlem ist so eloquent. Glauben wir wirklich, dass jemand wie er sich so vulgär ausdrückt? Und nach all den Jahren immer noch den gleichen Spruch draufhat?«

Damit machte sie einen Punkt. Das passte nicht zusammen. Falls er doch irgendwie in diese neue Heidelberger Loge involviert war, dann zumindest nicht in dieser Form.

»Scheiße«, fluchte Nova. »Wir waren so kurz davor und jetzt ...«

Da klingelte ihr Handy. Anna rief an.

Kapitel 80

Novas Daumen schwebte über dem Display, dann nahm sie den Anruf an und stellte ihr Handy auf laut.

»Anna?«, fragte sie angespannt. »Alles in Ordnung?«

In der Leitung knisterte es, bevor sie plötzlich ein hektisches Einatmen hörten.

»Anna?«

»Hallo?« Der Klang von Annas Stimme zog Nova eine Gänsehaut über den Rücken. Sie war brüchig, die Laute verwaschen, als hätte sie Schwierigkeiten, den Mund richtig zu öffnen.

»Wo steckst du denn? Du wolltest doch zu uns kommen.«

In der Leitung breitete sich für zwei, drei Sekunden Stille aus.

»Ja ... ich ... komme noch.« Anna sprach verlangsamt, sie wirkte wie in Trance. Nova warf Krohn einen alarmierten Blick zu, der nickte, sie sollte weitermachen.

»Wo bist du denn gerade?«

»Ich ... weiß nicht ...«

»Anna, hält dich jemand fest?«

»Nein.« Sie schluckte hörbar. »Ich, ich bin draußen ...«

»Wo draußen? Kannst du mir sagen, was du gerade siehst?«

Im Hintergrund hörte Nova ein Rauschen. Vielleicht vorbeifahrende Autos?

»Nein, aber, aber bitte warte auf mich ...«

»Anna, ich ...« Nova brach ab, als das Besetztzeichen ertönte. Anna hatte aufgelegt. Scheiße. Sie versuchte zurückzurufen, aber es ging niemand ran.

Nova sah in Magnus' Gesicht. »Sie wurde tatsächlich entführt«, sagte er.

»Und der Entführer lässt sie telefonieren?«, warf Krohn ein. Er schüttelte fassungslos den Kopf, denn genau danach sah es aus. Auf der anderen Seite suchten sie nach einer Tätergruppe, die aufging in der Inszenierung, die eine Leiche in einen Baum gehängt hatte wie einen riesigen Mittelfinger an die Polizei. Dagegen war diese Nummer Kindergarten.

Ein paar Meter weiter saß Yeliz an ihrem Laptop und telefonierte. Als sie aufgelegt hatte, lehnte sie sich in Richtung Monitor.

»Hier ist sie ungefähr«, sie deutete auf einen Fleck auf der Karte. »Ihr Handy hat sich während des Telefonats mit diesem Sendemast verbunden.«

»Das ist auf der anderen Seite des Neckars«, entfuhr es Nova.

»Ja, der Radius dehnt sich Richtung stadtauswärts aus. Sie ist wahrscheinlich nördlich von diesem Punkt.«

Während Yeliz sämtlichen Einsatzwagen Annas ungefähren Standort durchgab, wandte sich Nova an Krohn und Magnus.

»Sie klang, als stünde sie unter irgendwelchen Beruhigungsmitteln oder Drogen.«

Krohn sah das auch so. »Und die Geräusche im Hintergrund klangen wie Verkehrsrauschen. ›Ich bin draußen‹, hat sie gesagt ...«

Er setzte sich an den Laptop und zoomte das entsprechende Areal größer.

»Vielleicht wird sie in einem Hinterhof festgehalten.« Er stutzte. »Oder in einem Schrebergarten ... Hier sind mehrere Anlagen. Yeliz, die sollen vor allem die Schrebergärten kontrollieren.«

Es verging eine halbe Stunde, in der Nova immer wieder versuchte, Anna zu erreichen. Streifen schwärmten auf die andere Seite des Neckars aus, durchkämmten Schrebergärten und Hinterhöfe. Ohne Erfolg. Und dann klingelte Novas Handy erneut. Wieder war es Anna. Zunächst herrschte Stille in der Leitung, wobei nein, diesmal hörten sie leises, gleichmäßiges Rauschen im Hintergrund.

»Hallo, Anna?«

»Ja ...« Die gleiche dünne, verwirrte Stimme wie beim ersten Mal.

»Anna, bitte schau dich um und sag mir, was du siehst ...«

»Ich kann die Wolken sehen ...«

Sie klang, als würde sie gleich anfangen zu weinen, als hätte sie einen dicken Kloß im Hals.

»Anna, wir werden dich finden. Bitte schau dich um. Ist da irgendetwas, ein Gebäude, ein Straßenschild?«

»Nein, es ist alles zu viel ...«

Nova trat mit dem Handy in der Hand hinter Yeliz, die erneut mit dem Netzbetreiber in Verbindung stand. Der Standort des Handys hatte sich massiv verändert.

»Das sind 10 Kilometer Distanz«, zischte Yeliz Krohn zu. Nova wusste, was das bedeutete.

»Anna, sitzt du in einem Auto?«

»Ich ... nein.« Sie stockte.

Nova konzentrierte sich auf das, was sie hörte. Ja, das war Verkehrsrauschen. Jemand fuhr mit Anna im Auto durch die Gegend, und Nova war sich sicher, dass auch Annas Lautsprecher aktiviert war.

»Das ist eine Nachricht an deinen Fahrer: Wir sehen dich, Arschloch! Halt an und lass Anna gehen!«

»Nova ...« Annas Stimme brach. Und dann war die Leitung tot. Als sie es das nächste Mal versuchte, war das Handy ausgeschaltet.

Kapitel 81

»Sind Sie eigentlich völlig bescheuert?«

Krohn starrte fassungslos auf Novas Handy. Das Display wurde schwarz. »Wer auch immer da mit Anna unterwegs ist, ist jetzt gewarnt. Wir hätten ihn weiter in Sicherheit wiegen müssen!«

Nova ging einen Schritt auf Krohn zu. Sie wusste, dass ihre Aktion gewagt gewesen war. Gewagt, aber nicht unüberlegt. Aus dem Augenwinkel konnte sie in Magnus' Gesicht lesen, dass er dasselbe dachte, und das bestärkte sie.

»Ja, und wie? Der Typ spielt doch mit uns. Er hat Anna entführt und sie anrufen lassen! Er weiß, dass wir sie suchen. Jetzt weiß er, dass wir nah an ihm dran sind. Gut möglich, dass es ihm zu heiß wird und er sie gehen lässt.«

»Oder er verschwindet! Mit ihr. Und tötet sie vielleicht.«

Krohn atmete gestresst durch. »Und jetzt ist das Handy aus. Wir hätten die Möglichkeit gehabt, mit Anna in Kontakt zu bleiben, an weitere Hinweise zu kommen. Das können wir jetzt vergessen!«

»Moment mal, Leute!« Yeliz blickte von ihrem Rechner auf. »Ich hab hier gerade eine interessante Mail bekommen. Dahlems Alibi für den Zeitpunkt von Milla Jankowskis Verschwinden ist durchgefallen. Die Kollegen haben seine Angaben überprüft. Laut

Aufzeichnung im Parkhaus hat er die Uni deutlich früher verlassen als angegeben. Und laut seiner Frau ist er an dem betreffenden Abend erst gegen 2 Uhr nach Hause gekommen.«

Nova stutzte. »Das weiß sie nach drei Monaten noch so genau?«

»Das Smarthome-System hat aufgezeichnet, wann Dahlem die Alarmanlage deaktiviert und wieder eingeschaltet hat.«

»Okay, aber was ...?«

»Jetzt warte doch mal.« Yeliz warf ihr einen ungeduldigen Blick zu. »Gleichzeitig habe ich hier eine Liste bekommen von sämtlichen Gebäuden, Hütten und so weiter, die in dem Areal stehen, von wo Annas erster Anruf kam. Davon befindet sich ein Grundstück in recht abgeschiedener Lage. Darauf ein Ferienhaus. Und jetzt ratet mal, wem dieses Haus gehört! Einer Marlene Dahlem.«

Kapitel 82

Anna schlug die Augen auf. Sie blinzelte ein paarmal, doch um sie herum blieb es dunkel. Ihre Kehle brannte, die Zunge klebte ihr trocken am Gaumen. Sie fühlte sich, als hätte sie zu viele Cocktails getrunken und erwachte jetzt aus einem komatösen Katerschlaf. Ihr Kopf lag schwer auf etwas Weichem, einem Kissen. Langsam richtete sie sich auf. Sie saß auf einem Bett. Wo war sie?

Die erste Erinnerung kam wie ein Blitz. Sie tastete die Bettdecke ab, fuhr darunter. Wo war ihr Handy? Sie erinnerte sich bruchstückhaft, dass sie mit Nova Winter telefoniert hatte. Aber das Gespräch lag im Nebel. Die Stimme der Polizistin hatte ernst und besorgt geklungen.

»Anna, sitzt du in einem Auto? Was siehst du?«

»Ich kann die Wolken sehen.«

Und dann? Wo war sie? Wer hatte sie hergebracht?

In ihrem Kopf saß eine schwere, nasse Gewitterwolke, die keine Erinnerung durchlassen wollte. Sie kämpfte dagegen an, versuchte, sich zu konzentrieren, verlor aber immer wieder den Faden.

Aus Verzweiflung begann sie, einen Punkt in der Dunkelheit zu fixieren, und konzentrierte sich auf ihren Atem. Langsam ein und aus. Was war das Letzte, woran sie sich erinnerte, bevor alles schwarz wurde? Sie zwang sich, weiter ruhig zu atmen. Eine ganze

Weile passierte gar nichts. Dann ließ die Erinnerung an ein Paar grüne Augen sie aufschrecken. Sie sah nun glasklar vor sich, wie sie ihr in der Toilette des Hörsaalgebäudes gegenübergestanden hatte. Lena. Sie hatten einen Pakt geschlossen. Lena hatte sich nicht der Polizei stellen und ihre Gruppe verraten wollen. Stattdessen hatte sie Anna Informationen angeboten.

Weitere Bilder und Gefühle tauchten auf. Anna war nervös geworden. Was, wenn Lena versuchte, sie zu überlisten? Woher sollte sie wissen, dass Lena ihr die Wahrheit sagte?

Lena hatte daraufhin ihr Handy gezückt, um eine Sprachnachricht abzuspielen. Dabei hielt sie das Telefon so, dass Anna den Namen des Absenders lesen konnte: Marius. Sie erkannte die Stimme! Sie gehörte dem Mann, der sie gejagt hatte. Dem Typen vom Fenster. Lenas Freund. Die Stimme ging ihr durch Mark und Bein.

»Wenn du jemals wieder in Heidelberg auftauchst oder nur zu einem Menschen einen Ton sagst, dann kommen wir und holen deine kleine Schwester. Nele heißt sie, oder?«

Anna hatte sich zusammenreißen müssen, um das Wichtigste mitzubekommen.

»Wir treffen uns am Donnerstag um 20 Uhr im alten Weinkeller. Gegen 22 Uhr geht es los. Du müsstest noch die Medizin abholen.«

»Die Medizin?«

Lena zuckte mit den Schultern. Ihr Blick sagte: Reim es dir selbst zusammen. Danach hatte sie ihr auf Google Maps das Haus gezeigt, in dem alles stattfinden sollte.

»Ich geh dann jetzt«, hatte sie gesagt und das Handy eingesteckt. Sie war langsam an Anna vorbeigegangen, wie eine Katze, die sich auf sanften Pfoten davonschleicht.

Als könnte eine zu schnelle Bewegung Anna zum Umdenken bewegen.

Sie hatte ein paar Sekunden reglos dagestanden. Die Stimme, die sie in den letzten Wochen und Monaten in ihren Albträumen heimgesucht hatte, war durch ihren Gehörgang in ihr Gedächtnis gekrochen wie eine giftige Schlange.

Anna wusste nicht, wie lange sie dort in der Damentoilette gestanden hatte. Doch schließlich war sie vor den Spiegel getreten, hatte ihre Mütze aufgesetzt und dann nichts wie raus. Auf dem Universitätsplatz hatte sie ihr Handy aus der Jackentasche gezogen. Die Aufnahme lief immer noch. Sie stoppte sie. Mit klopfendem Herzen begriff sie, dass sie es geschafft hatte. Sie hatte Lenas Geständnis auf Band. Und die Sprachnachricht von Marius. Ort und Zeit. Noch im Gehen scrollte sie zu der Nummer der Polizistin. Als nur die Mailbox ranging, hinterließ sie eine Nachricht.

Dann beschleunigte sie ihren Schritt. Sie würde sich das nächste Taxi schnappen und zur Polizei fahren. Sie würde denen alles erzählen. Sie konnten den nächsten Mord verhindern und alldem ein Ende machen. Und sie konnte zurück zu ihrer Familie. Tränen stiegen ihr in die Augen. Sie hatte es geschafft. Nach allem, was passiert war ... Da bog ein Taxi um die Ecke. Sie wollte gerade winken, da legte sich eine Hand schwer auf ihre Schulter.

»Hey, Anna, du bist ja wieder da.« Sie fuhr herum und blickte in ein bekanntes Gesicht.

Anna krallte die Finger in die Bettdecke, während ihre Brust zu beben begann. Nichts hatte sie geschafft! So eine Scheiße!

Plötzlich hörte sie Schritte, die von außerhalb des dunklen Zimmers kamen, in dem sie sich befand. Sie kamen näher.

Durch den Türschlitz fiel Licht in den Raum. Dann klopfte es.

»Anna, bist du wach? Ich hab was zu essen für dich.«

Annas Herz setzte einen Schlag aus. Diese Stimme. Nein, das konnte nicht ...

In diesem Moment erkannte sie, dass sie sich geirrt hatte.

Die Stimme in der Sprachnachricht. Marius. Das war nicht die Stimme desjenigen, der sie im Wald bedroht hatte. Eine weitere bisher verdrängte Erinnerung an diese Nacht kam an die Oberfläche. Die Stimme gehörte jemand anderem. Jemandem, vor dem sie noch viel mehr Angst hatte. Und dieser Jemand drückte jetzt die Türklinke hinunter und kam zu ihr ins Zimmer.

Kapitel 83

Das Ferienhaus stand auf einem großen Grundstück umringt von Apfelbäumen. Am Gartentor wartete bereits Marlene Dahlem auf sie. Eine große Frau, die glatten schwarzen Haare zu einem strengen Pferdeschwanz gebunden. Sie trug eine dunkelgrüne Steppjacke und eine Reithose. Als sie Nova und Yeliz aus dem Auto steigen sah, stemmte sie die Hände in die Hüften.

»Sind Sie von der Polizei? Ich war im Stall. Ich bin direkt hergefahren, als der Anruf kam.«

Yeliz stellte sich und Nova vor.

»Wir müssten uns auf dem Grundstück und im Haus einmal umsehen.«

Marlene Dahlem öffnete das Tor und ließ ihnen den Vortritt.

»Geht es wieder um meinen Mann? Ihre Kollegen haben mich heute schon kontaktiert und wollten wissen, wann er an irgendwelchen Tagen im Juni nach Hause gekommen ist. Was ist denn los?«

»Wir suchen die Gegend großflächig nach einem vermissten Mädchen ab, das sich vielleicht hier versteckt hält.«

Nova zeigte ihr ein aktuelles Foto von Anna.

»Haben Sie diese junge Frau schon einmal gesehen?«

Marlene Dahlem betrachtete das Foto konzentriert, schüttelte dann aber den Kopf. Annas Vermisstenfoto sagte ihr ebenso wenig.

»Ist dieses Mädchen auch der Grund, wieso ich zu meinem Mann befragt wurde? Ist sie eine Studentin von ihm?«

Für den Bruchteil einer Sekunde verzog sie die Lippen in Missbilligung, was für den unaufmerksamen Beobachter vielleicht unsichtbar gewesen wäre, Nova aber nicht entging.

»Nein, soweit wir wissen, nicht.«

Sie gingen über einen gepflasterten Fußweg bis zum Eingang des Hauses, das aus Holz gefertigt und rot gestrichen war wie ein Schwedenhaus.

Frau Dahlem schloss die Tür auf und ließ sie eintreten.

»Das Haus gehört Ihnen?«, fragte Yeliz, während sie sich umsahen. Der Wohn-Essbereich war geräumig und strahlte mit dem alten Kamin und den tiefen Sofas Gemütlichkeit aus.

Marlene Dahlem räumte ein paar unachtsam hingeworfene Sneaker ins Schuhregal.

»Ja, es hat meinem Vater gehört. Ich habe es renoviert, nachdem er vor zwei Jahren gestorben ist. Ferdinand und ich sind oft am Wochenende hier. Allerdings ist das letzte Mal sicher schon drei oder vier Wochen her.«

Das Haus war nicht groß. Neben der Wohnküche gab es im Erdgeschoss nur noch ein Schlafzimmer und einen Abstellraum. Hier war niemand. Alles sah aufgeräumt und unbenutzt aus. Ebenso die Küche.

»Hat das Haus einen Keller?«

Marlene Dahlem schüttelte den Kopf, zeigte ihnen stattdessen aber den Dachboden. Auch hier nichts außer ordentlich in Kisten verstautem Krempel. Keine Spur von Anna.

»Tja, tut mir leid«, sagte Marlene Dahlem, als sie wieder im Wohnzimmer standen. »Hier gibt es für Sie wohl nichts zu holen.«

Nova sah nach draußen in den Garten. Kein Geräteschuppen, nichts. War es Zufall, dass das Haus der Dahlems hier stand, in dem Areal, von dem Anna ihren Anruf abgesetzt hatte?

»Spannen Sie mich jetzt weiter auf die Folter, oder sagen Sie mir, wieso Sie sich wirklich für meinen Mann interessieren?«, riss Marlene Dahlem sie aus ihren Gedanken.

Yeliz ging einen Schritt auf sie zu.

»Wir sind im Zuge unserer Ermittlungen zu einer aktuellen Mordserie auf die Heidelberger Loge gestoßen und haben Ihren Mann als Experten befragt. Dabei haben wir routinemäßig ein paar Daten abgefragt, die für die aktuelle Mordserie relevant sind. Später hat sich dann herausgestellt, dass er falsche Zeitangaben gemacht hat.«

Marlene Dahlems Augenbrauen schnellten hoch.

»Ach? Hab ich ihn mit meiner Aussage etwa in die Bredouille gebracht?«

»Ja, gewissermaßen.«

»Können Sie sich vorstellen, wieso er gelogen hat?«

Marlene Dahlem zögerte.

»Keine Ahnung, vielleicht wusste er selbst nicht mehr genau, wo er vor drei Monaten abends war und wann er nach Hause gekommen ist. Ich musste ja auch in unser Smarthomesystem gucken.«

»Ist er denn oft abends weg?«

»Was heißt oft? Er hat seinen Diskussionsclub mit den Leuten aus der Verbindung. Alles Alte Herren. Und ja, ab und zu geht er zu Vorträgen oder anderen Veranstaltungen, die mit Kunstgeschichte zu tun haben.«

»Hat er denn auch Kontakt zu seinen Studenten außerhalb der Uni?«

»Nicht dass ich wüsste.«

»Was wissen Sie über die Heidelberger Loge?«

Marlene Dahlem stutzte. »Ferdinands Forschung?« Sie zuckte desinteressiert die Achseln.

»Nicht viel. Er geht darin auf. Aber ich interessiere mich nicht für diese Dinge. Geheimbünde von vor Hunderten von Jahren. Ich bin Chirurgin. Und wenn ich nicht arbeite, ziehe ich es vor, draußen zu sein, bei den Pferden. In der Natur.«

»Wissen Sie, ob er gerade wieder daran forscht?«

Marlene Dahlem atmete aus.

»Also das weiß ich wirklich nicht. So genau sprechen wir da nicht drüber. Wieso fragen Sie ihn nicht selbst?«

»Würden wir ja gern«, sagte Yeliz. »Aber seit wir wissen, dass er falsche Angaben gemacht hat, ist er unauffindbar.«

»Was? Und das sagen Sie mir erst jetzt? Dafür wird es eine Erklärung geben.«

Marlene Dahlem griff nach ihrem Handy, um ihren Mann anzurufen.

»Mailbox«, stellte sie kurz darauf fest.

»Machen Sie ihm klar, dass er sich mit uns in Verbindung setzen muss, um das auszuräumen«, sagte Nova.

Marlene Dahlem nickte kaum merklich und hinterließ eine entsprechende Nachricht.

Als sie aufgelegt hatte, wandte sich Nova noch einmal an sie.

»Denken Sie bitte nach. Ist Ihr Mann in letzter Zeit einmal spät nach Hause gekommen, und Sie wussten nicht, wo er war? Hat sich in den letzten Monaten etwas in seinem Tagesablauf oder seinen Routinen geändert?«

Da war es wieder, das missbilligende Zucken in ihren Mundwinkeln. Marlene Dahlem verschränkte die Arme vor der Brust und sah Nova unverwandt an.

»Wissen Sie, mein Mann gibt mir alle möglichen Erklärungen. Aber das heißt noch lange nicht, dass ich ihm glaube.«

Nova wollte gerade weiter nachhaken, als Yeliz sie unterbrach.

»Nova, kommst du mal bitte!«

Der dringliche Ton ließ Nova aufmerken. Yeliz hatte sich weiter im Haus umgesehen und stand jetzt im Badezimmer, den Blick an die Innenseite der Tür geheftet. Dort hing etwas, das ihnen vorher entgangen war: ein Aquarellgemälde, etwa DIN A3 groß. Es zeigte einen großen Laubbaum. Hunderte von Blättern waren einzeln und in den unterschiedlichsten Grüntönen gezeichnet, manche nur wenige Millimeter groß. Das war es jedoch nicht, was Yeliz' Aufmerksamkeit erregt hatte und Nova jetzt einen Schauer über den Rücken jagte.

In der Baumkrone hing eine nackte Frau, den Kopf gesenkt, sodass ihr die langen Haare ins Gesicht fielen. Sie hatte die Arme ausgebreitet wie Flügel. Als wollte sie jeden Moment zum Sturzflug ansetzen.

Kapitel 84

Nummer V

Sie hatte sich schon dreimal umgezogen. Normalerweise brauchte sie keine zwei Minuten, um sich ein passendes Outfit zusammenzustellen.

Aber heute war es anders. Sie war so nervös, dass sie sich einfach nicht entscheiden konnte und sich beim Reinschlüpfen in den roten Lederrock mit dem Verschluss den rechten Daumennagel abbrach.

Mit dem schwarzen Valentino-Kleid war sie schließlich zufrieden. Es reichte ihr bis zur Mitte der Oberschenkel, hatte schmale Träger und eine Stickerei aus Strass am Hals. Stefano hatte es ihr geschenkt, bevor er zu einer dreimonatigen Geschäftsreise in die USA aufgebrochen war. Damit sie ihn nicht vergaß.

Sie schlüpfte in ein paar schwarze Overknee-Stiefel (secondhand, selbstgekauft) und warf einen prüfenden Blick in den Spiegel.

So gefiel sie sich.

Kurz bevor sie ging, schlich sie noch einmal in das Zimmer ihrer Tochter, wo das Nachtlicht orangefarbene Sterne an die Tapete warf. Die Kleine schlief zum Glück schon tief und fest, Piggy, das abgewetzte Stoffnilpferd, an ihre Brust gedrückt. Sie war letzte Woche vier geworden.

Sie gab ihrer Tochter einen sanften Abschiedskuss. Sie wusste, wie die Leute sie hinter ihrem Rücken nannten. Rabenmutter, Callgirl. Aber es war nicht einfach, zu studieren und nebenbei noch das Geld für die Kinderbetreuung zusammenzubekommen. Da war es schön, den ein oder anderen großzügigen Freund zu haben. Erst recht, wenn der Vater sich komplett raushielt.

Manchmal aber, und das nahm sie sich selbst am meisten übel, ging es ihr bei ihren Bekanntschaften auch einfach nur um Spaß. Wie heute. Und wer wusste schon, wen sie auf dieser exklusiven Party kennenlernen würde ...

Als sie die Babysitterin in Empfang nahm, schüttelte sie ihr schlechtes Gewissen ab.

Um 20 Uhr an der Madonna.

Sie fuhr mit dem Taxi in die Altstadt und lief die letzten Meter zu Fuß. Es war so windig, dass sie ihren Mantel enger um ihren Körper schlingen musste, um nicht zu frieren.

Was würde als Nächstes passieren? Würde man sie mit einer Limousine abholen? Würden sich noch andere Gäste hier einfinden? Würden sie einander erkennen?

Sie wartete fünf Minuten, dann zehn.

Plötzlich bog ein schwarzer SUV um die Ecke. Sie stellte sich gerade hin, presste die Lippen aufeinander. Der BMW X5 wurde langsamer und langsamer. Kurz bevor er zum Stehen kam, erkannte sie den Wagen. Und stutzte. Das war jetzt nicht ...

Da wurde die Scheibe auf der Beifahrerseite heruntergefahren. Ferdinand lächelte sie breit an.

»Na, du Schöne? Willst du einsteigen?«

Kapitel 85

Nova trat zwei Schritte zurück, um besser sehen zu können. Vor ihr entrollte Yeliz das Aquarellgemälde aus dem Ferienhaus der Dahlems und heftete es ans Whiteboard neben ein Foto der Leiche, die sie im Baum hängend gefunden hatten. Die noch nicht identifizierte Leiche Nummer IV. Oder wie Krohns Chef Kippinger sie nannte: Birdwoman.

Die Ähnlichkeit der Szene war unverkennbar.

»O Mann.«

Das war Krohn. Er lief ein paar nervöse Schritte durch das Büro, während Magnus das Bild eingehend betrachtete.

Hatte dieses Gemälde den Tätern als Inspiration gedient?

»Das hing in Dahlems Ferienhaus auf der Toilette«, erklärte Yeliz. »Laut seiner Frau hat Dahlem das Bild von einer Studentin geschenkt bekommen. Einer gewissen Emilia Riva. Dahlems Frau hat es nicht klar ausgesprochen, aber sie hat angedeutet, dass ihr Mann Geheimnisse vor ihr hat. Die Möglichkeit, dass er eine Affäre mit dieser Studentin hatte, steht also zumindest im Raum.«

Krohn trat näher an das Bild heran.

»Was ist mit dieser Studentin? Habt ihr schon mit ihr gesprochen?«

»Wir haben eine Streife zu ihr nach Hause geschickt, die Kollegen haben sie dort aber nicht angetroffen.«

Yeliz öffnete den Instagram-Account von Emilia Riva auf ihrem Tablet. Riva zeigte auf dem Account hauptsächlich ihre künstlerischen Arbeiten: fast ausnahmslos morbide Aquarellgemälde. Das Bild aus Dahlems Badezimmer war Teil einer ganzen Reihe. Weitere Versionen zeigten einmal zwei und einmal drei Frauen im Baum hängend. Auf einem weiteren Bild wurden ihre Körper von einem Schwarm Krähen zerpflückt. Yeliz scrollte weiter, über Wölfe, die einen jungen Mann zerfleischten, und Vampire, die ihren Durst an einem kleinen Mädchen stillten, ehe sie auf ein Foto von Emilia Riva selbst stieß. Sie saß an einem Schreibtisch mit schräg aufgestellter Tischplatte und einem Pinsel in der Hand.

»Das Gesicht hinter all der Grausamkeit« stand dort geschrieben, mit drei lachenden Smileys versehen. Emilia Riva lächelte breit. Sie hatte blaue Farbe am Kinn, genau wie an ihren Fingern. Die dunklen Haare hatte sie zu einem unordentlichen Knoten zusammengebunden.

Yeliz blieben die Worte im Halse stecken. Nova trat neben sie und erkannte sofort, warum. Emilia Riva hatte nicht nur die Vorlage dafür geliefert – sie war die Frau im Baum. Sie war das noch nicht identifizierte Opfer Nummer IV.

Kapitel 86

Emilia Riva war 23 Jahre alt und das frischeste der drei Mordopfer. Laut Rechtsmedizin war sie zum Zeitpunkt ihres Funds erst wenige Tage tot.

»Und es hat sie niemand als vermisst gemeldet?« Nova konnte es nicht glauben.

Krohn schüttelte den Kopf. »Keine Anzeige. Sie ist vor drei Jahren nach Heidelberg gezogen, scheint allein gewohnt zu haben.«

Neben ihnen beendete Yeliz ein Telefonat mit Marlene Dahlem.

»Und?«

»Ferdinand Dahlem ist weiter unauffindbar. Bei seiner Frau meldet er sich auch nicht, und es geht nur die Mailbox ran. Das Handy muss also weiterhin ausgeschaltet sein. Das letzte Mal eingeschaltet war es noch an der Uni.«

Krohn nickte. Sein Hals war schon wieder rot.

»Wahrscheinlich ist er mit dem Auto unterwegs. Die Kollegen kontrollieren sämtliche BMW X5.«

Dann klingelte Krohns Handy. Er lauschte aufmerksam, dann hielt er die Luft an.

Als er auflegte, ballte er die Faust.

»Wir haben ihn. Dahlem wurde gerade in seinem Auto angehalten, auf dem Weg raus aus der Stadt. Er war mit einer jungen Frau unterwegs.«

»Anna?«, platzte es aus Nova heraus. Für eine Sekunde keimte Hoffnung in ihr auf.

Krohn schüttelte den Kopf.

»Das war auch mein erster Gedanke. Aber sie ist es nicht. Sie bringen die beiden aber jetzt her.«

Kapitel 87

Ferdinand Dahlem saß schon im Vernehmungsraum, als Jakob mit Herzberg eintrat. Er schlug ein Bein über das andere und lehnte sich mit verschränkten Armen im Stuhl zurück wie ein Rektor, der zwei Schüler zum Rapport empfing.

»Ist das jetzt Ihr Ernst? Sie ziehen mich buchstäblich aus dem Verkehr, weil ich mich um ein paar Stunden vertan habe? Für einen Tag im Juni. Wissen Sie noch, was Sie an dem Tag gemacht haben?«

Jakob ließ die Frage unbeantwortet. Er stellte ihm Herzberg vor und setzte sich.

»Wir müssen in dieser Sache sehr genau sein. Schließlich geht es um den Mord an einer jungen Frau. Milla Jankowski. Wir gehen das jetzt noch mal durch, und sofern sich alles klärt, können Sie direkt wieder gehen.«

Dahlem atmete genervt durch, nickte aber.

»Na dann, bitte, legen Sie los ...«

»Sie sind in der Nacht vom 27. auf den 28. Juni also erst um 1 Uhr nachts nach Hause gekommen. Wo waren Sie zuvor?«

»Wie ich Ihnen bereits gestern erläutert habe, war ich an diesem Tag noch lange in meinem Büro an der Universität und habe dort Klausuren korrigiert. Da kommt es schon mal vor, dass ich die Zeit vergesse. Es muss also spät geworden sein.«

»Sie haben das Parkhaus der Universität bereits um 19 Uhr verlassen. Die Fahrt zu Ihnen nach Hause dauert maximal 15 Minuten. Was ist mit den fünf Stunden dazwischen?«

Dahlem überlegte fieberhaft.

»Leute, ich weiß es echt nicht mehr. Vielleicht war ich noch essen, keine Ahnung. Ich schaue in meinem Kalender nach, okay?«

Er zog sein Handy aus der Tasche, scrollte, schüttelte dann aber den Kopf.

Jakob schwieg ein paar Momente, wartete, ob Dahlem die Stille unangenehm wurde, ob sie ihn verleitete, weiterzusprechen. Aber er saß einfach nur da und lehnte sich betont lässig zurück.

»Was ist mit der jungen Frau in Ihrem Auto?«, fragte Jakob schließlich.

»Was soll mit ihr sein?«

»Wo wollten Sie mit ihr hin?«

Dahlem atmete durch.

»Was sagt sie denn?«

Kapitel 88

»Ferdinand hat mir nicht verraten, wo er hinwollte. Es sollte eine Überraschung werden.«

Rebecca Molina verschränkte die Arme vor der Brust. Sie hatte den beigefarbenen Mantel anbehalten, darunter trug sie nur ein kurzes Cocktailkleid.

»Ich verstehe ehrlich gesagt nicht, was ich falsch gemacht habe.«

»Gar nichts«, sagte Yeliz. Sie saß Rebecca gegenüber und führte das Gespräch, während Nova sich im Hintergrund hielt.

»In welchem Verhältnis stehen Sie zu Herrn Dahlem?«

Sie schwieg einen Moment.

»Wir sind gute Bekannte ...«

»Ihr Outfit sieht eher nach einem Date aus ...«

Rebecca sah Yeliz irritiert an. »Ja und wenn? Wieso wollen Sie das denn wissen? Worum geht es hier?«

»Wir ermitteln in mehreren Mordfällen und würden Ihnen gern einige Fragen zu Ferdinand Dahlem stellen.«

Sie stutzte. »Er soll was damit zu tun haben? Glaub ich nicht.«

»Wieso nicht?«

»Na ja, weil er kein Mörder ist. Er ist Professor für Kunstgeschichte, vielleicht ein bisschen eingebildet, aber er tut keinem was.«

»Wie haben Sie Herrn Dahlem kennengelernt?«

»Bevor ich mit Medizin angefangen hab, hatte ich ein paar Wartesemester. Ich hab eine Vorlesung von ihm besucht ... Da sind wir dann irgendwie ins Gespräch gekommen.«

»Sie interessieren sich also auch für Kunst?«

Rebecca zuckte die Achseln. »Ja, kann sein.«

»Was wissen Sie denn über Dahlems Forschung? Sagt Ihnen die Heidelberger Loge etwas?«

Rebecca seufzte leise.

»Ja, Ferdinand redet gern. Über Kunst, Bildhauerei vor allem. Und zur Loge hat er mir auch ausgiebige Vorträge gehalten. Das war sogar verhältnismäßig spannend. Diese geheimen Verabredungen, Orgien ...«

»Wissen Sie, ob es die Heidelberger Loge heute noch gibt?«

Rebecca sah sie unsicher an. »Also davon hat Ferdinand zumindest nichts gesagt.«

»Hat er mal den Wunsch geäußert, einen solchen Geheimbund wiederzubeleben?«

Sie schüttelte den Kopf. »Nein, hat er nicht.«

Im nächsten Moment froren ihre Gesichtszüge ein, und man konnte sehen, wie sich die Rädchen zu drehen begannen.

Yeliz beugte sich vor.

»Was ist los? Ist Ihnen etwas eingefallen?«

Rebecca schlang die Arme noch enger um sich.

»Also, keine Ahnung, ob das wichtig ist. Ich habe ja eben gesagt, Ferdinand wollte mich überraschen und hat nicht gesagt, wo wir hinfahren.«

Sie stockte, schien die Puzzleteile erst in ihrem Kopf zusammensetzen zu müssen.

»Eigentlich waren wir gar nicht verabredet. Ich hatte eigent-

lich eine Einladung. Zu einer geheimen Party. Ich sollte am Korn-
markt, an der Madonna, abgeholt werden.«

»Und von wem?«

Rebecca zögerte.

»Wissen Sie, das ist die Sache. Ich weiß nicht, von wem. Die
Einladung kam anonym.«

Nova hatte sofort Annas Worte im Kopf. Heute sollte der
nächste Mord stattfinden.

»Moment, ich zeige Ihnen was.«

Rebecca fischte ihr Handy aus ihrer Handtasche und öffnete
ein Foto. Zu sehen war ein kunstvoll gefalteter Origamifuchs.

»Das war die Einladung. Dieser kleine Fuchs saß auf der Fußmatte vor meiner Wohnung. Ich habe ihn aufgefaltet. Auf dem Papierchen stand ›Mach mich nass‹. Ich hab das Papier also angefeuchtet, und dann sind nach und nach Buchstaben erschienen.
Es waren der Treffpunkt, Datum und Ort.«

»Und Sie wussten sofort, worum es geht?«

Rebecca nickte.

»Es gibt ja schon länger das Gerücht von diesen geheimen Partys. Ich fand das spannend, hab aber nicht wirklich dran geglaubt.
Dann lag dieser Fuchs vor meiner Tür.«

»Haben Sie gesehen, wer ihn dort abgelegt hat?«

Sie schüttelte den Kopf.

»Kennen Sie jemanden persönlich, der auf diesen Partys war?«

»Nein, wie gesagt, es wurde davon erzählt. Aber es waren immer nur Leute, die angeblich jemanden kannten, der dort gewesen war. Ich dachte erst, es wäre eine *urban legend*.«

Sie schluckte.

»Hat das was mit diesen Morden zu tun?«

»Haben Sie eine Idee, wo diese Party stattfinden sollte?«

»Nein, da stand nur der Abholort. Ich habe bestimmt zehn Minuten dort gewartet. Es ist aber niemand erschienen. Ich dachte, ja gut, dann war es wahrscheinlich doch nur ein Scherz. Und dann kam Ferdinand zufällig vorbei.«

Zufällig. Rebecca schien das wirklich zu glauben. Nova war sich da nicht so sicher.

Kapitel 89

»Okay, ich war an dem Abend im Juni mit Rebecca zusammen, sind Sie jetzt zufrieden? Eine Affäre zu haben, ist schließlich kein Verbrechen.«

»Das nicht, nein.«

Jakob betrachtete Dahlem aufmerksam. Nachdem Sie ihn mit Rebeccas Aussage konfrontiert hatte, war er eingeknickt. Jetzt wurde er ungehalten.

»Was ich in meiner Freizeit mache, ist mein Ding, und ehrlich gesagt gefällt es mir gar nicht, dass Sie deswegen auch meine Frau belästigt haben. Meine Mailbox ist voll mit ihren Nachrichten!«

»Wo wollten Sie mit Rebecca hin, als Sie angehalten wurden?«

Dahlem atmete genervt durch.

»Wir waren auf dem Weg nach Mannheim – in die *Dahlie*. Das ist das neue Restaurant von Sternekoch Steffen Erik, falls Ihnen der Name etwas sagt.«

»Haben Sie eine Reservierung?«

»Nein, ich kenne Erik persönlich, ich bekomme immer einen Tisch.«

»Das ist schade für Sie, ansonsten hätten wir das nachprüfen können.«

Dahlem schlug mit der flachen Hand auf den Tisch. Ein plötzlicher, aber umso heftigerer Ausbruch.

»Was werfen Sie mir hier eigentlich vor? Ich habe nichts mit dem Mord an dieser Milla Jankowski zu tun. Ich habe Ihnen doch gerade gesagt, wo ich an dem betreffenden Abend war, und Rebecca wird Ihnen das bestätigen. Sie hat ja auch alles andere ausgeplaudert.«

»Was ist mit Emilia Riva?«

Der Name war wie ein Schlag in Dahlems Gesicht. Ein Pokerface hatte er jetzt nicht mehr.

»Hatten Sie mit ihr auch eine Affäre?«

Er sammelte sich und machte eine abwertende Handbewegung nach dem Motto »Eine mehr oder weniger ist jetzt auch egal«.

»Ja, hatte ich. Wie kommen Sie jetzt auf Emilia?«

»Hatten Sie in letzter Zeit Kontakt zu ihr?«

»Nein, die Sache ist schon länger vorbei. Ich habe sie das letzte Mal vielleicht vor drei Monaten gesehen.«

»Wer hat die Affäre beendet?«

»Es ist einfach auseinandergegangen, ich kann es gar nicht richtig sagen. Was ist denn nun mit ihr? Hat sie sich auch über mich beschwert? Wenn das jetzt so 'ne MeToo-Sache wird, da kann ich gleich sagen: Sie war zwar meine Studentin, aber ich habe sie weder bevorzugt noch ihr gute Noten für irgendwas angeboten. Und ich habe sie zu nichts gezwungen.«

Jakob nahm den großen Umschlag, den er mitgebracht hatte, und suchte eine Aufnahme. Er schob ein Foto der toten Emilia über den Tisch.

Dahlems Hand flog zu seinem Mund.

»O Gott«, murmelte er und rückte mit seinem Stuhl zurück. Der Anblick setzte ihm deutlich zu. Er schien sich nicht abwenden zu können. Auf dem Foto war nur Emilias Gesicht zu sehen. Blasse bläuliche Haut, aufgerissene weiße Lippen.

»Die folgende Szene dürfte Ihnen bekannt vorkommen«, sagte Jakob und schob nun ein Foto über den Tisch, das Emilia im Baum hängend zeigte. Das abfotografierte Aquarellbild legte er daneben.

»Das haben wir in Ihrem Ferienhaus gefunden. Komischer Zufall, oder?«

Dahlems Blick flackerte und fixierte dann die echte Emilia. Seine Augen weiteten sich. Als er aufsah, war er leichenblass. Er wollte etwas sagen, aber dann ging eine Welle durch seinen Körper, sein Brustkorb drehte sich ruckartig zur Seite, und er erbrach sich auf den Fußboden.

Kapitel 90

Nova hatte alles mit angesehen. Seit sie Rebecca aus der Vernehmung entlassen hatten, saß sie mit Yeliz vor dem Monitor im Nebenraum und sah Jakob und Magnus zu, wie sie mit Dahlem sprachen.

Nachdem sie das Erbrochene weggewischt hatten, trank er ein Glas Wasser. Er sah vollkommen fertig aus.

»Leute, ich hab nichts damit zu tun. Das ist doch totaler Schwachsinn! Sie glauben ernsthaft, dass ich Emilia umgebracht und sie so in einen Baum gehängt habe? Nein! Hab ich nicht. Um Gottes willen, ich bin nicht geistesgestört!«

»Vielleicht haben Sie das ja auch nicht allein gemacht. Vielleicht haben Sie nur den Auftrag gegeben? Wir glauben, dass Sie eine Gruppe von Studenten um sich versammelt haben, um die Heidelberger Loge neu zu beleben und zu neuen Extremen zu führen. Junge Menschen, die in Ihnen einen Mentor sehen.«

Dahlem sah Jakob an, als hätte er nicht mehr alle Tassen im Schrank. »Das ist das Krankeste, das ich seit Langem gehört habe. Nein!«

Nova beugte sich vor Richtung Monitor. Je mehr sie ihn beobachtete, desto mehr glaubte sie ihm.

In einer Pause kamen Magnus und Krohn zu ihnen.

»Mein Gefühl sagt mir, dass wir hier den Falschen haben«, sagte Magnus.

Krohn biss sich auf die Lippe.

»Aber sind das nicht zu viele Zufälle? Die Affäre mit Rebecca, die zu einer geheimen Party eingeladen wurde, dann eine Affäre mit einem Mordopfer. Dieses Bild in seinem Haus ...«

Nova wusste, was er meinte. Trotzdem.

»Emilia hat dieses Bild auf Instagram veröffentlicht, jeder, der einen Account dort hat, kann es sich ansehen und Inspiration daraus ziehen. Außerdem war er am Abend von Millas Verschwinden mit Rebecca zusammen. Es gibt eine entsprechende Reservierung eines Hotelzimmers.«

Krohn schüttelte den Kopf. »Das muss noch nichts heißen. Wir bleiben an ihm dran.«

Eine Weile schwiegen sie. Dann ergriff Yeliz besorgt das Wort.

»Mal angenommen, er ist es nicht. Dann findet heute womöglich die nächste Party statt. Rebecca hat eine Einladung erhalten, sollte das nächste Opfer werden. Wieso sie nicht pünktlich abgeholt wurde, wissen wir nicht. Aber was, wenn noch weitere junge Frauen der Einladung gefolgt sind?«

Krohn nickte.

»Es sind bereits Kollegen vor Ort, die den Treffpunkt überwachen, falls sich da doch noch Leute einfinden oder verdächtige Fahrzeuge gesehen werden. Wir kontrollieren alle, die da langfahren.«

Er machte eine kurze Pause, überlegte, dann wandte er sich an Magnus. »Okay, lassen Sie uns wieder reingehen. Wir machen weiter.«

Nova folgte den beiden mit Blicken. Krohn wollte unbedingt, dass Dahlem ihr Mann war. Aber je mehr er darauf beharrte, desto unsicherer wurde sie sich.

Kapitel 91

Als Nova Stunden später den Hotelfahrstuhl betrat, fühlte sie sich ausgelaugt und müde. Sie hatten weder in Dahlems Auto, seinem Zuhause noch in seinem Handy Hinweise gefunden, die ihren anfänglichen Verdacht untermauerten. Das Aquarellbild in seinem Haus und der Kontakt zu einem der Mordopfer reichte nicht aus für einen Haftbefehl, und so hatten sie ihn gehen lassen müssen.

Mit einem Ping öffneten sich die Aufzugtüren im dritten Stock. Während Nova hinaustrat, entsperrte sie wie automatisch das Display ihres Handys und scrollte zu Annas Kontakt. Doch das Handy war nach wie vor ausgeschaltet. Die Hilflosigkeit versetzte Nova einen Stich in den Magen, und sie spürte, wie ihr Frust sie zum Weitermachen, Weiterdenken animieren wollte.

Aber sie musste jetzt eine Pause machen, wenigstens ein paar Stunden schlafen, um danach wieder klare Gedanken fassen zu können.

Als sie die Tür zu ihrem Zimmer öffnete, spürte sie sofort, dass irgendetwas anders war. Es war jemand hier gewesen. Und damit meinte sie nicht das Zimmermädchen. Sie hatte das unbestimmte Gefühl, dass hier jemand etwas verrückt hatte, obwohl alles noch an seinem Platz war, soweit sie das beurteilen konnte. Da sprang es ihr ins Auge. Auf ihrem frisch gemachten Bett saß er. Ein kleiner rotbrauner Origamifuchs.

Adrenalin schoss durch ihren Körper. Mit zwei großen Schritten war Nova am Bett. Sie wollte den Fuchs greifen, hielt sich aber zurück. Aus ihrer Jackentasche zog sie einen Einmalhandschuh, dann schnappte sie sich das Tier und verließ ihr Zimmer.

Auf dem Flur lief sie einer Hotelmitarbeiterin in die Arme. Als diese den Fuchs sah, lächelte sie breit.

»Schöne Überraschung?«

Nova stutzte.

»Wie meinen Sie das?«

»Ihr Freund hat den Fuchs an der Rezeption abgegeben. Ich habe ihn auf Ihr Zimmer bringen lassen.«

»Wer war dieser Freund, können Sie ihn beschreiben?«

Novas angespannter Tonfall brachte die Mitarbeiterin aus dem Konzept, sie verlagerte das Gewicht nervös von einem Bein auf das andere.

»Ich, puh, ich weiß nicht mehr genau.«

»Bitte versuchen Sie sich zu erinnern. Das ist sehr wichtig! Wann war das?«

Jetzt nickte sie. »So gegen 15 Uhr, glaube ich!«

»Das ist er!«

Nur Minuten später saßen sie in dem Büro hinter der Rezeption. Die Mitarbeiterin hielt die Aufnahme der Überwachungskamera an.

Der Timecode zeigte 15:06. Ein junger Mann betrat das Hotel. Er trug einen Rucksack und ein schwarzes Basecap, das einen Schatten über sein Gesicht legte. Sie ließen das Band mit gedrosselter Geschwindigkeit weiterlaufen. Der Mann trat an die Rezeption, setzte den Rucksack ab und griff mit der Hand hinein. Dann schob er etwas über den Counter. Den Origamifuchs.

»Was steht da auf dem Rucksack, können wir da näher ranzoomen?«

»Ja, aber die Qualität wird nicht sonderlich gut sein.«

»›Blitzkurier‹«, las Nova. »Und er hat Ihnen gesagt, er sei ein Freund? Kein Kurier?«

Die Frau nickte.

»Ja, hat er. Ich habe mir nichts dabei gedacht. Dieser Fuchs, das sah einfach nicht aus wie eine offizielle Lieferung.«

»Erinnern Sie sich noch an den genauen Wortlaut?«

»Ja, er sagte: ›Eine Freundin von mir wohnt hier. Sie heißt Nova Winter. Können Sie ihr bitte etwas aufs Zimmer legen? Es ist eine Überraschung für sie.‹ Und dann hat er mir diesen süßen Fuchs gezeigt.«

Sie legte die Stirn in Falten. »Was ist denn damit nicht in Ordnung?«

Nova ging nicht auf die Frage ein. »Können wir noch mal versuchen, auf das Gesicht zu zoomen?«

Die Mitarbeiterin ließ das Video weiterlaufen. Als der Kurier sich umdrehte und auf den Ausgang zusteuerte, stoppte sie die Aufnahme und zoomte hinein.

Der Schatten des Basecap lag dunkel über den Gesichtszügen des Mannes. Es war nicht viel zu erkennen.

Nova versuchte es trotzdem. Wenn sie ihn schon einmal gesehen hatte, sei es nur im Vorbeigehen, auf einem Foto oder vielleicht auf der Gedenkfeier im *Saphirblau*, würde sie ihn erkennen. Aber sie konnte so lange überlegen, wie sie wollte. Sie hatte dieses Gesicht noch nie im Leben gesehen.

Kapitel 92

Frustriert legte Nova ihr Handy weg. Um herauszufinden, wer den Kurier zu ihr geschickt hatte, würde sie noch bis zum nächsten Morgen warten müssen.

Neben ihr faltete Kolja Liebold den Origamifuchs vorsichtig auseinander. Sie befanden sich in den Räumlichkeiten der Kriminaltechnik, deren Arbeitsplätze bis auf Koljas verwaist waren.

»Ich habe ihn nur mit Handschuhen angefasst. Es ist aber gut möglich, dass wir Fingerabdrücke der Hotelmitarbeiterin oder des Kuriers darauf finden.«

Kolja war nicht allzu optimistisch.

Da steckte Krohn den Kopf herein. Er war erstaunt, Nova zu sehen.

»Ich wollte nach der Analyse des Haars fragen«, sagte er. Und in Richtung Nova: »Ich dachte, Sie wären im Hotel?«

Sie schüttelte den Kopf.

»Auf meinem Bett saß ein Origamifuchs.«

Sie erklärte Krohn, was passiert war, und beide schauten Kolja bei der Arbeit zu. Nova spürte Krohns Anspannung. Er konnte genauso wenig loslassen wie sie.

Eine halbe Ewigkeit später sah Kolja auf. »Wie ich befürchtet habe, nichts Verwertbares. Die müssen das Ding mit Handschuhen oder mit sehr spitzen Fingern angefasst haben ...« Er wandte sich an Nova. »Und jetzt? Sie haben erwähnt, dass in Form eines solchen Fuchses eine Einladung verschickt wurde.«

Nova nickte.

»Rebecca Molina hat uns gesagt, dass sie das Papier angefeuchtet hat und so Buchstaben sichtbar geworden sind.«

Kolja griff nach einer Sprühflasche und begann, das Papier zu benetzen. Als es vollkommen feucht war, warteten sie. 20 Sekunden, 30 Sekunden.

»Noch nicht nass genug?«

Kolja wollte erneut sprühen, als er innehielt.

Nova trat einen Schritt näher. Die Buchstaben erschienen langsam, erst blass, traten dann aber immer deutlicher hervor. Neben ihr stieß Krohn Luft aus. Sie warfen sich einen kurzen Blick zu.

Auf dem Zettel stand ein einziges Wort: Buh!

Kapitel 93

»Die Typen verarschen uns von vorne bis hinten! Haben uns ganz offensichtlich genau im Blick. Und was haben wir?«

Krohn ging aufgebracht in seinem Büro auf und ab.

»Ein Verdächtiger nach dem anderen erweist sich als Nullnummer. Von Anna Mendens Entführung mal ganz abgesehen! Das macht mich fertig, dass dieses Mädchen irgendwo dort draußen festgehalten wird und alle Spuren im Sande verlaufen sind.«

Nova ging es nicht anders.

»Wir müssen mit der Suche nach Anna an die Öffentlichkeit gehen!«

Krohn nickte kaum merklich. »Ich weiß, morgen früh geht die Mitteilung raus. Und sosehr ich es hasse, werden wir wohl auch noch mal mit der Presse sprechen müssen.«

Nova beobachtete mit Sorge, wie Krohn mit jeder Minute fahriger wurde.

»Vielleicht sollten Sie jetzt auch mal nach Hause gehen«, schlug sie vor, obwohl sie selbst nicht daran denken konnte, auch nur ein Auge zu schließen. Die Typen wussten, wo sie wohnte. Sie hatte zwar keine Angst, dass ihr etwas passieren könnte. Aber beim Gedanken, beobachtet zu werden, richteten sich trotzdem ihre Nackenhärchen auf.

»Ein bisschen schlafen, es ist schon fast zehn.«

Krohn war in seinem eigenen Film, schien ihr gar nicht zuzuhören.

»Rebecca Molina ist vielleicht entkommen. Aber wer weiß, wie viele andere junge Frauen und Männer so einen verdammten Fuchs vor ihrer Tür hocken hatten. Wie soll ich jetzt schlafen, wenn vielleicht heute Nacht der nächste Mord passiert?«

Kapitel 94

Lena versuchte, die Augen zu öffnen. Aber ihre Lider waren so schwer, dass sie immer wieder zufielen. Sie war nicht mehr in seinem Auto, das spürte sie. Feuchte kalte Luft hüllte sie ein.

Als sie es für einen kurzen Moment schaffte, die Augen offen zu halten, stach ihr der Kopfschmerz wie ein Messer durch den Hinterkopf bis vor in die Schläfe. Ihre Arme wollten zu ihrem Kopf, ihn halten. Aber es ging nicht. Und dann merkte sie auch, dass ihr Nacken ganz klebrig war.

Ihr Herz begann ängstlich zu flattern. Sie roch warmes Wachs, sah aus dem Augenwinkel die Kerzen, die am anderen Ende des Raums flackerten.

Lena versuchte, den Kopf zu heben, aber er war einfach zu schwer. Die Augen fielen ihr zu.

Als sie eine gefühlte Ewigkeit später wieder erwachte, waren die Kopfschmerzen schwächer geworden. Sie wollte die Arme bewegen, verstand aber diesmal, dass sie festgebunden waren. Sie war mit Armen und Beinen an einen Stuhl gefesselt.

Langsam klärte sich ihr Blick.

Sie befand sich in einem kleinen Raum ohne Fenster, dem Geruch nach zu urteilen in einem Keller. In der gegenüberliegenden Wand war eine Tür. Wo war sie? Sie erinnerte sich, dass sie in ein

Auto gestiegen war. Und an den stechenden Schmerz in ihrem Oberschenkel.

Er hatte sie betäubt, bevor er sie hergebracht hatte. Jetzt hörte sie Geräusche. Schnelle Schritte auf einer Treppe, die immer näher kamen.

Der Türgriff senkte sich, und die Tür schob sich langsam auf. Lena hielt die Luft an. Jemand schlüpfte durch den Türspalt, den Kopf gesenkt. Es war nicht Marius, die Person war kleiner. Als sie näher kam, erkannte Lena, dass es Falke war.

Hektisch atmete sie ein, während ihr Herz wie wild zu hämmern begann. Sie wollte seinen Namen rufen, da legte er blitzschnell den Finger an die Lippen.

»Sei still! Sie müssen nicht wissen, dass du wach bist!«

Er musterte sie verärgert.

»Wo sind wir?«, flüsterte sie.

»Im Keller. Mann, Lena, bist du eigentlich total bescheuert? Du weißt, was dir jetzt droht, oder?« Er schüttelte den Kopf. »Aber ich mach da nicht mit.«

Schnell zog er ein Taschenmesser hervor und klappte es auf, dann hockte er sich hin und zerschnitt erst die Fessel an ihrem linken Bein, dann an ihrem rechten. Dabei kam er ihr so nah, dass sie sein Parfum riechen konnte. Er trug seinen guten Anzug, das blütenweiße Hemd. Als er sich aufrichtete, sah sie ihm in die Augen. Sie hatte ihn nie besonders gut leiden können, aber jetzt sah sie nichts als Sorge und Entschlossenheit in seinem Blick.

»Ich habe gesagt, ich sehe kurz nach dir. Wir haben nicht viel Zeit. Siehst du die Tür dort hinten?«

Lena wandte sich um. Dort befand sich eine weitere Tür.

»Das ist ein Ausgang. Von dort führt eine Treppe direkt nach draußen. Wir gehen da jetzt raus. Ich habe nicht weit weg geparkt. Du musst leise sein, okay?«

Lena nickte zitternd, während er nun auch ihre Hände befreite.

»Ich«, flüsterte sie. »Ich hab Marius verletzt.«

Falke nickte. »Ich weiß. Du hast ihm die Achillessehne durchtrennt.«

»Ich, er hat mich entführt, ich musste ...«

»Ich weiß, geschieht ihm recht. Er regt mich schon lange auf mit seinem Getue. Und du hast recht. Genau wie Schmitt. Das muss jetzt ein Ende haben.«

Tränen der Erleichterung stürzten aus ihren Augen. Er zog sie vom Stuhl hoch, bis sie auf wackeligen Beinen stand. Dankbar fiel sie ihm um den Hals. Er schob sie weg.

»Schon gut. Wir müssen uns beeilen, okay?«

Auf dem Weg zur Hintertür kramte er einen Schlüssel aus seiner Hosentasche. Er schloss auf.

»Geh vor, ich bin direkt hinter dir. Aber leise!«

Lena trat hinaus. Sofort umfing sie kalte Nachtluft. Sie war wirklich draußen. Über ihr der schwarze Nachthimmel. Leise stieg sie die alten Stufen hinauf, bis sie auf einer Rasenfläche stand.

Das Grundstück war festlich beleuchtet. In Büschen und Bäumen hingen Lichterketten und Lampions.

»Wo lang?«, flüsterte sie. Sie wusste nicht, in welcher Richtung der Ausgang lag. Der Garten war riesig und von großen Tannen gesäumt. Dazwischen brannten Fackeln.

Das mulmige Gefühl war da, bevor sie begriff, was passierte. Zwischen den Tannen raschelte es, sie sah Bewegungen im Dunkeln. Und dann traten sie aus dem Schatten der Bäume hervor. Sie waren alle da. Rocco, Lonyl, der Mentor. Als Letzter kam Marius, er lief an einer Krücke. Sie bekam Panik.

War Falke noch hinter ihr? In dem Moment schnappte eine Hand nach ihrer Schulter.

Sie wirbelte herum. Falke grinste ihr frech ins Gesicht.

»Hab dich!«

Und dann begann die Jagd.

Obwohl sie wusste, was passieren würde, rannte sie los, versuchte zu fliehen. Aber die anderen waren schneller. Ruckzuck hatten sie sie eingekreist, kamen ihr näher, ließen sie aber auch immer wieder entwischen. Nur um sie Sekunden später wieder zu schnappen. Lena hörte ihr kehliges Lachen. Es waren immer Marius und Falke gewesen, die am meisten darin aufgegangen waren. Diesmal war es nur Falke. Er ließ sie rennen, riss sie dann an den Haaren zurück.

Schließlich fuhr ihr ein stechender Schmerz durchs Bein. Er hatte sie mit seinem Messer in die Wade getroffen. Sie strauchelte, fiel hin. Zitternd tastete sie nach der Wunde, spürte, wie das Blut warm zwischen ihren Fingern hindurchquoll.

Falke war einen Schritt zurückgetreten.

»Komm, steh auf, du schaffst es!«

Lena zitterte. Und so verrückt es auch war, sie hatte immer noch Hoffnung. Sie rappelte sich auf.

Während Falke sie anfeuerte, stand sie für einen Moment auf wackeligen Beinen. Dann versuchte sie erneut zu fliehen. Drei Schritte, vier Schritte. Und sie stolperte. Der Schmerz schoss ihr durch die Waden bis in den Oberschenkel hinauf. Tränen stiegen ihr in die Augen. Sie sah, wie Falke langsam auf sie zukam.

»Du, sorry, aber ich glaube irgendwie, das wird nichts!«

Panisch robbte sie ein paar Meter über den Boden. Nichts passierte. Da sah sie plötzlich den Stein, der vor ihr auf dem Boden lag. Wenn sie ihn zu fassen bekam … Aber schon im nächsten Moment packte Falke sie am Knöchel und schleifte sie durchs Gras.

Sie strampelte mit dem Bein, um ihn abzuschütteln. Versuchte vergeblich, irgendetwas zu fassen zu bekommen. Dann war Rocco zur Stelle. Sie zerrten sie hoch, drückten sie gegen einen Baumstamm und banden sie fest. Als Falke ihren Oberkörper fixierte, spuckte sie ihm ins Gesicht.

»Du Arschloch! Was hab ich dir getan? Lass mich los!«

Falke wischte sich grinsend ihren Speichel von der Wange, ehe er beiseitetrat und Marius Platz machte.

Er hatte den Knöchel verbunden, stützte sich auf die Krücke und zog den verletzten Fuß leicht hinter sich her. Bisher hatte er sich im Hintergrund gehalten. Jetzt standen sie sich Auge in Auge gegenüber.

Ohne, dass sie es wollte, löste er etwas in ihr aus. Ihr Herz zog sich zusammen, und sie spürte plötzlich Hoffnung.

»Marius, bitte ...« Tränen kämpften sich ihre Kehle hinauf. Sie schluckte sie runter.

Er schüttelte den Kopf, seine Stimme war kalt.

»Was hast du der Polizistin gesagt?«

»Was meinst du? Welche Polizistin?«

»Die aus dem *Saphirblau*. Du hast sie angerufen.«

Der Kloß in ihrem Hals schwoll an. Natürlich wusste er das. Wusste er auch, dass Anna sie kontaktiert hatte? Dass sie sich mit ihr getroffen hatte? Sie schluckte.

»Ich habe mit keiner Polizistin gesprochen. Es ist alles so, wie ich es dir gesagt habe, Marius. Ich habe kurz gezweifelt. Ich hab ihre Nummer gewählt, aber dann wieder aufgelegt. Weil ich mich besonnen habe. Ich stehe hinter uns, hinter unserer Mission. Ich bin keine Gefahr.«

Er sah ihr lange in die Augen, als müsste er sacken lassen, was sie gerade gesagt hatte. Als gäbe es wirklich noch eine Chance. Das bildete sie sich doch nicht ein. Sein Blick floss in sie hinein, und plötzlich fühlte sie ihre Verbindung so stark wie schon lange nicht mehr.

»Marius, ich bin so froh, dass ich dich gefunden habe. Du weißt, wie lost ich war, als ich nach Heidelberg gekommen bin. Du hast mir so viel Sicherheit gegeben. Ich wollte dich doch nicht enttäuschen. Bitte glaub mir.«

Und das war die Wahrheit. Nach dem Tod ihres Vaters war sie orientierungslos umhergetrieben, hatte nirgendwo dazugehört. Erst Marius hatte ihr wieder ein Zuhause gegeben. Bei sich. Und in der Loge.

»Du hast mich so enttäuscht«, sagte Marius. In seiner Stimme lag tiefe Traurigkeit. Aber nicht, weil er sie retten wollte. Sondern weil er wusste, wie es enden würde. Das sah Lena jetzt ganz deutlich.

Sie musste an Anna denken.

»Du kannst dich jetzt noch einmal neu entscheiden«, hatte sie zu ihr gesagt. Und Lena hatte ihre Chance nicht ergriffen. Aus Angst um ihre Sicherheit war sie nicht zur Polizei gegangen. Wie ironisch, dachte sie und musste in diesem hoffnungslosen Moment fast lachen.

Sie hatte sich ihr ganzes Leben nach Sicherheit gesehnt. Deshalb hatte sie hingenommen, was in der Loge passiert war.

Genau wie sie früher die Wutausbrüche ihres Vaters hingenommen hatte. Wie ihre Mutter die Wutausbrüche ihres Vaters hingenommen hatte. Wir werden, was wir sehen.

Das, was jetzt passieren würde, hatte sie sich selbst zuzuschreiben. Und sie hatte es verdient. In Gedanken war sie bei Anna und hoffte, dass ihre Informationen reichten, um die Loge hochgehen zu lassen. Damit auch die anderen bekamen, was sie verdienten.

Sie hob den Blick und lächelte Marius an.

»Wir sehen uns«, sagte sie. Und dann rammte er ihr das Messer in den Bauch.

Kapitel 95

Tag vier der Ermittlungen

Nach der Pressekonferenz brauchte Nova frische Luft. Sie hatte zwar nicht wie Krohn auf dem Podium gesessen, trotzdem hatten die Fragen sie getroffen wie Pfeile. Wann hatten sie Anna gefunden? Wusste die Familie Bescheid? Natürlich hatten sie Annas Eltern vor der Pressekonferenz informiert. So etwas sollten sie nicht aus dem Internet erfahren.

Sie nahm einen Schluck von ihrem Kaffee, als sich eine bekannte Stimme hinter ihr meldete.

»Frau Winter?«

Nils Brenner kam auf sie zu. Ausgerechnet.

»Ach, sind Sie wieder für den *Heidelberger Anzeiger* unterwegs?«

Brenner hob die Schultern. »Ab und an schreibe ich noch für die Kollegen. Für solche Gelegenheiten wie heute ist das durchaus praktisch.«

»Schön für Sie. Aber von mir gibt's keine Extra-Infos.«

Sie trank ihren Kaffee aus und wollte gerade gehen, da hielt Brenner sie zurück.

»Darum geht's nicht.« Der besorgte Blick machte sie stutzig.

»Es hat sich ein Hörer bei mir gemeldet mit einer Information. Es ging um Sie.«

»Um mich?«

»Ja, er hat mich auf eine Story aufmerksam gemacht. Es geht um Ihre Vergangenheit.«

Er sah sie wissend an.

Nova verschloss ihr Gesicht. Vergangenheit konnte alles heißen. Oder eben nicht.

»Was ist mit meiner Vergangenheit?«

»Sie wissen, was ich meine. Ich will das hier gar nicht thematisieren, Sie nur wissen lassen, dass ich nicht vorhabe, die Sache weiterzuverfolgen. Ich kann aber natürlich nicht wissen, ob dieser Hörer die Story noch an anderer Stelle angeboten hat. Und bevor Sie fragen: Der Hinweis kam anonym. Ich kann Ihnen aber natürlich die E-Mail-Adresse geben, falls Sie das zurückverfolgen wollen.«

Nova überlegte einen Moment. Dann ließ sie ihn auflaufen.

»Ich habe keine Ahnung, wovon Sie reden. Von daher – schönen Tag noch!«

Damit drehte sie sich um und betrat die Kriminaldirektion. Auf der Treppe nach oben erfasste sie ein Hitzeschwall. Sie blieb auf der vorletzten Stufe stehen. Kein Grund, beunruhigt zu sein. Brenner machte sich gern wichtig, das war Ihnen ja bereits bekannt. Trotzdem konnte sie nicht verhindern, dass die Bilder in ihren Kopf schossen. Bilder von Hannes, ihrem Vergewaltiger, der sich auf dem Boden zusammenkrümmte, während das Blut aus seiner Hüftarterie blubberte wie Wasser aus einer heißen Quelle. Sie sah Ellens Gesicht, wie sie im Gerichtssaal aussagte und mit ernster Miene detailreich berichtete, wie sie Nova an dem Abend aufgegriffen hatte.

Nova hatte gelernt, diese Bilder zuzulassen und sie dann wegzuschieben. Als sie im ersten Stock ankam, meldete ihr Handy eine Nachricht von einer unbekannten Nummer. Wenn das jetzt

Brenner war, wenn er ihre Nummer ... Aber es war etwas komplett anderes.

»Hallo, Nova, die Pressekonferenz war ja leider nicht so der Knaller. Es tut mir leid, dass es so mies für euch läuft. Bitte lass den Kopf nicht hängen. Das tun schon andere für dich. Wenn du jetzt ans Fenster trittst, wirst du es als Erste sehen. Das ist meine Wiedergutmachung für dich! Also verlier keine Zeit. Du weißt, wer ich bin! Buh!«

Nova starrte auf das Display. Dann begann ihr Herz zu rasen. Ihr Blick flog durch das Großraumbüro. Welches Fenster meinte er?

»Alles in Ordnung?«

Yeliz kam gerade von der Pressekonferenz zurück. Sie musste gesehen haben, dass ihr die Farbe aus dem Gesicht gewichen war. Nova hielt ihr das Handy mit der geöffneten SMS hin, sodass sie die Nachricht lesen konnte.

»Sag Krohn Bescheid!«

Nova eilte an das Fenster, von dem aus man auf die Hauptstraße sehen konnte. Draußen schien alles normal. Gegenüber stand eine Häuserreihe, dreistöckig, Geschäfte im Erdgeschoss. Es war mäßiger Verkehr, einige Fußgänger waren unterwegs. Eine Frau mit schwarzen Haaren schob einen Kinderwagen vor sich her. An der anderen Hand zog sie ein Kleinkind mit sich, das sich regelmäßig auf die Knie warf. Ein Taxi fuhr vorbei. Es hielt an, eine Tür ging auf. Ein paar Sekunden passierte gar nichts, dann erschien ganz langsam ein dunkelbrauner Haarschopf, und ein Mann mit Aktentasche stieg aus. Er warf die Tür zu und eilte in einen Hauseingang. Als Nächstes blieb Novas Blick an einem Fahrradfahrer hängen. Nein, Moment, es war ein Kurier. Auf seinem Rucksack der Schriftzug »Blitzkurier«. Novas Rücken spannte sich an. Der Kurier wurde langsamer – aber nur, um die Frau mit dem Kinderwagen über die Straße zu lassen. Ein Windstoß fuhr in die Kronen der Ahornbäume und ließ Laub auf die Straße regnen.

Nova starrte auf ihr Handy. Kurz entschlossen rief sie den Absender der Nachricht an. Aber es ging niemand dran.

Unten standen noch einige der Journalisten zusammen und rauchten. Brenner gab einer jungen Frau Feuer.

In dem Moment hörte sie das Geräusch. Erst konnte sie es nicht identifizieren. Er klang wie ein Donnergrollen, das aus undefinierbarer Richtung kam.

Die folgenden Sekunden liefen vor Novas Augen ab wie in Zeitlupe. Das Haus schräg gegenüber war eingerüstet. Über dem Gerüst hing ein großes Plakat, das Werbung für Bier machte. Die obere rechte Ecke hatte sich bereits gelöst und klappte um, nach vorne. So verlor das Plakat die Spannung. Die andere Seite musste sich auch gelöst haben, denn im nächsten Moment fiel es zu Boden wie ein Bühnenvorhang.

Zwei, drei Herzschläge stand alles still. Autos bremsten, Fußgänger blieben stehen. Wie war das passiert? Novas Augen suchten fieberhaft die Straße ab. Aber da war niemand. Kein Bauarbeiter in der Nähe, nichts.

Ein junges Mädchen lief den Bürgersteig entlang, blickte nach oben – und fing aus vollem Hals an zu schreien. Nova folgte ihrem Blick.

Im Gerüst, gerade noch von dem Werbeplakat verdeckt, hing eine Frau. Nackt, die Haut blutverschmiert. Sie schwebte mit ausgestreckten Armen zwischen zwei Ebenen des Gerüsts. Um die Handgelenke waren Seile geschlungen, die irgendwo im Gerüst festgebunden sein mussten und sie in dieser Position hielten.

Ihr Kopf war nach vorne gekippt, die Haare fielen ihr lang über die Brust.

Lass den Kopf nicht hängen. Das tun andere für dich.

Nova wurde schlecht.

Dann ging alles ganz schnell. Die Polizei hatte in Windeseile die Straße abgesperrt, und ein Team aus Polizisten und Feuerwehrleuten stieg zu der jungen Frau hinauf. Sie würden sie fotografieren, dann losmachen. Und dann war sie Opfer Nummer V.

Nova stand mit dem gesamten Team unten auf der Straße. Krohn, Yeliz, Magnus. Sie alle sahen schweigend zu, wie die Kollegen der Spurensicherung ihre Arbeit machten.

Plötzlich fing Kolja an zu schreien.

»O Mann, sie lebt noch!«

Sie wurde abgeschnitten, runtergebracht. Der RTW war auf dem Weg, aber noch nicht da. Nova folgte Krohn und trat zu der jungen Frau heran. Sie schien bewusstlos.

»Ihr Puls ist schwach, aber da ist noch was!«, sagte Kolja und deutete auf ihren Nacken, in den wie schon befürchtet eine römische V eingeritzt war. Er bedeckte ihren Körper mit seiner Jacke.

Als Nova ihr Gesicht sah, konnte sie es nicht glauben.

»Ich kenne sie!«, stieß sie aus.

Krohn sah sie irritiert an.

»Was?«

»Sie heißt Lena! Ich hab sie vor drei Tagen im *Saphirblau* getroffen. Am Abend, als dort die Trauerfeier für Fiona und Milla stattgefunden hat. Ich hab mitbekommen, wie sie mit ihrem Freund gestritten hat. Der Typ hat sie bedroht, und ich hatte ein scheiß Bauchgefühl. Glaub mir, ich habe eine Antenne für Scheißkerle.

Ich hab sie von ihm separiert und ihr Hilfe angeboten, aber sie wollte nicht.«

Nova kniete sich neben Lena und nahm ihre Hand, die sie wie zu einer Kralle verkrampft hatte. Sie war kalt, aber nicht eiskalt.

»Hey, Lena, mach die Augen auf!« Sie rieb ihre Hand.

»Wir helfen dir, okay? Jetzt nicht nachlassen.«

Plötzlich begannen sich die Augen unter ihren Lidern zu bewegen. Nova sprach weiter beruhigend mit ihr. Als Lena ihre Augen etwas öffnete, starrten ihre geweiteten Pupillen ins Nichts. Bis ihr Blick sich fokussierte. Sie sah Nova an und schluckte heftig.

»Hey, Lena, erkennst du mich wieder? Der Arzt ist gleich da.«

In ihrem Blick glomm etwas auf. Ihre Lippen begannen zu zittern.

»Lena, wer hat dir das angetan?«

Sie versuchte etwas zu sagen, aber es kam nur ein Kratzen aus ihrem Hals. Dann ein Zischlaut.

»Sssaa, Saph–«

»Jemand aus dem *Saphirblau*?«

Der Versuch eines Nickens.

»Okay, gut. Wie heißt er?«

Jetzt verlor Lenas Blick wieder den Fokus, ehe sich ihre Hand in Novas entspannte. Ihre Augen fielen zu.

Nova tastete nach ihrem Puls. Und fand ihn. Gott sei Dank.

Augenblicke später war der Rettungswagen da. Nova stand auf und trat zur Seite, um den Sanitätern Platz zu machen, die sofort mit Lenas Versorgung begannen.

Lena bekam eine Infusion und Sauerstoff, ehe sie stabilisiert und auf eine Trage gehoben wurde.

Erst als sich die Türen des RTW schlossen, konnte Nova den Blick losreißen.

Da kam Yeliz auf sie zu.

»Die Nummer, die dir die anonyme Nachricht geschickt hat, das war ihre.«

Sie machte eine Geste in Richtung des RTW.

»Lena Sieger. Wir fahren jetzt zu ihrer Adresse.«

Kapitel 96

»Frau Sieger wohnt im ersten Stock«, sagte der Hausmeister. Er ging voran, den Schlüssel schon in der Hand.

»Was war das denn für ein Unfall? Sie wird das aber schon überleben, oder?«

Jakob hielt sich kurz. »Sie wird im Krankenhaus behandelt, mehr können wir Ihnen leider nicht sagen.«

»Ach so?«

Sie waren im ersten Stock angekommen. Der Hausmeister warf ihnen einen misstrauischen Seitenblick zu. »Na gut, dann werde ich Sie mal nicht weiter mit dummen Fragen belästigen.«

Er klingelte und wartete. Währenddessen deutete er auf das Klingelschild.

»Da steht nur ihr Nachname. Aber sie hat einen Freund, der mehr oder weniger auch hier wohnt. Eigentlich müsste sie ihn ja beim Vermieter anmelden. Aber ich misch mich da nicht ein.«

»Wissen Sie den Namen ihres Freunds?«

»Nö, er hat sich mir nicht vorgestellt. Ist so ein großer Typ. Geht regelmäßig ins Fitnessstudio, würde ich sagen, bei den dicken Armen.«

Als sich nichts rührte, öffnete er die Tür und ließ Jakob und Yeliz den Vortritt. Als sich Jakob noch einmal umdrehte, um sich bei ihm zu bedanken, bemerkte er, wie der Blick des Mannes kontrollierend in den Flur schweifte. Er würde sich zu gern mit umsehen, das war ihm an der Nasenspitze anzusehen, aber er war nicht dreist genug.

»Wir kommen dann ab hier allein zurecht, vielen Dank!«

Der Mann nickte nur.

»Ziehen Sie dann einfach hinter sich zu.«

Zwei Sekunden später fiel die Tür ins Schloss.

Jakob und Yeliz standen in einem quadratischen Eingangsbereich mit einer Garderobe, an der mehrere Jacken und ein schwerer, dunkler Wollmantel hingen.

Jakob stutzte, als er das eingenähte Etikett sah. Yeliz war seinem Blick gefolgt.

»Burberry, krass, das hätte ich mir als Studentin ja nicht leisten können.«

Unter der Garderobe standen Schuhe unordentlich auf einem kleinen Schuhregal. Dreckige weiße Männer-Sneaker neben hochwertigen Lederboots und Gummistiefeln.

Vom Flur gelangten sie in einen offenen Wohn-Essbereich. Linker Hand stand ein Esstisch mit vier einfachen Holzstühlen von IKEA, rechts war der Wohnbereich mit einem großen Sofa mit dunkelgrauem Stoffbezug. Die Schrankwand an der gegenüberliegenden Seite war ansehnlich, aber nicht teuer wie Lenas Klamotten.

»Keine persönlichen Sachen«, bemerkte Yeliz. Alles wirkte sehr anonym. An der Wand hing ein großes Schwarz-Weiß-Bild, das den Times Square in New York City zeigte. Billig gerahmt. Diese Teile wurden einem bei IKEA hinterhergeschmissen.

»Vielleicht in ihrem Schlafzimmer.«

Während Yeliz vorausging, warf Jakob noch einen Blick in die kleine Küche. Schmutziges Geschirr stapelte sich im Spülbecken. Darüber sah man durch das Fenster über die Straße bis zu einem

Grünstreifen, auf dem Bäume gepflanzt waren, deren Laub sich gelb gefärbt hatte.

Im Schlafzimmer befanden sich ein großes Bett und ein Kleiderschrank. Der Schreibtisch war überflutet von Büchern, Heften, Ausdrucken von Artikeln und Notizen. Yeliz sah bereits alles durch.

Zwischen kopierten Artikeln über die griechische Antike fand sie ein Foto von Lena und einem jungen Mann. Jakob fotografierte es ab und schickte es Nova. Nur Sekunden später kam die Antwort: »Ja, das ist ihr Freund. Mit ihm hab ich sie gesehen.«

Jakob steckte das Foto ein.

»Laptop?«, fragte er Yeliz.

»Hab ich noch nicht gefunden. Hier sind nur Uni-Unterlagen.«

Er ging zum Bett und zog die Nachttischschublade auf, aber auch hier nichts. Kein Tablet, Notizbuch, Laptop. Das waren die Gegenstände, die ihnen am meisten weiterhelfen würden. Das Handy war ganz offensichtlich in der Hand des Täters.

»Glaubst du, Lena war das Ersatzopfer für Rebecca?«, fragte Yeliz plötzlich. »Haben die Täter vorher schon genau ausgemacht, wen sie töten? Oder gab es da im Untergrund eine große Party, und die Täter haben während der Party entschieden, wen sie ermorden?«

Jakob ließ sich die Frage durch den Kopf gehen.

»Du meinst, wir haben es gewissermaßen mit Zufallsopfern unter den Partybesuchern zu tun? Weil Rebecca nicht zur Party erschienen ist, hat es Lena getroffen?«

»Vielleicht …«

»Ja, vielleicht. Ich weiß es nicht.«

Während Yeliz ins Wohnzimmer zurückging, zog Jakob einen Rucksack aus dem Kleiderschrank. Treffer! Darin befand sich ein

Tablet. Er schaltete es an. Passwortgeschützt. Natürlich. Aber das war kein Problem für ihre Techniker. Als er es umdrehte, sah er, dass es mit einem Namen versehen war. Marius Malik. Das musste Lenas Freund sein.

»Jakob, kommst du mal?«

Yeliz' Stimme alarmierte Jakob. Sie klang höher als sonst und gepresst. Er lief zurück ins Wohnzimmer, wo Yeliz vor dem Sofa auf dem Boden hockte.

Vor ihr eine geöffnete Metallkiste.

»Die hab ich gerade unter der Couch hervorgezogen«, sagte sie.

Jakob trat näher. Der Inhalt der Kiste ließ ihm den Mund offen stehen. Das war eine gewaltige Sammlung Messer. Soweit er das beurteilen konnte, alles feststehende Messer. Einige davon mit Sicherheit Jagdmesser. Darunter ein zweischneidiger Sautöter mit Holzgriff und einer mindestens zwanzig Zentimeter langen Klinge. Alles in allem über zehn Exemplare.

»Aus Erfahrung würde ich sagen, die Teile gehören nicht Lena, sondern ihrem Freund«, sagte Yeliz, stockte dann aber.

»Okay, ich nehm's zurück.«

Sie zeigte Jakob den Griff eines der Jagdmesser, auf dem Lenas Name eingraviert war.

Jakobs Blick ging suchend durch das Wohnzimmer. An der Vitrine blieb er hängen. Ganz unten im letzten Fach fand er doch etwas Persönliches. Ein gerahmtes Foto, auf dem eine jüngere Lena zu sehen war. Sie hatte die Haare zu einem Pferdeschwanz gebunden und trug eine khakigrüne Outdoor-Jacke mit passender Hose. Sie lächelte den wuchtigen älteren Mann an, der neben ihr stand. Er hatte ihr eine Pranke auf die Schulter gelegt, auf der Nase den gleichen Höcker wie die junge Lena. War das ihr Vater? Beide po-

sierten stolz hinter einem erlegten Hirsch mit ungesund verdreh-
tem Hals.

»Das Messer könnte ein Geschenk ihres Vaters sein«, schloss
Jakob.

»Aber die anderen? Sind das alles Jagdmesser? Das kommt mir
doch ein bisschen übertrieben vor. Und wie die aufbewahrt sind,
sorry ... Also das wirkt ja nicht sehr sachgemäß.«

Jakob nahm Yeliz' Worte nur noch durch einen Schleier wahr.
Er hatte den Schrank neben der Vitrine geöffnet. Der Teil der
Schrankwand, der nicht verglast war. Yeliz trat neben ihn, und er
konnte spüren, wie auch durch ihren Körper ein Ruck ging.

Der Schrank war höchstens sechzig Zentimeter breit und mit
Regalbrettern ausgelegt. Jakob wusste nicht, was er darin vermu-
tet hatte. Brettspiele oder eine Hausbar vielleicht. Er fand etwas
anderes.

Auf den Brettern saß eine ganze Armee von Origamifüchsen
und starrte ihnen entgegen.

Kapitel 97

Lena wurde seit über zwei Stunden operiert. Dass bisher kein Arzt mit ernster Miene auf sie zugekommen war, wertete Nova als gutes Zeichen. Es war ohnehin ein Wunder, dass sie bei diesen schweren Verletzungen überhaupt noch am Leben war. Und sie musste es bleiben. Nova hatte das Gefühl, dass sie nah dran waren. Dass Lena ihnen die fehlenden Informationen liefern könnte, um die Täter zu fassen. Und Anna zu finden.

Annas Handy war nach wie vor ausgeschaltet. Von ihr fehlte jede Spur.

Nova stand auf und trat vom Wartebereich auf den Flur, um sich die Beine zu vertreten, als sie Magnus sah. Er war in der Cafeteria gewesen, um Kaffee und Tee zu holen. Jetzt hatte er sein Handy zwischen Ohr und Schulter geklemmt und telefonierte angestrengt. In den Händen trug er je einen Becher. Nova ging auf ihn zu und nahm ihm die Getränke ab.

»Das war Krohn«, sagte Magnus, nachdem er das Gespräch beendet hatte. »Sie halten Lena für diejenige, die Anna auf die Party gelockt hat.«

Nova stand der Mund offen.

»Was? Wieso?«

Magnus öffnete ein Foto, das Krohn ihm geschickt hatte. Darauf war ein Schrank voller Origamifüchse zu sehen.

»Das haben sie in der gemeinsamen Wohnung von Lena und ihrem Freund Marius gefunden. Frei zugänglich im Wohnzimmer. Außerdem war unter dem Sofa eine Metallkiste mit zahlreichen Messern versteckt. Darunter eines mit Lenas Namen eingraviert.«

Nova musste kurz ihre Gedanken sortieren. Lena und ihr Freund Marius hatten auf der Gedenkfeier im *Saphirblau* gestritten. Er hatte sie bedroht. Nova war schon vor Ort klar gewesen, dass Lena die Situation herunterspielte und nicht die Wahrheit sagte, was den Grund für den Streit anging.

»Gut möglich, dass sie das gleiche Schicksal ereilt hat wie Jona Schmitt«, sagte Magnus neben ihr. »Nur dass der Mordversuch an ihr nicht mehr als Suizid getarnt wurde.«

Die Täter wurden mutiger, hängten ihnen das nächste Opfer direkt vor die Nase wie einem Esel die Möhre.

»Wir suchen jetzt mit Hochdruck nach Marius Malik. Und hier stehen unsere Chancen gut. Wir wissen, wie er aussieht und welches Auto auf ihn zugelassen ist.«

Nova nickte, ihr wurde mulmig.

»Ich hatte gleich ein komisches Gefühl bei diesem Marius, deswegen hab ich Lena aus dem Gespräch rausgezogen. Hätte ich geahnt, wen ich da vor mir hatte ...«

»Mach dir keine Vorwürfe.«

Sie schüttelte den Kopf und log. »Mache ich nicht.«

Eine weitere junge Frau, der sie nicht hatte helfen können. Nova konnte nur hoffen, dass Lena überlebte. Sie musste mit ihr sprechen.

In dem Moment sah Nova einen Arzt in dunkelblauem Kittel auf sie zukommen, und obwohl er eine OP-Maske trug, wusste Nova sofort, dass er gute Nachrichten hatte. Lena hatte die OP überstanden und wurde nun auf die Intensivstation gebracht.

Kapitel 98

»Lena Sieger lebt noch«, sagte Jakob, nachdem er das Gespräch mit Nova beendet hatte. »Und das bleibt hoffentlich so. Ansonsten ist sie unser viertes Opfer. Für alle zu sehen. Die Presse stand noch unten. Die Bilder gehen gerade durchs Netz. Das ist alles ein Albtraum.«

Yeliz reichte ihm eine Flasche Wasser. »Wir werden diesen Marius finden. Gerade sind wir so nah dran wie nie. Die Überwachung des Wohnhauses läuft.«

Jakob stand weiterhin unter Strom.

»Wenn er da überhaupt wieder auftaucht. Kann sein, muss aber nicht! Vielleicht ist er schon längst irgendwo untergeschlüpft. Sein Auto ist weg ...«

»Ja, aber gefühlt weiß jede Streife im ganzen Land, welchen Wagen wir suchen. Die Autobahnpolizei ist verstärkt unterwegs. Wenn er versucht, sich aus dem Staub zu machen, dann finden wir ihn.«

In dem Moment steuerte Kippinger schnellen Schrittes auf ihn zu. Er hatte einen Mann im Schlepptau, den er bat, kurz zu warten.

»Das ist Anna Mendens Vater«, erklärte Kippinger. »Du müsstest bitte einmal kurz mit ihm sprechen, die Lage erklären.«

Wie stellte Kippinger sich das vor?

»Entschuldige, aber das geht jetzt nicht. Wir arbeiten mit Hochdruck daran, diesen Marius Malik aufzuspüren. Ich kann mich jetzt mit nichts anderem beschäftigen.«

Kippinger wurde ernst: »Ich bin der Erste, der diesen Scheißfall gelöst haben will, das kannst du mir glauben. Wenn ich nach dieser ganzen Katastrophe meinen Job noch behalte, habe ich Glück gehabt! Die Eltern von Anna Menden werden von der Presse belagert. Wenn wir den Vater jetzt wegschicken, der sich schlecht behandelt fühlt, dann haben wir die nächste Story am Hacken!«

Bevor Jakob etwas erwidern konnte, ging Yeliz beschwichtigend dazwischen.

»Ich mache das, wenn's okay ist. Ich halte mich kurz und bin gleich wieder bei dir.«

Kippinger nickte halbwegs zufrieden. »Wenigstens eine, die das Game hier versteht.«

Er machte auf dem Absatz kehrt, drehte sich dann aber noch einmal um. »Und die Winter soll auch dabei sein. Der Mann hat explizit darauf bestanden.«

Yeliz stutzte: »Nova? Wieso?«

Kippinger warf die Arme in die Luft. »Keine Ahnung! Macht es einfach möglich!«

Kapitel 99

»Dass uns keiner Bescheid gesagt hat, ist eine Schweinerei!«

Anna Mendens Vater war so wütend, dass seine Unterlippe bebte und die Halsschlagader deutlich hervortrat.

»Und wo ist diese Frau Winter, ich will jetzt sofort mit ihr sprechen!«

»Sie kommt, so schnell sie kann«, antwortete Yeliz. »Aber ich bin sicher, ich kann Ihnen auch –«

Menden unterbrach sie ungehalten.

»Wir haben monatelang gefürchtet, dass Anna tot ist, dass sie irgendwo verscharrt im Wald liegt. Und dann taucht sie wieder auf, und wir erfahren nichts davon?«

»Ich verstehe, dass Sie aufgebracht sind. Es war nicht so, dass Anna einfach wieder aufgetaucht ist. Wir haben einen Hinweis erhalten und konnten sie in Bruchsal aufspüren.«

»Soll ich Ihnen jetzt dankbar sein, oder was? Speisen Sie mich nicht mit Dingen ab, die ich schon weiß. Genau dann hätten Sie uns informieren müssen! Davon rede ich doch! Wir hätten sie zu uns nach Hause geholt! Wir sind ihre Eltern!«

In dem Moment klopfte es, und Nova betrat das Büro. Sie sah blass aus, und als sie näher kam und sich vorstellte, sah Yeliz die Schatten, die sich unter ihre Augen gelegt hatten.

Menden schoss sich sofort auf sie ein.

»Sie sind also die Frau, die an allem schuld ist. Sie haben Anna gefunden, sie hergebracht und ihr keinen Personenschutz verschafft, obwohl sie in Gefahr war!«

»Anna wollte keinen Schutz«, antwortete Nova. »Wir haben ihr angeboten, sie sicher unterzubringen. Aber sie ist auf eigenen Wunsch gegangen. Da konnten wir nichts tun. Glauben Sie mir, mir wäre es auch lieber gewesen, sie in Sicherheit zu wissen.«

Menden stieß Luft durch die Nase aus und fixierte Nova mit giftigem Blick. Die Intensität seiner Wut irritierte Yeliz. Er hatte sie vom Moment ihres Eintreffens fixiert, als wäre das alles allein ihre Schuld.

»Anna wollte nicht von uns untergebracht werden und hat uns eindringlich darum gebeten, ihre Familie nicht zu kontaktieren. Auch um Sie zu schützen. Und da sie volljährig ist und im Besitz ihrer geistigen Kräfte war ...«

»Ach, das ist doch Bullshit!«, entfuhr es dem Vater. Er hämmerte immer wieder mit dem Zeigefinger auf den Tisch und beugte sich drohend Richtung Nova.

Jetzt schaltete sich Kippinger ein. »Die Kollegin hat recht. Uns sind da leider die Hände gebunden. Ihren Ärger können wir natürlich trotzdem verstehen.«

»Ärger?«

Das war der Tropfen, der das Fass zum Überlaufen brachte. Der Mann schlug mit der flachen Hand auf den Tisch, ehe er aufsprang und mit dem Finger auf Nova zeigte.

»Und dass ich hier sitzen und mich von der da belehren lassen muss!«

Der Mann zitterte vor Wut, dann wandte er sich an Kippinger.

»Wieso ermittelt diese Person überhaupt in diesem Fall? Dass Sie so jemanden hier sitzen haben!«

Yeliz verstand nicht, was er damit meinte, und auch Kippinger zog die Stirn in Falten. Dann stand er auf und trat dem Mann entgegen.

»Jetzt aber mal ganz langsam! Frau Winter ist eine geschätzte Kollegin vom LKA in München. Wir können von Glück reden, dass sie uns in diesem Fall unterstützt. Ich verbitte mir diesen Ton gegenüber meinen Kollegen!«

Der Mann atmete schwer. Dann machte er einen Schritt auf Nova zu und zischte sie an.

»Ich weiß, wer Sie sind. Es hat sich jemand bei mir gemeldet und mich aufgeklärt. Sie dürften überhaupt nicht im Polizeidienst arbeiten. Sie haben einen Menschen ermordet! Regelrecht hingerichtet. Und jetzt sitzen Sie hier und sind dafür verantwortlich, dass meine Tochter weg ist! Damit kommen Sie nicht davon!«

Kapitel 100

In Novas Ohren begann es zu rauschen.

Regelrecht hingerichtet. Mörderin. Unschuldiger junger Mann. Die Worte hallten wie ein Echo von tausend Stimmen in ihrem Kopf. Worte, die sie damals oft gehört hatte. Von Hannes' Familie, seinem Anwalt ...

Er würde doch so etwas niemals tun. Sie war eine Lügnerin, eine Mörderin. Der Anwalt von Hannes' Familie hatte es so formuliert: Sie hatte mit ihm geflirtet, ihn in das Zimmer im ersten Stock gelockt, wo sie ihn verführt und dann hinterrücks erstochen hatte, um ihn zu bestehlen. Angeblich hatten in Hannes' Portemonnaie mehrere Hundert Euro gefehlt. Wie sie so genau hatten wissen können, mit wie viel Geld Hannes auf der Party gewesen war, blieb im Dunkeln. Ein erbärmlicher Versuch, ihren Sohn von der Schuld reinzuwaschen.

Als Nova aus ihren Gedanken auftauchte, war Kippinger dabei, den aufgebrachten Mann zu beruhigen. Novas Blick klärte sich, und sie lehnte sich vor.

»Da haben Sie wohl nicht ordentlich zu Ende recherchiert, Herr Menden.«

Kippinger blieben die Worte im Hals stecken.

»Ja, ich habe einen Menschen getötet. In Notwehr. Ich war 15 Jahre alt, als der zwanzigjährige Hannes mich auf einer Silvesterparty vergewaltigt hat. Bei dem Versuch, mich zu befreien, habe ich ihn tödlich verletzt. Dass er stirbt, war nicht meine Absicht.«

In dem Raum wurde es still. Während Kippinger fieberhaft zu überlegen schien, was jetzt zu tun war, senkte Yeliz den Kopf. Sie saßen nebeneinander, und obwohl Nova ihr Gesicht nicht sehen konnte, spürte sie, wie geschockt sie war.

Ihr gegenüber presste Anna Mendens Vater die Lippen aufeinander. Nova sah in seinen Augen, wie in seinem Kopf die Gedanken rasten, wie er versuchte, ein Argument zu finden, das ihm trotz allem recht gab. Schließlich wandte er sich an Kippinger, presste die Worte wütend durch die Zähne.

»Ich will diese Frau, die meine Tochter gefunden und uns nichts gesagt hat, nicht sehen.«

Jetzt war es genug. Nova stand auf und verließ wortlos den Raum. Auf dem Flur atmete sie einmal tief ein und wieder aus, um ihren Puls zu beruhigen. Ihre Hände zitterten. Erst als sie sich etwas beruhigt hatte, spürte sie die Hektik um sich herum. Was war passiert? Nova hielt eine junge Polizistin im Vorbeigehen auf und sprach sie an.

»Sie haben Marius Maliks Auto«, berichtete sie. »Jakob und Magnus Herzberg sind gerade auf dem Weg dorthin.«

Kapitel 101

Der VW Polo stand einsam auf einem kleinen Wanderparkplatz am Rande des Odenwalds, von dem mehrere Wanderwege abgingen. Im Sommer war hier viel los, dann waren sämtliche Parkplätze in der Umgebung proppenvoll. Aber bei dem Sauwetter heute ... Der Himmel hing tiefgrau über ihnen, und als Jakob und Herzberg ausstiegen, begann es zu nieseln.

»Als wir angekommen sind, war der Motor noch warm«, informierte sie ein junger Streifenbeamter. »Mein Partner und ich haben bereits die nähere Umgebung abgesucht. Wir haben aber lediglich zwei Spaziergänger mit ihrem Hund angetroffen, und die haben niemanden gesehen. Das Auto ist abgeschlossen.«

Jakob kannte das Gebiet gut. Von hier aus konnte man zu kleinen Runden oder ganzen Tagestouren aufbrechen, je nachdem, welchen Weg man nahm. Daher fiel ihm die Entscheidung leicht.

»Öffnen wir das Auto! Vielleicht finden wir Hinweise darauf, wohin Marius Malik geflohen ist.«

Wenige Minuten später durchsuchten sie den Wagen. Im Handschuhfach fand Jakob ein DIN A5 großes Notizbuch. Er schlug es auf.

»Elena« stand in Großbuchstaben über der ersten Seite, daneben das Datum: 18.5.2021. Das war vor etwa anderthalb Jahren. Der Eintrag darunter bescherte Jakob eine Gänsehaut.

»Erste Sichtung in der Mensa. Perfekte rote Haare. Die Locken fallen ihr ganz natürlich über den Rücken. Wenn ich mich hinter ihr in die Schlange stelle, kann ich sie riechen. Ihr Duft ist dezent, elegant. Montags hat sie bis 13 Uhr Seminar. Danach verlässt sie das Gebäude und geht zu Fuß nach Hause. Narzissenweg 14, dritter Stock.«

Jakob blätterte um. Es folgten weitere Notizen über Elena, die auf der Hälfte der Seite jäh abbrachen. Der nächste Eintrag war auf den 20. Juli 2021 datiert. »Lucie. Erste Sichtung in der Bibliothek. Sie arbeitet konzentriert, lässt das Handy über Stunden unbeachtet. Blonde, lange Haare, schöner Rücken. Zwischen den Seminaren trifft sie einen Doktoranden im Kopierraum. Der Typ ist verheiratet und hat ein kleines Baby. Das scheint Lucie egal zu sein. Sie hat ein freches Grinsen, das ich ihr gerne herausschneiden würde.«

Jakob sah auf. Es zog ihm die Kehle zusammen bei dem Gedanken, dass sie vielleicht weitere Leichen finden würden. Neben ihm telefonierte Herzberg.

»Keine Vermisstenmeldungen auf eine Lucie oder eine Elena«, sagte er, als er aufgelegt hatte. »Gut möglich, dass er die beiden nur beobachtet und am Ende nicht ausgewählt hat.«

»Oder sie sind der Einladung nicht nachgekommen.«

Jakob blätterte um. Fiona. Sein ganzer Körper spannte sich an. Ihr Opfer Nummer I.

»Sie arbeitet jeden Dienstag, Freitag und Samstag im *Saphirblau*. Die Schicht endet spät, meistens gegen 4. Ihre Eltern leben auf Teneriffa. Sie schläft mit ihrem Kollegen Lars. Erste Interaktion war vor zwei Tagen. Sie war freundlich, ließ mich aber deutlich spüren, was sie denkt: Ich bin unter ihrer Würde. Ihre Nase trägt sie so hoch, dass ich sicher bin: Wenn wir sie einladen, wird sie kommen.«

Auf den kommenden Seiten fand Jakob ähnliche Einträge zu Anna, Milla und Emilia.

Marius Malik hatte seine Opfer wochenlang beobachtet und Informationen gesammelt, bevor sie ermordet worden waren. Die Vorstellung verursachte Jakob Übelkeit. Aber dann gewann ein anderes Gefühl die Oberhand. Entschlossenheit. Er hielt den ultimativen Beweis in der Hand. Marius war auf der Flucht und konnte nicht weit sein.

Während die Kollegen in alle Richtungen ausschwärmten, blieb Jakobs Bick an einem schmalen Weg hängen, der hinter einer Schranke in den Wald hineinführte.

»Wenn ich mich nicht irre, führt dieser Weg in Richtung des Leichenfundorts. Quasi von einer anderen Seite. Er müsste etwa drei, vier Kilometer entfernt sein. Vielleicht gibt es ja hier in der Nähe doch einen Unterschlupf, den wir bisher übersehen haben.«

Mit zwei Schritten war er an seinem Wagen, wo er ein Ersatzpaar Gummistiefel aus dem Kofferraum holte und sie Herzberg reichte. Jakob verkniff sich ein Grinsen, als er die Erleichterung sah, die sich auf Herzbergs Gesicht ausbreitete. Er schlüpfte aus seinen gepflegten Lederschuhen und folgte Jakob in den Wald hinein.

Der Weg war schlammig, und mit jedem Schritt sanken Jakobs Stiefel tiefer ein. Nach etwa fünf Minuten nahm die Steigung derart zu, dass sie sich auf jeden ihrer Schritte konzentrieren mussten, um nicht auszurutschen oder stecken zu bleiben. Rechts fiel das Gelände steil ab.

Als der Regen zunahm, hob Jakob den Kopf, um in die Ferne zu sehen. War Marius wirklich vom Wanderweg aus in den Wald geflohen? Was, wenn er sie auf eine falsche Fährte gelockt und auf dem Parkplatz in das Auto eines Komplizen gestiegen war? Aber hätte er dann sein Notizbuch mit all seinen Aufzeichnungen zurückgelassen?

Mit dem nächsten Schritt stand er vor einer riesigen Matschpfütze. Er trat auf das Gras neben dem Weg und wollte die Pfütze mit einem großen Schritt überwinden, da rutschte sein rechter Fuß ab. Jakob geriet ins Straucheln und stürzte. Er rutschte ein paar Meter den Abhang hinab, bis er sich an einem Baumstamm festhalten konnte. Sein Herz raste. Noch mal gut gegangen.

»Da rechts ist ein großer Felsbrocken«, rief Herzberg von oben durch den Regen. »Stützen Sie sich daran ab!«

Jakob fand mit dem Fuß Halt und drückte sich nach oben. Er bekam einen Busch zu fassen, an dem er sich weiter hochziehen konnte. Auf dem letzten Meter ergriff er Herzbergs Hand, der sich mit der anderen an einem Baumstamm festhielt und sich ihm entgegenlehnte.

»Scheißregen«, fluchte Jakob, während er sich aufrappelte und begann, Erde und nasses Laub von seinen Klamotten zu klopfen. Völlig unsinnig, da er sich ohnehin von oben bis unten eingesaut hatte. Wie ein Kind, das sich im Matsch gewälzt hatte.

Er atmete durch und wollte Herzberg zum Weitergehen animieren, als er bemerkte, dass dieser immer noch in den Abhang hinunterstarrte.

»Da liegt jemand«, sagte Herzberg.

Jakob folgte seinem Blick. Und tatsächlich: Etwa dreißig Meter den Abhang hinunter erkannte er das leuchtende Rot einer Regenjacke. Ein Körper lag auf einem breiten Spazierweg.

»Scheiße, ist er das?«

Aus der Entfernung konnten sie es nicht erkennen. Sie mussten zu ihm hinab.

Nacheinander wagten sie den Abstieg. Je näher sie der Person kamen, desto sicherer war sich Jakob, dass es sich um Marius Malik handelte. Womöglich war er wie er abgerutscht und hatte sich verletzt.

Gleich war es so weit, nur noch wenige Meter.

Als Jakob auf den Weg trat, erkannte er, dass etwas nicht stimmte. Marius' rechtes Bein war verdreht, der Unterschenkel stand in einem schmerzhaften Winkel vom Knie ab. Blut war aus einer Wunde an seinem Hinterkopf getreten und mischte sich mit dem Schlamm zu einer dreckig braunen Pfütze. Seine Augen starrten trüb ins Leere.

Marius Malik war tot.

Kapitel 102

Yeliz legte auf und schwieg. Nova hielt den Blick auf die Fahrbahn gerichtet. Noch drei Minuten, sagte das Navi.

Marius Malik war tot, hatte ihnen Krohn gerade berichtet.

»Was heißt das jetzt? Ist es vorbei?«

Yeliz sah sie von der Seite an. Die gesamte Fahrt hatten sie ausschließlich über den Fall gesprochen und nicht darüber, was Yeliz im Gespräch mit Anna Mendens Vater über sie erfahren hatte. Und dafür war Nova ihr sehr dankbar. Sie wusste, dass Yeliz eigentlich immer über alles reden musste, weil das ihre Art war, Dinge zu verarbeiten.

»Ich weiß es nicht«, sagte Nova. War es das jetzt? Hatten sie es die ganze Zeit mit einem Tätertrio zu tun gehabt? Marius, Lena, Jona?

»Da vorne ist es!«

Der Parkplatz war beinahe komplett mit Einsatzfahrzeugen zugeparkt. Als Nova sich in die letzte Lücke gezwängt hatte, atmete Yeliz hörbar ein und wandte sich ihr doch noch einmal zu.

»Nur damit das klar ist: Es tut mir wahnsinnig leid, was dir passiert ist. Ich kenne dich gut genug, um zu wissen, dass du nicht darüber reden willst. Aber ich will trotzdem, dass du Folgendes weißt: Wenn ich davon gewusst hätte, hätte ich diesen Menden gar nicht so weit kommen lassen.«

Nova hatte mit Fragen gerechnet. Damit, dass Yeliz wissen wollte, wieso sie ihr nie davon erzählt hatte. Ob sie ihr nicht genug vertraut hatte. Aber nicht damit. Sie musste unverhofft lächeln.

»Der hätte einen Nackenschlag kassiert, noch bevor er wüsste, wie ihm geschieht.«

Yeliz lachte auf. »Genau.«

Für einen Augenblick hing diese absurde Leichtigkeit zwischen ihnen. Dann schoss Kippingers Range Rover auf den Parkplatz. Sie stiegen aus und gelangten über einen breiten Wanderweg zur Fundstelle. Kippinger folgte ihnen.

Die Rechtsmedizinerin, Professor Greta Henning, die Nova bisher nicht persönlich kennengelernt hatte, befand sich gerade im Gespräch mit Magnus und Krohn. Sie standen neben Marius Maliks Leiche. Er lag auf dem Rücken, das rechte Bein war offensichtlich gebrochen und stand in unnatürlichem Winkel vom Knie nach vorne ab.

»Ich vermute, dass der junge Mann an dieser schweren Kopfverletzung gestorben ist«, sagte Professor Henning.

Sie deutete auf Marius' Hinterkopf, von dem nicht mehr viel übrig war außer zerschmetterten Knochen und Blut.

»Er scheint gestürzt zu sein.«

Das war Krohn. Erst jetzt fiel Nova auf, wie verdreckt er aussah. Er blickte den Hang hinauf. »Da oben verläuft ebenfalls ein Weg. Aufgrund des Regens ist es sehr rutschig. Ich bin selbst ausgeglitten und ein paar Meter den Hang runtergerutscht. Scheint so, als hätte ich noch Glück gehabt.«

»Was ist das denn da an seinem Fuß?«, fragte Yeliz neben ihr. Und tatsächlich. Ein paar Zentimeter oberhalb der Ferse lag eine Wunde, die Dr. Henning bereits freigelegt hatte.

»Eine tiefe Schnittwunde, die nicht sachgemäß versorgt wurde«, berichtete Professor Henning. »Ich schätze, er hat sich diese Wunde gestern oder vorgestern zugezogen. Denkbar, dass er aufgrund dieser Wunde nicht so trittsicher unterwegs war. Krücken wären vielleicht hilfreich gewesen …«

Für ein paar Sekunden sagte niemand ein Wort. Nova betrachtete den jungen Mann, den sie noch vor wenigen Tagen quicklebendig im *Saphirblau* erlebt hatte. Ihr ungutes Gefühl hatte Nova nicht getäuscht. Nur dass er noch viel gefährlicher gewesen war als angenommen.

Jetzt lag er hier auf dem nassen Waldboden im Regen wie ein verendetes Tier.

Neben ihr ergriff Kippinger das Wort.

»Das hier ist ein großer Erfolg, Leute. Wir haben den Täter. Mit den Beobachtungen in dem Notizbuch hat er uns quasi sein Geständnis hinterlassen. Außerdem kann ich euch mitteilen, dass die Spurensicherung vor einer halben Stunde einen Vorrat an Ketamin in seiner Wohnung sichergestellt hat. Das reicht, um den Fall zu schließen. Und das Wichtigste: Von diesem Mann geht keine Gefahr mehr aus!«

Nova unterbrach Kippingers Monolog.

»Was ist mit den Verletzungen an Lena Siegers Körper? Sie hat eine erhebliche Menge an Stichverletzungen erlitten, genau wie die anderen Opfer. Wissen wir, ob sie mit unterschiedlichen Messern zugefügt wurden?«

Professor Henning fing Novas Blick auf. »Von unserer Seite hat noch niemand ihre Verletzungen begutachtet. Sie wurde ja gerade erst notoperiert. Die Beobachtungen des Notarztes deuten aber in diese Richtung.«

Nova wandte sich an Kippinger. »Das würde bedeuten, dass auch sie von mehreren Tätern angegriffen wurde. Und da Jona Schmitt tot ist, kann das nur bedeuten, dass wir nicht alle haben.«

Kippinger schüttelte den Kopf.

»Aufgrund der Messersammlung in Marius Maliks Wohnung können wir davon ausgehen, dass er mehrere Messer benutzt hat, um sie zu töten.«

Zu billig, zu einfach.

»Ich glaube nicht, dass wir hier fertig sind. Ich glaube, dass Jona Schmitt, Lena Sieger und Marius Malik Teil der Neuen Loge waren. Aber es muss noch weitere Mitglieder geben. Anna Menden hat ausgesagt, dass sie von mindestens fünf Leuten angegriffen wurde.«

Kippinger wurde langsam unruhig.

»Mal ganz davon abgesehen, dass diese Aussage unter Hypnose erfolgt ist – wer sagt uns, dass Anna Menden zum Zeitpunkt des Angriffs nicht unter Drogen stand wie die anderen Opfer? Und zum Zeitpunkt ihrer Befragung lag das alles Monate zurück ...«

Nova hatte längst verstanden. Kippinger wollte den Fall hier mit aller Macht abschließen. Aber sie hatte nicht vor, lockerzulassen.

»Marius hat Lena Sieger also allein auf das Gerüst transportiert und sie dort oben festgemacht? Ehrlich, Leute, ich glaube, wir haben hier drei Soldaten erwischt. Aber die Wurzel ist noch da draußen. Denkt doch mal dran, was wir alles über diese Neue Loge herausgefunden haben. Glauben wir ernsthaft, dass dieser Marius, der gerade mal 24 Jahre alt war, als eine Mentorenfigur für Lena und Jona fungiert hat? Wie es in Jona Schmitts Text beschrieben war? Haben diese drei eine derartige Anzahl an Taten tatsächlich allein verübt? Wir sollten jetzt keine voreiligen Schlüsse ziehen. Sobald Lena vernehmungsfähig ist, reden wir mit ihr. Ich bin mir sicher, sie wird meine These bestätigen.«

Nova warf Krohn einen Blick zu. Sie sah ihm an, dass er haderte, ihn ihre Argumente nicht unberührt ließen. Dann schüttelte er den Kopf.

»Nova, ich weiß nicht. Die Füchse, die wir in Marius' und Lena Wohnung gefunden haben. Die Verbindungen zu Jona Schmitt. Bisher deutet nichts auf weitere Mitglieder hin. Außer Annas Aussage. Was, wenn sie sich geirrt hat und wir einem Phantom hinterherjagen?«

Nova blieb dabei.

»Und was ist mit Anna Menden? Sie ist immer noch verschwunden!«

Kippinger nickte. »Und wir suchen mit Hochdruck nach ihr. Da können Sie sich sicher sein. Zum jetzigen Zeitpunkt müssen wir leider davon ausgehen, dass Marius Malik sie aufgespürt hat und sie ebenfalls tot ist. Aber wir werden alles daransetzen, sie zu finden. Damit die Eltern endlich Ruhe finden.«

Er warf Nova einen mulmigen Blick zu, wurde dann aber wieder hart.

»Was Anna Mendens Fall angeht, so ist Ihre Hilfe nicht mehr gefragt, Frau Winter. Wir sollten da nicht noch mehr Staub aufwirbeln.«

Nova glaubte, nicht richtig zu hören. Nicht noch mehr Staub aufwirbeln. War das sein Ernst? Magnus warf ihr einen fragenden Blick zu. Er hatte bisher keine Ahnung davon, was im Gespräch mit Herrn Menden vorgefallen war, und sie hatte auch nicht vor, hier noch einmal alles auszubreiten.

»Ist das jetzt Ihre Art, den Fall so schnell wie möglich abzuschließen, damit Sie Ihren Hals aus der Schlinge ziehen können? Sie schieben mich vor? Wollen Sie riskieren, dass weitere Menschen zu Schaden kommen, nur um einen schnellen Ermittlungserfolg zu erzielen?«

Die Wut ließ das Blut in ihren Ohren rauschen. Aus dem Augenwinkel bekam sie mit, wie Krohn einen Anruf erhielt und sich ein paar Meter entfernte. Sie hörte Magnus' Worte für ein paar Sekunden wie durch Watte.

Er wandte sich direkt an Kippinger.

»Was auch immer zwischen Ihnen vorgefallen ist, ich muss Nova in vielen Punkten zustimmen. Meine Einschätzung ist dieselbe, Hugo. Das hier ist noch nicht zu Ende.«

»Ich bin bei den beiden«, bestätigte Yeliz. »Da ist noch was, das ist doch alles zu einfach.«

Nova setzte noch einmal an: »Ja, lasst uns Lena Siegers Aussage abwarten!«

Kippingers Hals schwoll an, und er war kurz davor zu platzen, da kam Krohn von seinem Telefonat zurück. Seine Haltung verriet die schlechten Nachrichten sofort. Langsam ging sein Blick in die Runde und blieb bei Nova stehen.

»Lena ist gerade im Krankenhaus gestorben.«

Kapitel 103

Eine Woche später

Lena Sieger wurde in ihrem Heimatort, einem 200-Seelen-Dorf südlich von München, beerdigt. Der Friedhof lag am Ortsrand und wurde an seiner Südseite von einem Waldstück begrenzt.

Um acht Uhr morgens verschwanden die Spitzen der Nadelbäume noch im dichten Nebel. Auf der Fahrt hierher war die Sicht so schlecht gewesen, dass Nova nur im Schneckentempo vorangekommen war. Jetzt betrat sie mit Ellen den Friedhof. Ellen hatte darauf bestanden, sie zu begleiten, und wenn Nova ehrlich war, war sie froh, nicht allein zu sein.

Der Pfarrer sowie Lenas Mutter und ihre drei verbliebenen Söhne waren bereits anwesend, die Beerdigung hatte aber noch nicht begonnen.

Lenas Mutter war eine kleine, zierliche Frau. Sie trug eine schwarze Baskenmütze und einen eleganten Wollmantel. Als sie Nova bemerkte, kam sie auf sie zu. Lenas Beerdigung war nirgendwo angekündigt worden. Nova hatte die Mutter selbst kontaktiert und um Erlaubnis gebeten, kommen zu dürfen. Nach anfänglichem Zögern hatte sie zugesagt.

Jetzt schüttelte die Frau ihr die Hand und sah sie mit den grünen Augen an, die sie wohl ihrer Tochter vererbt hatte.

»Meine Lena war nicht das Monster, das die Presse in ihr sehen will«, sagte sie. »Danke, dass Sie gekommen sind.«

Nova sprach der Mutter ihr Beileid aus und hielt sich danach mit Ellen im Hintergrund.

Vor dem ausgehobenen Grab stand Lenas Urne umrankt von einem Kranz aus weißen Rosen auf einem Podest. Daneben ein großes, gerahmtes Bild von Lena, das mehrere Jahre alt sein musste.

Nova fühlte sich auch eine Woche nachdem sie aus Heidelberg abgereist war immer noch wie verkatert. Sie hatte ständig Kopfschmerzen, war antriebslos und wie gelähmt.

Anders als Lenas Mutter war sie mittlerweile sicher, dass Lena ein fester Teil der Neuen Loge gewesen war. Nova glaubte, dass sie von den Taten gewusst und womöglich auch beteiligt gewesen war. Vieles blieb trotzdem Spekulation. Lenas Tod hatte sie der Möglichkeit beraubt, ihr die drängenden Fragen zu stellen, auf die sie nach wie vor keine Antwort hatten. Das Warum zum Beispiel. War es einfach nur reine Mordlust gewesen? Waren nur sie drei beteiligt gewesen? Oder war da eben doch jemand, der sie geführt hatte? Ein Mentor, wie Jona Schmitt ihn genannt hatte? Wusste sie, wohin Anna verschleppt worden war? Mit Lenas Tod war auch ihr selbst die Möglichkeit genommen worden, sich von etwaigen falschen Vermutungen reinzuwaschen und Verantwortung für ihre Taten zu übernehmen.

Am Ende war sie selbst zum Opfer geworden.

Nova hörte den Geschichten, die der Pfarrer über Lena erzählte, nur mit halbem Ohr zu. Vor dem Grab weinte Lenas Mutter beinahe ununterbrochen. Einer ihrer Söhne versuchte, sie zu stützen, während die beiden anderen wie versteinert danebenstanden.

Schließlich wurde die Urne langsam in die Erde hinuntergelassen. Die Familienmitglieder streuten rosa Blütenblätter in das Grab. Dann war es vorbei.

Auf dem Weg zurück zum Wagen sah Nova, dass Yeliz ihr eine E-Mail geschickt hatte.

»Ich habe mit Marius' Schwester sprechen können. Sie sagt, er war schon immer lost, wusste nichts mit sich anzufangen und hat sich leicht beeinflussen lassen. In der Schule war er der klassische Mitläufer. An wem hat er sich hier orientiert? Sicher nicht an Lena oder Jona Schmitt.«

Nova hatte die Zeilen rasch überflogen. Yeliz hielt sie seit ihrer Abreise auf dem Laufenden. Sie bezweifelte genau wie Nova, dass sie es mit einem Tätertrio zu tun gehabt hatten.

Nova antwortete ihr schon seit Tagen nicht mehr.

»Geht es dir jetzt besser?«, fragte Ellen, während sie ins Auto stiegen.

Nova überlegte einen Moment.

»Keine Ahnung. Aber ich denke, es war richtig, dass ich hier war. Ich muss das jetzt hinter mir lassen. Mit Lena ist auch die Möglichkeit gestorben, noch irgendwie an Hinweise auf Annas Verbleib zu kommen. Die wahrscheinlichste Version von allem ist, dass Anna ebenfalls längst tot ist. Und damit muss ich jetzt wohl klarkommen.«

Kapitel 104

Anna saß mit angezogenen Beinen auf dem Boden, den Rücken an die Wand gelehnt.

»Kannst du mir wenigstens sagen, welchen Tag wir haben? Ich habe das Gefühl völlig verloren. Wie lange bin ich schon hier?«

Keine Antwort. Er legte ihr ein belegtes Brot auf den Nachttisch, dann griff er nach ihrer Toilette, einem roten Zehn-Liter-Putzeimer. Anna verzog unwillkürlich das Gesicht. Da reinzumachen war entwürdigend. Den ganzen Tag diesen Geruch um sich zu haben, ekelhaft. Dass jemand ihre Hinterlassenschaften sah, sie entsorgte ...

Moment ... Anna hielt bei dem Gedanken inne. Das war es, worum sie sich sorgte? Sie brauchte zwei, drei Sekunden, bis sie verstand. Ihre Angst war abgestumpft. Weil nichts passierte. Sie saß seit Tagen in diesem Zimmer, aß Käsebrote und schiss in einen roten Eimer.

Wenn er sie hätte umbringen wollen, hätte er das nicht längst getan?

Er hatte die Hand schon am Türgriff, gleich war sie wieder für Stunden allein. War es der Plan, sie abstumpfen zu lassen? Wenn das, was er mit ihr vorhatte, viel schlimmer war, als sie einfach nur zu töten?

Er drückte die Klinke herunter.

»Warte!«, entfuhr es ihr. »Was soll das eigentlich werden? Wie lange willst du mich hier festhalten?« Ihr Herz begann nervös schneller zu klopfen, als er sich umdrehte und sie irritiert ansah.

»Bis ihr eure nächste Party feiert? Soll ich wieder das Opfer sein? Ist euch das nicht ein bisschen zu langweilig? Ich weiß ja schon alles. Macht euch das dann überhaupt noch Spaß?«

Er stellte den roten Eimer ab und machte ein paar langsame Schritte auf sie zu.

»Du machst dir zu viele Gedanken. Warte einfach ab.«

So nah war er ihr lange nicht gewesen. Jetzt traute sie sich sogar, ihm in die Augen zu sehen. So richtig. Mehr als nur über sein Gesicht zu streifen und kurzen Augenkontakt herzustellen. Sie blickte tief hinein.

Sofort erinnerte sie sich, wie er sich im Wald über sie gebeugt, sie mit seinem ganzen Körpergewicht in den feuchten Boden gepresst hatte. Er war mit seinem scharfen Blick so tief in sie eingedrungen, dass die Angst sich in ihrem ganzen Körper ausgebreitet hatte. Sie war weggelaufen, hatte alles verdrängt.

Aber er hatte sie nicht umgebracht. Wieso kam ihr dieser Gedanke erst jetzt?

Er war im Begriff, sich abzuwenden.

»Du hast es das letzte Mal schon nicht geschafft, mich zu töten«, sagte sie schnell und im vollen Bewusstsein, dass sie ihn damit provozieren konnte. Aber vielleicht, vielleicht erreichte sie ihn auch.

»Wieso machen wir es nicht noch mal genauso? Lass mich gehen. Ich haue ab. Ich habe es einmal geschafft, ich finde wieder einen Ort zum Untertauchen.« Sie suchte erneut Augenkontakt. »Ich glaube nicht, dass du mir was tun willst.«

Ihm entfuhr der Ansatz eines Lachens. Und dann ging alles ganz schnell. Mit drei großen Schritten war er bei ihr, schlang seine Hand um ihren Hals und zog sie auf die Beine. Er schlug ihren Kopf gegen die Wand.

Der Schmerz breitete sich von ihrem Hinterkopf aus wie eine Welle.

Sie blinzelte, sah erst nur verschwommen, bis sich ihr Blick wieder klärte. Sein Brustkorb hob und senkte sich schnell. Er hielt sie mit ausgestreckter Hand von sich weg.

»Entschuldigung«, stammelte sie. Der Schmerz ließ ihre Gedanken verschwimmen, während sich sein Griff um ihren Hals enger zog.

»Bitte lass mich los!«

Dann konnte sie nicht mehr sprechen.

Im nächsten Moment hatte er ein Messer in der Hand.

»Wenn du denkst, dass ich dich nicht verletzen kann, dann hast du dich getäuscht.«

Er setzte die Klinge auf Höhe ihres Wangenknochens an, drückte sie in ihre Haut und zog den Schnitt bis hinunter zum Kiefer.

Der Schmerz brannte sich in ihr Gesicht. Sie hörte sich selbst schreien, dann verlor sie den Halt und brach zusammen. Er hatte sie losgelassen.

Heißes Blut lief ihr über das Gesicht. Seine Stimme drang aus der Ferne zu ihr heran.

»Ich hoffe, das reicht dir erst mal. Deine Zeit wird noch kommen.«

Kapitel 105

Nach der Beerdigung fuhr Nova Ellen nach Hause. Sie sah vom Auto aus zu, wie sie den schmalen Weg durch den Vorgarten zur Haustür lief und dabei völlig normal wirkte. Kerngesund. Man sah ihr nicht an, was sie die letzten Monate durchgemacht hatte: den Ärzte-Marathon, die Odyssee, bis sie endlich den Chirurgen gefunden hatten, der sie operieren wollte. Und dann die komplizierte Hirntumor-OP. Aber jetzt war alles gut.

Nova blieb noch ein paar Augenblicke im Auto sitzen und zwang sich, diesen Gedanken wirklich zuzulassen und zu fühlen, wie glücklich sie diese Erkenntnis machte.

Die letzten Monate waren hart gewesen. Dass es Ellen nach der OP so gut ging, war der Lichtblick, auf den sie gewartet hatten. Sie konnte sich ein bisschen entspannen, musste nicht bei jedem Telefonklingeln das Schlimmste befürchten. Ein Gefühl der Erleichterung breitete sich in ihr aus. Endlich.

Als sie den Motor startete, öffnete sich automatisch Spotify, und eine brandneue Folge von »Verbrechen im Süden« sprang sie an. Nova konnte sich Besseres vorstellen, als Nils Brenners selbstgefällige Stimme zu hören, konnte aber auch nicht wegschalten.

Nachdem das atmosphärische Intro verklungen war, begrüßte Brenner seine Hörer und kam direkt zur Sache. »Viele von euch haben es geahnt, heute geht es wie auch in der letzten Ausgabe noch einmal um den Vermisstenfall Anna Menden. Einmal kurz zusammengefasst für diejenigen, die die letzte Episode vielleicht verpasst haben: Anna Menden galt seit April dieses Jahres als vermisst. Vor einer Woche hat die Polizei auf einer Pressekonferenz bekannt gegeben, dass Anna zwischenzeitlich von Ermittlern aufgespürt worden war, dann aber erneut verschwunden ist. Ich habe vor ein paar Tagen im Podcast mit Annas Eltern gesprochen, die mir von ihren Gesprächen mit der Polizei berichtet haben. Es sieht alles danach aus, dass Anna vor sechs Monaten beinahe auch ein Opfer der Waldmorde geworden wäre. Sie konnte ihren Peinigern jedoch entkommen und ist monatelang in Bruchsal untergetaucht. Die Polizei hat sie zu Vernehmungen zurück nach Heidelberg gebracht, und danach ist sie verschwunden. Erneut. Bisher fehlt von ihr jede Spur, und die Polizei hält sich mit Informationen sehr zurück.

Was ist mit Anna passiert?

Die Polizei konnte die Waldmorde vor zwei Wochen aufklären. Angelastet werden sie dem Trio Lena S., Marius M. und Jona S. Alle Studenten an der Uni Heidelberg.

Annas erneutes Verschwinden lag allerdings vor der Aufklärung und vor dem Tod von Lena S. und Marius M. Es besteht also zumindest theoretisch die Möglichkeit, dass die beiden mit Annas Verschwinden zu tun haben.

Die Polizei will zu diesen Spekulationen nichts sagen. Verständlich. Die Ermittlungen in dem Fall laufen noch. Auch wenn es wie gesagt schon länger keine Updates mehr gab.

Es gibt bisher keinen Verdächtigen. Keine Spur. Wo das Trio seine Opfer getötet hat, ist unbekannt, und da alle drei tot sind, ist unklar, ob dieses Geheimnis jemals gelüftet wird. Ich will versuchen, etwas Bewegung in die Sache zu bringen, und heute mit jemandem sprechen, der uns einen kleinen Einblick in die Ermittlungsarbeit der Polizei geben kann. Er hat den Beamten zunächst als Experte im Bereich Kunstgeschichte gedient – und galt kurzzeitig selbst als Verdächtiger.«

Nova fasste es nicht. Dahlem? Dann korrigierte sie sich gedanklich. Im Grunde war das nur folgerichtig. Dahlem liebte es, sich zu präsentieren, sich selbst reden zu hören. Und wenn ihm Brenner diese Bühne bot – natürlich betrat er sie dann.

Zunächst wollte Brenner wissen, wie die Ermittler überhaupt auf ihn gestoßen waren. Dahlem begann, sofort lang und breit über die Heidelberger Loge zu referieren. Brenners Zwischenfragen beantwortete er oberlehrerhaft. Dann wollte er wissen, was die Heidelberger Loge mit den Waldmorden zu tun hatte. Dahlem lachte auf.

»Tja, das habe ich mich ehrlich gesagt auch gefragt! Die Theorie der Ermittler war es, dass das Studententrio die Heidelberger Loge neu belebt und unter einer abgewandelten Ideologie ihre Morde verübt hatte.«

Brenner stutzte und fasste es dann so zusammen, wie er es verstand: »Also im Sinne von ›Grenzerfahrung Mord für die ultimative Kreativität‹«?

Dahlem lachte erneut auf. »Ja, so ungefähr. Ich habe von Anfang an nichts davon gehalten. In der Heidelberger Loge haben sich Künstler vereint. Haben Sie sich unser Tätertrio einmal angesehen? Ich möchte hier natürlich niemandem zu nahe treten. Aber das waren drei durchschnittlich begabte Studenten mit keinerlei erkennbaren Ambitionen – künstlerischen schon mal gar nicht. Und die sollen jetzt eine ganze Ideologie bemüht haben, in deren Rahmen sie Menschen umgebracht haben? Ich meine, das ist alles furchtbar, und ich bin heilfroh, dass es vorbei ist. Aber ich glaube, es ist wahrscheinlicher, dass die drei einfach hart auf Drogen waren und im Wahn getötet haben. Wir wissen heute doch sehr genau, dass es synthetische Drogen gibt, die aggressiv, beinahe blutrünstig machen. Ich würde eher in diese Richtung tendieren ...«

»Und die Verbindung zu Ihnen? Wieso wurden Sie verdächtigt?«

»Im Grunde hat es mit dem zu tun, was ich gerade gesagt habe. Zu einem Zeitpunkt ging die Polizei davon aus, dass es innerhalb dieser Neuen Loge so etwas wie einen ideologischen Führer gibt. Eine Mentor-Figur haben sie das genannt. Am besten kann man sich das wohl wie in einer Sekte vorstellen. Die Idee war, dass da jemand sein musste, der den dreien eine Gehirnwäsche verpasst und sie mit einer irren Ideologie gefüttert hat. Und tja, wer passt da besser als ich?«

Er lachte wieder. »In den Augen der Polizei war ich der perfekte Mentor. Ich hatte zu dem Thema geforscht, kannte mich aus. Ich kann Menschen überzeugen, meine Studenten für kunstgeschichtliche Themen begeistern. Dass ich meiner alten Studentenverbindung treu bin, war den Ermittlern von Beginn an suspekt – obwohl es etwas ganz Normales ist, aber eben nicht jedermanns Horizont erreicht.

Ich sag es Ihnen ganz ehrlich, Herr Brenner, diese drei Amateure hätten jemanden wie mich wirklich gebrauchen können. Aber dafür ist es jetzt ja leider zu spät.«

Kapitel 106

Zu Hause saß Nova am Laptop, noch bevor sie ihre Jacke ausgezogen hatte.

Ferdinand Dahlem. Sie begann zu googeln, klickte sich erneut durch die Seite seines Lehrstuhls, dann weiter. Sie fand Fotos, die ihn bei Vorträgen im Verbindungshaus zeigten. Dann größere, öffentliche Veranstaltungen an der Uni. Der Titel eines Vortrags lautete »Ein möglicher Beitrag des Wertemodells der Heidelberger Loge für die moderne Gesellschaft«.

Auf YouTube fand sie Ausschnitte der angeschlossenen Fragesession. Die Kamera war nun nicht mehr ausschließlich auf Dahlem gerichtet, sondern erfasste auch die Besucher in den ersten Reihen. Darunter nicht nur Studenten. Ganz rechts saß eine blonde Frau. Sie notierte sich gerade etwas in ein Notizbuch und richtete den Blick dann wieder auf Dahlem. Nova sah sie nur im Profil. Aber da war etwas. Sie war sich ziemlich sicher, dass sie diese Frau schon einmal gesehen hatte. Und dann fiel es ihr ein. Sie hatte die Frau gesehen – als Foto auf Krohns Schreibtisch! Das war Linda Krohn, seine verstorbene Frau. Was hatte sie mit Dahlem zu tun?

Einen Klick später wusste Nova, dass Linda Krohn Journalistin gewesen war. Sie fand etliche Veröffentlichungen bei der Online-Ausgabe des *Heidelberger Anzeigers*. Außerdem hatte sie für ein Reporterkollektiv geschrieben, das auf einer kostenpflichtigen Website investigative Reportagen veröffentlichte.

Ein paar Klicks später hatte sie vollen Zugang. Unter Lindas Namen fand sie eine Liste von über zwanzig Reportagen. Die erste, die ihr ins Auge stach, befasste sich mit den K.-o.-Tropfen-Vorkommnissen im *Saphirblau*. Linda hatte ein Interview mit der Besitzerin geführt und auch das Mädchen zu Wort kommen lassen, das Nils Brenner für seinen Podcast interviewt hatte. Darüber hinaus fand sie nichts in dem Artikel, was ihr nicht schon bekannt war. Sie klickte zurück und überflog die Titel der übrigen Reportagen. Ihre letzte Veröffentlichung erwischte Nova kalt.

Kapitel 107

»Sag Bescheid, falls du dich verspätest!«, rief Jakob seinem Sohn hinterher. Tim, der mit den Gedanken sicher schon längst beim Fußballtraining war, reckte nur einen Daumen in die Höhe und trat schneller in die Pedale. Jakob sah ihm hinterher, bis er hinter der nächsten Biegung verschwunden war. Dann drehte er sich um und versenkte einen Müllsack in der Tonne.

Er hatte den Rest des Tages frei. Heute Morgen hatten sie die Nachricht erhalten, dass das Haar auf Jona Schmitts Kleidung von Marius Malik stammte. Damit allein war zwar nicht zweifelsfrei bewiesen, dass Marius Jona getötet hatte. Die Indizien hatten sich aber in einem Maße summiert, dass sie davon ausgehen konnten. Fühlte er sich jetzt besser? Wenn er ehrlich war, hatte sich in den letzten Tagen nicht das Gefühl der Genugtuung eingestellt, das er sich erhofft hatte. Kippinger vertrat noch immer den Standpunkt, dass sie weitere Morde verhindert hatten. Aber für Jakob waren es zu viele Opfer, als dass er sich wirklich gut fühlen konnte.

Als er die zwei Stufen zum Hauseingang hinaufstieg, hörte er ein Auto die Straße entlangfahren. Es bremste vor seinem Grundstück ab, rollte die Auffahrt hinauf und kam wenige Zentimeter vor dem Garagentor zum Stehen.

Nova Winter stieg aus.

»Was machen Sie denn hier?«

Jakob trat ihr ein paar Schritte entgegen, während sie die Tür schwungvoll zuwarf.

»Das ist genau die herzliche Begrüßung, die ich erwartet habe.«

Sie lächelte schief. Als sie jedoch näher kam, erkannte er den Ernst in ihren Augen.

»Hören Sie zu, Krohn. Ich weiß, wir sind in den letzten Wochen weder beste Freunde geworden noch wirklich gut auseinandergegangen. Aber ich muss mit Ihnen reden.«

In Jakob regte sich Widerstand. Er hatte kein Interesse, den Fall neu aufzurollen, nur weil Nova Winter sich an ihrer Interpretation der Ereignisse festgebissen hatte.

»Wenn es um den Fall geht ...«

»Geht es. Aber nicht, wie Sie denken. Ich weiß, Sie haben den Fall abgeschlossen, und ich kenne Ihre Meinung. Aber ich habe etwas, das Sie bestimmt interessieren wird.«

»Wenn es um Anna Menden geht – wir sind da weiter dran. Das kann ich Ihnen versichern.«

Sie wartete geduldig ab, bis er ausgeredet hatte.

»Es geht nicht um Anna. Es geht um Ihre Frau Linda.«

Allein Lindas Namen zu hören, versetzte Jakob einen Stich in die Magengrube. Sie sah ihn eindringlich an.

»Kann ich nicht vielleicht reinkommen?«

Jakob zögerte noch ein, zwei Sekunden, ehe er schließlich nachgab. Was auch immer Nova Winter ihm zu berichten hatte – es war wahrscheinlich besser, das nicht auf offener Straße zu klären.

Sie waren nicht einmal in der Küche angekommen, da legte sie auch schon los.

»Ihre Frau war Journalistin. Wussten Sie, dass sie über die exklusiven Partys der Neuen Loge geschrieben hat?«

»Was? Nein ...« Jakob stutzte.

»Wir haben allerdings nie sehr detailliert über unsere Jobs gesprochen. Eine Art Abmachung. Wir haben die Arbeit gern vor der
Tür gelassen ...«

Er nahm zwei Gläser aus dem Küchenschrank und schenkte
Wasser ein.

»Ich bin überhaupt erst darauf gestoßen, weil ich sie in einem
Video erkannt habe. Sie hat Anfang März dieses Jahres einen Vor-
trag von Ferdinand Dahlem besucht, der aufgezeichnet wurde.
Das Thema war ›Der Nutzen des Wertesystems der Heidelberger
Loge für die moderne Gesellschaft‹ oder so ähnlich. Jedenfalls
habe ich mich dann ein bisschen schlaugemacht und bin auf die
Artikel Ihrer Frau gestoßen.«

Nova Winter zog ein Tablet aus ihrer Handtasche, entsperrte
das Display und schob es Jakob über den Tisch hinweg zu. Ein Artikel war bereits geöffnet.

»Von der Reflexion zur Ekstase – ausschweifende Partys im
Heidelberger Untergrund.«

»Sie zitiert in diesem Artikel drei Personen, die diese Partys
besucht haben. Sie beschreibt sie als exklusive, ausschweifende
Events, zieht Vergleiche zu *Eyes Wide Shut* und fragt nach dem
Warum. Wieso gibt es die Partys überhaupt? Geht es darum, nach
dem Lockdown brachliegende Bedürfnisse zu befriedigen? Ist es
ein Ausbruch aus gesellschaftlichen Normen? Eine junge Frau
kommt zu Wort, die davon berichtet, wie eine Studentin mitten
unter den Feiernden Sex mit zwei Männern hat. Von Drogenkonsum ist auch die Rede. Kokain, Ecstasy, dort war wohl alles frei
zugänglich. Sie zitiert außerdem einen Studenten, der berichtet,
dass an anderer Stelle lebhaft über philosophische Themen diskutiert wurde. Die Einschränkung der persönlichen Freiheit durch

gesellschaftliche Normen. Lesen Sie mal, womit der Artikel endet ...«

Jakob überflog den Text und kam schließlich zur entsprechenden Stelle.

»Es stellt sich die Frage, ob mehr hinter diesem ekstatischen Feiern steckt als purer Hedonismus und das Bedürfnis der Menschen, sich nach monatelanger Entbehrung auszuleben. Der Ausdruck einer ganzen Geisteshaltung? Diejenigen, die die Partys organisieren, verschwinden hinter Masken. Auf der Suche nach Antworten bin ich dennoch fündig geworden.«

Unter dem Text würde der nächste Teil der Reportage angekündigt, der ein anonymes Interview mit einem der Veranstalter versprach.

»Dieser nächste Teil ist nie erschienen«, sagte Nova Winter.

»Und Sie hoffen, dass sich dieser Artikel vielleicht irgendwo im Nachlass meiner Frau befindet.«

Jakob sah auf und blickte ihr direkt in die Augen, unsicher, was er von alldem halten sollte. Die Winter nickte entschlossen. Jakob lehnte sich in seinem Stuhl zurück.

»Okay, dann hat sie sich vielleicht mit Lena, Marius oder Jona getroffen. Und was dann? Was erhoffen Sie sich hier?«

Winter schwieg einen Moment.

»Was ist, wenn es jemand anderes war? Ich weiß, ich weiß. Sie sagen, es war nur das Trio. Wenn wir rausfinden, dass Ihre Frau mit einem von den dreien gesprochen hat, lasse ich Sie sofort wieder in Ruhe.«

Jakob hätte Nova Winter am liebsten weggeschickt. In den Sachen seiner Frau zu wühlen, war das Letzte, was er wollte. Er hatte ihren Besitz nicht umsonst in Kisten verstaut und weggepackt. Jetzt sollte er all das auf dem Küchentisch ausbreiten? Nova Winter würde nicht lockerlassen, das war genauso klar. Also entschied er sich, die Sache so schnell wie möglich hinter sich zu bringen. Er holte die Kartons aus Tims Kleiderschrank und brachte sie in die Küche.

»Das sind Lindas Arbeitsunterlagen. Wir haben sie zwischenzeitlich im Keller gelagert. Als es vor Kurzem so stark geregnet hat, ist Wasser eingedrungen und hat vieles davon beschädigt. Ihren Laptop zum Beispiel. Das ist alles, was noch da ist.«

Jakob sah Betroffenheit in Nova Winters Gesicht, aber auch Ungeduld. Er schob ihr einen Karton hin und begann, den zweiten durchzusehen.

»Interviews hat sie meistens mit dem Handy aufgenommen und dann einzelne Zitate rausgeschrieben. Sie hatte immer solche DIN-A5-großen Notizbücher, meistens schwarz.«

Als er aufschaute, hatte sich die Winter bereits zwei solcher Bücher herausgezogen und blätterte das erste durch.

»Was ist mit dem Handy?«, fragte sie, ohne den Kopf zu heben.

»Ist bei dem Unfall zerstört worden.«

Sie nickte. »Sorry.«

Jakob griff sich ebenfalls ein schwarzes Notizbuch. Die Erinnerung traf ihn mit voller Wucht.

Linda am Küchentisch. Mit einem Bein angezogen sitzt sie auf dem Platz zum Fenster, beugt sich konzentriert über ihr Notizbuch. Als sie einen Schluck Kaffee nimmt, verzieht sie das Gesicht. Er ist längst kalt.

Jakob hatte die rechte Hand unbewusst auf seinen Brustkorb gelegt und fühlte für einen Moment den hämmernden Herzschlag, den ihm diese Erinnerung beschert hatte.

Dann atmete er tief durch und blätterte weiter. Wie es aussah, hatte er ihr letztes Buch erwischt. Die Einträge begannen im Januar 2022.

Im Februar wurde es interessant.

»Marie S. (21): In einem Bereich wurde getrunken und gefeiert, Koks wurde auf Tabletts durchgereicht. Auf dem Weg zu den Toiletten gab es noch einen anderen Raum. Ich war nur kurz da, weil mir das zu langweilig war. Eine Gruppe hat hochtrabend diskutiert, über philosophische Themen, Endlichkeit, Freiheit, solche Dinge. Ich erinnere mich vor allem an einen Typen, der älter gewirkt hat als die anderen. Richtig sehen konnte ich ihn natürlich nicht, wegen der Masken. Er hat am meisten geredet, und ich habe ihn später auch noch mal gesehen. Er hatte immer eine ganze Entourage um sich herum, war nie allein.«

»Daniel B. (20): Da wurden große Reden geschwungen. Es war alles sehr pathetisch und dramatisch. Ich kann mich nicht wirklich an Inhalte erinnern, weil ich ziemlich betrunken war. Wer die anderen waren, keine Ahnung. Bis auf den einen. Ja, wir waren alle maskiert. Aber ich erkenne doch meinen Dozenten, auch wenn er eine Maske trägt. Erst recht, wenn er die ganze Zeit so große Reden schwingt.«

Als er umblätterte, spürte Jakob ein Kribbeln im Nacken. Auf der nächsten Seite stand der Name des Dozenten, doppelt unterstrichen. Jakob schob Nova Winter das Notizbuch hin. Ihre Brauen sprangen hoch.

»Laurenz Berg? Der Dozent für kreatives Schreiben?«

Jakob nickte.

»Er hat uns Jona Schmitts Essay zur Verfügung gestellt.«

Nova Winter blätterte um.

»Linda hat sich mit ihm getroffen.«

Auf den nächsten Seiten fanden sie Notizen zu Lindas Interview mit Berg. Sie hatte ihm angeboten, anonym zu bleiben. Es gab einzelne Zitate zum Thema persönliche Grenzen und wieso es so wichtig war, diese zu überschreiten: um den eigenen Horizont zu erweitern, sich immer wieder herauszufordern. Ziemlich *basic* und küchenpsychologisch, fand Jakob. Lindas Anmerkungen zu dem Interview gingen in dieselbe Richtung.

»Berg bleibt oberflächlich, lässt sich nicht aus der Reserve locken. Gibt mir das Gefühl, dass ich unter seiner Würde bin und die Themen, mit denen er sich täglich beschäftigt, meinen Horizont überschreiten. Hat während des Interviews subtil versucht, mich damit einzuschüchtern. Hintergrundrecherche zeigt interessanten Werdegang. Er stammt aus schwierigen Verhältnissen, wurde als Kind von Pflegefamilie zu Pflegefamilie gereicht. Zuständiges Jugendamt: Darmstadt.«

Kapitel 108

Eine Woche war vergangen, und seine Wut war stärker denn je.

Sie waren auf einem so guten Weg gewesen, bis Marius alles in den Sand gesetzt hatte. Er hatte sich von einem Mädchen verletzen lassen. Hatte sich ablenken lassen, war leichtsinnig geworden. Gerade von seinem Jäger hatte er mehr erwartet.

Der Mentor spürte die Wut in seinem Innern hungrig wachsen wie ein bösartiges Geschwür. Sie fraß alles auf, drängte nach draußen. Natürlich ließ er sie nicht.

Er betrachtete Falke, der auf dem Sofa saß, den Blick konzentriert auf den Monitor seines Laptops gerichtet. Er hatte Potenzial, handelte manchmal aber noch zu impulsiv. Sie würden sehen …

In dem Moment kam auch sein Bruder aus der Küche. Er reichte ihm ein Glas Wasser. Dabei fasste er es ganz oben am Rand an, was ihn derart ekelte, dass er sich von dem Gedanken verabschiedete, daraus zu trinken. Er stellte das Glas auf den Couchtisch.

»Es geht los«, sagte Falke und schob den Laptop etwas weiter von sich weg, sodass sie alle sehen konnten. Die angekündigte Sondersendung startete.

Es ging um neue Erkenntnisse im Fall der Waldmorde, wie sie sein Werk nannten. Eine Sprecherstimme aus dem Off fasste die Ereignisse knapp zusammen, wozu sie Videomaterial vom Leichenfundort und atmosphärische Aufnahmen des Universitätsplatzes zeigten, wo immer noch Blumen und Bilder an die getöteten Studenten erinnerten.

Dann ein harter Schnitt. Der große, hagere Polizist mit den ungepflegten Bartstoppeln, den er bereits von seinem Besuch an der Uni kannte, trat vor ein Mikrofon. Jakob Krohn.

Der Mentor schüttelte kaum merklich den Kopf. Er hatte ihm die Lösung vor die Nase gelegt, und dieser Mann ging immer noch davon aus, dass drei Studenten dieses Werk allein vollbracht hatten.

»Es scheint jetzt sehr wahrscheinlich, dass Jona Schmitt, der zu den Tätern gehört hat, seiner eigenen Gruppe zum Opfer gefallen ist. Über mögliche Motive können wir nur spekulieren. Das möchte ich an dieser Stelle nicht tun. Das Wichtigste bleibt, dass wir den Fall gelöst haben und für die Öffentlichkeit keine Gefahr mehr von diesen Personen ausgeht. Dass wir gewonnen haben.«

»Wenn der wüsste«, platzte es aus Falke heraus. »Ich glaube, der meint das ernst. Schaut ihn euch an. Der Retter der Stadt.«

Falkes Worte verwuschen zu einem grauen Hintergrundrauschen, während der Mentor den Mann auf dem Monitor betrachtete. Er war so zufrieden mit sich, wie er dastand und die Bevölkerung leichtfertig in falscher Sicherheit wiegte. Dabei musste ihm doch klar sein ...

Der Mentor presste die Lippen zusammen. Aus dem Augenwinkel nahm er wahr, wie sich sein Bruder ihm zuwandte.

»Ich glaube, ich weiß, wie wir ihn kriegen.«

Kapitel 109

Im *Saphirblau* lief leise Musik im Hintergrund. Jetzt, am Nachmittag, waren nur einzelne Tische besetzt. Studierende saßen mit ihren Laptops zusammen, tranken Kaffee, lernten.

Jakob stellte sich an die Bar und wartete.

Nachdem sie in Lindas Unterlagen auf Laurenz Berg gestoßen waren, war Nova Winter so schnell wieder verschwunden, wie sie gekommen war. Ihnen war beiden sofort klar gewesen, dass sie nicht unvorbereitet bei Berg auflaufen konnten. Er hatte ihn und Yeliz mit Jona Schmitts Text selbst auf die Spur des Mentors gelenkt, sich als hilfsbereiten Zeugen präsentiert. Wenn er wirklich etwas mit den Morden zu tun hatte, dann brauchten sie mehr, wenn sie mit ihm sprechen wollten. Am besten einen Haftbefehl.

Nova hatte sich nach einem kurzen Telefonat auf den Weg nach Darmstadt gemacht, um mit der Sozialarbeiterin zu sprechen, die Laurenz Berg als Kind betreut hatte. Jakob war sich nicht sicher, wie aussichtsreich das war. War tatsächlich Berg derjenige, der vor so vielen Jahren in Darmstadt die junge Tanja Arlberg angegriffen und Anna Menden mit denselben Worten eingeschüchtert hatte?

Jakob hatte Nova versprochen, Berg in der Zwischenzeit und unter der Hand einem intensiven Backgroundcheck zu unterziehen.

In Wahrheit trieb ihn etwas anderes um. Er hatte in einem der Kartons Lindas Terminkalender gefunden und eine Entdeckung gemacht. An ihrem letzten Abend, dem Abend, an dem sie mit ihren Freundinnen zum Kino verabredet gewesen war, fand sich noch ein weiterer Eintrag.

23:30 Saphirblau, Interview.

Zwei Telefonate später wusste er, dass Linda mit ihren Freundinnen nach dem Kino im Saphirblau gelandet war.

Jetzt schwang die Tür der Bar auf, und Mira kam herein. Sie war Lindas beste Freundin gewesen, arbeitete um die Ecke in einer Zahnarztpraxis.

Nachdem sie ihn zur Begrüßung umarmt hatte, legte sie ihren Mantel ab. Sie hatten sich das letzte Mal auf Lindas Beerdigung gesehen.

»Linda wollte noch jemanden hier treffen, für ein, zwei Fragen«, erzählte sie, nachdem sie sich zwei Kaffee bestellt hatten.

»Also sind wir alle hier gestrandet. Es war schon ein bisschen witzig. Wir sind uns hier in dieser Studentenkneipe am Anfang etwas deplatziert vorgekommen.«

Sie lächelte Jakob unsicher an. »Wieso willst du das denn alles wissen? Geht es dir gut?«

Er nickte.

»Ich muss wissen, wen sie hier getroffen hat.«

Er hielt ihr ein Foto von Laurenz Berg hin, das er auf der Uni-Homepage gefunden hatte.

Mira schüttelte den Kopf.

»Ihr Interview-Partner ist gar nicht erst aufgetaucht. Das war das Ding. Wir sind also umsonst hier gelandet. Aber es wurde dann doch noch ganz witzig. Linda ist gut angekommen bei den Jungs hier, hat einen Drink nach dem anderen ausgegeben be-

kommen. Weil sie fahren musste, sind die meisten Mocktails geblieben. Zur Enttäuschung der Jungs.«

Mira lächelte traurig bei der Erinnerung.

»Ich kann es immer noch nicht fassen, dass sie jetzt schon
sechs Monate tot ist. Ich denke jeden Tag an sie.«

Jakob schwieg, während Mira einen Schluck von ihrem Kaffee
nahm. Dabei fiel ihr Blick über Jakobs Schulter.

»Der war es!«, rief sie überrascht.

»Was?« Jakob drehte sich um. Hinter der Bar hing die Wand
voller Partyfotos. Mira deutete auf eines, das zwei junge Männer
zeigte.

»Der Typ im weißen Shirt hat ihr die Drinks ausgegeben.«

Jakob lehnte sich über die Bar, um besser sehen zu können.
Der Typ im weißen Shirt stand neben jemandem, den Jakob nur
allzu gut kannte. Jona Schmitt. Er legte ihm einen muskulösen
Arm um die Schultern und grinste betrunken in die Kamera. Es
war Marius Malik.

Kapitel 110

»Ich erinnere mich an Laurenz Berg. Seine Mutter war meine erste Leiche.«

Friederike Meyland bat Nova einen Platz auf dem Sofa an. Sie bewegte sich langsam, war nach zwei schweren Bandscheibenvorfällen mit sechzig bereits in Rente. Äußerlich machte sie einen jugendlichen Eindruck, hatte die dunklen Haare zu einem Bob geschnitten, trug dezentes Make-up und eine lässige Jogginghose.

»Der Junge war zwei, als seine Mutter an einer Heroin-Überdosis gestorben ist.«

»Und sein Vater?«

»Nicht aufzufinden. In der Geburtsurkunde war er nicht vermerkt. Wir haben Laurenz damals aus einer vermüllten Wohnung herausgeholt, in der er bereits zwei Tage neben seiner verstorbenen Mutter ausgeharrt hatte. Ich war dann die folgenden Jahre für seinen Fall verantwortlich.«

Friederike Meyland betrachtete ihre gepflegten Fingernägel, ehe sie wieder aufsah, Sorge im Gesicht.

»Laurenz war schon ein besonderer Fall. Wir haben ihn mehrfach in verschiedene Pflegefamilien vermittelt. Aber er wollte nirgendwo bleiben. Das ging so weit, dass er sich extra danebenbenommen hat oder sogar abgehauen ist. Als er dann in die Schule gekommen ist, hat er mich gebeten, keine Vermittlungsversuche mehr zu unternehmen. Er wollte in keine Familie, sondern in der betreuten Einrichtung bleiben.«

»Das klingt ungewöhnlich.«

Friederike Meyland hob die Schultern.

»Ich glaube, er hat diesen Familienanschluss wirklich nicht gebraucht. Allein war er trotzdem nie. Das hört sich jetzt etwas seltsam an, aber er war ein durchaus charmantes Kind. Wenn er wollte, konnte er jeden um den Finger wickeln. Vor allem die Kinder in seinem Alter. Es gab immer eine Gruppe von Kindern, die ihn bewundert haben, ihm nahe sein wollten. Leider hat er das ausgenutzt. Und dann, na ja. Dann wurde es unschön.«

Friederike Meyland schraubte eine Wasserflasche auf und schenkte Nova nach, obwohl sie noch gar nichts getrunken hatte.

»Wie meinen Sie das? Unschön?«

Sie stellte die Flasche wieder ab, warf ihr einen unsicheren Blick zu. »Ich würde das nicht einfach so erzählen, wissen Sie. Wenn ich wüsste, dass Laurenz ein normales Leben führen würde, dann … Aber das scheint ja nicht der Fall zu sein. Und ehrlich gesagt wundert mich das auch nicht. Er hat bei mir selbst in seinen jungen Jahren ein mulmiges Gefühl hinterlassen.«

Sie zögerte.

»Er war acht oder neun Jahre alt, da hat er einen Klassenkameraden dazu gebracht, sich mit einem Messer in die Hand zu stechen. Das allein ist schon schlimm genug. Aber als ich ihn später gefragt habe, wieso er das gemacht hat, hat er gelächelt und mit den Schultern gezuckt, als ginge es um eine Bagatelle. ›Ich hab es zum Spaß gemacht‹, hat er gesagt. ›Weil ich wissen wollte, ob er es wirklich macht.‹«

Novas Gedanken begannen zu rasen. *Weil ich wissen wollte, ob er es macht.*

»Sagen Sie, welcher Jahrgang ist er noch mal?«

»1987.«

Nova sah in ihre Handynotizen.

»Und 2003 hat er das Lessing-Gymnasium besucht?«

»Ja, wieso?«

»Ich hab gerade so ein Gefühl. Vielleicht ist es auch Quatsch, aber ich müsste mal kurz telefonieren.«

Sie stand auf, trat in den Garten und hatte im nächsten Moment Thorsten Arlberg am Telefon.

»An dem Abend, als Sie sich mit Ihrem Freund gestritten haben – Sie haben gesagt, dass da noch ein paar Kumpels dabei waren. Können Sie mir bitte die Namen nennen?«

Kurze Stille in der Leitung.

»Ja, natürlich.« Arlberg klang irritiert, begann dann aber, seine Freunde aufzuzählen.

Laurenz Berg nannte er als Letztes. Nova atmete auf.

Jetzt brauchte sie nur ein letztes Puzzleteil, dann würde alles Sinn ergeben.

Kapitel 111

Jakob parkte sein Auto in der Garage und stieg aus. Bisher hatte er keinen Rückruf aus der Rechtsmedizin erhalten. Sollte er umdrehen und direkt ins Institut fahren? Er wusste, dass Lindas Blut nach dem Unfall auf Alkohol untersucht worden war. Sie hatten 0,2 Promille festgestellt. Ein verschwindend geringer Wert, der ihre Fahrtüchtigkeit höchstwahrscheinlich nicht eingeschränkt hatte. Andere Drogen hatten sie seines Wissens nicht nachgewiesen. Aber Ketamin war speziell. Vielleicht zu speziell, um es standardmäßig bei jedem Unfall zu überprüfen, wenn es sonst keine Hinweise auf Drogenkonsum gab?

Je länger Jakob darüber nachdachte, desto sicherer war er, dass Marius ihr etwas in den Drink gemischt hatte. Welchen Grund hätte er sonst gehabt, Linda etwas auszugeben?

Linda war der Loge mit ihrem Interesse und ihren Artikeln zu nahegekommen. Wer weiß, was sie an diesem Abend mit ihr vorgehabt hatten. Wahrscheinlich hatten sie nicht damit gerechnet, dass das Ketamin so lange brauchte, um zu wirken. Sie war ihnen entwischt, war in ihr Auto gestiegen, wo erst einige Kilometer später die Wirkung eingesetzt und sie die Kontrolle über den Wagen verloren hatte.

Jakob wurde aus seinen Gedanken gerissen, als das Handy in seiner Hand vibrierte.

Entgegen seiner Hoffnung war es nicht der Rückruf der Rechtsmedizin, sondern eine E-Mail, die in seinem Arbeitspostfach eingegangen war.

Der Absender beunruhigte ihn sofort.

Anna.menden@gmail.com.

Die Mail selbst beinhaltete keinen Text, sondern ein Video.

Jakob hielt wie automatisch die Luft an, während er die Datei öffnete. Zuerst war nur ein Standbild zu sehen. Anna. Scheiße. Das war sie wirklich.

Sie saß auf einem Stuhl in einem kargen Zimmer mit Backsteinwänden. Als er das Video startete, hob sie den Kopf und sah mit glasigen, rot unterlaufenen Augen in die Kamera.

»Hallo, Herr Krohn.« Sie räusperte sich wie jemand, dem die Stimme versagte, weil er lange nicht gesprochen hatte.

»Ich soll Ihnen etwas zeigen, damit Sie wissen, dass das hier keine Verarsche ist.«

Sie hielt eine Ausgabe des *Heidelberger Anzeigers* hoch und deutete auf das Datum. Der 28.10.22. Heute.

»Wie Sie sehen, bin ich noch am Leben. Aber das könnte sich bald ändern. Sie haben einen schweren Fehler gemacht und die Gefahr unterschätzt. Es ist nicht richtig, dass Sie die Öffentlichkeit in Sicherheit wiegen, wenn Sie doch genau wissen, dass es mit den drei Tatverdächtigen nicht getan ist. Sie wissen, dass die drei dieses Werk nie allein zustande gebracht hätten. Warum haben Sie nicht auf Ihre Kollegin gehört?«

Anna ließ den Blick sinken, ihr Brustkorb hob sich, als sie tief Luft holte. Es kostete sie sichtlich Kraft, diese Botschaft zu überbringen.

»Es ist jetzt 14 Uhr. Ich bin noch zehn Stunden am Leben. Sie haben die Chance, mich zu retten. Dafür müssen Sie mit uns in Kontakt treten. Ich gebe Ihnen gleich die Koordinaten durch.

Wichtig ist, dass Sie allein kommen und dieses Video mit niemandem teilen. Wenn Sie denken, dass Sie besonders schlau sind und wir nicht dahinterkommen, dann haben Sie sich getäuscht. Seien Sie um 18 Uhr am betreffenden Ort. Also, ich nenne Ihnen jetzt die Koordinaten.«

Jakob pausierte das Video und lief ins Haus. Die Koordinaten führten zu einem Grundstück außerhalb von Heidelberg – genau in dem Bereich, in dem sie kurz nach ihrem Verschwinden Annas Handy geortet hatten.

Jakob startete das Video von vorne. Natürlich musste die Kriminaltechnik das abschließend beurteilen, aber für ihn sah es echt aus. Und es war ganz offensichtlich eine Falle. So offensichtlich, dass den Tätern klar sein musste, dass Jakob das erkannte. War das ihr Plan?

In jedem Fall musste er handeln, und wenn es nur den Hauch einer Chance gab, Anna wirklich zu retten.

»Hey, was gibt's? Vermisst du uns schon nach einem halben Tag Urlaub?«

Yeliz hatte nach dem zweiten Klingeln abgenommen und verstummte für mehrere Sekunden, nachdem er ihr von dem Video berichtet hatte. Und von Nova Winters Besuch. Dann waren sie sich ganz schnell einig.

Sie mussten Laurenz Berg festnehmen. Womöglich waren sie ihm gerade sogar einen Schritt voraus, und das mussten sie nutzen.

»Ich schicke ein Team zu ihm nach Hause und ein zweites an die Universität«, sagte Yeliz. Er hörte, wie sie aufstand. Wahrscheinlich war sie schon auf dem Weg zu Kippinger.

Jakob schnappte sich den Schlüssel und verließ das Haus.

»Wir sehen uns gleich im Büro. Dann können wir alles Weitere besprechen.«

In der Garage stieg er in sein Auto. Er war angespannt bis in die Haarspitzen, Adrenalin rauschte ihm durch die Adern, machte ihn wach. Nova Winter hatte die ganze Zeit recht gehabt. Da war noch jemand, der die Fäden in der Hand hielt. Und dank Linda kannten sie seine Identität. Er wollte gerade den Rückwärtsgang einlegen, da sah er den orangen Fleck. Das mulmige Gefühl schoss ihm in den Bauch, bevor er den Origamifuchs auf dem Beifahrersitz als solchen erkannte. Er hatte keine Zeit mehr, zu denken. Schon eine Sekunde später hörte er die Bewegung auf der Rückbank, jemand rammte ihm etwas in den Hals. Und dann wurde alles schwarz.

Kapitel 112

»Das war keine Halluzination, kein sprechender Esel, der Sie gegen Ihren Kumpel Thorsten aufgehetzt hat. Das war Laurenz Berg, richtig?«

Nova sah Lukas Thiemann in die Augen, aber der wandte den Blick ab, richtete ihn auf die Mülltonnen, die am Straßenrand standen. Er hatte sie nicht in seine Wohnung gebeten, sondern lieber hier draußen sprechen wollen. Am Fenster im zweiten Stock drückte ein kleines Mädchen die Hände gegen die Scheibe. Vielleicht seine Tochter.

Thiemann verzog den Mund. Ganz offensichtlich hatte sie ins Schwarze getroffen. Aber er war noch nicht bereit, das zuzugeben, versuchte angestrengt, zu einem Pokerface zurückzufinden.

»Sie und Laurenz waren in einer Klasse. Er war an dem Abend auch auf dem Grillplatz im Wald. Ich habe mich ein bisschen über ihn schlaugemacht. Es heißt, er habe es schon immer verstanden, andere zu manipulieren. Als Neunjähriger hat er einen Klassenkameraden dazu gebracht, sich mit einem Messer in die Hand zu stechen.«

Thiemann sah erschrocken auf. Diese Geschichte schien neu für ihn zu sein.

Nova wartete einen Moment ab. Dann nickte Thiemann. Sein Widerstand brach.

»Ich war auf Drogen, verdammt, das ist nicht gelogen. Und ja, es war Laurenz.«

»Wieso haben Sie das damals nicht der Polizei erzählt?«

»Weil ich kein Verräter bin, Mann! Ich habe Thorsten angegriffen, egal, wer mir was eingeflüstert hat. Ich bin auf ihn drauf gesprungen, ich habe ihm die Wirbelsäule gebrochen. Das war nicht Laurenz, das war ich.«

»Es gibt so etwas wie Anstiftung zu einer Straftat. Die Polizei hätte das berücksichtigen müssen.«

Nova sah ihn fest an. »Laurenz Berg hat Ihren Zustand ausgenutzt, um Sie zu manipulieren. Um zu sehen, wie weit Sie gehen. War auch er es, der die Pilze mitgebracht hat?«

Thiemann nickte, ehe er den Blick abwandte. Das kleine Mädchen oben am Fenster winkte ihm zu. Er hob die Hand, ehe er sich wieder Nova zudrehte.

»Und wieso kommen Sie jetzt Jahre später damit an? Was interessiert Sie das denn überhaupt?«

»Ich kann da nicht wirklich ins Detail gehen. Eine Frage hätte ich aber noch. Thorstens Schwester Tanja wurde kurz nach dem Unfall angegriffen ...«

Lukas Thiemann senkte den Blick, schüttelte den Kopf. »Fuck ey, ich hab keinen Bock, dass der Typ bei mir vor der Tür steht, wenn das alles rauskommt, okay? Ich weiß gar nicht, wieso der an dem Abend mit am Start war, wir waren nicht mit dem befreundet. Der war damals schon *creepy*, und ich will garantiert nichts mit ihm zu tun haben!«

Nova verstand das nur zu gut.

»Was Sie mir hier sagen, bleibt unter uns, wenn Sie das wollen. Es geht mir nicht in erster Linie darum, den Fall in der Vergangenheit aufzuklären. Ich sehe Verbindungen zu einer aktuellen Tat. Und wenn das alles stimmt, was ich denke, dann wird Laurenz

Berg in den nächsten Jahren ohnehin keine Möglichkeit haben, Kontakt zu irgendjemandem aufzunehmen.«

Thiemanns Augen weiteten sich.

»Was hat er gemacht? Sie sagten, Sie ermitteln in Heidelberg. Dieser Fall ...«

Dann hob er schnell die Hand.

»Wissen Sie was, nein, ich will es gar nicht hören.«

Er schwieg ein, zwei Momente, sprach dann aber weiter.

»Okay. Tanja ist der Sache damals auf die Schliche gekommen. Sie hat nicht geglaubt, dass ich ihren Bruder Thorsten einfach so angreifen würde. Sie hat mich ständig gelöchert. Und obwohl ich nichts gesagt hab, hatte sie irgendwann Laurenz im Verdacht, wollte zur Polizei gehen. Kurze Zeit später war der Überfall.«

»Also hat Laurenz sie überfallen?«

»Da bin ich mir nicht sicher, so richtig die Hände schmutzig gemacht hat sich Laurenz ja nie. Ja, vielleicht war er es. Oder sein abartiger Bruder.«

Diese Bemerkung ließ Nova aufmerken.

»Er hat einen Bruder?«

Thiemann nickte.

»Ja, der war auf einer anderen Schule. Laurenz wurde von einer Familie adoptiert, als er 16 war. Die hatten einen Sohn. Leider weiß ich seinen Namen nicht mehr. Jedenfalls war der irgendwann immer dabei, wie ein Anhängsel. Hat nie viel gesprochen und wenn ... ach, keine Ahnung, er war irgendwie seltsam. Hat mit seinem Vater Tiere ausgenommen und so 'nen Scheiß. Das hat Laurenz jedenfalls erzählt. Er konnte mit seinem Adoptivbruder selbst nicht viel anfangen. Aber der hat Laurenz richtig verehrt. Ziemlich übertrieben war das.«

»Wissen Sie noch, ob er an dem Abend des Unfalls dabei war?«

Thiemann überlegte. »Ich glaube, nicht.«

Nova öffnete ihre Notizen und las die Namen vor, die laut Thorsten Arlberg an dem betreffenden Abend auf dem Grillplatz dabei waren. Aber Lukas Thiemann schüttelte den Kopf. »Nein, die kenne ich alle. Sorry, dass ich da nicht weiterhelfen kann.«

Nova steckte ihr Handy wieder ein. Das alles war schon mehr, als sie hätte erwarten können.

»Hatten Sie nach dem Unfall noch Kontakt zu Laurenz?«

»Nicht wirklich, er hat eine Klasse übersprungen, und kurz nach dem Abi war er dann auch weg. Ich hab ein Gerücht gehört, dass er einen alten Gasthof geerbt hat, von einer Oma, zu der er nie Kontakt gehabt hatte oder so. In der Nähe von Heidelberg.«

Als Nova zehn Minuten später im Auto saß, wählte sie die Nummer der Sozialarbeiterin. Aber Friederike Meyland wusste nichts von der Adoptivfamilie, weil sie den Fall kurz nach Laurenz' 15. Geburtstag abgegeben hatte.

»Tut mir leid, aber ich kann versuchen, mich kundig zu machen und Sie dann zurückrufen.«

»Ja, danke.«

Nova legte auf. In Gedanken ging sie die Gespräche, die sie an diesem Nachmittag geführt hatte, noch mal durch. Ihrer Einschätzung nach hatten sie genug, um Laurenz Berg vorläufig festzunehmen. Sie wählte Jakobs Nummer, erreichte aber nur die Mailbox. Nachdem Sie eine Nachricht hinterlassen hatte, fuhr sie einer Eingebung folgend rechts ran und begann zu googeln.

Außerhalb von Heidelberg gab es Dutzende alte Gasthöfe. Der älteste stand dort seit 1832. Manche waren immer noch bewirtet, andere zu Landsitzen oder Wellnesshotels umgebaut worden. Zu vieren gab es keine gesicherten Informationen. Womöglich standen sie leer. Nova überlegte. Bis sich Jakob gemeldet hatte, konnte sie sich die Gasthöfe ja mal ansehen. Zwei davon lagen abgelegen mitten im Wald, boten vermutlich viel Platz zum ungestörten Feiern. Wenn das nicht der ideale Ort für eine geheime Partyreihe war ...

Kapitel 113

Jakob erwachte in einem Saal mit Backsteinwänden und hoher, gewölbter Decke. Als sich seine Sinne langsam schärften, sah er, dass der gesamte Raum mit Kerzen erleuchtet war, die flackernde Schatten an die Wände warfen. In seinem Sichtfeld gab es keine Fenster, und sein Gefühl sagte ihm, dass er sich unter der Erde befand.

»Das hier ist der alte Weinkeller.«

Die Stimme stach ihm wie ein Messer in den Hinterkopf. Er kannte sie. Reflexartig wollte er sich umdrehen, aber das ging nicht. Seine Arme waren um die Rückenlehne eines Holzstuhls geschlungen, seine Hände mit einem Kabelbinder gefesselt. Genau wie seine Knöchel an den Stuhlbeinen. Natürlich hatten sie ihm sein Holster abgenommen. Aber zu seiner Überraschung sah er seine P2000 etwa zehn Meter entfernt auf dem Tresen einer Bar liegen.

»Vor vielen Jahren haben hier unten etliche Jahrgänge der feinsten Tropfen gelegen. Noch früher, Anfang der 1900er, haben die Besitzer hier rauschende Partys gefeiert. Ein schöner Ort, um diese Tradition wieder aufleben zu lassen.«

Die Stimme war jetzt ganz nah hinter ihm. Dann machte der Mann einen Schritt zur Seite, sodass er in Jakobs Blickwinkel trat.

Er schritt einen langen, gemächlichen Halbkreis, ehe er vor ihm stehen blieb.

Blonde, lockige Haare, ein maßgeschneiderter Dreiteiler und gepflegte Lederschuhe. Als der Mann ihn mit seinen hellblauen Augen anblickte, lächelte er.

Laurenz Berg.

Das Lächeln verschwand so schnell, wie es gekommen war.

»Es war doch so einfach, Herr Krohn. Ich habe Ihnen die Lösung vor die Nase gelegt.«

Jakob brauchte eine Sekunde, um zu verstehen, worauf Berg anspielte.

»Sie meinen dieses alberne Essay? Jona Schmitts hochtrabende Ergüsse?«

Berg wiegte den Kopf von Seite zu Seite.

»Ich weiß nicht, ob ich es so beschreiben würde. Aber gut, das ist Ihre Interpretation.«

Er ließ den Blick auf Jakobs Gesicht ruhen, während er die Arme vor der Brust verschränkte und noch einen kleinen Schritt auf ihn zumachte.

»Also, noch mal, weil es mich wirklich, wirklich interessiert. Wie sind Sie auf die wahnwitzige Idee gekommen, die Ermittlungen einzustellen? Das war grob fahrlässig. Damit haben Sie weitere Opfer riskiert.«

Er machte eine Geste in seine Richtung. Er meinte ihn. Spätestens jetzt war Jakob klar, dass er hier nicht lebend herauskommen würde. Es sei denn, er fand einen Weg, Berg zu überwältigen. Was in seinem Zustand wahrscheinlich eine Spur zu optimistisch gedacht war. Gefesselt und noch leicht vernebelt von dem Beruhigungsmittel, das ihm im Auto in den Hals gejagt worden war.

Außerdem hatte er das Gefühl, dass noch jemand im Raum

war, den er nicht sah. Irgendwo hinter sich hörte er das Kratzen einer Schuhsohle.

Jakob dachte an Tim. Wenn er heute Abend nach dem Fußballtraining nach Hause kam, würde niemand da sein. Die Vorstellung schnürte ihm die Kehle zu. Tim durfte nicht auch noch ihn verlieren.

Er hob den Blick und sah Berg in die Augen.

»Manchmal muss man abwägen. Zu dem Zeitpunkt, als wir den Fall geschlossen haben, hatten wir gerade Marius Malik verunglückt im Wald gefunden. Es schien am plausibelsten, dass die Geschichte, die Jona Schmitt in seinem Essay erzählte, genau wie die Figur des Mentors, ein Fantasieprodukt waren. Wir haben in Marius Maliks Auto Notizbücher gefunden, in denen er genau protokolliert hatte, wie er die späteren Opfer ausgespäht hatte. Zuvor hatten wir die Origamifüchse in seiner Wohnung gefunden sowie einen großen Vorrat Ketamin. Die Beweise haben sich in einer Weise verdichtet, dass wir davon ausgehen konnten, dass Marius, Lena und Jona die Morde gemeinsam begangen hatten. Ohne weitere Hilfe.«

»Die drei?«, stieß Berg aus.

»Haben Sie sich die mal angesehen? Nichts als Mittelmaß. Wissen Sie eigentlich, wie viel Arbeit und Organisation in meinem Werk steckt?«

Er blähte die Nüstern, während er sich noch breitbeiniger hinstellte. »Die drei hätten niemals das Zeug dazu gehabt, so einen Bund ins Leben zu rufen, so eine Vereinigung zu erschaffen! Und die Welt soll das wissen!«

Er ging ein paar stramme Schritte, als könne er plötzlich nicht mehr stillstehen, und richtete seinen Zeigefinger auf ihn.

»Wenn sie morgen früh aufstehen und den Leiter der Mord-

kommission am Stadttor baumeln sehen, werden sie wissen, dass
es noch nicht vorbei ist!«

Kapitel 114

Nova fuhr im Schritttempo die einsame Straße entlang, die sich jetzt schon mehrere Kilometer durch den dichten Wald schlängelte. Über ihr zog sich der Himmel zu, als würde es jeden Moment zu regnen beginnen.

War sie hier wirklich richtig?

Die Straße verengte sich zusehends. Bald überwucherten Büsche den Wegesrand, und Novas Wagen holperte über den vom Wurzelwerk aufgebrochenen Asphalt.

Sie wollte gerade anhalten, da entdeckte sie den verwitterten Wegweiser, dessen Beschriftung über die Jahre verblasst war.

»Zum schlauen Fuchs« stand darauf. Also doch. Die Entscheidung, zu welchem Hof sie als Erstes fahren würde, war ihr nicht schwergefallen.

Hinter der nächsten Biegung lichtete sich der Wald abrupt und gab den Blick frei auf den alten Gasthof, der sich wie ein Relikt aus längst vergangenen Zeiten hier im Wald verbarg.

Das schiefergraue Giebeldach war an mancher Stelle eingestürzt, darunter befanden sich ein Halb- und zwei Vollgeschosse. Im Erdgeschoss lag das Mauerwerk frei. Ab dem ersten Stock war das Gebäude mit dunklem Holz vertäfelt, das einmal moosgrün gestrichen gewesen war.

Nova ließ den Wagen auf den leeren Parkplatz rollen und hielt an. Als sie ausstieg, wurde sie von Stille empfangen. Ein Windstoß fuhr durch die Baumkronen, ließ die verbliebenen Blätter rascheln. Irgendwo in der Nähe rief ein Vogel. Aber sonst: nichts.

Die Fenster des Gasthofs waren allesamt mit Holzläden geschlossen, der Haupteingang mit Brettern zugenagelt. Nova begann, sich umzusehen. An der Seite des Anwesens schloss sich ein großer Außenbereich an, wo noch vereinzelt Stühle und Tische durcheinanderstanden. Hier musste einst ein Biergarten gewesen sein. Nova konnte sich lebhaft vorstellen, wie Wanderer hier im Sommer eingekehrt waren, Radler getrunken und Pommes gegessen hatten.

Seither hatte die Natur begonnen, sich den Gasthof zurückzuholen, Gestrüpp hatte die Terrasse komplett überwuchert. Die Pflastersteine saßen locker und wurden vom Unkraut aus dem Boden gedrückt. Hier kam sie nicht weiter. Nova drehte um und fand auf der anderen Seite eine Garage. Zu ihrer Überraschung stand davor ein Auto mit aktuellem Heidelberger Kennzeichen. War doch jemand hier?

Bevor sie sich weiter Gedanken machen konnte, hörte sie Schritte. Jemand trat hinter der Garage hervor: Nils Brenner.

Als er sie sah, blieb er abrupt stehen und riss die Augen auf. Er sah genauso überrascht aus, wie sie sich fühlte.

Ein Lächeln breitete sich auf seinem Gesicht aus, dann hob er die Hand und kam auf sie zu.

»Frau Winter, was machen Sie denn hier?«

»Das Gleiche könnte ich Sie auch fragen.«

»Sind Sie nicht wieder nach München zurück?«

»Doch, aber jetzt bin ich hier.«

Sie schwiegen beide ein paar Momente, ehe Brenner den ersten Schritt machte.

»Ich bin immer noch auf der Suche nach Anna Menden. Wenn

Sie meinen Podcast verfolgen, wissen Sie das ja vielleicht. Ich suche auf eigene Faust alle möglichen Verstecke in der Umgebung ab. Ein Hörer hat mich auf diesen Gasthof aufmerksam gemacht. Angeblich gibt es hier einen riesigen Keller mit unterirdischen Gängen.«

Er sah sie neugierig an.

»Und dass ich Sie hier treffe, sagt mir irgendwie, dass ich vielleicht auf der richtigen Spur bin.«

»Ich bin nicht offiziell hier«, sagte Nova. »Aber ja, ich gehe auch einem Hinweis nach.«

Brenners Miene hellte sich noch weiter auf.

»Na, das ist doch super, dann sind wir schon zu zweit. Ich habe geklingelt, es scheint wirklich keiner da zu sein. Und so, wie das hier aussieht, ist das auch schon eine ganze Weile so.«

Er deutete in Richtung Garage.

»Da vorne kann man durch ein Fenster reingucken. Der Gastraum ist noch voll möbliert. Irgendwie unheimlich. Als hätten die Besitzer vom einen auf den anderen Tag entschieden, hier nicht mehr aufzutauchen.«

Nova ließ den Blick schweifen, bis sie an einer Außentreppe hängen blieb, die hinunter zum Keller führte und durch ein Gittertor begrenzt wurde.

Sofort musste sie an Annas Beschreibung ihrer Flucht denken. Sie war eine Treppe hinaufgerannt, hatte an einem klemmenden Gittertor gerüttelt.

Brenner war ihrem Blick gefolgt.

»Ich habe noch nicht überprüft, ob die Tür offen ist. Ich war gerade erst dabei, mir einen generellen Überblick zu verschaffen. Es sieht aus, als würde man am einfachsten über die Terrassentür hineingelangen.«

»Streng genommen ist das Hausfriedensbruch«, sagte Nova

halb ernst. Dass Brenner so etwas nicht interessierte, wunderte sie nicht. Ebenso wenig, dass er auch dafür eine Ausrede hatte.

»Nicht, wenn ich Anlass habe zu vermuten, dass jemand dort drin gefangen gehalten wird. Und da Sie nicht offiziell hier sind ...«

Nova winkte ab. »Ich bin gar nicht hier ...«

Sollte er sich an der Terrassentür zu schaffen machen, sie interessierte sich ohnehin mehr für den Keller.

Als Brenner in Richtung Terrasse verschwunden war, öffnete sie das Gittertor und stieg die Treppe hinunter. Der Eingang zum Keller war verschlossen. Plötzlich hörte sie ein Poltern. War das Brenner? Sie drehte sich um, merkte dann aber, dass das Poltern aus dem Keller kam. Entschlossen ruckelte sie an der Tür, aber das Schloss war zu stabil.

Sie sah sich nach einem Werkzeug um, mit dem sie die Tür aufbrechen konnte. Als sie den großen Stein am Boden entdeckte, hob sie ihn auf – und fand einen Schlüssel. Nova entfuhr ein überraschtes Lachen.

Der Schlüssel passte. Und obwohl er alt und rostig war, ließ er sich mühelos im Schloss drehen. Nova schob die Tür auf und betrat einen fensterlosen Raum, in dem es feucht und staubig roch. Es lag aber noch etwas anderes in der Luft. Warmes Wachs. Nova fand einen Lichtschalter. Eine nackte Glühbirne an der Decke sprang an und tauchte den Raum in blassgelbes Licht. Die Wand zu ihrer Rechten war mit Metallregalen ausgekleidet, in denen Werkzeuge und Kisten lagerten. Dazwischen entdeckte sie eine Stumpenkerze, die mit deutlich weniger Staub bedeckt war als die anderen Gegenstände.

Ein erneutes Poltern riss Nova aus ihren Gedanken. Sie durchquerte den Raum und öffnete eine zweite Tür, die über vier Stufen in einen hohen, gewölbeartigen Gang hinunterführte.

Diesmal hatte sie kein Glück mit dem Lichtschalter. Als es dunkel blieb, behalf sie sich mit der Handytaschenlampe. Sie stieg die Stufen hinab und folgte dem Gang in die Dunkelheit. Das Poltern war verstummt, aber es musste von irgendwo dort hinten gekommen sein.

Die Abzweigung bemerkte sie zu spät. Sie sah die Bewegung aus dem Augenwinkel, dann stürzte sich jemand von rechts auf sie, warf sie zu Boden.

Reflexartig fasste ihre rechte Hand an die Stelle, an der sich im Dienst ihre HK P30 befand. Doch heute trug sie kein Holster.

Sie schaffte es, sich abzurollen und sprang auf. Ihr Angreifer tat dasselbe. Es war ein junger Mann, Anfang zwanzig, schlank, er trug einen Kaschmirpullover und eine dunkle Jeans. Seine hellgrünen Augen blickten verschlagen wie die einer Katze, die Bock hatte, mit der Maus zu spielen.

Und sie kannte ihn! Jetzt traf es Nova wie der Blitz. Sie hatte ihn schon mal gesehen. Im *Saphirblau*. An dem Abend, als sie Lena und Marius dort das erste Mal gesehen hatte. Während sie unter vier Augen mit Lena gesprochen hatte, hatte dieser junge Mann neben Marius gestanden und vertraut mit ihm gesprochen.

Er zog ein Messer und stürzte auf sie zu.

Nova hob reflexartig die Arme, um den Angriff abzuwehren. Die Messerklinge ratschte durch den Ärmel ihrer Jacke und schlitzte ihre Haut auf. Schmerz schoss durch ihren rechten Unterarm. Sie machte einen Satz zurück, der Angreifer stürzte sich erneut auf sie. Diesmal sprang Nova zur Seite, bekam seinen Arm zu fassen und riss ihn nach vorne. Gleichzeitig trat sie ihm die Beine weg. Der Schwung war so enorm, dass der Mann nach vorne flog und mit voller Wucht mit dem Kopf gegen die Backsteinwand knallte.

Mit zwei Schritten war Nova bei ihm. Sie schnappte sich das

Messer, das ihm aus der Hand gerutscht war. Mit klopfendem Herzen richtete sie die Waffe auf ihn. Doch der Angreifer blieb bewegungslos auf dem Bauch liegen. Ein paarmal noch zuckte der Ringfinger seiner rechten Hand, ehe auch der sich entspannte. Sein Hals war seltsam zusammengestaucht. Nova wurde übel. Von allein würde er das Bewusstsein nicht so schnell wiedererlangen. Sie steckte das Messer ein und zog ihr Handy aus der Tasche, um einen Rettungswagen zu rufen. Aber hier unten hatte sie keinen Empfang. Sie wollte den Keller gerade wieder verlassen, da polterte es erneut. Und jetzt begriff sie auch, dass es kein Poltern war. Sondern ein Klopfen. Jemand hämmerte gegen eine Tür.

Nova ließ den jungen Mann hinter sich und ging auf das Hämmern zu, bereit, jeden Moment das Messer zu ziehen, sobald weitere Komplizen von ihm und Marius auftauchten.

Für einen Moment überkam sie die Sorge, dass das Klopfen eine Finte sein könnte. Dass man sie damit in die Falle locken wollte. Aber was, wenn nicht?

Nova lief weiter, bis sie dem Hämmern ganz nahe war. Sie trat an eine massive Holztür auf der rechten Seite des Ganges.

»Hallo?« Das Hämmern verstummte. »Wer ist da?«

»Bitte helfen Sie mir, ich bin hier drin eingesperrt!«

Es war die Stimme einer jungen Frau. Sie klang wie Anna. Aber Nova war nicht sicher, ob ihr ihr Wunschdenken hier einen Streich spielte. Sie dachte an Lena. Es hatte auch weibliche Mitglieder in der Loge gegeben.

Sie rüttelte an der Klinke, warf sich gegen das Türblatt. Aber auch diese Tür war stabil. Suchend sah sie sich um. Ein zweites Mal hatte sie nicht das Glück, den Schlüssel versteckt unter einem Stein zu finden. Also begann sie, sich mit dem Messer an dem Schloss zu schaffen zu machen.

»Frau Winter?«

Nova fuhr herum. Als sie Nils Brenner erkannte, atmete sie auf. Er kam aus der Richtung, aus der der Angreifer gekommen war.

»Was ist denn passiert?«

Sein Blick ging erst zu dem Messer in ihrer Hand und blieb dann erschrocken an ihrem blutdurchtränkten Ärmel hängen. Den Schmerz spürte sie in diesem Moment schon nicht mehr.

»Hier ist jemand eingesperrt! Ich glaube, dass hier unten der Rest der Loge versammelt ist. Haben Sie jemanden gesehen? Einer hat mich gerade angegriffen. Tun Sie mir einen Gefallen, rufen Sie die Polizei und einen RTW! Ich habe hier unten keinen Empfang.«

Brenner bewegte sich nicht.

»Erst müssen wir die Tür hier aufkriegen«, entschied er. Er rüttelte ebenfalls daran, dann setzte er seinen Rucksack ab und zog ein Brecheisen hervor. Entschuldigend hob er die Schultern.

»Ich wusste ja nicht, dass wir so einfach hier reinkommen ... Gehen Sie bitte mal einen Schritt zurück.«

Nova trat hinter Brenner, der das Eisen zwischen Türblatt und Rahmen drückte. Sein ganzer Rücken spannte sich an. Dann sprang die Tür auf.

Als Brenner zur Seite trat, traute Nova ihren Augen nicht. Der Raum war wie ein Schlafzimmer eingerichtet. Und auf dem Bett saß eine junge Frau. Das war Anna!

»Nova!« Anna sprang auf. Sie trug eine Fußfessel, die ihr nur wenige Meter Bewegungsradius zugestand. Sie musste mit der Eisenkette gegen das Metallgestell des Betts geschlagen haben und nicht gegen die Tür.

Nova lief auf sie zu, und Anna fiel ihr um den Hals.

»Wir kriegen dich hier raus, keine Sorge.«

Als Anna sich von ihr löste, hatte sie Tränen in den Augen. Ihr Blick ging über Novas Schulter, und sie erstarrte.

Nova drehte sich um. Nils Brenner war in den Türrahmen getreten.

»Keine Sorge, er ist mit mir hier. Er hat die Tür aufgebrochen.«

Erst da fiel ihr ein, dass die beiden sich natürlich kannten, sogar miteinander im Bett gewesen waren. Anscheinend waren Annas Erinnerungen an ihn in Wahrheit doch nicht so harmlos, wie sie vorgegeben hatte. Aber da musste sie jetzt durch. Nova wandte sich an Brenner.

»Wir müssen die Fußfessel loskriegen. Haben Sie schon die Polizei gerufen?«

»Kein Empfang hier unten«, sagte er und klang plötzlich seltsam monoton.

Anna fing an, hysterisch zu schreien.

»Er ist es! Sie müssen hier raus! Schnell!«

Da war Brenner schon zu ihnen ins Zimmer getreten. Sachte schloss er die Tür hinter sich.

»Wir drei bleiben jetzt erst mal hier.«

Er zog einen Schlüssel aus der Hosentasche und lächelte Nova an.

»Ich hab die Tür natürlich nicht wirklich aufgebrochen. Wäre ja doof, wenn ich doch einen Schlüssel habe.«

Blitzschnell schloss er ab.

Während Nova nicht glauben konnte, was gerade passiert war, fing Anna an zu weinen.

»Er ist es, der mich bedroht hat, als ich geflohen bin. Im Wald. Und er hat mich wiedergefunden …«

Nova starrte den immer noch lächelnden Nils Brenner an. Er hing hier mit drin. Er hatte Anna mit diesen hässlichen Worten bedroht. Worte, die er vor vielen Jahren in Darmstadt schon ein-

mal gebraucht hatte. Um jemanden zu schützen, der ihm nahestand. Laurenz Berg. Nova glaubte es selbst kaum, als sie die Puzzleteile jetzt Stück für Stück zusammensetzte.

»Sie sind Laurenz Bergs Bruder!«

Kapitel 115

Laurenz Berg sah immer wieder über Jakobs Schulter. Dorthin, wo sich die Tür befinden musste, durch die vor einiger Zeit sein Komplize den Saal verlassen hatte. Berg hatte sich gut im Griff, trotzdem spürte Jakob, dass es ihn nervös machte, dass sein Gehilfe noch nicht wieder aufgetaucht war. Sie waren jetzt allein.

Jakob dachte nach. Er musste diese latente Unaufmerksamkeit doch irgendwie nutzen können. Der Gedanke daran, dass seine zerfetzte Leiche morgen am Stadttor baumeln sollte, machte ihn wahnsinnig. Er dachte an Yeliz und seine Kollegen, die ihn finden würden. Und was das mit ihnen machen würde. Natürlich dachte er auch immer wieder an Tim, der mit seinen 14 Jahren schon genug Mist durchgemacht hatte.

Plötzlich stieß er mit seinem Zeigefinger an etwas Kaltes. Metall. Hatte er sich das eingebildet? Jakob tastete. Doch, da war etwas. Eine Schraube in der Stuhllehne, die ein Stück aus dem Holz herausragte.

Während Berg sich ihm wieder vollständig zuwandte, begann er vorsichtig, den Kabelbinder an der Schraube zu reiben.

»Und was dann? Sie hängen meine Leiche den Bürgern vor die Nase und gehen dann wieder zum üblichen Business über?«

Berg sah ihn belustigt an.

»Mein Werk ist auf jeden Fall noch nicht beendet, das kann ich Ihnen verraten.«

»Ob das so ein großes Werk ist, weiß ich nicht«, sagte Jakob. »Meiner Meinung nach braucht es nicht viel, um Menschen zu solchen Taten zu treiben. Das haben schon viele vor Ihnen geschafft und mit größerem Erfolg. Und diese angebliche Ideologie ist geradezu lächerlich. Töten, um frei zu sein. Wow, abgedroschener geht es ja nicht.«

Berg ließ sich nicht aus der Ruhe bringen, blieb aber weiterhin interessiert. Das war das Wichtigste. Er musste ihn weiterreden lassen, um Zeit zu gewinnen. Der Kabelbinder riss ein Stückchen ein. Berg legte den Kopf schief und nahm ihn genau ins Visier.

»Haben Sie schon mal einen Menschen getötet? Im Job?«

Jakob schüttelte den Kopf.

»Dann können Sie nicht darüber urteilen. Wenn Sie einmal diese Schwelle übertreten haben, dann ist alles möglich, dann werden Sie die Freiheit Ihres Lebens erfahren. Das ist ein unbeschreibliches Gefühl, es macht Sie leicht, es erfüllt und beflügelt Sie gleichermaßen.«

»Damit können Sie vielleicht Ihre Jünger beeindrucken, aber ich bin zu alt für den Scheiß.«

Auf Bergs Gesicht breitete sich ein Lächeln aus.

»Ihre Frau war da deutlich offener.«

In Jakob krampfte sich alles zusammen, aber er tat Berg nicht den Gefallen, ihm seine Wut zu zeigen.

Als er nicht überrascht reagierte, nickte Berg ihm zu:

»Sie wissen also, dass Sie mit mir gesprochen hat. Aber das haben Sie erst vor Kurzem rausgefunden, richtig? Ich muss gestehen, dass mir die Verbindung zu Ihnen auch erst klar geworden ist, als ich Sie im Fernsehen gesehen hab. Krohn, der Name ist nicht allzu geläufig. Also, wie geht es Linda?«

»Sie wissen, dass Sie tot ist.«

Berg hob die Hände.

»Okay, ertappt. Ja, das habe ich mitbekommen. Mein herzlichstes Beileid.«

Jakob musterte Berg. Wie sicher konnte er sich sein, dass er dem Mann gegenübersaß, der seine Frau getötet oder zumindest den Befehl dazu gegeben hatte?

»Linda war am Abend ihres Todes mit Ihnen verabredet. Warum sind Sie nicht gekommen?«

Berg lächelte erneut.

»Weil ich es mir anders überlegt habe. Nehmen Sie es mir bitte nicht übel, aber Ihre Frau war doch recht anstrengend. Sie hat naseweise Fragen gestellt und wollte nicht lockerlassen, obwohl ich ihr ganz deutlich signalisiert habe, dass sie sich auf dünnem Eis bewegt.«

»Und dann haben Sie Marius Malik auf sie angesetzt. Er sollte sie verschleppen. Nur ist das schiefgegangen, weil das Ketamin in ihrem Drink nicht schnell genug gewirkt hat. Dann ist sie auf dem Weg nach Hause verunglückt.«

Berg schien sich seine Worte durch den Kopf gehen zu lassen und abzuwägen.

»Interessante Interpretation«, sagte er nach einer gefühlten Ewigkeit.

»Vielleicht war es so. Vielleicht aber auch ganz anders?«

Jakob studierte Bergs Gesicht. Er gab sich undurchsichtig. Aber in seinen Augen konnte er die Schuld sehen. Oder war auch das Absicht?

Kapitel 116

Nils Brenner war Laurenz Bergs Adoptivbruder. Er hatte sie einen Augenblick überrascht gemustert, dann aber anerkennend genickt.

»Sehr gute Kombinationsgabe.«

Jetzt wandte er sich Anna zu und wurde streng: »Und du hörst jetzt mal auf mit dem Geplapper, oder willst du, dass ich dir wieder den Mund zuklebe?«

Während Anna auf ihrem Bett nach hinten rutschte, tastete Nova so unauffällig wie möglich nach dem Messer, das sie in ihre Hosentasche gesteckt hatte. Aber es war nicht mehr da. Er musste es ihr entwendet haben, ohne dass sie es gemerkt hatte.

Brenner kramte in seinem Rucksack und zog ein schwarzes Etui heraus.

»Wir nehmen jetzt die O-Töne der letzten Podcastfolge im Vermisstenfall Anna Menden auf«, erklärte er sachlich. »Die Folge, in der ich Anna gefunden habe, bevor alles so richtig den Bach runtergegangen ist.«

Anna schnappte nach Luft, woraufhin Brenner ihr einen strengen Blick zuwarf. Er zog Novas Messer und tippte sich mit der Klinge auf die Wange. Genau an dieser Stelle hatte Anna eine nicht mehr ganz so frische Schnittwunde.

»Du weißt ja, was passiert, wenn du wieder denkst, dass du es besser weißt.«

Anna presste die Lippen nervös aufeinander. Nova fing ihren Blick auf, um ihr mit einem angedeuteten Nicken zu bedeuten, dass sie mitspielen sollte.

»Was soll das heißen, ›den Bach runtergegangen‹?«

Nova wandte sich ungerührt an Brenner. Sie hatte noch keine Ahnung, wie sie Anna und sich selbst aus dieser Lage befreien sollte. Also würden sie seinen Weg vorerst mitgehen.

Brenner klappte das Etui auf und holte zwei Ansteckmikros heraus.

»Wenn ich gewusst hätte, dass ich Sie hier treffe, hätte ich drei mitgebracht. Aber mit so einer fantastischen Fügung konnte ja niemand rechnen.«

Er warf Nova ein Mikro zu.

»Und was Ihre Frage angeht: Das kann ich leider noch nicht verraten. Für den Spannungsbogen. Ihr erfahrt es schon noch früh genug.«

Damit ging er zu Anna und steckte ihr das Mikro an den T-Shirt-Kragen, während sie den Kopf wegdrehte und die Augen schloss.

Nova beobachtete jede seiner Bewegungen genau. Wie er mit spitzen Fingern nach Annas Ausschnitt griff, dann einen Schritt zurücktrat, um zu kontrollieren, ob das Mikro richtig saß.

Sie hatten ihn gehabt. Direkt am Anfang. Ihr Gefühl hatte sie nicht getäuscht. Natürlich waren seine Verbindungen zu den Opfern kein Zufall gewesen. Die Drohungen gegen seine Ex-Freundin Milla, die ihn anzeigen wollte, nachdem sie die heimlich aufgenommenen Videos entdeckt hatte. Seine Lügen, die dilettantisch gelöschten Videos. Er hatte sich noch nicht einmal viel Mühe gegeben, sich herauszureden. Und trotzdem hatten sie sich von ihm täuschen lassen. Er hatte sich aus ihren Fängen herausgewieselt und sie einfach weiter an der Nase herumgeführt. Wahrscheinlich, dachte sie jetzt, hatte er das Foto der ersten Leiche gar nicht geschickt bekommen, sondern selbst aufgenommen, um dann in seinem Podcast über die Leichenfunde und Waldmorde zu berichten. Er hatte sich in seinem Podcast als investigativer Reporter inszeniert, Angehörige interviewt und ihnen Hoffnungen gemacht, obwohl er selbst zu jedem Zeitpunkt gewusst hatte, was mit den Opfern passiert war.

Nova zwang sich, sich von diesen Gedanken zu lösen und in die Gegenwart zurückzukehren. Sie musste einen Weg finden, wie sie hier lebend rauskamen, während dieser Irre ernsthaft ein Interview führen wollte. Das war das Stichwort.

Brenner räusperte sich.

»Das mit dem Mikro kriegen Sie aber schon selbst hin, oder?«

Nachdem Sie sich das Mikro angesteckt hatte, bat er sie mit gezücktem Messer, sich neben Anna auf das Bett zu setzen. Er selbst blieb stehen und betrachtete die beiden einen Moment zufrieden, bevor er die Aufnahmefunktion seines Handys startete.

»Ich muss zugeben, zwischendurch habe ich selbst die Hoffnung verloren. Aber heute ist der Tag, von dem ich seit Monaten geträumt habe. Anna Menden wurde gefunden. Und sie lebt.«

Brenner warf Anna einen warnenden Blick zu, aber diese machte ohnehin keine Anstalten, ihn zu unterbrechen, schüttelte nur resignierend den Kopf.

»Und mit ›wurde gefunden‹ meine ich: Ich habe sie gefunden. Im Keller eines verlassenen Gasthofs, der abgeschieden etwa eine halbe Stunde Autofahrt von Heidelberg entfernt liegt. Ob das Ganze ein Happy End hat, kann ich noch nicht sagen. Denn momentan harre ich zusammen mit Anna und der Ermittlerin Nova

Winter in einem Versteck aus. Keine Ahnung, ob wir es hier lebend rausschaffen. Aber der Reihe nach.«

Brenner begann nun zu erzählen, wie er angeblich durch den Hinweis eines Hörers auf den Gasthof gestoßen war. Dort war er dann auf die Ermittlerin Nova Winter getroffen. Gemeinsam hatten sie das Anwesen abgesucht und konnten Anna aus ihrem Gefängnis befreien – bis sie in eine unterirdische Sackgasse gelaufen waren und jetzt in einem Versteck darauf warteten, fliehen zu können.

»Annas Entführer sind die verbleibenden Mitglieder der Neuen Loge, die für die sogenannten Waldmorde verantwortlich sind. Die Polizei hat den Fall bereits abgehakt. Aber wie sich jetzt herausstellt, hat die Gruppierung im Hintergrund bereits ihre nächsten Taten geplant.«

Während Brenner sprach, warf er Nova ein gewinnendes Lächeln zu, als wollte er ihr sagen: Das war doch deine Theorie, sei stolz!

Sie erwiderte seinen Blick gleichmütig. Als er Anna ins Visier nahm, sah sie sich vorsichtig im Raum um. Die Brechstange hatte er in seinem Rucksack verstaut, der achtlos neben ihm lag. Wenn sie einen Moment abpasste, in dem er unaufmerksam war …

»Frau Winter hat mir erzählt, dass sie, nachdem die Heidelberger Polizei die Ermittlungen abgeschlossen hatte, selbst weiter nachgeforscht hat und auf jemanden gestoßen ist, der im Hintergrund die Fäden in der Hand hält. Jemanden, der sich der Mentor nennt und der Anführer dieser Neuen Loge ist.« Dann nickte er ihr zu. Jetzt sollte sie erzählen.

»Sein Name ist Laurenz Berg«, begann Nova, obwohl sich in ihrem Innern alles dagegen sträubte, dieses irre Spiel mitzuspielen. Sie erzählte, wie sie zu der Sozialarbeiterin nach Darmstadt gefahren war, gab ihre Schilderung wieder. Wie sie Laurenz als

Kleinkind in der Messie-Wohnung seiner drogenabhängigen Mutter gefunden hatte.

Während sie sprach, beobachtete Nova, wie sich Brenners Gesichtsausdruck verdüsterte. Er schüttelte kaum merklich den Kopf und ermunterte sie mit einer fahrigen Geste, diese Passage abzukürzen. Wieso?

Inzwischen hatte er den Blick wieder abgewandt, fixierte einen Punkt einige Meter vor sich auf dem Boden. Nova erzählte, wie das Jugendamt versucht hatte, Laurenz in unterschiedliche Pflegefamilien zu vermitteln. Dass er dort nie Anschluss gefunden oder diesen sogar aktiv vermieden hatte. Bis er von der Familie eines Freunds adoptiert worden war, damals, mit fast 16 Jahren. An dieser Stelle leuchteten Brenners Augen auf. Über die folgende Zeit wusste Nova nicht viel. Sie begann das, was die Leute ihr erzählt hatten, auszuschmücken, auf die Gefahr hin, dass es danebenging.

»Laurenz hatte seine zukünftigen Adoptiveltern schon lange in seinen Bann gezogen, bevor sie ihm angeboten hatten, ihn zu adoptieren. Er hatte sie verzaubert und manipuliert wie so viele seiner Mitmenschen zuvor. Die Eltern hatten sich in den Gedanken verliebt, diesen jungen Mann in ihre Familie zu holen, damit ihr einziger Sohn, der ein Einzelgänger war, endlich Anschluss fand. Einen Bruder hatte.«

Brenners Pupillen bewegten sich schnell von rechts nach links. Es war, als würde er bei ihren Worten in die Vergangenheit abtauchen und die Ereignisse erneut durchleben. Da war eine starke emotionale Verbindung zu Laurenz. Bewunderung. Und … Hass. Hass auf Laurenz.

Wieso machte er das alles hier? Nova wusste, dass es heikel war, aber sie wagte jetzt einen Vorstoß und sprach Brenner direkt an.

»Er hat dich wie Scheiße behandelt, oder? Dabei hast du so viel für ihn getan.«

Brenner stoppte die Aufnahme, fuhr sich verärgert durch die schwarzen Haare.

»Was soll das denn? Jetzt müssen wir die letzte Minute noch mal machen. Rausgeschnitten kriege ich es nicht.«

»Nils, ich mein's ernst.«

Er sah sie genervt an. »Sind wir jetzt also beim Du, ja? Wird das jetzt so eine Psychonummer, wo Sie versuchen, mich weichzuklopfen? Ist nicht, sorry.«

Nova ließ noch nicht locker.

»Na ja, du kannst es sehen, wie du willst. Aber für mich sieht die Sache nach meiner Recherche recht eindeutig aus. Es ist unfair. Deine Familie hat Laurenz bei sich aufgenommen. Du warst von Tag eins an seiner Seite. Du hast dafür gesorgt, dass er nach der Sache mit den Pilzen, dem Abend, an dem Laurenz einen jungen Mann dazu gebracht hat, seinen besten Freund schwer zu verletzen, nicht auffliegt. Thorsten Arlberg sitzt seitdem im Rollstuhl. Und auch heute. Du hast ihm mit deinem Podcast größtmögliche Publicity gegeben. Und er behandelt dich weiter wie Dreck.«

Brenner schien sich ihre Worte einen Moment durch den Kopf gehen zu lassen. Dann nickte er.

»Sehen Sie, und das ist der Punkt, an dem alle falschliegen! Es nicht checken! Ich drehe den Spieß um. Ich bin es, der ausnutzt. Nicht er! Am Ende, wenn alles vorbei ist, bin ich derjenige, zu dem aufgesehen wird. Ich werde Laurenz Berg das Handwerk gelegt und ihn ausgelöscht haben. Wenn am Ende hier alles abgefackelt ist, bin nur noch ich da. Ich bin derjenige, der verhindert hat, dass dieser Irre weiter mordet! Ich habe das geschafft, was die Polizei nicht hingekriegt hat!«

Nova war einen Moment wie paralysiert.

»Laurenz Berg ist auch hier?«

Brenner lächelte wieder.

»Wie gesagt, ich will noch nicht zu viel verraten.«

Plötzlich eine hektische Bewegung neben ihr. Nova wusste im ersten Moment nicht, was gerade passiert war.

»Sag mal, geht's noch?«

Brenner stürzte sich wütend auf Anna. Nova sprang reflexartig vom Bett. Und verstand. Anna hatte sich das Mikro vom Kragen gerissen und in den Mund gesteckt. Sie kaute wie verrückt darauf herum, während Brenner sich über sie beugte und sie anbrüllte, den Mund zu öffnen. Er war völlig aus dem Konzept. Das war ihre Chance.

Blitzschnell war sie bei Brenners Rucksack. Sie zog das Brecheisen heraus und stürzte sich auf ihn. Im letzten Moment fuhr er herum. Sie traf ihn an der Schulter. Er krümmte sich, zog dann aber das Messer und machte einen Satz auf sie zu. Doch diesmal hatte sie etwas, womit sie sich wehren konnte. Sie schlug ihm das Messer mit dem Brecheisen aus der Hand. Brenner war für eine Sekunde so perplex, dass sie einen neuen Schlag setzen konnte. Sie traf ihn in die Seite. Als er zu Boden ging, schlug sie ihm so heftig in die Flanke, dass er sich vor Schmerzen zusammenkrümmte und schrie.

»Er hat den Schlüssel in seiner Hosentasche!«, rief Anna, die das Mikro ausgespuckt hatte, immer wieder husten musste und nach Luft rang.

Brenner stöhnte vor Schmerz, zu schwach, sich dagegen zu wehren, dass sie seine Taschen durchsuchte. Sie fand den kleinen Schlüssel für die Fußfessel und den für die Tür.

Momente später schnappte sie sich Brenners Rucksack und

befreite sich und Anna aus dem Zimmer. Atemlos schlug sie die Tür zu und schloss ab.

Dann den Flur entlang, durch den kleinen Kellerraum und die Treppe hinauf ins Freie. Draußen empfing sie Stille, als wäre in den letzten Stunden rein gar nichts passiert.

Als Erstes alarmierte Nova die Polizei. Dann rief sie Jakob Krohn an. Als es in Brenners Rucksack klingelte, rutschte ihr das Herz in die Hose.

Kapitel 117

Der Kabelbinder hing nur noch an einer dünnen Faser zusammen, als Laurenz Berg sich entschied, das Gespräch zu beenden. Jakob sah, wie er einen letzten Blick zur Tür warf und dann entschlossen zur Bar ging.

Jakobs Herz begann zu rasen. Er riss mit aller Kraft an seiner Fessel. Zweimal, dreimal, klemmte den Kabelbinder schließlich erneut unter die Schraube und dann – riss der Kunststoff. Eine Adrenalinwelle flutete seinen Körper. Jakob stand auf, hob die Stuhlbeine aus den Fesseln um seine Fußgelenke. Und war frei.

In dem Moment drehte sich Laurenz Berg zu ihm um. Jakobs Anblick ließ ihm die Gesichtszüge entgleisen. Er packte den Stuhl, stürmte auf Berg zu und schlug auf ihn ein. Als er ihn am Kopf traf, brach ein Stuhlbein ab, und Berg ging zu Boden. Jakob sah seine Dienstwaffe, die immer noch auf der Theke lag. Womöglich hatten sie das Magazin entfernt. An die Kugel im Lauf dachten jedoch die wenigsten Laien. Aber bis zur Theke schaffte er es nicht.

Plötzlich rollte sich Berg blitzschnell zur Seite und sprang wieder auf. Er zog ein Messer.

Jakob hielt den mittlerweile nur noch dreibeinigen Stuhl wie einen Schutzschild vor sich.

»Legen Sie das Messer weg!«

»Sonst was? Erschlagen Sie mich mit dem Stuhl? Wohl kaum!«
Er kam drohend mit dem Messer auf ihn zu. Jakob machte einen
Satz nach vorn, versuchte, Berg mit dem Stuhl das Messer aus der
Hand zu schlagen. Aber Berg war zu wendig. Mit einem Satz stand
er neben Jakob und trat ihm brutal die Beine weg. Jakob stürzte,
landete bäuchlings auf dem Boden. Nur Sekunden später schoss
ihm ein stechender Schmerz in die Hand. Als er sah, was passiert
war, wurde ihm vor Schreck und Schmerz gleichzeitig übel. Die
Messerklinge hatte seinen Handrücken durchstochen und fixierte
ihn so am Boden.

Er schrie vor Schmerz, während Berg schwer atmend auf und
ab lief. Er hatte ein weiteres Messer in der Hand. Jetzt kam er wieder auf ihn zu.

»Hey, du Arschloch!«

Jakob war sich nicht sicher, ob er halluzinierte. Er hörte eine
Frauenstimme. Und woher sollte die auf einmal kommen? Vor
ihm blieb Berg stehen. Und als Jakob den Kopf zur Seite drehte,
sah er die Tür. Dort stand Nova Winter. Was zur Hölle?

Er konnte gar nicht schnell genug denken, da hatte er das
Messer aus seiner Hand gezogen. Berg eilte an ihm vorbei, auf
Nova zu. Jakob passte den richtigen Moment ab und erwischte ihn
mit dem Messer im Unterschenkel.

Berg schrie auf, seine Knie knickten ein.

»Auf der Theke!«, schrie Jakob.

Nova verstand sofort. Blitzschnell hatte sie seine P2000 in der
Hand, entsicherte. Berg versuchte, sich aufzurappeln.

»Bleiben Sie am Boden, verdammt!«

Er richtete sich langsam auf.

Dann donnerte ein Schuss durch den Raum, und Berg sackte
erneut zusammen. Er schrie wie am Spieß. Nova hatte ihn in die
Kniescheibe getroffen. Das Messer ließ er fallen. Nova konnte es

sicherstellen, ehe sie zu Jakob geeilt kam. Sie sah seine blutende Hand. Aber sie sah auch nicht besser aus.

Jakob war immer noch völlig perplex.

»Was machen Sie hier? Und Ihr Arm?«

Nova reichte ihm seine Waffe.

»Die anderen müssten jeden Moment hier sein. Können Sie ihn in Schach halten? Ich führe sie runter.«

Jakob nahm seine Dienstwaffe an sich. Das Magazin war noch drin. »Er hatte noch einen Komplizen hier unten.«

Nova nickte. »Mit dem hab ich Bekanntschaft gemacht. Sonst scheint niemand mehr hier unten zu sein.«

Während sich Nova auf den Weg machte, richtete Jakob seine Waffe auf Berg. Seine rechte Hand war zum Glück vollkommen okay. Die linke blutete, aber nicht besonders stark.

Jetzt drehte sich Laurenz Berg zu ihm. Er ächzte vor Schmerz, hielt sich mit zitternden Händen das blutende Knie. Trotzdem versuchte er, sich aufzurichten.

»Versuchen Sie es nicht mal!«, knurrte Jakob ihn an. »Bleiben Sie genau da, wo Sie sind!«

Jakob sah, wie seine eigene Hand zitterte. Berg entging das nicht, und Hoffnung flammte in seinem Blick auf.

Er lag da wie eine angeschossene Schlange, die immer noch beißen wollte.

»Eine Sache wollte ich Ihnen noch sagen ...«

»Halten Sie einfach die Klappe!«

Jakob fasste den Griff fester. Sie hatten ihn. Nicht mehr lange, und er würde mit Handschellen auf dem Rücksitz eines Streifenwagens sitzen. In eine Zelle wandern. Er würde Aufmerksamkeit bekommen, aber nicht die, die er sich erhofft hatte. Jakob schluckte. Sollte er nicht Genugtuung empfinden?

Berg schwieg eine Weile. Dann richtete er sich ein paar Zentimeter auf und lächelte ihn an.

»Ihre Frau war etwas ganz Besonderes. Und so eine gute Mutter. Um sie war es wirklich schade.«

Jakob bekam selbst nicht mit, wie er die Waffe entsicherte und den Arm hob. Er spürte nicht, wie er zielte und seine Finger auf den Abzug legte.

Der Knall kam von weit entfernt. Wie in Zeitlupe hob sich Laurenz Bergs Oberkörper, bis er wieder auf dem Boden aufschlug und das Blut in Strömen aus seiner Brust quoll.

Kapitel 118

»Es sieht nicht aus, als ob irgendwelche Sehnen oder Knochen verletzt sind, Sie haben wahnsinniges Glück gehabt«, sagte der Sanitäter, der Jakob die Hand verband. »Kommen Sie morgen früh trotzdem zum Röntgen rein, okay?«

Jakob nickte und bedankte sich. In Sichtweite wurde Anna von einem weiteren Sanitäter versorgt. Die Rettungskräfte waren mit zwei RTWs und einem Notarzt angerückt und hatten vergeblich versucht, Laurenz Bergs Komplizen zu retten. Der hatte sich in seinem Kampf mit Nova Winter so schwer die Halswirbelsäule gestaucht, dass nichts mehr zu machen war.

Während die Schnittwunde in Annas Gesicht versorgt wurde, sprach sie mit Yeliz, die den Moment nutzte, um eine erste Aussage über die Zeit in ihrer Gefangenschaft von Nils Brenner aufzunehmen. Yeliz stand die Erschöpfung ins Gesicht geschrieben. Als Jakob vor etwa zehn Minuten über die Treppe aus dem Keller gestiegen war, war sie ihm weinend um den Hals gefallen. Solange sie sich kannten, hatte er Yeliz erst einmal weinen sehen, und das war auf Lindas Beerdigung gewesen. Als Erstes hatte sie ihm versichert, dass Tim nicht allein war. Sie hatte umgehend Jakobs Eltern informiert. Jakob war ein Stein vom Herzen gefallen und konnte es nicht abwarten, seinen Sohn in die Arme zu schließen.

Jetzt saß er hier draußen und nahm den alten Gasthof von außen in Augenschein. Die Kollegen hatte Flutlichter aufgestellt, die die Szenerie in kaltes weißes Licht hüllten und das Gebäude majestätischer und furchteinflößender machten, als es bei Tageslicht war. Der Gasthof hatte einmal Laurenz Bergs Großmutter gehört, wie Nova ihm berichtet hatte. Deswegen war sie hier gewesen.

»Ohne Sie wäre ich da nicht mehr lebend rausgekommen«, sagte Jakob zu Nova Winter, die mit verbundenem Oberarm auf ihn zukam. »Ich kann es immer noch nicht fassen, dass Anna wirklich lebt, was das für ein riesengroßes Glück ist. Und auch bei Brenner hatten Sie recht.«

Nova setzte sich neben ihn. »Aber dass es dieses Ausmaß haben würde, das hätte ich auch nicht gedacht ...«

Brenner saß unterdessen auf dem Rücksitz eines Streifenwagens und warf ihm einen undurchsichtigen Blick zu, schaute dann aber wieder in seinen Schoß.

Als Laurenz Bergs Leiche in einem schwarzen Sack aus dem Haus getragen wurde, verspannte sich Jakob.

Er spürte, dass Nova etwas sagen wollte, sich dann aber dagegen entschied.

Schließlich trat Kippinger zu ihnen. Er hatte bereits die Grobfassung der Ereignisse bekommen, musste aber noch diese eine Sache klären.

»Wir müssen noch über die Schüsse reden, Jakob.«

Jakob schwieg einen Moment. Er hatte Berg erschossen, ohne dass Gefahr bestanden hatte. Es war ein rein persönliches Motiv gewesen. Aus blanker Wut, weil Berg am Tod seiner Frau schuld war. Wenn er das zugab, würde das langwierige Untersuchungen nach sich ziehen. Sie würden ihn beurlauben, wahrscheinlich suspendieren. Ein Polizist durfte sich nicht von seinen persönlichen Gefühlen leiten lassen. So zumindest die Theorie. In der Praxis hatte Jakob keinen anderen Ausweg gesehen.

Er hatte ein paar Momente zu lange geschwiegen. Das merkte er jetzt, als Nova Winter neben ihm das Wort ergriff und die Situation aus ihrer Sicht schilderte.

»Als ich in den Raum gekommen bin, hatte Laurenz Berg Krohn mit einem Messer durch die Hand am Boden fixiert. Er war abgelenkt durch mich. Da hat Krohn das Messer aus seiner Hand gezogen und Berg am Unterschenkel verletzt. Krohns Waffe lag etwas entfernt auf einer Art Tresen. Ich konnte sie sicherstellen und habe Berg in die Kniescheibe geschossen, um ihn unschädlich zu machen. Dann haben wir ihm das zweite Messer entwendet. Als ich gerade auf dem Weg nach draußen war, hat Berg erneut versucht anzugreifen. Wir mussten davon ausgehen, dass er ein weiteres Messer bei sich trägt.«

Jakob nickte stumm, während Kippinger gestresst durchatmete.

»Ich bin froh, dass es dir gut geht, Mann. Die Wichser haben uns an einen komplett falschen Ort gelockt, um dich zu entführen. Und wir Idioten sind drauf reingefallen. Yeliz war völlig außer sich. Sie hat sich die größten Vorwürfe gemacht.« Da begann Kippingers Handy zu klingeln.

»Da muss ich ran, sorry.«

Er entfernte sich.

»Das hätten Sie nicht tun müssen.«

Nova brauchte lange, bis sie etwas darauf antwortete.

»Dieser Mann hat so viele Leben auf dem Gewissen, wahrscheinlich auch das Ihrer Frau. Wem nützt es, wenn Sie jetzt den Kopf dafür hinhalten?«

Sie saßen noch ein paar Momente so da. Dann stand Anna in der Entfernung auf und suchte Augenkontakt zu Nova.

»Also, wir sehen uns dann«, sagte Nova, warf ihm noch einen kurzen Blick zu und ging auf Anna zu.

Kapitel 119

»Und du bist sicher, dass du fahren kannst? Ich kann euch auch beide mitnehmen und dann ...«

Yeliz verstummte, als sie merkte, dass Novas Meinung nicht zu ändern war.

»Wir kriegen das schon hin«, sagte Nova und meinte es auch so. Die Wunde an ihrem Oberarm war nicht tief, und klar denken konnte sie auch. Sie konnte fahren. Nach allem, was passiert war, wollte sie das Mädchen persönlich von diesem Ort wegbringen.

Bevor Anna auf der Beifahrerseite einstieg, wandte sich Yeliz noch einmal an sie.

»Wir sehen uns morgen in der Kriminaldirektion, in Ordnung?«

Anna nickte.

»Ja, keine Sorge, ich werde da sein.«

Damit stieg sie ein.

Nova warf Yeliz noch einen Blick zu.

»Also dann ...«

»Wenn du irgendwas ...«

Yeliz' letzte Worte wurden vom Zuschlagen der Tür verschluckt, obwohl Nova das gar nicht beabsichtigt hatte. Im Rückspiegel sah sie, wie Yeliz sich umdrehte und auf Krohn zusteuerte. Nova wendete den Wagen und fuhr den gleichen Weg zurück, den sie gekommen war. Über den schmalen Waldweg, vorbei an dem verblassten Wegweiser. Nach einer gefühlten Ewigkeit erreichten sie die Landstraße.

Bisher hatten sie geschwiegen. Jetzt lehnte sich Anna vor und schaltete das Radio ein. Hier draußen empfingen sie nur den 80s80s-Sender. »Smooth Operator«. Sie schaltete wieder aus.

»Danke, dass du weiter nach mir gesucht hast«, sagte Anna plötzlich.

Nova schüttelte den Kopf.

»Es tut mir leid, dass es überhaupt so weit gekommen ist. Ich hätte dafür sorgen müssen, dass du sicher bist und dich Brenner kein zweites Mal erwischt.«

»Nein, das ist nicht deine Schuld. Ich hab das selbst entschieden. Ich wollte der Sache allein nachgehen. Ich hab euch verschwiegen, dass ich Lena erkannt habe, und erst deswegen ist alles so fürchterlich schiefgegangen.«

»Du lebst, das ist das Wichtigste. Wo soll ich dich denn überhaupt hinfahren?«

Anna schwieg ein paar Momente, dann hörte Nova sie ausatmen und sah, wie Tränen ihre Wangen hinunterströmten.

»Ich will einfach nur zu meiner Familie.«

Eine Dreiviertelstunde später hielt Nova vor dem Haus der Mendens. Aus dem Auto beobachtete sie, wie Licht im Innern anging und Anna ihrer Mutter um den Hals fiel. Sekunden später trat auch ihr Vater in den Türrahmen und schloss Frau und Tochter in die Arme.

Nova blieb auch noch stehen, als die Tür sich längst geschlossen hatte. Vor ihr lag das Wohngebiet ruhig da. Eine getigerte Katze huschte über die Straße, und gegenüber öffnete eine Frau das Dachfenster, um zu rauchen.

Und jetzt? Nova griff nach ihrem Handy, um Ellen anzurufen. Doch dann hielt sie inne und wählte eine andere Nummer. Yeliz ging nach dem ersten Klingeln dran.

»Nova, ist alles in Ordnung?«

Jetzt liefen auch bei ihr die Tränen.

»Nein, ich glaube nicht. Und ich weiß, du hast gesagt, es interessiert dich nicht mehr, was damals war. Aber ich würde wirklich gern mit dir reden.«

Du fühlst dich sicher. Aber du bist es nicht ...

Eine Männerleiche, die Augenhöhlen leer, eine Plastiktüte über dem Kopf: Mordermittlerin Jagoda »Milo« Milosevic und ihr Kollege Vincent Frey stoßen auf Hinweise, dass der Tote in der Vergangenheit Frauen missbraucht hat. Ein mögliches Motiv? Der Verdacht erhärtet sich, als kurz darauf ein weiterer verurteilter Sexualstraftäter ermordet wird. Milo folgt bei den Ermittlungen ihrem Instinkt, doch sie fühlt sich zunehmend beobachtet. Erkennt sie das Böse, wenn es vor ihr steht?

Lea Adam
Stigma
Thriller

Taschenbuch
Auch als E-Book erhältlich
www.ullstein.de

ullstein

Das Böse hat einen neuen Namen:
Der Blutkünstler

Tom Bachmann seziert Seelen – von Mördern, Psychopathen, Sadisten. Er ist ohne Zweifel der beste Profiler seiner Generation. Doch nun bekommt er es mit einem Killer zu tun, der dem Wort Grausamkeit eine neue Dimension verleiht: Der Blutkünstler foltert seine Opfer lange und ausgiebig, ehe er ihre Körper dazu benutzt, um etwas Großes zu erschaffen. Ein Kunstwerk. Ein Vermächtnis. Ein Farbenspiel aus Fleisch und Blut. Tom Bachmann, der »Seelenleser« des BKA, setzt alles daran, den Blutkünstler zur Strecke zu bringen. Dabei muss er sich einer verstörenden Wahrheit stellen, einer Wahrheit, die erklärt, warum er der Einzige ist, der den Killer aufhalten kann.

Chris Meyer
Der Blutkünstler
Thriller

Taschenbuch
Auch als E-Book erhältlich
www.ullstein.de

ullstein

Hochspannung!

Robert Hunter und Carlos Garcia stehen vor der entsetzlich zugerichteten Leiche einer Frau. Bei der Autopsie entdecken sie, dass der Mörder ein Gedicht in ihrem Körper hinterlassen hat. Die blutige Art des Tötens ist nicht das Einzige, was diesen Killer antreibt. Für ihn sind Angst, Schmerz und der Tod Teil einer Lektion. Als eine zweite Frau grausam umgebracht wird, fragen Hunter und Garcia sich, wie viele Gedichte dieser Serienkiller noch schreiben wird. Ihnen bleibt nicht viel Zeit …

Chris Carter
Blutige Stufen
Thriller

Aus dem Englischen von Sybille Uplegger
Taschenbuch
Auch als E-Book erhältlich
www.ullstein.de

ullstein